每個祕密都有眞相……

馭光者

〔3〕**破碎眼** The Broken Eye ㊤

The Lightbringer

Brent Weeks

布蘭特・威克斯——著 戚建邦——譯

馭光者

各界好評推薦

「布蘭特．威克斯的書寫自成一格、直接眞實，讓讀者忍不住持續投入他的故事。無法移開目光。」

——羅蘋．荷布
《刺客》系列暢銷作家

「布蘭特．威克斯眞是寫得太好了，甚至讓我有點不爽了。」

——彼得．布雷特
《魔印人》系列暢銷作家

「『馭光者』系列樂趣無窮。無人能如布蘭特．威克斯般完美駕馭刺激驚人的劇情大逆轉。」

——布萊恩．麥克雷倫（Brian McClellan）
《火藥法師》系列暢銷作家

「冷硬派奇幻，刻畫出複雜精細、讓人驚艷的魔法奇幻世界！」

——Buzzfeed 網站
「死前必讀的51部奇幻小說」

「故事情節就像天才大師間精心布局的精彩對弈。」

——《出版人週刊》

「威克斯筆下的史詩奇幻與其他當代作品截然不同。充滿想像力與創意，爲其他同類型作品設下了極高的標準。」

——網站 *graspingforthewind.com*

「純粹，富有娛樂性的大長篇。」

——網站 *The Onion A.V. Club*

「建構完美的奇幻，讓人難以自拔。」

——網站 *Fantasy Book Review*

「魔法系統獨特，動作場景精彩，權謀算計，顛覆情節，讓譯者一拿到續集就想立刻開始翻譯的故事！」

——戚建邦
本書譯者

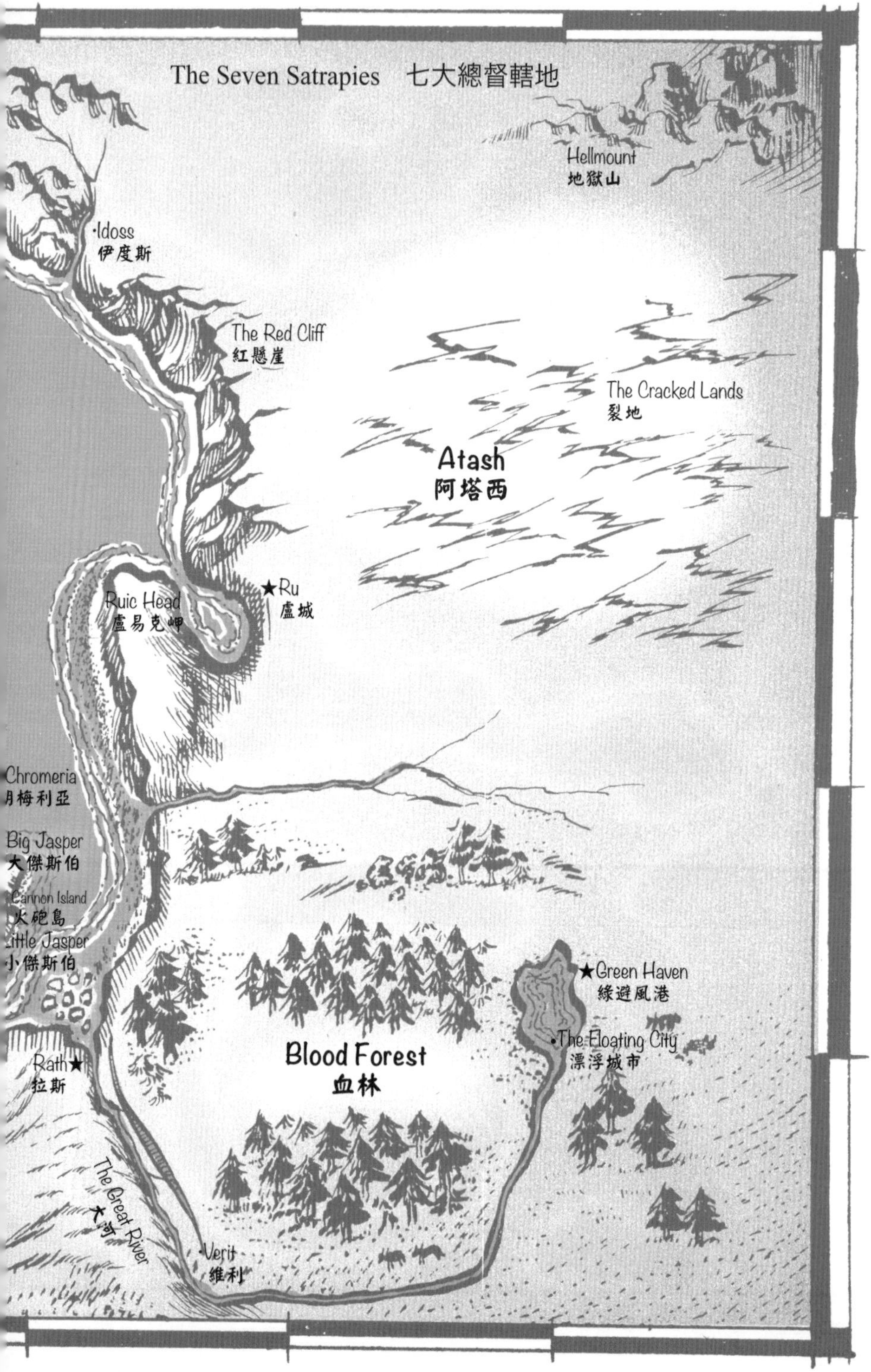
The Seven Satrapies 七大總督轄地
Hellmount
地獄山
Idoss
伊度斯
The Red Cliff
紅懸崖
The Cracked Lands
裂地
Atash
阿塔西
Ru
盧城
Ruic Head
盧易克岬
Chromeria
梅利亞
Big Jasper
大傑斯伯
Cannon Island
火砲島
ittle Jasper
小傑斯伯
Green Haven
綠避風港
The Floating City
漂浮城市
Blood Forest
血林
Rath
拉斯
The Great River
大河
Verit
維利

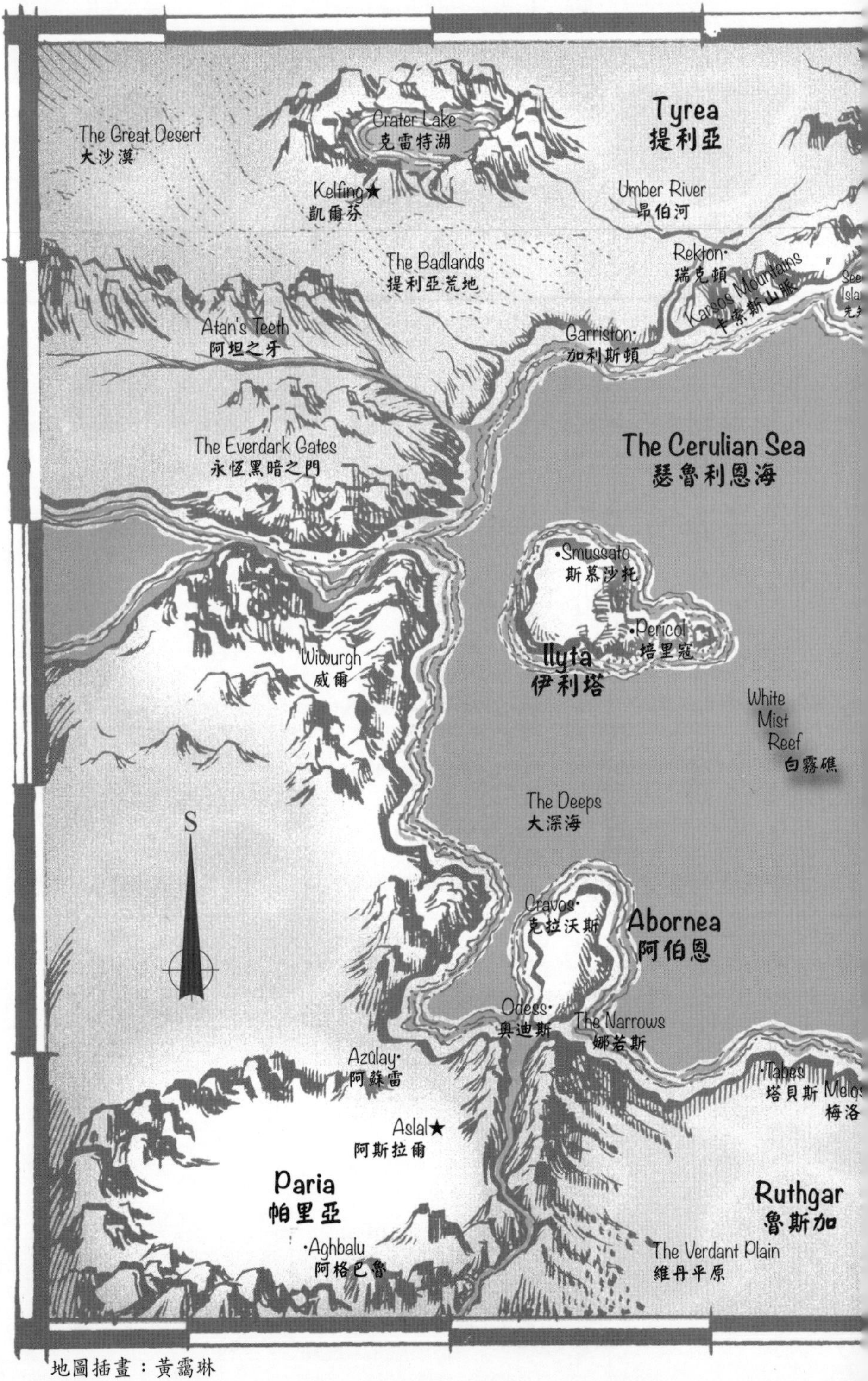
The Great Desert
大沙漠
Crater Lake
克雷特湖
Tyrea
提利亞
Kelfing★
凱爾芬
Umber River
昂伯河
The Badlands
提利亞荒地
Rekton·
瑞克頓
Karsos Mountains
卡索斯山脈
Atan's Teeth
阿坦之牙
Garriston·
加利斯頓
The Everdark Gates
永恆黑暗之門
The Cerulian Sea
瑟魯利恩海
·Smussato
斯慕沙托
·Pericol
培里寇
Ilyta
伊利塔
Wiwurgh
威爾
White Mist Reef
白霧礁
The Deeps
大深海
S
Cravos·
克拉沃斯
Abornea
阿伯恩
Odess·
奧迪斯
The Narrows
娜若斯
Azulay·
阿蘇雷
·Tabes
塔貝斯
梅洛
Aslal★
阿斯拉爾
Paria
帕里亞
Ruthgar
魯斯加
·Aghbalu
阿格巴魯
The Verdant Plain
維丹平原

地圖插畫：黃靄琳

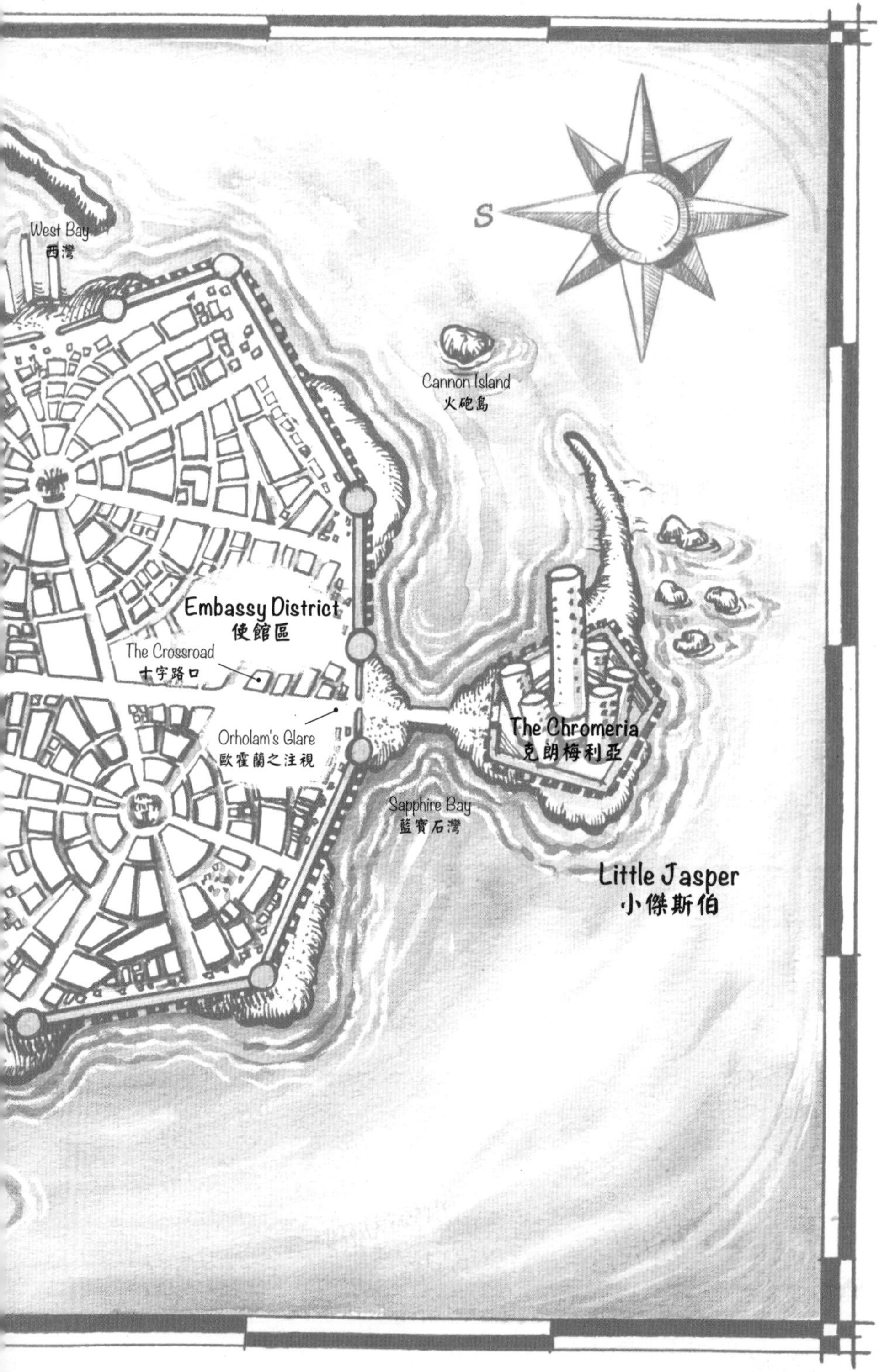
S
West Bay
西灣
Cannon Island
火砲島
Embassy District
使館區
The Crossroad
十字路口
Orholam's Glare
歐霍蘭之注視
The Chromeria
克朗梅利亞
Sapphire Bay
藍寶石灣
Little Jasper
小傑斯伯

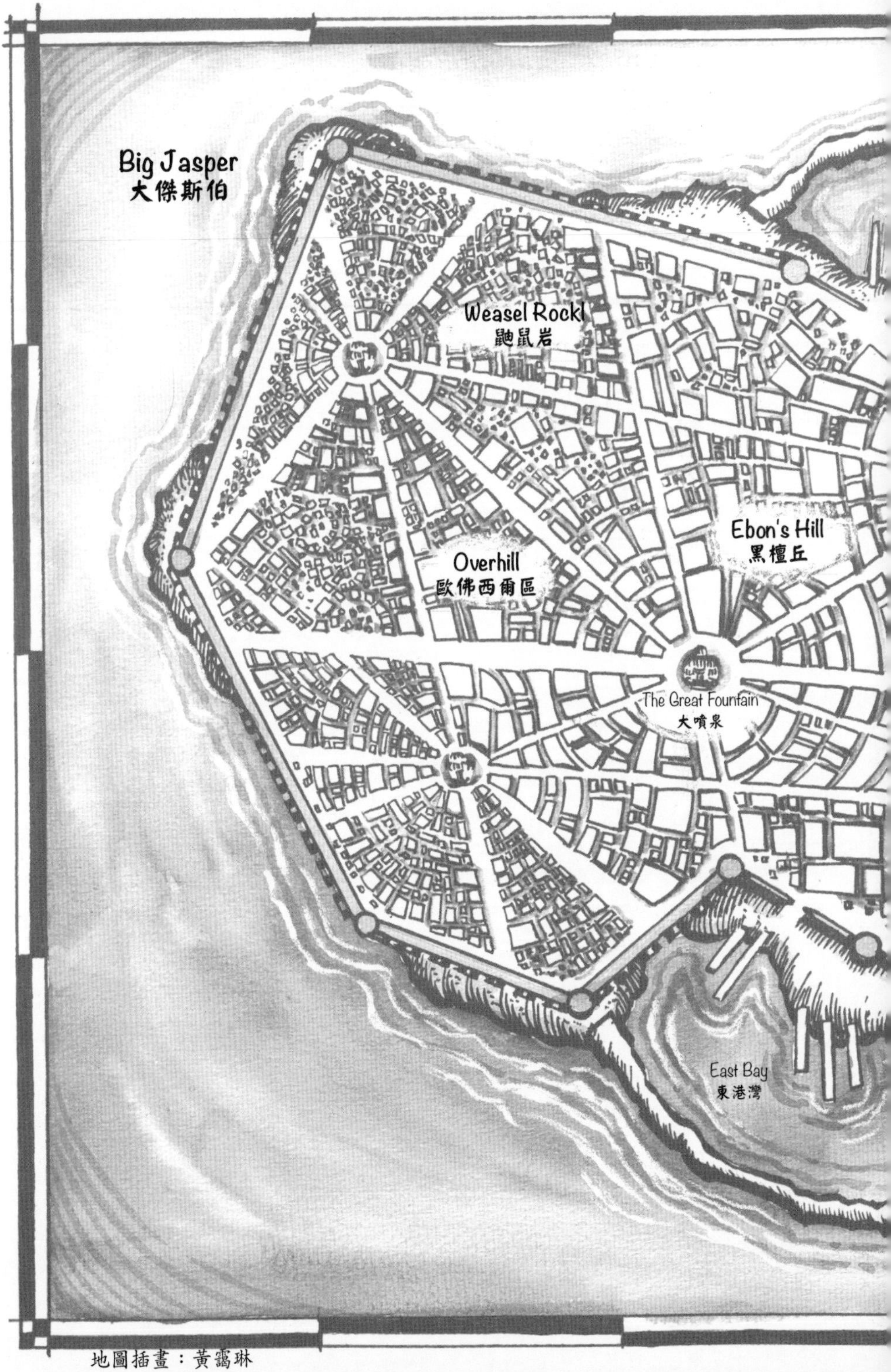
Big Jasper
大傑斯伯
Weasel Rockl
鼬鼠岩
Ebon's Hill
黑檀丘
Overhill
歐佛西爾區
The Great Fountain
大噴泉
East Bay
東港灣

地圖插畫：黃靄琳

The Lightbringer

馭光者

[3] 破碎眼

目次

獻給越來越好——

也讓我想要越來越好的

克莉絲蒂，

也獻給媽，她在痛恨閱讀的

七歲孩童心中

點燃終生不滅的愛之火。

隱世獨居之人不是怪物就是神。

——亞里斯多德

第一章

兩名黑衛士來到白法王門前，年輕的那個緊張到不停擠壓右拳指節，發出啪啪啪的聲響。葛雷林兄弟在門前停步。啪、啪、啪。啪、啪、啪。

兄弟中的哥哥吉爾，看著弟弟，似乎想要模仿指揮官那宛如大錘的目光。加文不喜歡吉爾這麼做，但他還是停止擠響指節。

「等待對我們沒有好處，」吉爾說。「敲門。」

目前是清晨。白法王通常還要至少兩個小時才會離開寢室。因為她的健康狀況逐漸惡化，黑衛士都盡一切努力讓老太太人生中最後一段日子過得舒服點。

「為什麼每次都是我——」加文問。吉爾十九歲，比他大兩歲，不過兩人階級相同，晉升黑衛士的時間也一樣。

「如果你為了和我爭辯而讓她錯過了……」吉爾出言威脅他。「敲門。」他說。又是命令。

加文．葛雷林皺起眉頭，伸手敲門。依照慣例等待五秒後，他打開房門。葛雷林兄弟走進房。

白法王不在床上。她和臥房奴隸正在禱告，儘管老邁，但仍面對陽台門外的朝陽晨曦蜷伏在地。冷風吹過兩個老太太身邊。

「高貴的女士，」吉爾說。「請見諒。有樣東西妳必須看看。」

她望過來，立刻認出他們。有些貴族和盧克法王不會把這麼年輕的黑衛士當成一回事。部分原因在於有些年輕黑衛士的確能力不足。加文知道如果是在一年前，他絕不可能十七歲就晉升為正規黑衛士。

但白法王從未讓他覺得低人一等。他樂意為她而死，就算有人說她明天就會壽終正寢也一樣。

她停下禱告，他們扶她上輪椅，但當老臥房奴隸彎腰駝背地走過去關陽台門時，吉爾阻止她。

「她得從陽台上看，卡林。」加文說。

加文拿起毯子，俐落地裹在白法王身上。他們已經學會拿捏在白法王自尊容許範圍內能做些什麼事，還有她的身體能忍受多少痛楚。他把她推到陽台上。她沒有抱怨說她能自己來。不久之前她肯定會抱怨的。

「海灣那裡。」吉爾說。

美不勝收的小傑斯伯灣就在他們正下方。今天是光明黑暗慶典日——秋分，秋天清爽宜人的日子即將到來；氣溫微寒，但天空蔚藍，大海不再波濤洶湧，轉為風平浪靜。在海灣內停靠的船隻少得出奇。艦隊依然在外對抗盧城的法色之王，阻止他繼續推進。加文本來應該在那裡的，不過他和另三人在開戰前夕駕駛飛掠艇回來報告艦隊的部署與計畫。

戰爭肯定已經開始，剩下的就是等著看是收到捷報，還是展開一場即將撕裂七總督轄地的戰爭。加文猜想白法王就是為此禱告。大局抵定後再禱告有用嗎？那樣禱告能改變任何事嗎？

禱告真的曾改變過任何事嗎？

白法王默不吭聲地凝望海灣。加文深怕她什麼都看不到。是他們太晚敲門了嗎？但白法王信任他們；她沒開口詢問，只是靜靜等候。

接著，某樣東西終於從大傑斯伯後轉了出來。一開始很難判斷那東西究竟有多大。它從環繞整座大傑斯伯的高聳圍牆一百步外的海面上浮出水面，圍牆上擠滿了圍觀人群。一開始只能看見海惡魔破水而來時身後拖曳出的波痕。

隨著海惡魔逐漸逼近，速度也開始變快。它的十字形嘴張開一半，露出環狀咽喉吞嚥大量海水，然後從遍布全身、完全開啓的鰓裡噴灑而出。它一口接一口，嘴巴越開越大，身側和背部每隔五十步左右就會噴出海水，四下散落，然後隨著巨大的肌肉收縮，身後海水在摻雜空氣的擾動中嘶嘶作響。

海惡魔逼近保護西灣的海牆。一艘槳帆船朝海牆縫隙疾駛而去，試圖離開海灣。從海惡魔的速度來看，船長完全不曉得那是絕對錯誤的航向。

「可憐的笨蛋。」吉爾喃喃說道。

「要看是海惡魔是碰巧路過，還是專程爲了攻擊而來，」白法王說，語氣冷靜得詭異。「如果它跑進海牆裡，那艘船可能就是唯一逃掉的船。」

划槳奴隸同時從海中舉起船槳，盡可能減少海面擾動。海惡魔會保護地盤，但不是獵食者。

海惡魔路過槳帆船，繼續前進。加文．葛雷林鬆了一大口氣，其他人也都是同樣反應。但接著海惡魔潛入海中，消失在一團水霧裡。

再度浮出水面時，它渾身火熱發紅。附近的海水沸騰。它轉向大海。

他們什麼都不能做。海惡魔游向大海，然後回轉，開始加速，直接朝槳帆船船頭衝去，彷彿打算和這個挑釁者正面衝撞。

有人低聲咒罵。

海惡魔以極高速度撞上槳帆船。好幾名水手摔下甲板，有些人落海，其中一人飛到惡魔長滿肉棘和尖刺的頭上慘遭撞扁。

起初，那艘船似乎還撐得住，但接著船頭碎了。整艘船身的木頭都開始爆裂，船桅折斷。

槳帆船——剩下的半艘——整個被推得後退，十步、二十步、三十步，朝四周噴灑出大片水花。海惡魔向前的衝勢只些微受阻。接著海惡魔抬起大頭，將槳帆船壓到下方，繼續推進。突然間，強化的木板船殼宛如摔在牆上的陶盆般徹底粉碎。

海惡魔潛入海中，充滿尖刺的大頭上鉤了上百條繩索，帶著槳帆船殘骸一起下沉。

最後一道甲板在水面下粉碎，百步外的海面上冒出一個大泡泡。但是船身再也沒有浮起。海面上只剩下一些漂浮殘骸，比想像中少很多。船就這麼消失了。數百名船員中約莫只有半打人還在波浪間掙扎。大多不會游泳。加文．葛雷林在黑衛士訓練中學過游泳，他總是覺得大多數水手不會游泳實在很瘋狂。

「那邊，」吉爾邊指邊道。「那邊有泡沫拖痕。」

海惡魔沒有受困在海牆內，感謝歐霍蘭。但它的目的地似乎更糟。

「高貴的女士。」他們身後傳來一個聲音。說話的是卡佛．黑盧克法王，負責克朗梅利亞所有不歸白法王管的世俗事務。他是個高個子，禿頭、身穿伊利塔緊身褲和緊身上衣，皮膚是橄欖色。從前的漆黑長髮現在只剩下些許白絲。加文沒有注意到他。加文是黑衛士，但卻沒注意到。「請見諒，我敲了門，但是沒人回應。那頭怪物已經沿著大小傑斯伯繞行五圈了。我下令除非對方展開攻擊，火砲島不要開火。他們想知道這算不算是攻擊。」嚴格說來，小傑斯伯的防禦隸屬他的權限範圍，但黑盧克法王是謹慎的行政官，喜歡盡可能避免承擔責任。

砲彈能對這種怪物造成什麼傷害？

「暫時不要輕舉妄動。」她說。

「你們聽見了！」黑法王伸出一隻戴滿戒指的手掌放在嘴前，大聲叫道。白法王的陽台上方屋頂有個手持一步見方明鏡的書記，湊在屋頂邊緣聽他號令。

「是，高貴的法王！」書記立刻拿起明鏡打訊號，另一名年輕女子出現在屋頂邊，盡可能以不像在偷聽的姿態聽候來自陽台的命令。

海惡魔現在緊貼海岸游過淺水海域，背部露出水面。它撞爛船務官的碼頭，彷彿毫無所覺。接著抵達大傑斯伯最北端。

「喔，狗屎。」所有人都這麼想，但出聲的是白法王。白法王？髒話？加文・葛雷林以為她根本沒聽過髒話。

由於怪物距離大傑斯伯太近，站在百合莖上的群眾都被擋住了，所以當海惡魔出現在橋附近時，橋上的人都沒有時間反應。

這座橋一直以來都是維持在與海面同樣的高度。沒有任何支撐，透過黃、藍盧克辛形成綠色的晶格結構。它在洶湧的海浪前屹立不搖數百年，製造這座橋所需要的色譜魔法甚至可能超越加文・蓋爾本人的能力。它曾不只一次在暴風來襲時為受困於海牆外的船隻充當防波堤，拯救數百條人命。海惡魔第一次意外撞上這座橋時造成橋身劇烈搖晃。好幾百人直接摔倒。

巨大的身軀沿著光滑的盧克辛橋游了十步、二十步，然後放慢速度，似乎不明白撞上了什麼。不過它只迷惘了一下子，接著身體四周冒出大量蒸氣。海惡魔一頭栽入海浪裡，加速游向外海，巨大的尾巴拍打百合莖旁的海水，沿著整座橋濺起一道道噴泉。

接著，它從外海再度掉頭。

「叫火砲島開火！」白法王叫道。

火砲島位於百合莖對面的海灣中。島上的砲手擊中目標的機率很低。

但是有機會擾亂海惡魔心神總比什麼都不做好。

第一座重砲立刻開火；砲手肯定早已在等待這個命令，不過目標距離起碼一千步，而他們射偏了至少一百步。島上另五座面對這一側的火砲輪流開火，砲擊的聲音在火光閃耀過後才傳來，塔上的人差不多是在看見砲彈落水的同時聽見砲聲。全部落空，最接近目標的水花都差了超過五十步。沒有一發阻擾海惡魔的衝勢。

火砲隊以只有經過嚴格訓練才有可能達到的飛快速度重新裝填彈藥，但他們不可能及時展開下一波攻勢——海惡魔實在太快了。

百合莖上一片混亂。有馬車隊被撞得人仰馬翻，受驚嚇的馬匹在空間有限的橋上打橫馬車，擋住試圖逃往大傑斯伯的人群。人們爬過或是鑽過亂踢亂咬的馬背跟腳下。

另外一端的人慌忙逃竄，不少人摔倒在地，慘遭踐踏。沒幾個人能及時逃到島上。

「卡佛，」白法王口齒清晰地說。「立刻下去準備照料死者和傷患。你動作比我快，我得在這裡看這一切怎麼結束。」

她話還沒說完，黑盧克法王已經離開。

剩下四百步。三百步。

白法王伸出一手，彷彿能單憑意志力擋下海惡魔。她語氣迫切地低聲祈禱。

兩百步。一百步。

第二條黑影突然從橋的反向竄出海底，重重撞上海惡魔，濺起許多高達百呎的大水柱。海惡魔被撞入空中，身軀側彎。一條黑色身影——本身也很龐大，但是比海惡魔小——從下方擊中它。兩個龐然大物摔回海面，距百合莖不到二十步。

海惡魔衝勢不止，撞上百合莖橋，濺起一道水牆，灑落整條橋。整座橋身都在海浪的衝擊下劇烈搖晃——但沒有崩塌。

一道呼吸噴出的水柱後方冒出了黑色魚尾和一雙尾鰭。那條尾巴向下擊中海惡魔的身體，接著鯨魚游入小傑斯伯灣。朝外游走，遠離百合莖橋。

「鯨魚，」白法王抽氣道。「那是……」

「抹香鯨，高貴的女士，」吉爾說。他超愛這些海中拳擊家的故事。「一頭黑色巨獸。至少三十步長，頭硬得像攻城鎚。我沒聽說有長這麼大隻的。」

「瑟魯利恩海已經多久沒有抹香鯨——」

「四百年了。自永恆黑暗之門關閉後。不過有些抹香鯨還撐了一百年左右——請見諒。」吉爾說。

她沒注意到。他們都全神貫注。海惡魔的火紅身軀轉藍，沉入海底，但即使海面已在衝擊過後逐漸平靜下來，他們還是能看見海底的紅光再度點燃。海水開始沸騰。

海面上隆起龐大的身軀，轉身移動——追趕鯨魚而去。

白法王說：「據說那種鯨魚極具攻擊性——」

兩條龐然大物於岸邊四百步外的海面下再度相撞，濺起大片水花。

抹香鯨是海惡魔在瑟魯利恩海中唯一的自然天敵。但很久以前海惡魔就殺光牠們了。據說如此。

他們看著，巨獸再度衝撞，這一次撞擊點更遠。他們看著，沉默不語，下方已經展開救援行動，疏散百合莖橋上的人潮。

「我以爲那些鯨魚通常是……藍色的？」白法王問吉爾，目光依然放在海面上。

「深藍或灰色。傳說有提過白色鯨魚，有可能只是誤傳。」

「這條看起來是黑的，對吧？還是我視力變糟了？」

兩兄弟互看一眼。

「黑的。」吉爾說。

「肯定是黑的。」加文說。

「碧兒哈，」白法王用名字稱呼她的臥房奴隸，加文印象中她是第一次這麼做。「今天是什麼日子？」

「光明黑暗慶典日，女士。光明與黑暗爭奪天空控制權的日子。」

白法王依然沒轉頭。她輕聲說道：「而在此秋分之際，當我們確定光明將死，不可能再有勝算時，我們得救了——拯救我們的不是白鯨，而是黑鯨魚。」

所有人都若有所悟地點頭，加文覺得剛剛彷彿經歷了一段改變人生的重大時刻。他一一看向其他人。「然後呢？」他問。「這代表什麼？」

吉爾拍他後腦勺。「好啦，問題就在這裡，不是嗎？」

第二章

加文・蓋爾的手掌流出溫暖濃稠的灰色液體，把手裡的船槳弄得濕滑。他原先以爲自己手上的繭以一個靠嘴工作的人來說已經夠令人尊敬了，但和一天划十小時槳的人比起來根本不算什麼。

「史崔普！」七號提高音量呼喚領班。「稜鏡法王大人又要綳帶了。」

這話在少數人臉上掀起些微笑容，但划槳奴隸都沒有放慢動作。大牛皮鼓傳出類似鯨魚心跳的節奏。經驗老到的奴隸可以整天維持這種划槳步調，不過有點吃力。每一張長凳上都坐了三個人，光靠兩個人可以維持這個步調一段時間，讓第三個人喝水、吃東西或是使用排泄桶。

史崔普拿了一綑布過來。她指示加文伸出雙手。史崔普是他這輩子見過最魁梧的女人——而他認識過去二十年間所有女性黑衛士。他放開船槳，舉起血淋淋的雙手。他沒辦法張開或握起手指，現在甚至還沒中午。他們會一直划到天黑——在這個時節裡還要再五個小時。她攤開那塊布。布似乎很粗硬。

加文認爲還有比傷口感染更値得擔心的事。但當她動作熟練、毫不溫柔地用綳帶纏上他的手掌時，聞到一股清新的味道——樹脂摻雜丁香——還聽見了超紫盧克辛被壓碎的細微聲響。

一時間，從前的加文回來了，他開始心念電轉，思考該如何利用他們愚蠢的錯誤。要用已經分崩離析的盧克辛汲色非常困難，但加文・蓋爾向來不把困難當作一回事。他是稜鏡法王；世上沒有任何他辦不到的事——

世上沒有任何他辦得到的事。再也沒有了。現在，他已成色盲，無法汲色。在油燈搖曳不定的昏暗光線下，整個世界一片灰茫茫。

史崔普在他手背上打好結，然後低吼一聲。加文把這聲低吼當作回去工作的命令，提起疲累的手臂放回船槳。

「對……對抗感染。」他的一個槳友——八號——說，不過有些划槳奴隸叫他富克拉特。加文不知道原因。這裡的人有自己的一套俚語和笑話，而他還沒融入其中。「在船腹裡，死於感染的速度就和被人一腳踢死一樣快。」

超紫盧克辛可以對抗感染？克朗梅利亞沒有教這個，但那並不表示這就是錯的。又或許這是開戰後的新發現，只是還沒有人告訴過他。但他的思緒卻跑到他兄弟達山，把自己胸口割開的達山身上。達山在加文為他量身打造的地獄中怎麼可能沒有死於感染？

加文當初是因為遭囚的兄弟發瘋才下定決心痛下殺手，會不會對方根本沒瘋，純粹只是發燒？已經太遲了。他再度想起達山被子彈射中後，從頭骨中噴出的鮮血和腦漿染紅牢房牆壁的畫面。

加文把包紮好的雙手放回陳舊的槳上，握槳的地方被許多雙手的汗水、鮮血和油脂擦得光滑明亮。

「背挺直，六號。」八號說。「全部都用背部出力，不然光腰痛就能痛死你。」好了，這麼多字裡面居然不帶一個髒字，簡直堪稱奇蹟。

八號可以算是領養了加文。加文知道這個安加人並非完全出於同情才幫助自己的。加文是這柄船槳的第三個划槳奴隸。加文工作量越少，就表示七號和八號的工作量越多，而砲手船長十分看重船速。他可不喜歡一直待在盧城陷落的地點附近。

再過一個禮拜，克朗梅利亞就會派出海盜獵人——持有官方文件的私掠者——專門獵殺在侵略艦隊殘骸中打撈奴隸、拯救船員後加以奴役的海盜船。他們會針對擁有有權有勢親戚的人勒索贖金，但是大部分會被直接帶往伊利塔的大奴隸場，讓海盜獵人可以不受懲罰地卸下奴隸貨物。其餘則會就近在附近的奴隸市場卸貨，當地腐敗的官員會偽造文書，宣稱那些奴隸是從遠方港口合法取得的。許多奴隸都會被割掉舌頭，以免說出眞相。

這就是我帶領人民走向的命運，卡莉絲。奴役與死亡。

加文殺了一個神，但還是輸了這場仗。剋星浮出深海時撞翻了克朗梅利亞的艦隊，他們的希望就和所有殘骸一樣被甩出船外。

如果我有受命成爲普羅馬可斯，這一切都不會發生。

事實上，加文不該只殺了兄弟；應該連父親一併殺掉。即使在最後關頭，如果他幫基普刺死安德洛斯·蓋爾，而不只是試圖分開他們，安德洛斯就會死，而他此刻就會待在妻子的臂彎中。

「你有沒有懷疑過自己不夠堅強？」加文問七號。

七號搖了三下槳，然後才回答：「你知道他們怎麼叫我？」

「我想我聽過有人叫你歐霍蘭？因爲你的座位號碼是七號？」六是人類的數字，而七是歐霍蘭的數字。

「不是那個原因。」

友善的傢伙。「那是什麼原因？」

「你得不到問題的答案是因爲你不等待答案出現。」歐霍蘭說。

「我等夠久了，老頭。」加文說。

又划了兩下槳後，歐霍蘭說：「不。重點是所有三的倍數。就是三乘以任何數字。有些人要等到事物出現三的倍數時才會用心傾聽。」

我不是那種人。去死吧，歐霍蘭。還有以你命名的那個傢伙。

加文皺起眉頭，忍住熟悉的痛楚，跟上搖槳的節奏，滑動、伸直、貼向腳板，然後拉起。苦棒號有一百五十名槳手，這層甲板有八十人，上層還有七十個。甲板之間有留開口，讓鼓聲和命令可以在上下層甲板間傳遞。

但不是只有聲音會穿透上下層甲板。幾天下來，加文以爲自己的味覺已經麻痺了，但還是不停聞到一些新的臭味。安加人喜歡自稱衛生習慣良好，或許當眞如此——加文還沒看到任何划槳奴隸有感染痢疾或皮膚病的症狀，而且每天晚上都會傳水桶過來，第一桶裡是讓他們塗抹在身上的肥皀水，第二桶是沖洗用的乾淨海水。沖下來的髒水當然就會流到下層甲板，然後變得更髒後再流到底艙。地板隨時都很滑，空氣又熱又濕，汗流不止，除非風大，不然舷窗無法提供足夠的空氣對流，上層甲板滴在加文頭上和背上的液體臭得令人懷疑是什麼玩意兒。

樓梯傳來急促的腳步聲，聽起來是步伐輕盈的資深水手。有人在加文身邊彈指，不過他沒有抬頭去看。他現在是奴隸了；要表現得像個奴隸，不然就得爲傲慢的態度付出代價。但他也沒必要畏縮。話說回來，他還是得划槳，而划槳就耗盡了他所有力氣。

史崔普把加文的手從槳上拉開，解開鐐銬，對二號吹口哨。一號和二號乃是流動奴隸階級中地位最高的兩個，可以坐在最前面休息，幫忙跑腿，不必銬鎖鏈，只有在別的奴隸生病或是累到昏倒時才要划槳。

加文雙手被史崔普銬在背後，看向站在划槳艙外樓梯頂端的砲手船長。砲手是伊利塔人，皮膚宛如午夜般漆黑，鬍鬚很捲，上半身穿著敞開的上好錦緞緊身上衣，下半身是寬鬆的水手褲。他具有令人聯想到瘋子和先知的強大氣勢。他會自言自語，會和大海交談。他認爲天堂和凡間都沒有人能與自己相提並論——而在使用任何尺寸的火器方面，他確實沒有對手。不久前，砲手才從一艘被加文打得滿目瘡痍、火舌四起的船上跳海。加文一念之仁，饒了砲手。

做好事是會害死你的。

「上來，小蓋爾，」砲手船長說。「我已經沒有理由留你一命了。」

第三章

基普握槳的掌心流出鮮艷的血。他的手掌長滿水泡。水泡裡充滿了透明的漿液。下面柔軟的皮膚都扯裂了。鮮血宛如紅盧克辛般滲入漿液。由於不停與船槳摩擦，水泡破了，血流出來。他換個姿勢握槳。新的透明水泡冒了出來。鮮血滲入。破掉。

不過他沒看到那些色彩。什麼都看不到。他只能想像擺脫辛穆纏在他臉上防止汲色的遮眼布後可以看見的色彩。追隨法色之王的多色譜法師辛穆。在瑞克頓企圖殺害基普，又在加利斯頓企圖暗殺加文的辛穆。此時正拿著一把手槍對準基普的辛穆。他同父異母的哥哥——辛穆。

將會死在他手上的辛穆。

「你在笑什麼？」辛穆問。

小船就像過去兩天一樣上下搖晃、隨波擺動。眼睛看不見，基普沒辦法在混亂的波浪中確認方位，看準正確時機划槳，在必要時停下動作。他三不五時就會在拉槳時感覺沒划到水。他會猶豫一陣子，直到辛穆大聲指示方向。他們已經這樣搞了兩天。非常痛苦的兩天。

遮眼布在第一天令他痛不欲生，基普的雙眼都腫到睜不開。他在戰場上不小心打傷自己，後來辛穆又在他臉上打了一拳。他左臉有十幾道小割傷，那是綠剋星城齒遭炮彈擊中時散出的碎片打傷的。安德洛斯．蓋爾刺傷了他的肩膀，在肋骨旁劃開一刀。

如果不是因爲過去幾個月裡的黑衛士訓練，加上對準他腦袋的那把槍，基普肯定已經動彈不得了。現在這種情況下，划槳這個不熟悉的運動讓他的肌肉不斷顫抖。他的背部很痛。小腿正面因爲得持續在搖晃不定的小船上維持平衡而痛得要命。他的手臂和肩膀感覺更糟。還有手掌！親愛的歐霍蘭呀，他的手掌彷彿浸泡在苦難裡面。他被火燒過的左手有稍微恢復，現在只能像爪子般握起。扯緊會痛，放鬆會痛，不管也會痛。

基普又胖又害怕，而且玩完了。

「往左舷一點。」辛穆語帶無聊地說。他並未在意基普到眞的想知道基普在笑什麼的程度。他夠精明，不會受這點挑釁，況且今天海浪又大到令他不願爲了滿足一時快感而冒失衡的風險。

他完全沒有要輪流划槳的意思。

唯一讓基普繼續划下去的是恐懼。整整害怕兩天讓基普疲憊不堪，已經開始覺得有點暴躁了。

但我又能做什麼？我看不見，身體狀況又糟到連隻貓都打不過，只要輕舉妄動，肌肉肯定會抽筋或是癱瘓。辛穆占據所有優勢。所有王牌都在他手上——六種顏色和一把槍。

開始把當前形勢想成九王牌局後，基普的恐懼感大幅降低。他幻想用藍法師的耐心來分析牌局。辛穆有可能是和安德洛斯・蓋爾一樣可怕的對手嗎？不。但如果拿到一手爛牌的話，不管對手牌技多差仍可能會輸。

辛穆隨時都能殺死基普，輕而易舉，還不必擔心制裁或報復，因爲不會有人知道。

好啦，沒錯，那個我們都知道了，所以呢？

基普最好的牌就是辛穆的懶惰。辛穆知道他們得划船，不然就會淪爲海盜的獵物、慘遭奴役。辛穆不想自己划船，所以基普在把辛穆激怒到願意克服懶惰的程度前——或是辛穆不再需要他的時候，都很安全。

辛穆手上的牌很好，但是放著不打的好牌就和沒有一樣。

辛穆的自我評價膨脹到幾近荒謬的地步——他已經說了很多等他抵達克朗梅利亞後要做的事。那些故事裡面通通沒有提到基普，這讓基普非常清楚自己的未來。但辛穆自大就表示他會貶低其他人。基普表現得像個喪家之犬，辛穆就信了。他當然占了上風。基普當然會面對現實，了解自己毫無希望。

「我眞的以爲你在加利斯頓會被鯊魚吃掉。」基普說，故意裝出一點佩服的語氣。

不管多自大，辛穆都不是笨蛋。太陽下山後，他就會喪失盧克辛的優勢。到時候他就只剩下三張牌——手槍、基普的傷，還有一身沒經歷十幾個小時勞動蹂躪的肌肉。昨晚每次基普在睡夢中於小船前方翻身，辛穆都會立刻醒來，扣下燧發機構，槍口對準他。

辛穆在睡夢中錯手射殺基普的機會高得令人沮喪。

「不是什麼愉快的經驗。」辛穆說。片刻過後，他又說：「我以爲你在瑞克頓跌落瀑布的時候就已經摔死了。」

賤嘴基普相當不爽，差點提起他們後來見面的情形——在叛軍營地，辛穆沒有認出他。但是挑釁一個可以用一打方法殺死你的人，可不是什麼明智之舉。

「看來我們還有其他共通點。」基普說。「很難殺。」他不該費心利用虛無飄緲的共通點拉近彼此距離。辛穆是徹頭徹尾的壞蛋。基普心想這傢伙八成會在所有人面前隱藏這一點。不過在基普面前，他毫不隱藏——另一個基普時間有限的跡象。

「我們是蓋爾家的血脈。」辛穆說。「但你永遠都是私生子。我會在爺爺面前證明自己，成爲繼承人。繼承人。」

基普划槳。「你確定嗎？」他問。「卡莉絲是你母親？我完全沒聽說過這件事。」他討厭被蒙住眼睛，得推敲辛穆的語氣，不能從臉上短暫皺眉或肌肉抽動等跡象看出他是不是在說實話。

「他們懷我的時候，她是稜鏡法王的未婚妻。對大多數人而言，那就表示我是合法子嗣。他解除婚約後，她就跑去親戚家住。」

「提利亞？」基普問。他是在那裡第一次見到辛穆，看他忤逆老師，對基普拋擲火球，逼基普跳下瀑布。

「血林。一座名叫蘋果園的小鎮。我後來才去提利亞的。那裡是除了克朗梅利亞外唯一可以學習汲色的地方。」

「爺爺的主意？」基普問。聽起來就像安德洛斯・蓋爾會幹的事。教育這傢伙、訓練他，不露絲毫痕跡。一張隱藏起來的完美好牌。一方面可以把辛穆打造成完美的武器，一方面又能防止他在克朗梅利亞結交盟友。他是安德洛斯用來對付加文或光譜議會的絕佳選擇，但又不會變成安德洛斯的威脅。這傢伙完全沒有發現安德洛斯是如何肆無忌憚利用自己的。

既然我能看得這麼透徹，顯然我也有點憤世嫉俗了。又或許我只有在牽扯到安德洛斯・蓋爾時才會如此。

無論如何，總之辛穆沒有回應。或許他有點頭。

過去兩天，辛穆完全沒有提起卡莉絲。他似乎可以接受在黑衛士擁有那種地位的人作為自己母親，不過她不是天生具有強大的力量，所以對她不感興趣。他打算把這些問題留到與安德洛斯・蓋爾見面時當作籌碼。基普希望自己可以趕上那一幕。

當基普的槳再度錯過海浪時，他用力地咳嗽。他朝向手掌呼氣，趁機把鼻子上的遮眼布往上推了一點。即使只是假咳，還是讓他痛得要命。他在跳下瑟魯利恩海去救加文・蓋爾時吸入了不少海水。

他曾自比龜熊，具有承受苦難的特殊能力。但他真得想點其他特殊能力。這種能力爛透了。

他繼續回去划槳。辛穆逼他脫掉上衣，一方面是要防止基普積貯盧克辛，一方面也是要讓自己暖和點。厚厚的雲層加上秋風，每天早晨和晚上都很冷。一直在划槳流汗的基普沒有明顯感覺。

每划完一趟槳，基普的頭就會自然往後仰，可以在遮眼布下偷看到一點點藍。透過灰雲灑落的微弱日光，海水看起來一片混濁，他的睫毛和遮眼布也遮住了大部分色彩，但他需要的不多。一次也不能吸收太多，不然會被辛穆發現。如此一次吸收一點，基普的膚色深到足以掩飾從眼中入體、穿越遮眼布下的臉頰、沿著背部而下、在辛穆看不見的屁股和腳底堆積的盧克辛。辛穆檢查過幾次遮眼布下的頭皮和皮膚，所以一定要格外小心。

因爲肯定基普無法汲色，所以辛穆認定基普會在他本身力量最弱的晚上動手。但身爲全色譜馭光法師，基普心知弱點不是用法色的數量來計算。在有限的時間裡，辛穆絕對能殺死基普的方法有十幾種或只有一種根本毫無差別。事實上，如果辛穆有十幾種方法能殺基普，會比他只有一種方法時更容易被突襲，所以那些多出來的方法反而對他不利。

有些人認爲九王牌的對手是人，而不是牌。聽起來很睿智，但不完全符合實情。

到了下午稍晚的時候，基普已經累積足夠的盧克辛。他耗盡心力才能一邊划槳、一邊壓抑痛楚，慢慢將盧克辛沿著背部往上移動，通過頸部，來到頭皮。想要釋放盧克辛，盧克辛必須跟血接觸。大部分馭光法師選擇畫破手腕或指甲下方的皮膚。一段時間過後，傷口會形成疤痕；身體會適應。但是沒人規定馭光法師一定要從之前汲色的出口釋放盧克辛，基普也不打算這麼做。繼續浪費時間只會增加死亡的機率。

累積藍盧克辛強化了他的邏輯思考能力。基普的感官變得敏銳，能過濾出風聲和他自己的喘息聲。他猜想辛穆坐在對面。基普知道坐板在哪裡，也透過小船的重心判斷出辛穆坐在坐板中央。他三不五時可以聽見辛穆改變坐姿，看向後方或海岸。

不過藍盧克辛沒辦法完全隔絕聲音，只能過濾。不規律的風聲抹除了許多可供基普利用的情報。藍盧克辛也沒辦法壓抑身上的痛楚。基普盡可能謹愼利用自己所能掌握的有限資源，表現得比實際上更疲憊一點，讓他有機會利用划槳的間隔稍事休息——利用辛穆的懶惰增加活命的機會。

一定要今天動手。一定要盡快動手。他已經沒剩下多少力氣了。

基普彎腰痛苦呻吟，放開船槳，假裝腳抽筋。這個突如其來的動作搞不好足以引來一顆射向眉心的彈丸。他用雙手按摩小腿，仔細評估，小心測試，不只是伸展雙腳，還包括手掌和手臂。

他聽見一下鼾聲，然後是一聲低呼。

基普把腳攤得比之前開，比較不適合划槳，但希望這樣有助跳躍，接著他坐回原位，盲目摸索船槳。他假裝沒有注意到剛剛的聲音，但心裡嘔得要死。

辛穆剛剛一定睡著了。基普吵醒了敵人。有藍盧克辛強化感官，只要基普剛剛再多等一會兒……他沒有多等。這樣一點用處都沒有。鐵拳指揮官告訴過他們：「後悔是沒有用的。等你身處安全的環境之後再去反省錯誤。先確保自己安全。」

「如果你以爲我會幫你，那你一定是瘋了。」辛穆說。

基普手一動就痛得出聲呻吟。他不曉得自己有沒有力氣撲到船的另一邊。他盲目摸索，找不到剛放開的船槳。他說：「我找槳找得越久，休息的時間就越長。」

「右手。向上，向前。再往上一點。用鎖鏈，笨蛋。」

船槳固定在槳架裡，隨著海浪波動不停搖擺。船槳擊中基普的指甲。基普悶哼一聲。他轉動手腕，去摸鎖鏈，然後順著鎖鏈摸到船槳。他沒有忘記這點，但裝笨有裝笨的好處。

他最好不要露出像在計算鎖鏈長度的模樣。基普抓住船槳。接著他又用左手重複同樣動作，然後再度開始划槳。

「往左舷轉一點。」辛穆懶洋洋地說道。「這樣就好了。」

想要成功只有一個辦法。基普得把辛穆打落水，然後自己不能落水。辛穆一落水，手槍就報廢了。他只有時間對基普施展一次攻擊。所有盧克辛都有重量，而攻擊的動作——不管他選擇哪種顏色的盧克辛——都會產生後座力，將辛穆推入海裡。

如果辛穆第一擊沒有得手，基普就有勝算。他必須瘋狂划槳。等他確定他們距離岸邊有多遠後，就能決定是要回頭殺了辛穆，還是把他留在海裡等死。不過因爲辛穆曾在充滿鯊魚的海域中存活下來，所以基普打算親自動手，確保他這次死透。

但如果基普動作太慢，他會中彈。在不曉得該往哪個方向划槳，身體狀況又如此虛弱的情況下，他會死。如果他們兩個一起落水，他會死。就算基普沒有受傷，辛穆還是比他會游泳。

他的機會十分渺茫。基普一定要準備周全。因爲被遮眼布蓋住，他的雙眼瞳孔自然放大。他試圖用意志力縮小瞳孔——任何經驗老到的馭光法師都可以輕易辦到。如果他的雙眼一時無法調適強光，他就會打偏。如果——

辛穆的重心轉移。「歐霍蘭呀，」他說。

機會來得太突然，基普差點就錯失良機。

「有船。」辛穆說。基普累積的藍盧克辛告訴他，辛穆的聲音是因爲轉頭看船而變小。「我猜是海盜。」

動手！藍盧克辛從基普腦側竄出。在盧克辛的幫助下，他扯下遮眼布——撲向前去。

第四章

「只要我聞到一點樹脂屁，我就會在甲板上塗一層厚漆，小蓋爾。紅色、灰色、骨頭色，你聽得懂嗎？我很清楚盧克辛是什麼味道。」砲手在帶他走上苦棒號甲板時說道。「或者該說，我是用濕濕黏黏的棕色染料塗的，對吧，對吧，對吧？」

加文心情沉重地走到陽光下。

「對。」他說。因爲他腦子裡裝的都是大便。眞好笑。

「盧克辛的味道？盧克辛的氣味？盧克辛的臭味？」砲手問。這傢伙對語言的熱愛就像打老婆的男人對老婆的愛一樣。

「盧克辛味，不過我喜歡你的說法。」

「去。」

快要中午了，波浪起伏的大海讓輕槳帆船搖得比預期中更厲害。這些安加船和他熟悉的船艦不同。但是他人生中最重要的元素——光——已經變得毫無意義。天上烏雲密布，不過對稜鏡法王而言還是光線充足。只是這道陽光灑在他皮膚上的感覺就像即將離去的愛人。從前賜給他絕頂力量的鮮艷光譜現在只剩下令他無比沮喪的灰、白、黑等色調。他以爲自己已經調適好失去法色的心態，但是在陰暗的監牢裡面對這種損失是一回事，眼看全世界都是他的監牢又是另一回事。砲手很清楚這一點。在抓到加文的那天晚上第一眼看到他時，砲手就已經看穿了這個事實。

那砲手現在是在緊張什麼？

因爲他是砲手。

「跪下。」砲手說。

加文雙膝著地，間隔很寬，以免因爲甲板搖晃而摔倒。他無法分辨這樣拉撐雙腳造成的疼痛是好還是壞，但只要他沒有丟掉腦袋或弄斷手腳，能夠暫時遠離船槳都算好事。

砲手看著他。「掌握世界、呼風喚雨的加文·蓋爾究竟怎麼了？」

就某種層面，這算是砲手對他說過最淺顯易懂的一句話，但加文告訴過砲手自己不是加文。那可能是他去年一整年做過最蠢的事，雖然這個頭銜有很多競爭者在角逐。「他死了。」這樣回答應該可以，不管砲手問的是哪個加文。

「眞悲慘。怎麼死的？」

對付瘋子的重點，在於不要做出任何出乎意料的舉動。也不要有所期待。語焉不詳也可以是加文的武器。「我的寬宏大量消磨殆盡，最後只剩下火槍彈丸的慈悲。喀啦喀啦，喀啦喀啦。碰碰。肉袋的慈悲。黃囚室染紅，活人變成死人。」

砲手雙手抱胸。他看加文的表情有點困惑。「你胡言亂語。」

「我渴望懇求。」

「你流氓無賴。」

「我遭人奴役。」

「我拯救世人。」

「從大海手裡？」

「而你要獻出性命。」砲手說。他比向靠在幾步外的門框上的那把大白火槍。

加文不再回嘴，讓砲手贏這一場。他很想仔細看看那個怪東西，但砲手一副又想炫耀，又怕會被偷走的樣子。加文不能對砲手看中的東西流露出太大興趣。但也不能完全不感興趣。

砲手大笑，享受獲勝的感覺，把加文的猶豫當作挫敗的表現。他們曾玩過這種遊戲。很多很多年前。要不是加文完全受砲手所制，加上砲手瘋得這麼徹底的話，加文認爲自己可能會喜歡他。砲手說：「我不會認眞看待任何曾落入瑟莉絲懷抱裡的人。瑟莉絲鹹濕的熱吻能讓人失去理智，而你們蓋爾家的人本來就沒有多少理智。直截了當告訴我。你是不是死而復生的達山・蓋爾？原原本本說出來，不要只說一半。」

他這話可不能輕易當眞。砲手的耐心比導火線還短。於是加文長話短說：「我根本沒死。我在裂石山擒獲我哥，取代他的身分。他的朋友看起來比我的朋友好，所以我換上我哥的衣服，取代他的地位。但是不到一個月前，我認爲被我囚禁的哥哥已經瘋到無可救藥，所以殺了他。」

把眞相說出口眞是簡單。加文原本以爲要說出自己耗費心機隱藏的祕密會很困難。但他什麼感覺都沒有。他應該要有點感覺的，不是嗎？

「大海賞賜祕密給我，藉以鼓舞士氣。」砲手說。

這一次，加文很肯定砲手是故意用錯詞。「你很懂鼓舞士氣。難怪你是瑟莉絲最寵愛的子民。」

砲手朝大海吐口水，但加文看得出來他很高興。「你是達山？不是蓋的？」

「我隱瞞這個祕密太久，已經不能肯定自己是誰了。不過我曾經當過達山。不是蓋的。」加文不曉得自己爲什麼喜歡學和他講話的人說話。但他每次都會這樣，在同一個地方待太久後就會開始模仿別人的語調和用字遣詞。

「你這樣講是因爲你知道砲手曾幫達山做事。」砲手說。「你在撒謊。想要優勢我。」

優勢他？——喔，想要取得優勢。「當然。我殺掉我兄弟前，他告訴我說你的本名是烏魯奇·阿山。你對他而言非常重要，那些就是他最後的遺言。」

砲手目光閃爍，看來十分危險。「稜鏡法王要知道我從前的名字也不是什麼難事。」

「很多年前，你同意幫我做事前——這裡的『我』是指達山——我們坐在奴隸區裡喝超難喝的桃子酒時，你對我說過你是怎麼殺死那隻海惡魔的謊言。而當你宣稱世上沒有超紫盧克辛那種東西時，我們用羽毛玩了個小遊戲來消除你的懷疑。」

海盜船長看來有點心神不寧。「砲手開了三槍才射中那根可惡的羽毛。不過那是老鷹羽毛，不是鶴鶉【註】。」

糾正這個毫無意義，於是加文繼續說：「我怕我把你氣到不願意幫我做事。所以才讓你打中……不過是第六槍，你這個大騙子。」

砲手臉色一沉。狗屎。這傢伙太常說謊美化自己，搞不好把自己的謊言當眞。不該挑釁這個的，加文。砲手突然大步走開，朝船體中央移動。

加文待在原位，膝蓋痠痛。這樣伸展雙腳很糟，現在他可以肯定了。他身旁的兩個水手神色困惑，不知道如何是好。

「放了他！」砲手叫道。他正在一個桶子裡翻找東西。

水手解開鐐銬，但沒讓加文站起來。

砲手從桶子裡抓出一樣東西，丟給加文。他伸出綁了繃帶的僵手去接，結果那東西彈落甲板。一名水手撿起來，交給他。是顆皺皺的大蘋果。

「帶他去船頭撞角，」砲手說。「把他當成阿伯恩去穀麥片一樣小心看緊。蓋爾家的人被逼急了就和澡盆裡的海惡魔一樣危險。」

我還以爲你不洗澡呢。不過這話加文可沒說出口。諷刺他的獄卒、他的主人可沒任何好處，而他還想把很多東西留在身上。比方說牙齒。

水手拉他起身，把他拉到船首。他們把他轉過身去，再度強迫他跪下。砲手距離他四十步遠，位於船尾的盡頭。他手持一把明亮的白火槍。還是火槍劍？那玩意兒上有劍刃，劍刃上有兩個黑漩渦，鑲著兩顆閃亮的寶石。除了最後一個手掌長度的部位只有劍刃外，整個劍脊都附著一把火槍。

加文對這東西依稀有點印象，但是一時之間想不起來。好像與他父親、葛林伍迪和基普起衝突的那天晚上有關。他在衝突前受過重創，完全想不起來幾個小時中發生的事情，而他當然認識不少在戰場上受傷而失憶的人。他隱約記得砲手把他打撈上船，然後用那支劍的劍柄打他？一定是那樣的。加文身上還有當時被打出來的瘀痕，不過沒有任何刺傷，不然他現在八成已經死了。

儘管如此，這種設計實在太糟糕了。要讓火槍的槍管粗到能夠承受火藥爆炸的威力，那支劍就會粗重到不適合揮舞。這是某種奇怪的玩笑嗎？

「如果你是達山，就會記得我們之前的小實驗。」砲手叫道。

那是達山和加文會面時的事情，而加文．蓋爾——眞正的加文．蓋爾——當然應該會知道。「記得」那次實驗不能證明什麼。但顯然砲手並不曉得這一點。

「那天風平浪靜，而且你才距離二十步。」加文說。

當天把蘋果高舉在手上的船艙僕役嚇得尿濕了褲子。事後，加文聽到的故事是那個僕役把蘋果頂

譯註：砲手把「消除」（quell）聽成「鵪鶉」（quail）。

在頭上。沒人解釋一個男孩怎麼能在不停搖晃的船上維持蘋果平衡。但這種故事聽起來比較精彩。

二十步是很棒的故事，可四十步就是自殺了。砲手或許是全世界最準的神槍手，但那無關緊要。就算火藥量完全一樣，塡充物塡實到同等壓力，加上表面沒有任何坑洞的正圓火槍彈丸——就算沒有風，甲板不會搖晃，火槍從四十步外開槍最多也只能保證射中加文腦袋大小的目標。有些人相信事情不是那樣，但事實上，如果你在那種距離下射中更小的目標，純粹是運氣好。加文知道砲手有多準。他不信那傢伙曾殺過海惡魔，但如果世上有任何人能單靠準頭辦到這種事，肯定就是砲手了。

另外就是自負和高超技巧與瘋狂結合在一起的問題——三方婚姻肯定不會有好結果。他現在不想去考慮這些現實問題。砲手花了二十年說服別人他不會失誤；他似乎連自己都說服了。

「砲手得到了一把好槍，比、比、比……」海盜開始罵髒話，氣自己想不出「二十年前那把槍」的其他說法。

他不是眞的很生氣，只是很沮喪，但加文曾見過砲手因爲肚子餓就開槍殺人。砲手打定主意要開這一槍。

加文心裡一沉。他該怎麼不汲色應付這種情形？或許可以打倒旁邊兩名水手——然後呢？跳船？放眼望去看不到海岸。他們只要掉轉船頭就能撈起他。再說，以他目前的身體狀態想打倒兩名水手，還得趁砲手開槍前跳船只能說是太樂觀了。就他身體近期內承受的折磨來看，他搞不好根本無法游泳。

令他沮喪的不光只是生理上的疲憊。就這樣？這就是他的結局？

加文參與過太多戰役，早就不相信冥冥之中有股力量會保護該活下來的人。曾有全世界最厲害的劍士死在他的身旁，當時他根本不在任何敵人的視線範圍內——只是被一顆流彈反彈擊中腎臟。一匹價值連城的戰馬在戰役結束後被地上的屍體絆倒摔斷腿。有個將軍不願在長官桌吃飯，喜歡和手下共飲共食，結果得了痢疾。上千種不體面的死法，上千個沒有任何啓示或意義的故事，只有死亡。戰爭是因，其他一切都是果。

加文咬了一口蘋果。又酸又甜。他這輩子吃過最好吃的蘋果。

驕傲，你想讓我好看嗎？來吧。把我整個人帶走吧。加文用演說的口吻說：「砲手船長，我不認爲世界上有人能在這種情況下打中目標。你以爲你有那麼厲害？我不這麼認爲。我認爲你更厲害。如果能打中，你會成爲永恆的傳奇。沒打中，你就只是個會說大話的海盜。」加文把蘋果放到嘴裡，用牙齒咬住，轉向一邊，只讓砲手看見他的側面。

甲板上所有人都不再動作。

所以我會嘴裡咬著一顆蘋果死去。毫無疑問我父親會有評論。卡莉絲會氣炸。

由於轉身的關係，加文無法看見砲手的反應，不曉得他是生氣還是覺得有趣。加文也看不到其他水手的反應。他只看見灰色的海，黑色的天。他唯一看得見的光只有醜陋的光。當他開始後悔把自己最後的遺言浪費在挑釁海盜身上時，某樣濕濕的東西掠過他的臉。

他懷疑那是不是他的牙齒。人在身受重傷時會有短暫搞不清楚狀況的延遲時間。他死了嗎？或許腦袋爆炸了？他沒有聽見火槍聲，但有時會有這種事。

甲板四周傳來歡呼聲。蘋果不見了。

一名水手從地上撿起幾塊蘋果碎片。他把碎片拼湊回去。高高舉起。他叫道：「砲手船長正中紅心！」

砲手似乎沒聽見旁人的歡呼。他把白槍劍靠在肩膀上，大搖大擺走向加文。那種大搖大擺的步伐比起砲手正常的瘋狂體態更讓加文害怕。那表示砲手也很驚訝自己竟然射得中。歐霍蘭的睪丸呀。「世界上沒有人射得出這一槍。」砲手大聲宣告。「砲手船長射出來了！」

「砲手船長！」船員吼道。

砲手以勝利者的姿態站在加文面前。他捲起幾根自己的爛鬍鬚，放在嘴裡咀嚼。「上鐐銬！」他對加文身旁的水手叫道。

他們再度鎖住加文，但他幾乎毫無所覺。

感謝歐霍蘭，如果他讓自己死在這裡，卡莉絲絕對不會原諒他。事實上，等他脫身後，他絕不會向她提起這件事情。

砲手把火槍劍捧在掌心上。既然他開始炫耀了，加文就假設自己應該——最好——好好欣賞欣賞那支槍劍。槍劍看起來很美，加文猜測表面有塗白漆，還用大顆到應該是次級品的寶石加以裝飾。加文並不熟悉鑄劍之道，但這把劍看起來像是禮劍，而非戰士的武器。寶石似乎鑲滿劍身——這樣會削弱劍刃強度——還在白劍上漆黑漩渦？你得隨時帶個畫家在身邊才能持續重畫。劍刃上有塊開槍時用來穩定槍身的扶手部位，進一步降低劍刃功效。加文沒有看到燧石磨片、藥鍋、擊錘和任何用以平衡劍柄、加強準度、抵銷後座力的東西。他是在開玩笑嗎？這玩意兒薄得根本不能當火槍。

「我甚至沒有裝填彈藥。」砲手說。他知道達山已經欣賞過這把大師級的火器。「它會自行產生彈藥，而且精準度比——好了，你已經見識過了。可以擊發的時候，扳機就會從這裡彈出來。」

「怎麼……怎麼可能？」加文問。這不可能，當然。但砲手又眞的在搖晃不定的船上從四十步外打中了一顆塞在他嘴巴裡的蘋果。他覺得自己處於一種什麼都能相信的狀態。

砲手抓起劍柄，扭轉一下，然後往後拉。在冒煙的小槍膛露了出來。砲手用火藥角往裡面倒黑火藥，將槍膛推回定位，然後又拉出劍柄。劍柄展開，形成一個小槍托。他笑得像個惡作劇沒被抓到的第一年學徒一樣。

他又有那種感覺了，砲手的瘋狂起碼有一半是裝出來的感覺。砲手剛剛講話十分流利。加文一開始往這方面想，立刻覺得一切都很合理。砲手是個怪人。他總是會選錯用字遣詞。如果讓在他底下做事的那些硬漢覺得他是怪人或蠢蛋，他就會變成嘲弄的目標，所以他得表現出徹底的瘋狂。人在瘋子旁邊很容易緊張，不知道瘋狂會不會傳染，盡量和他保持距離。這對於不但想要繼續當船長，而且還想成為傳奇的新任船長而言是最完美的做法。

「有多精準？」加文問。

「我曾射中四百步外的史克羅格。彈丸不會亂竄。這種魔法比你從前耍過的魔法還強，傻笑蓋爾。」砲手舉起火槍抵住肩窩，瞄準在兩百步外飛翔的海鷗。他趁海鷗掠低時開槍，沒中。「當然，這把槍還是沒辦法全幫你算好。這又讓我更尊敬她了。她要求完美的技巧，就和大海一樣。」

不過加文沒有看他開槍。加文在研究那把火槍。延伸出來的槍托上似乎有幾個旋鈕和小轉盤，刻有細小的符文標記。砲手沒有提起它們讓加文相信他還沒弄懂它們的作用。

「我可以試試看嗎？」加文問。

砲手看著他。他大笑。「雖然你已經是前任稜鏡法王了，但砲手可還沒有蠢到把魔法物品放到你手上。」他朝大海吐口水，然後拿出一塊破布，開始擦拭劍刃上的黑火藥殘渣。「光拿著她都得要格外小心。這把槍和瑟莉絲一樣危險。」他開始陷入沉思，加文懷疑自己被拉上甲板是否只是為了讓砲手炫耀。

並非加文介意讓砲手炫耀。只要能離開船槳，對他來說就是休息。當然，他不喜歡休息的時候有人拿火槍朝他開槍，但當乞丐的可沒資格挑剔。

「我該提出多少贖金？」砲手問。

啊，所以他帶我上來是要談判？儘管想要勒索贖金，他還是忍不住要對我的腦袋開槍？或許他的瘋狂並非完全是裝出來的。「我父親相信我死了。見鬼，砲手，連我都相信自己死了。」就這樣，他想起來了，回憶既火熱又清晰——葛林伍迪加入混戰，兩把刀，四個人，加文發現在人多手雜的情況下絕不可能拯救基普——除非用自己的胸口去擋匕首。

我到底是哪根筋不對了？喔，卡莉絲，我這麼做難道是爲了做件讓妳爲我驕傲的事情？

但想起卡莉絲實在太痛苦了。她是這個全灰世界裡所有的色彩。

而他父親一心只想得到那支匕首。現在變成了火槍劍了，加文猜想。盲者刃，安德洛斯如此稱之。懷疑自己父親是否在乎黃金或地位遠超過你是一回事——所有有錢有權人家的兒子都會害怕這一點——但他父親竟然爲了一支匕首而動手殺他？他的親生父親？

「那個男孩，」加文問。「他在哪裡？」

「丟下海獻給瑟莉絲了。爲了感謝她。瑟莉絲和我現在扯平了。」砲手神色不善地笑道。「多少錢，小蓋爾？看在五層地獄的份上，我該怎麼叫你？達山？感覺像在和鬼說話。」

「叫我加文就好了。這樣比較方便。你想要多少贖金都行。聽起來越荒謬越好。他會盡量拖延你，直到他的間諜確認我在你手上。老實講，他會故意讓你殺了我，事後再來追殺你。他會讓別人以爲你嗜血成性，不會有人爲了逼你動手殺我而責怪他。他不想贖回我，砲手。」

砲手露出喜歡接受挑戰的笑容，隨即戴回面具。「既然他贖回你的欲望就和想起褲疹一樣強烈，砲手有什麼理由讓你待在他最寶貴的東西旁邊？」

糟了。但加文的三吋不爛之舌已經發動。「如果你殺了我，他就可以不用假裝他想要贖回我。那表示他沒有必要準備一艘贖金船。他只要開戰艦來就好了。」

砲手皺眉。他跳到船舷上蹲著，一手握著繩索，思考。「你表現得很有用處。」砲手又對海面吐口水。「安加人非常有趣。給划槳奴隸吃得好像他們是自由人一樣。你有看到吧？對奴隸非常好。最高等的奴隸可以帶上岸，吃眞正的食物，甚至能上妓院。三不五時會有奴隸趁機逃跑，但這種做法能讓奴隸努力工作。吃得好就會有力氣。爲了裝載這麼多食物，你還得減少載貨量。但是這艘小槳帆船跑得比瑟魯利恩海上任何船都快上兩到三倍。順風的話，或許能有幾艘槳帆船追得上我，但只要有足夠空間，我就可以利用風向甩開它們。這艘船曾穿越永恆黑暗之門。它輕得像軟木，快得像燕子。最適合海盜的船，如果你能掠奪足夠的貨物。美麗的小船。只有四座旋轉砲和一座長大砲。這是整座大海裡最好的槳帆船，船員也都是最頂尖的——」砲手壓低音量。「但是我討厭她。一座大砲！一座。我應該要求帕許·維奇歐那艘大船的，那叫什麼名字？」

「加剛吐瓦號？」加文問。

「就是它！」

「可能有點難——」

「你父親是紅法王。他比歐霍蘭還有錢。你是稜鏡法王。他們就算把老妓女重新變回處女也要贖你回去。」

「加剛吐瓦號被我弄沉了。盧城港灣戰役開打之前的事。」

轉眼間，砲手從皮帶上拔出一把手槍，扣下擊錘，槍口抵住加文的右眼。他眼中充滿殺機。不論他的瘋狂有多少是裝出來的，此時此刻都不是裝的。他努力克制自己，押回擊錘。「這個囚犯精力太旺盛了，」砲手說。「送回去划槳，划到筋疲力竭爲止。」

第五章

太陽爬上地平線上時，提雅和幾個黑衛士在漫遊者號的後船樓上做完晨間體操。黑衛士訓練班就只有她和關鍵者及其他五名頂尖新進學員在這艘船上。其他人和另一半僅存的正規黑衛士搭乘另一艘船。儘管一直有人提醒他們，還沒正式宣誓不算正規黑衛士，但黑衛士訓練時並沒有給他們這些囊克放水。關鍵者很果斷地追隨他們的步伐，而其他人則盡可能以關鍵者爲榜樣，手忙腳亂地練習他們見過，但沒學過的複雜招式。

領頭訓練的鐵拳指揮官並沒有理會那些努力跟上進度的人。這個傳奇戰士向來都是一團謎，但過去一週，他比往常更加嚴肅。提雅不曉得這些操課（還有他們練習的慘狀）是否又是另一種訓練方式，還是說黑衛士領袖單純只是沒看到他們。無論如何，指揮官拿了塊濕布擦拭頭皮，讓自己冷靜下來。現在他頭上已經長出一些細細的髮渣。盧城之戰後他不再剃光頭，還在頭上抹油，講得更精確一點，是在發射那發奇蹟之砲後——他在六千步加上一次禱告的距離外發砲命中一名剛降世的神。他看向尚未完全昇上地平線的東昇旭日皺起眉頭，將高特拉纏回頭上，然後走下陡梯，前往船體中央。

提雅的腳踝在練習不熟悉的招式時絆到了一條繩子——呃，顯然在船上要說船索——她一邊揉腳一邊走向基普和加文一週前落海的舷緣。

「很難相信，是不是？」關鍵者走到她旁邊的欄杆前說。小戴羅斯如影隨形地跟著關鍵者過來。

關鍵者可能是在指一百件事。很難相信他們眞的上陣殺敵？很難相信他們輸了？對抗眞正的神？很難相信加文．蓋爾死了？但他指的不是那些，提雅知道。「沒辦法相信。」她語氣平淡地說。

「妳調適得過來嗎？」他問。

她手肘靠在欄杆上，難以置信地轉身面對他。有時候關鍵者是她這輩子見過最好的人。有時候，他卻是個白痴。「那是謊言，關鍵者。他們說謊。」

「但紅法王不會說謊。」關鍵者輕聲說道。或許不是他的錯。關鍵者成長過程中一直都有好人在照顧他，而他本身也有很強烈的道德感，所以不像奴隸女孩一樣對當權者抱持不敬的懷疑本能。

「好了，提雅，」戴羅斯說。「妳知道粉碎者爲了安德洛斯・蓋爾阻撓他加入黑衛士的事懷恨在心。而我們都知道粉碎者那天晚上喝醉了。從他生前衝動的個性來看，我不認爲這有什麼難以——」

「用現在式。」提雅打斷他。

「什麼？」戴羅斯問。

「你竟敢放棄基普。走開，你們兩個都走開。我受夠你們了。」

戴羅斯兩眼一翻，把她當作不可理喻的女人。她很想讓他見識一下她眞的不可理喻時是什麼樣子。另一方面，關鍵者只是臉色鐵青。他推離欄杆。提雅知道他只是來關心自己，任何好的指揮官都會這麼做。但是好意並不足以代表一切。他們一言不發地離開。

妳太沒禮貌了，那樣說也不公平，妳該道歉，提雅。

但她沒有道歉。

安德洛斯・蓋爾說他當天晚上就像往常一樣羞辱基普。他不喜歡那個孩子，他承認。或許他不該在戰後說那種話。但他怎麼知道基普喝醉了？他從未想過基普會攻擊自己。

加文・蓋爾和安德洛斯的奴隸出手勸架。基普意外刺傷加文，當加文・蓋爾落水時，基普心慌意亂地跳下海去救他。

然後這件事情就這樣了。卡莉絲・懷特・歐克守衛隊長——既然她已經嫁給加文，是否該稱她爲蓋爾守衛隊長？——失去理智，大叫他們一定弄錯了，安德洛斯在撒謊。提雅以爲那個女人會撲上去攻擊安德洛斯，幸好鐵拳指揮官出手，把卡莉絲扛離甲板。後來她就沒再出現過了。

沒有其他人質疑紅法王。鐵拳指揮官和當晚負責保護加文的黑衛士好好談過幾次。稜鏡法王命令他們上床睡覺，誰又料想得到他在再度證明自己天下無敵的當晚會有危險？他殺了一個神！

不，提雅試著告訴大家，神是基普殺的。

和失去稜鏡法王相比，神是誰殺的根本無關緊要，而且人們看她的眼神彷彿她在對他的墳墓吐口水。大家都崇拜他，整個艦隊的人都以當天與他並肩作戰證實他們忠心耿耿。

這並沒有減輕黑衛士的罪惡感。他們失敗了。他們即將回家，而他們保護的人死了。這是永遠無法抹滅的污點。

下方傳來的低語聲打亂了她的思緒。提雅轉頭看向水手。水手大多是男人，而他們偷看女性黑衛士時會盡可能不著痕跡——或是在伊塞兒打斷一名水手鼻子後變得更加謹慎——但他們還是會偷看。不過他們不看提雅。提雅屁股不圓、胸部又平、身材矮小、頭髮還很短，就算有人對提雅感興趣，最多也只是哪個壯漢想把她當成吉祥物來保護。提雅有能力把大部分這種壯漢打成肉醬，只是他們不知道這一點。不過此時此刻，她很慶幸沒人理她。

她下方的船艙是安德洛斯・蓋爾住的。過去一週以來，她一有機會就會跑來這裡偷聽。她透過攀索具、接受水手指導、學習船上事務來掩飾監視。她還會假裝動也不動地坐在這裡祈禱。她也會假裝在哀悼。這裡是基普跳海——或說被推入海中的地方。有一次她裝哭時突然變成眞哭。她比自己想像中更喜歡基普。

在甲板上坐下時，鐵拳指揮官走了過來。她立刻起身，但他指示她繼續坐著。他在她身邊站了一段時間，要不是擔心被他發現自己挑選這個位置的原因，她或許會很感激他在這裡默默陪伴。

最後，他說：「基普——粉碎者——要我確保相關單位通過妳的解放文件。我會做到。妳知道妳是最頂尖的新進學員之一，也知道黑衛士在網羅合適的人選。但這是妳的選擇。在妳這個年紀時，我宣誓加入黑衛士是爲了符合其他人的期待，而不是因爲自己想這麼做，或說認爲這是我該做的事。我不會這樣要求妳，提雅。」

然後他就走了。

她盤膝而坐，考慮拿了解放文件走人——去哪裡？回家？嫁給某個商人？學習某種手藝？什麼手藝？在經歷過這幾個月的事情之後，考慮這個實在太奇怪，太難以想像了。她打算晚點再去想那個，然後專心傾聽安德洛斯的聲音。剛開始他完全不開窗，但過去幾天裡，這扇窗戶每次都是開著的。清晨是她最有可能偷聽到交談聲的時刻。等海風開始吹拂後，就根本不可能聽見什麼了。但七天過去了，她還是什麼都沒聽到。大多是他在對臥房奴隸葛林伍迪下達無關緊要的命令，安德洛斯似乎非常信任這個帕里亞老頭。

但今天再度徒勞無功。提雅沒聽到幾句話。安德洛斯和葛林伍迪相識多年，心照不宣，交談都很簡略。

「任何證據顯示他不是在胡思亂想嗎？」

「沒。當然，等我們找到證據，對其中一方而言就已經太遲了。」

「不管怎麼樣，對我們來講都太遲了。可惡。」安德洛斯說。他的音量比較大，站在舷窗口。「它就近在眼前，葛林伍迪。我差點就抓到刀柄了。」

「是我的錯，主人。」

「不，你又救了我一命。」

「我的力量不比從前了，主人。竟然沒有料到他會動手。」

提雅皺起眉頭，拉緊新進學員的斗篷取暖。葛林伍迪沒有料到他會動手？基普嗎？所以基普確實攻擊了他們？有這個可能嗎？基普不會做這麼蠢的事，對吧？

會，他當然會。但是意圖謀殺？不，基普不會。他或許會動手傷人，但不會打殘對手，更不會想要殺人，她見過他大發雷霆的模樣。

「往好處想，主人。你今年不會被解放了。」葛林伍迪的語氣很古怪，讓提雅不寒而慄。安德洛斯．蓋爾要粉碎斑暈了嗎？葛林伍迪提起此事的語氣爲什麼如此輕鬆？

舷窗中伸出一隻手掌，信鴿在羽毛飛散中竄入天際，嚇了提雅一跳，但似乎沒人注意到她受驚或是鴿子飛走——過去幾天，船上派出不少信鴿。

接著安德洛斯關上舷窗，聲音就聽不見了。提雅很想立刻起身離開，但她很清楚自己坐在安德洛斯艙房的正上方。不管體重多輕，木板還是會在她移動時發出聲響。她又等了幾分鐘，假裝在靜坐冥思。基普是她的訓練夥伴。他透過賭博——她還是不曉得是賭什麼——從安德洛斯．蓋爾那邊贏走了她的奴隸文件。然後他立刻著手解放她。他在討論戰術時會聽她的意見，讓提雅覺得自己——一個奴隸——生命中第一次能有所貢獻。

提雅發現自己握著身上掛著的小橄欖油瓶，捏得非常緊。她鬆開這代表她奴隸生涯的象徵。這是阿格萊雅．克拉索斯送她的禮物，藉以威脅並提醒——橄欖油，讓她在奴隸妓院裡能工作得輕鬆點。橄欖油，幫她撐過一天接三十到四十個嫖客的生活。每當提雅自認失去所有信念後，她就會摸摸這個提醒她奴隸生涯的東西。想想她的人生——基普承諾會讓她永遠拋諸腦後的人生——本來會變成什麼樣子。

一起受訓的短短幾個月裡，基普不但成爲了她的夥伴，還變成她最好的朋友。她直到現在才發現這一點。他需要她時，她不在他身邊。他不可能眞的死了。只要不驚慌失措，他就可能一直漂浮到天亮。提雅沒聽說附近有鯊魚——這並沒有什麼意義。倖存者也不喜歡多提可能發生在他們身上的慘劇。

如果他撐到天亮，就可能被奴隸販子打撈起來。基普在前一天汲取了大量的色，就算沒有受傷也會暈光。他甚至連眼鏡盒都留在舖位上。他沒有辦法保護自己。

如果基普還活著，現在很可能和船槳鎖在一起。

提雅或其他人都幫不了他。

辛穆站著，伸手在眼前遮光，重型手槍指向船板。基普撲上前，透過槳架壓起船槳。船槳突然拍打水面搶先吸引了辛穆的目光。他看向水聲響起的位置，沒有看基普。

基普雙手無力，手上鎖著船槳沒辦法使勁揮拳。但他不在乎姿勢好不好看。他放下雙手，用肩膀猛撞辛穆側身。他撞到瘦子的手肘位置，把他持槍的手撞回下方，就在兩人撞在一起的同時，基普肥胖的身軀彷彿在說：「這就是我所有的力量，老哥。天賦。」

辛穆騰空而起。他腳踝撞上船緣，以令基普十分滿意的姿勢翻得頭上腳下。基普在一段距離外傳來的水花聲中摔倒。因爲雙手被船槳的重量牽制在後，沒辦法出手撐地，他的臉頰撞上船板。

但他摔在船上，這才是重點。

基普利用不知道哪裡來的力量奮力站起身。他已經汲取了藍盧克辛，而在汲色的興奮和看見折磨自己的人落水的雙重刺激下，差點就錯過了附近景象——小船四周都是盧克辛，紅盧克辛和黃盧克辛。有條長繩索將辛穆和盧克辛固定在一起。

辛穆浮出水面，基普看見他手槍的槍口越變越大。槍口指向基普。辛穆扣下扳機，擊錘擊中燧石磨片。沒有擊發。手槍浸濕了。辛穆消失在一道海浪後。

基普立刻在兩手上各造出一把藍盧克辛劍，砍斷固定自己手腕的綠盧克辛鐐銬。

辛穆揮手拍水，濺起大片水花。基普知道他是在抓繩索。

基普跳下小船一側。

他一跳下水就知道自己做錯了。既然能夠汲色砍斷自己的鐐銬，他幹嘛不砍斷辛穆的繩索？

愚蠢，基普，愚蠢。

他在水中奮力踢水，盡可能和辛穆拉開距離，接著彷彿突然有隻海惡魔落入海面。基普浮出水面，發現小船已化爲一團紅橘色火焰，冒出濃濃的黑煙。船擋在兩人中間，他看不見辛穆。

就算基普處於巔峰狀態，辛穆也比他會游泳。今天基普肯定討不到好處。如果辛穆發現他，就會追趕而來。如果辛穆追上，就會淹死他。

基普在海面上沉浮片刻。他沒辦法游泳。他的手臂都重到像鉛墜一樣，雖然腳還能動，但也動不了多久了。如果不驚慌失措，身上的脂肪能讓他漂浮在海面上，但光用漂的沒辦法遠離辛穆，更別說是遠離海盜船。基普四下尋找海盜船，但從這個位置看不到。

不過海盜船絕對不會錯過他們，因爲辛穆放火燒了他們的船。

喔。簡單。

基普盡量吸收藍盧克辛，然後在雙掌外包覆推進桿。推進桿讓水流過他的手指，而他則透過推進桿噴射盧克辛，擠出裡面的水。把水往後推就像火槍擊發一樣，推動你往前進。基普把推進桿夾在腋下，深吸口氣，面對海岸。

最棒的是，辛穆沒見過這種做法。

他移動的速度比加文・蓋爾大戰海惡魔時慢多了。基普知道自己一定是哪裡弄錯了，但又想不出錯在哪裡。但他的速度還是比游泳快上三到四倍。沒過多久，他就發現速度慢也是有好處的。他沒有在海面上留下可供海盜辨識位置的水痕。

一小時後──也可能只是感覺像是過了那麼久──基普步履蹣跚地踏上海岸。他得走到樹林裡。如果他在海盜船的視線範圍內倒地睡著，一切就等於白費力氣。他向前走，陽光曝曬的沙灘在沒穿鞋的腳底下滋滋作響。阿塔西沿岸有很多這種美麗的沙灘。棕櫚樹無聲搖晃著。他一路走到樹蔭下，然後才回頭找尋辛穆蹤跡。

燃燒的小船已經不見，沉沒了，就連黑煙也消散了。不過海盜船已經抵達剛剛小船所在的位置。基普不太清楚槳帆船的規格，但這艘看起來很小。長度約莫三十步。不過在這種距離下很難目測。船上沒有旗幟。不是砲手的船。

但是槳帆船停了，基普看到船員朝船的另一側拋下繩索。

所以辛穆還活著。基普心裡一沉。如果基普被海盜——或是正常水手——俘擄，他擔心會變成奴隸。他認爲自己生存的機會不大。至於辛穆，沒有這類恐懼或期待，八成會在一週內成爲那艘船的船長。

願歐霍蘭打擊他。歐霍蘭弄瞎他。歐霍蘭奪走他生前和死後的光芒。

不過暫時而言，基普很安全。他需要水，然後是食物，然後要想辦法回家。但沒有任何東西可以阻擋他。那些都是微不足道的瑣事。他的性命就是微不足道的瑣事。但他知道一件大事。那一晚船上的人都看到加文・蓋爾在中劍後落海。他們一定認定他死了。基普知道他沒死，也只有基普知道他落入砲手手裡。

就算諸神全跑來阻擾他，基普還是要救回父親。

第七章

手槍不能用了。更糟的是，辛穆在盛怒下把槍丟進水裡了。他漂在海面上，眼睜睜看著海盜船駛近。他們一定以爲可以把他變成奴隸。他們一定會嘗試這麼做。

他忍不住面露微笑。生命中鮮少出現殺人不用顧慮後果的情況。

他希望能汲用更多法色，不過藍色也夠用了。他在肩膀和背部積貯藍盧克辛，利用上衣衣袖作掩護。他不擅長積貯盧克辛。這樣做很不舒服，而且沒辦法完全清除皮膚裡的盧克辛；他會一直維持淡藍色調，看起來像是要被凍死一樣。他可以用傑出的手法做好一千件事，但是掩飾他的傑出並非其中之一。

燃燒的小船終於燒得差不多了，在滋滋聲中完全淹沒於海浪下。他希望海盜不會懷疑一艘小槳船怎麼能產生這麼多黑煙。或許他們會以爲船上有焦油或是黑火藥。

至少基普看起來應該是死了。小船爆炸後，辛穆就沒聽到他的聲音，也沒看見他。他自己是沉到海裡躲避爆炸的衝擊和碎片。摧毀船有點遺憾。他早該知道基普會嘗試逃跑。那傢伙很狡猾，動作也比想像中看不見東西的胖小子要快多了。

無所謂。不管他在不在小船裡，海盜都會打撈他上船。他只要耐心等候就好。游泳不是問題；在他的家鄉蘋果園，所有小孩都喜歡游泳，跳下大鞦韆或是順著光滑的石頭滾下瀑布。

幾分鐘內，槳帆船抵達。他們朝他拋出一條繩索，然後在船側攤開一道網子，有個沒牙的水手大聲叫他爬上去。

我還能做什麼，你這個白痴？待在水裡嗎？

辛穆爬上網子。他敏捷地躍過船欄，完全無視指著他的四支劍。沒人拿槍對著他。很好。不過他還是垂下目光，等著看是誰開口說話。

「年輕，」大副說。他是剛剛那個沒牙齒的人，醜得就和划了一整天的槳一樣。「很瘦，不過不算嫩。這種年紀的人很快就會長肌肉了。他可以勝任。特倫奇昨天咳血了。我們剛好可以讓他休息。歐霍蘭對我們微笑。」

「你們要奴役我？」辛穆問，刻意裝出男孩害怕的聲音。

船長說話了。他是個綁著鬍鬚辮的阿塔西人，不過眼睛是棕色的，不是一般阿塔西人的藍色。「說奴役太沉重。我們都是在船上工作。歐霍蘭不是說過所有男人都是兄弟嗎？你會和你的兄弟一起划槳。」

「如果我拒絕呢？」辛穆問。他引導藍盧克辛順著手臂下方移動——因為雙掌貼著身側，所以沒有被人發現。

「所有人都要工作。」船長冷冷說道。「我的船，我的世界。」

辛穆可以趁這個機會提出要求。他可以透露他是多色譜法師。這個船長看來並不好戰。他有機會毆打辛穆，但卻沒有這麼做。

「我有更好的主意，」辛穆說。「我們不如——」他發射盧克辛刺，穿透身旁一個男人的臉。尖銳的盧克辛刺入男人的鷹勾鼻，直接貫穿腦袋。辛穆順著發射盧克辛的後座力轉身，然後趁轉身的機會噴出一把藍盧克辛刀。他把另一個男人的手掌齊腕斬斷。他對那個男人的胸口發射一團藍盧克辛，打得對方摔倒在地。轉眼之間，辛穆的左手冒出一把滋滋作響的尖刺，在掌心中緩緩旋轉，指向船長。

他突然發難，迅雷不及掩耳，接著又突然停止攻擊，嚇壞了所有奴隸商人。他們沒有反應，辛穆也沒有進一步行動。只要他一動，他們就會受驚。如果全船水手群起而攻，他或許有辦法殺光所有人，但無法指揮整艘船。他不曉得這艘船是怎麼運作的。他利用這個機會補充盧克辛。

「不如，」辛穆重複剛剛的話頭。「我暫時加入你們船員？我是個多色譜法師，船長。我光靠一種法色就有這種威力。而我可以使用六種法色。把大副的船艙分配給我，我就和你並肩作戰三個月，或是打三場戰役，看哪種情況先達成。我的魔法可以改變戰局。三場你肯定會贏的戰役。等我付清債務後，你就帶我前往大傑斯伯，讓我帶走所有你認爲我贏得的財寶。你依然是船長，我不會搶奪你的財物。我們會以朋友的身分分道揚鑣。」

「不然怎樣？」船長問。他的手很想去拔腰帶上的手槍。

「不然我就殺了你，然後向你的大副提出同樣的條件。或許他不會急著跳出來保護你，因爲只要什麼都不做，他就可以得到大筆財富。」

「巴利克是個好人。」船長看著死去的水手說。另一個斷掌水手已經因爲失血過多而昏迷，但他還有得救。

「順便一提，」辛穆不理他，繼續說道。「我很快就會成爲七總督轄地中最重要的人物，而日後我有用得到有你這種專長的人。」

船長看看辛穆，看看他滿臉鐵青的大副。船長伸手到一個袋子裡，拿出一些菸草。將菸草塞到嘴裡。他凝視著還在甲板上流血的男人。「羅爾，幫他包紮。」

名叫羅爾的大副奉命行事。船長還是沒對辛穆說任何話。

辛穆給他時間考慮，掌握船長生死的尖刺依然在他掌心緩緩旋轉。

船長對著甲板吐出一口棕色液體。那玩意兒落在血泊裡。他皺眉。「成交。」他終於說道。「你可以幫我解決一些宿怨。如果你能幫我幹掉某個海盜，你就只要打一場戰役就好，我以身爲妓女和水手之子的榮譽發誓。」他謹慎地伸出手掌。辛穆非常享受他那種稍縱即逝的恐懼。親眼見識過辛穆的能耐，對他害怕到這種程度的人，絕不會在短時間內背叛他。完美。

「你說的海盜是誰？」辛穆問。

「一個擅長開砲的傢伙。自稱砲手船長。」

第八章

漫遊者號入港時，提雅已經等在船欄旁的定位。除了往常那些水手、碼頭工人、商人、漁夫和幾個貴族外，大傑斯伯的碼頭上擠滿了急著想要知道心愛的人有沒有安然歸來的平民百姓。

同一時間，一群魯斯加士兵正在補給裝船，準備前往提雅和她朋友剛剛離開的戰場。

船上的乘客擠在船身中央放下船板的位置附近。提雅跳上船欄，一手握著船索，藉以保持平衡。她踏出船欄，雙手抓住麻繩網，翻滾向下。她在那一瞬間裡感受到早已遺忘的歡愉。她早期的訓練包含日常雜耍技巧，但自從開始隨黑衛士一起受訓後，她就沒有繼續練習了。

提雅掛在網子上，已經可以看見碼頭擠滿了急著想要得知更多消息的人。安德洛斯・蓋爾的旗艦是殘餘艦隊裡第一艘入港的船艦。戰敗消息已經透過信鴿傳到傑斯伯群島，但是人們急著想要知道細節。船輕輕撞上碼頭，不再前進。和提雅一起掛在繩網上的一名水手對她笑了笑，然後率先跳去，將船索綁在繫纜墩上。提雅受限於身材而沒辦法跳那麼遠，過了一會兒才跳下去。她落在擁擠的人群、朋友、家人及小販之間。那些食物小販和酒販急著找尋那些想淨化被硬麵餅與污水弄壞味蕾的顧客。

淹沒在完全不在乎她的人群中帶來如釋重負的感覺。提雅身材矮小到直接消失在人群裡。提雅在阿伯恩的特技和戰技老師只比她高一點點，而老師鼓勵她融入人群，體會他們的情緒——從在賽馬場輸掉比賽的憤怒群眾，到在奧迪斯太陽節慶典中滿懷期待爭睹異國舞者和展出動物的群眾，都不放過。

有一種感知力只能在這種群眾怪物中培養出來。四周有成千上萬的人在移動，但你只能察覺距離自己最近的十幾個人的動作，特別是當你身材嬌小的時候。而你最清楚的肯定是自己的動作。人群可以在一定程度下容忍你專斷甚至粗暴的舉動，不會認爲是在挑釁。有一段容忍期——只要趕在被撞到的人回頭來找你之前消失的話，對方就會忽略被衝撞的事情。提雅矮身推擠，穿越人群，身心合一，動作宛如行雲流水。

她的教官，擁有年輕女孩的身材和紅懸崖般嚴厲五官的莉莉菲爾德老師，曾想帶提雅和她主人的女兒去奧迪斯裡存在數百年的安加人貧民區達克斯體驗貧民暴動，但是提雅的主人不允許。

克朗梅利亞七座高塔在太陽下閃閃發光的熟悉美景今天並沒有爲提雅帶來任何喜悅之情。提雅沒有地方可去。鐵拳指揮官對他的黑衛士說：「今天放假。明天黎明時分一如往常在訓練場集合。」

提雅體內充滿難以平復的精力。她需要到處走走。這是不錯的練習。越熟悉這座城市，黑衛士的訓練就會越輕鬆。但今天她得處理一件事情。她發現自己又去抓那個可惡的小油瓶了，本來可以幫助她穿越群眾的寶貴手掌少了一隻。

妳想太多了，T。

她才剛走出碼頭區就有一個男人撞上她。她有刻意往旁邊讓開，所以對方一定是故意撞上她的。但他已經跑了，而她手上多了一樣東西。

提雅連忙轉身，然後停在原地，失去了前進的力道，失去了節奏。人群把她推擠到碼頭旁邊的市集。她完全沒有看到剛剛那個傢伙。只有看到一襲深色斗篷，可能還有一件灰色上衣……可惡，對方消失了。她像是業餘的。她走出人群，端詳手上的東西。一張字條。

她立刻知道自己絕不會喜歡上面寫的內容。

「提雅，立刻切換到帕來色譜。」

提雅之前只曾短暫學過特殊色的課程，但是瑪塔・馬太安斯老師讓她明白一個女人的瞳孔放大到整個眼白完全消失的地步，不光讓正常人感到不安而已，簡直會把人嚇死。但是想要看見帕來色就得如此操弄雙眼，因爲帕來色位於可見紅光外的次紅色譜以外。從前她會以極快速度放大瞳孔，然後收縮，但這樣做很容易累。此刻提雅戴上鐵拳指揮官送她的黑眼鏡，然後放鬆雙眼，繼續放鬆，一直放鬆。

她第一個看見有帕來色的地方，是一個虎背熊腰的克朗梅利亞守衛胸口。幾個閃閃發光的字飄浮在空中：「賄賂過了。」

她胸口一緊。什麼？爲什麼？她突然不知所措，目瞪口呆站在原地，像個初到傑斯伯群島的傢伙，光顧著大開眼界，完全沒想到要移動、工作、計畫。

「我能效勞嗎，女士？」守衛注意到她的表情，問道。

提雅搖搖頭，走過他身邊。她穿越市集，看見有個傳令官站在小箱子上看她。他的頭上飄著字：「我們的。」他有盯著她看嗎？

這些是什麼人？他們在幹嘛？他們爲什麼要讓她看見這些東西？這顯然表示他們有個帕來色馭光法師。技巧高超的馭光法師。比提雅厲害多了，才能製造出可以維持這麼久的文字。也可能這個馭光法師離她很近，能在她抵達前一刻寫出這些字。

一條巷子裡的牆壁上有字：「這裡走，提雅。」

她僵住了。

另一面牆。「我們不會傷害妳。」

另一面牆旁有個男人伸手貼在牆面上，牆上的字冒出消逝的魔光：「只有我們能——」剩下的字已經消失，僅存的字也在那個男人移動手掌的時候消失。

提雅心跳加速。呼吸，提雅。人就是這樣發瘋的。看見其他人看不見的景象，想像不存在的陰謀。

但是瘋子看到的是不存在的景象。

提雅這輩子只見過其他兩個帕來色馭光法師。馬太安斯老師在她的前任主人阿格萊雅・克拉索斯的安排下給她上了幾堂課，還有一個男人在某個女人脖子上插入帕來盧克辛，令她抽搐至死。

巷子就在面前：「這裡走，提雅。」

那個男人，那個刺客，使用就像故事裡描述的那樣固態帕來盧克辛殺人。馬太安斯老師宣稱固態帕來盧克辛不可能存在。或至少她做不出來。如果提雅能學會製作固態帕來盧克辛，就可以加以防禦，是吧？或許這些人可以教她。

提雅僵在原地，思緒混亂、不知所措，而她討厭這樣的自己，她看著那條巷子。帕來色最大的優勢在於全世界只有幾個人看得見。如果有其他人能看見他們殺人，那些殺手就會失去最大的武器。

這表示提雅會對他們造成威脅。提雅曾經目睹一場暗殺。或許他們怕她也看見了動手的人。

所以，提雅，妳打算獨自去見一個曾經謀殺過無辜者，還受到妳的存在威脅的男人嗎？

從這個角度一想，提雅的好奇心突然從鮮美多汁的葡萄縮成乾乾巴巴的葡萄乾。提雅討厭葡萄乾。她喜歡葡萄。不管別人怎麼說，葡萄和葡萄乾都不是同樣的東西。

如果對方只是想要殺她，他早就得手了。剛剛那樣傳達帕來訊息，明白表示他可以不被她發現地接近她。所以目的是想要先讓她落單，爲什麼？

絕不可能是好事。那個男的是殺人犯。如果你的敵人想要一樣東西，那就不要讓他得手。

她拔腿就跑。

提雅突然狂奔嚇到了幾個人，但是她不在乎。只要沒人大叫有賊，就不會有人在乎一個在跑步的年輕女孩。她跑到下一個繁忙的十字路口，然後以最快速度穿越人群。她穿越拉著一車乾草的牛的牛軛中間，而駕車的男人完全來不及出聲斥責。她沿著路口中央的噴泉旁跑，閃過排隊打水的人潮。她衝向下一條街道，然後停下來，後退幾步，閃入一條巷子。她穿越那條巷子，差點因爲地上的垃圾和液體而滑倒，她轉向通往下一條街的方向，然後又轉往隔壁巷子。

天上開始滴落綿綿細雨。提雅甚至沒注意到烏雲凝聚。她拿下黑眼鏡，把背包丟在腳邊，翻過斗篷，露出淡藍色內裡，然後又揹回背包，不過揹在身前，接著把斗篷蓋在背包上。她拉上兜帽，再度融入在雨中快步移動的人群。要在慌忙中調整姿態並不容易。扭腰擺臀模仿線條優美的女人走路很容易，對她來說就和走繩索一樣簡單。但是要模仿這種女人在雨中半跑半走？她還沒高明到那個地步。

她開始一邊走路一邊翻包包。她沒帶多少可供喬裝打扮的東西，不過還是有條亮黃色披肩和圍巾。抵達下個路口時，她閃入一個攤位，看起來要抄捷徑走進另外一條巷子。她拉下兜帽，拿出紅圍巾——也可能是綠色的，這兩種顏色喜歡開彼此玩笑，而基於她分辨顏色的問題，這兩種顏色都不會直接告訴她自己是什麼顏色。

她把圍巾綁在頭髮上，然後把披肩披在肩上，迅速綁起來。她低頭走原路出去，拉緊斗篷，利用包包製造懷孕的假象。她一手摸著肚子，強調這個僞裝。

提雅討厭慢吞吞的裝扮。她討厭不能迅速離開現場。但是所有人都一樣，這就是如此喬裝在逃命的時候這麼有用的原因。她直接從一個穿灰斗篷抄近路進入巷子的高個子男人身旁路過。或許只是巧合。或許他只是個雨天急著趕路回家的男人。

在手摸隆起的肚子、沒有過度扭腰擺臀的情況下痛苦地走出兩條街後，提雅再度開始奔跑——不過不是跑回家。提雅跑向瑪塔・馬太安斯說她在那裡租了一間房的釀酒廠。

那家釀酒廠——少女之吻——位於一間正方形的建築裡。它就和大傑斯伯大多數建築一樣全部上漆，擁有圓形屋頂。這棟屋子是很顯眼的粉紅色，木門刻有少女的側影，看起來像在接吻。門上沒有標示文字。提雅用力敲門。

一名學徒前來開門，是個不到十歲的小女孩。「請問瑪塔．馬太安斯住在這裡嗎？」提雅問。

女孩的棕色大眼睛睜得更大。她遲疑。「妳可以在這裡等一下嗎？我在羔羊搖兩下尾巴之前就會回來。」

這樣講話還眞奇怪。而提雅在生命受到威脅時很不喜歡別人做出奇怪的舉動。她喉嚨依然緊縮。但她把那種緊張的跡象隱藏到體內，準備面對攻擊。她知道肢體放鬆比較容易察覺危機，但此時此刻根本沒辦法讓自己放鬆。

她環顧雨中景象，仔細打量每個人，但街上只剩下幾個人，雨也越下越大了。提雅最後一次和馬太安斯老師見面時不歡而散。老女人認爲光是提出帕來殺手的可能性就會導致所有帕來法師慘遭屠殺。沒過多久，安德洛斯．蓋爾就從阿格萊雅．克拉索斯手裡取得了提雅的奴隸文件，課程就此中斷，提雅之後再也沒有見過馬太安斯老師。

門又再度打開，一個身穿圍裙的瘦女人指示提雅進屋。「貝兒！」女人叫道。「把客人留在外面淋雨？妳懂不懂禮貌啊，女孩？」

小貝兒臉色一沉，轉身就跑。

「那孩子是個愛哭鬼。」釀酒師說，輕嘆一聲。她頭上包了條和男人的高特拉很像的頭巾，把一頭非常濃密的棕髮盤在頭上。她顯然正在工作；她皮膚上帶有一道汗水的光澤，手臂上的青筋突起。「我得盯著麥芽汁，所以請原諒我直言相詢，妳叫什麼名字？來這裡有什麼事？」

「提雅。阿德絲提雅。我來找我之前的老師瑪塔．馬太安斯。」提雅已經取下了濕淋淋的頭巾和斗篷，露出掛在肚子前的包包。

「哈，我還以為妳已經懷孕六個月了，想說如果是這樣，她應該會和我說。」釀酒師說著朝提雅的假肚子點點頭。「瑪塔走了。妳不是第一個跑來找她的人。我就把當初向那個男的說過的話再和妳說一遍，因爲實情就是如此。她是個好房客。脾氣有點暴躁，但是好人。我不知道她上哪兒去了。她在克朗梅利亞失勢了，不然也不會淪落到這裡，所以我也不覺得她離開有什麼奇怪的。」釀酒師走到一張櫃台前，伸手到底下摸索。「不過我還有件事情要告訴妳。她留下一張紙條，吩咐我只能交給一個名叫提雅的女孩。順便提一下，之前那個男的有出錢要我把妳留下。」

提雅已經做好開打的準備。她目光從女人臉上移動到她身體。所有動作都可以從核心看出端倪，用眼角去觀察其他狀況。

「我沒收錢。我不是冷血的人，而且那個男人有點怪怪的。頭頂外圍有稀疏的紅髮，中間禿了，戴著奇怪的項鍊。項鍊只露出來一點，但是我爸以前專門幫人拔牙。那條項鍊串滿人牙。我不想知道那條項鍊是怎麼回事。快點看看這張紙條，然後離開。我不會排除他此時此刻都還在監視這裡的可能性。喔，不要摺那張紙條。瑪塔特別交代過這一點。想要的話，妳可以走後門離開。」

要走後門，提雅就得穿越一棟不熟悉的建築，遠離人群，孤立無援。或許那個女人確實在盡力幫她。畢竟，她沒必要提到那男人來過的事。但提雅當奴隸太久了。她絕不會把性命交給其他人。

她小心翼翼地接過紙條，慢慢打開，同時注意釀酒師的舉動。

「妳想要的話可以丟進火裡燒掉。」釀酒師說。「我在煮麥芽汁。願歐霍蘭看顧妳，女孩。」釀酒師轉過身去，走回店裡。

「提雅，」信裡寫道。「妳的課程已經結束了。我收到弟弟病重的消息，所以要趕回我們家在馬蘭斯的農場。很抱歉走得如此匆忙，不過我敢說女主人會好好照顧妳的。願歐霍蘭眷顧妳。」就這樣了，信上有她的簽名，而且摺得很小心。據提雅所知，瑪塔・馬太安斯根本沒有弟弟。她立刻瞪大雙眼，進入帕來色譜。

信紙整個攤開，她看見上面有用帕來盧克辛撰寫的字跡。難怪瑪塔要她別摺信。那樣會毀掉祕密信息。「暗殺那些事情是真的。碎眼殺手會是真的，而他們在追殺妳。願歐霍蘭原諒我丟下妳一個人，但我們對付不了這些人。逃命，提雅。——瑪塔・馬太安斯。」

第九章

卡莉絲・蓋爾，本名卡莉絲・懷特・歐克，從稜鏡法王塔頂樓爬上天台。她出了碼頭就直奔這裡，中間只到她的新家——加文房間——丟下行李，然後他的臥房奴隸瑪莉希雅就一臉嚴肅地遞給她一張紙條。白法王雨天傳喚她去天台感覺很不尋常。

探頭到門外後，卡莉絲看到白法王身上裹了許多毯子，坐在輪椅裡，轉頭面對著強風大雨。她似乎很享受這種感覺。她左右各站了兩個身材魁梧的年輕人，吉爾和加文・葛雷林。他們和卡莉絲一樣是黑衛士，誓言要保護白法王和稜鏡法王。不同處在於這兩人盡到了責任。他們各持一把蠟布陽傘充當雨傘，遮在白法王頭上，爲她擋風遮雨。但老女人似乎很享受風在黑衛士的努力下依然將雨水吹到她臉上的感覺。

「守衛隊長。」葛雷林兄弟說，因爲手裡有拿東西，所以用點頭代替敬禮。

「你們可以下去了。」白法王對他們說。「請在樓梯間等我。在室內等。守衛的工作交給卡莉絲就行了。」

吉爾把傘拿給卡莉絲，然後兩個男人退入室內。卡莉絲雙手撐傘，盡可能幫白法王遮雨。老女人臉上倒是帶著童稚般的笑容。每個馭光法師眼中都會浮現他們法色的色斑，但是斑點排列的圖案則因人而異。卡莉絲的看起來像是綠色的星空中散布紅星。奧莉雅・普拉爾淡灰色的雙眼中有著兩道弧形，上面藍色，下面綠色。最近幾年，她爲了延續生命而不再汲色，藍綠色的弧線已經變淡褪色了。但是在她臥房中的暗殺事件過後，藍弧線再度鮮明起來，繃緊在她的視網膜邊緣。卡莉絲猜到會有這種情況。但是綠弧線也比從前鮮明，這表示白法王也在汲取色彩。她沒有多少時間了。

「我希望這樣做可以再度取得平衡。」白法王說。「多年以來，綠魔法的野性往往能平衡我體內隨著藍魔法而來的單調邏輯。暗殺事件過後，我發現我只想坐著靜觀其變。現在已經過了靜觀其變的時候了，是吧，孩子？」

「請不要離開我。」卡莉絲說。她腹部抽搐，但她壓下哭泣的衝動。她深吸口氣，內心訝異。她以爲自己的自制力應該更強。

「但是世界就是如此運作的，不是嗎？」白法王問。「我們獨自前往下一個階段，不然就孤獨地待在世界上。我小時候所有最要好的朋友都已經死了。只剩下一個老敵人還活著。要是少了他，我簡直不知道該怎麼辦。」

「卡莉絲，只有承擔我們以爲承擔不了的責任才會讓我們更加強壯。妳準備好了嗎？」

「妳不能放棄，就此死去。」卡莉絲生氣地說。「妳是世界上最好的人。沒人可以取代妳。」

她沒想到白法王會輕笑幾聲。「所有自大狂都想聽人這麼說。但是只有眞正的壞蛋和頂尖的好人才配得上這種說法。我不是這兩種人，卡莉絲。我只能勉強算是及格，我犯過大錯，而且常犯。我不是壞人這一點，或許就讓我比之前許多白法王還強，但是好人和大人物很少會是同一種人。」

卡莉絲嘆氣，不確定她能心平氣和地提起加文。她轉頭，無法面對白法王眼中的同情憐憫。「我感覺到一股強烈的背叛。」

「被加文背叛？因爲他死了？」克朗梅利亞並沒有正式公告——還沒有——因爲加文對所有人而言都意義重大。而且他們也不肯定他死了。但是白法王在說的是恐懼和憤怒，而這兩種情緒都不屬於證據和藍法色的特質管轄。

「第三隻眼。她說如果加文能在戰役中活下來，他至少能撐到太陽節前夕。我以為……我以為我們撐下來了。戰役結束了，不是嗎？那天晚上上床的時候，我以為第二天早上能在他的吻中醒來。」結果她是在尖叫和死亡中醒來。他們說，基普試圖殺害安德洛斯．蓋爾；加文出手干涉，意外受傷，落海。然後基普跳下去救他。黑暗中他們無法找出基普或加文的屍體。

「儘管我心存懷疑，但就算她的預知準確無誤，也沒人規定第三隻眼一定要把眞相全盤托出。」白法王說。「或許對妳撒謊能幫全世界避免一場更大的慘劇。」

「我信任她，」卡莉絲冷冷說道。她覺得很空虛。她受困了，想要保持希望，因為沒眞的看到他死，也因為放棄他感覺像是背叛。但另一方面，她在所有人臉上都見到放棄的表情。他死了，而她還有工作要做。克朗梅利亞出現可怕的權力眞空，多方勢力都急著想要補上，還有對抗異教徒的問題，以及、還有、好多。她得等到肯定加文已死後再來哀悼。但她知道自己或許永遠無法肯定。

「我聽說這裡也出現了徵兆，」卡莉絲說。「海惡魔大戰鯨魚？」

「那是兩週前的事了。就是大戰當天。」她沒有繼續說下去。她知道卡莉絲只是想要改變話題。

大雨打在她們身上。越來越冷了。

「我該帶妳進去。」卡莉絲說。回避。拖延。晚點再來面對，獨自面對。

「不。」白法王用命令的口吻說道。她說了，而卡莉絲得服從。「讓我看看妳的眼睛，孩子。」

卡莉絲與老女人對看。她曾對自己的雙眼十分自豪，現在卻深感羞愧。自豪是因為她的雙眼很美，紅寶石般的星辰散布在綠寶石般的天際中，顏色非常鮮明強烈。現在星星都變大了，她的眼睛顯示她只剩下幾年可活。她是個缺乏自制力的女人，沒辦法活到四十歲。

「妳得停止汲色。徹底停止，立刻停止。」白法王說。

那感覺就像叫她停止呼吸。

「我知道我在要求什麼。」白法王說。她當然知道——她自己就是這麼過來的。但那並沒有讓卡莉絲好過一點。「而且我不是在要求。這是命令。」

「是，高貴的女士，」卡莉絲生硬地說。她以爲白法王會同情她失去丈夫。顯然這裡缺乏同情。卡莉絲閉緊嘴巴，盡量不透露任何情緒。「請容我先行告退。」她說著轉過身去。

「不行。」白法王立刻說道。

卡莉絲停下動作。她是黑衛士，很了解服從命令的意義。她依然背對白法王，努力調適自己。

「妳嫁給了加文・蓋爾，稜鏡法王。」白法王說。「我現在解除妳所有身爲黑衛士的責任。交回妳的委任狀，立刻生效。」

卡莉絲無法呼吸。她膝蓋痠軟。一陣風吹走她手裡的傘，在她有機會眨眼前吹落天台。她站在原地，任由大雨刺痛地落在身上。體內體外同樣冰冷。自從擺脫了那個享受男孩爭奪自己的女孩後，她就全心投入黑衛士生涯。她從勉強擠入菁英部隊開始一路爬到守衛隊長，而她很滿意自己的成就。

有那麼兩天，她擁有了一切：她深愛的工作和男人、艱難的任務和達成任務的手段、身邊都是她敬重——深愛的人，取代死於多年前那場大火裡的兄弟的人。然後她失去了加文，以爲情況不會更糟了。現在白法王——竟然是白法王！——踢倒了最後一根椅腳。

「我不確定妳爲什麼這麼震驚。」白法王冷冷說道。「黑衛士，嫁給稜鏡法王？妳一定知道這是最有可能發生的情況。妳難道被愛情蒙蔽到完全不動腦子了？」

「妳說……妳說我的情況可以當例外處理！」卡莉絲說。

「我的意思是讓妳榮譽退伍，去追求愛情，不至於遭受不榮譽的開除。」

「這有什麼差別?!」卡莉絲吼道。

吉爾·葛雷林探頭出來，然後和加文一起走到外面，但是白法王指示他們待在原地。他們面無表情地站在雨中，但卡莉絲知道他們就像是用繩索綁住的獵犬，隨時都會奉命攻擊。

「榮譽和不榮譽的差別，如果妳分不出來，問題可就大了。」白法王說。

「但是，但是，他走了！死了！這樣毫無意義。我……我以爲……」卡莉絲以爲那些規矩管不到加文頭上，只要嫁給他，他就會爲她挺身而出，而她也可以不守規矩一次。她以爲自己或許有權享受這點快樂，或許到最後歐霍蘭會同情她。

「他失蹤了。和死了不一樣。在我看來，他暫時還沒死。當然，有些光譜議會的法王會想立刻宣告他死亡，但那樣我們就得面對立封新稜鏡法王的問題。不過太陽節前至少得要公開一個新準稜鏡法王。得在那之前找到他。」她轉頭面對大雨，享受被雨淋濕臉頰的感覺，彷彿已經遣走卡莉絲了。

「就這樣？」卡莉絲問。「我沒有利用價值了，就可以一腳踢開？」

「我們這輩子都不是可以洗一洗就再拿出來穿的衣服，卡莉絲。我們是蠟燭，釋放光和熱，直到燃燒殆盡。妳燒得比大多人更爲亮眼。這是要代價的。像我這種平庸之材？黯淡的火苗燒得比較長久。」

「我還沒燒完。」卡莉絲氣道。

「那或許妳不是自己想像中那種嬌貴的花朵。」白法王說。

她不再多說什麼，也沒轉頭看卡莉絲。卡莉絲考慮要氣沖沖地離開，考慮破口大罵，考慮嚎啕大哭。但結果她只是站在雨中，讓雨水澆熄自己的怒火，安撫她的野性，浸濕她的頭髮、把髮絲推擠到她眼前。她開口兩次才終於出聲。「我本來不想提這件事的，但……妳爲什麼派我——我——去滲透拉斯克·加拉杜的部隊？」

「去提利亞？」

「那又不是多久以前的事，」卡莉絲說。「拉斯克喜歡我。我完全不知情。妳沒警告我就把我送入那種情況。我被俘擄。可能會死。」

白法王雙眼直視卡莉絲。「妳可曾在戰場上撿起武器？或許是在妳丟失自己的武器後？」

「撿過一把火槍，在加利斯頓。結果要用的時候，卻沒有擊發。」

「嗯。偶爾會有這種事。」白法王沒有多說什麼。

「我？我就是妳撿起來的武器？在我不知情的情況下？那眞是……根本是狗屎。妳認識我！我絕對算不上是妳不熟悉的人！戰場上絕非缺我不可。妳隨便派個黑衛士去都可以，甚至隨便哪個士兵或奴隸。起碼有一半人可以表現得和我一樣好。」

「我的目的不是要打贏戰役，而是要測試武器。」

「什麼？」卡莉絲問。

「妳有很多長處，卡莉絲·蓋爾，但妳總是會回歸同樣的長處。妳害怕發揮自己的長處。我給了妳很多機會達成可以輕易利用奉承或賄賂等方式達成的任務，但妳總是要採取最直接的做法，利用權威和地位。但是話說回來，當我準備要和妳斷絕關係時，妳卻做了一件很聰明的事情，讓我以爲妳有能力自我思考。妳就是喜歡接受他人的命令。所以我讓妳身陷重要的任務，但卻不給妳任何完成任務的指示。我知道妳可能會送命，那我就得用沉重的心情面對妳的死亡。但結果妳成功了，現在我得到了比信任妳更好的東西。」

卡莉絲皺眉。「什麼東西？」

「就是妳信任自己。至少比之前更加信任了一點。」

卡莉絲搖頭。「那為什麼要我離開？我了解安德洛斯・蓋爾想要奪走我深愛的東西，但是妳？妳為什麼不幫我爭取？」又來了，熱淚盈眶、喉嚨緊繃。

白法王眨眨眼，臉上短暫浮現一絲年輕的氣息。「妳聽好了，卡莉絲・蓋爾。我永遠不會放棄幫妳爭取！」她靠回椅背，突然間又老態畢露。「這樣淋雨會冷。帶我進去。但是離開前，我有個新任務要交給妳，卡莉絲・蓋爾。適合妳的新身分的職務。」

「我的新身分？寡婦？前任黑衛士？」

「一個沒有工作、時間充裕的女人。」

這話就像一巴掌甩在她臉上。卡莉絲勃然大怒。「高貴的女士，妳是要教我編毛衣和天殺的襪子嗎？」

「我已經沒辦法走動了。要監視我和什麼人碰面太容易了。妳——卡莉絲——要負責指揮我的間諜。」

第十章

提雅在百合莖橋前等到一群年輕黑衛士要回克朗梅利亞爲止。那些黑衛士都與她同船歸來。其他囊克才剛走到橋這邊，她眞的才離開這麼一點時間而已？她又檢查了附近巷子一遍，然後也不管還在下雨，再度戴起黑眼鏡一會兒。她睜大眼睛、睜得更大，直到瞳孔擴大至整個眼白。她左顧右盼，觀察路口。她看向身後，深入小巷，尋找任何帕來盧克辛的蹤跡，或是那個殺手。沒有異狀。

她拿起眼鏡，塞回口袋，快步融入穿流不息的過橋人潮，路過身穿鏡甲，在空哨所內站崗的克朗梅利亞守衛。戰爭。戰爭。戰爭已經眞的開打了，他們做好遭受攻擊的準備。這裡。太不眞實了。

「是眞的嗎？」一名守衛問黑衛士。「稜鏡法王死了？」

「失蹤。」一名黑衛士回答。

「失蹤？怎樣？他是硬幣嗎？在海上失蹤可不只是失蹤。我聽說你們沿著海岸找了好多天。你們不是該負責防止他失蹤嗎？」

一名黑衛士囊克弗庫帝大吼一聲，撲上前去。但其他人把他拉回來，往高塔前進。

「你們讓我們的稜鏡法王死了！」守衛大叫。「稜鏡法王在你們的守護下溺斃海中，你們到底有什麼用處？你們都沒有跳下水去找他嗎？」

弗庫帝罵了句髒話，關鍵者突然出現在守衛面前。他說了句提雅聽不見的話，但是沒有動手。守衛不再說話，但淚流滿面。

這些人都愛戴加文。他們根本不認識他，但卻會爲他哭泣。

不，或許不是這樣。他們不認識他本人，但早在提雅出生前，加文就已經無所不在。他是個好稜鏡法王。傑斯伯群島上必然謠言滿天飛，因爲官方聲明實在太模稜兩可了——根本不算什麼聲明，眞的。失蹤。

失蹤。當一場戰爭才剛開打，而頭兩場戰役對克朗梅利亞而言都算……挫敗的時候，你絕對不想多提「失蹤」這種字眼。

加文在這些人心目中的地位就和神差不多，儘管加文與他們站在同一陣線，他們還是打輸了兩場戰役。少了他，他們該怎麼辦？

黑衛士已經自問這個問題好幾天了。失敗感依然在他們心中揮之不去。

不過提雅沒說什麼，只是低頭走過。

儘管百合莖橋上方有以藍黃盧克辛製作，材質透明但結構堅強的圓頂，提雅還是走了二、三十步後才脫掉兜帽。海浪逐漸高漲，強風吹出白帽浪花。百合莖橋橫貫水面，海浪開始擊打橋身，不過倒是沒怎麼搖晃。這是克朗梅利亞的象徵。全世界所有混亂和怒吼達到頂峰，擊打橋身，而橋始終屹立，沒有改變，穩若磐石，毫髮無傷。

不過走過這座光橋，眼看海浪打到自己頭上，甚至有時候整個浪頭都撲上來的感覺向來很詭異。曾有人試圖用火藥桶炸斷這座橋。守衛至少阻止了三次這種攻擊。有一輛馬車穿越防線，車上的塔拉利分離主義分子身受重傷，在血泊中瘋狂點燃車上火藥。

爆炸的威力受到管狀橋身限制，如同火槍擊發般雙向竄出。那場爆炸中死了幾十個人，但橋還是撐了下來。百合莖橋是兩百年前由超色譜黃法師敏捷阿哈娜負責興建的。時至今日依然有工程師自稱師承於她，她的名氣就是這麼響亮。

提雅試著提醒自己海浪打在橋身，然後一路濺到橋頂的力量。

她避開其他人——弗庫帝和其他之前黑衛士訓練班的朋友。當她看到他們不到兩分鐘前還滿心悲痛、準備開幹，現在卻能開心地哈哈大笑時，提雅突然了解教官是怎麼看待他們的：十六、十七歲大的孩子，嘲笑其他人接吻的窘態，同時又是一群致命又懶散，毫不寬容卻很愚蠢，既是男人又是小鬼的戰士。

想太多了，T。

她低調地與眾人一起搭上升降梯。身材嬌小是件好事。有時候你就是不想引人注目。她不想講話，但又怕他們覺得她不友善。不會，他們都在忙他們自己的事。

提雅沒有隨其他新人一起出升降梯，而是搭到基普房間的那一層。之前辦事員太忙，根本不可能在艦隊出征前夕處理正常事務。這表示提雅和基普沒辦法提報她的文件；這表示嚴格說來，她還是奴隸。現在基普不在了，她得立刻提報文件。如果老安德洛斯・蓋爾記得她，就算只是為了貶低基普，他也肯定會讓她繼續當他孫子的財產。

你這個白痴，基普，你為什麼要攻擊安德洛斯・蓋爾？有這麼多人可以打，你偏偏要打他？

基普現在在哪裡？他還會回家嗎？

回家。回到有安德洛斯・蓋爾和絞刑套索在等他的地方？

基普有可能還活著，但提雅還是可能再也見不到他。他們兩個才搭檔幾個月，但交情匪淺。不管是象徵性還是實質上，他們都一同遭受遺棄、一同奮戰。提雅的心好痛。

她扯了扯依然掛在脖子上的橄欖油瓶。她會一直戴著它，直到書記官確認她的解放文件完全通過，不可能撤銷為止。到時候她就會摔爛它。快了，她希望。

鑰匙滑順轉動，提雅打開房門，迅速步入屋內。

「哈囉，小鴿子，」黑暗中有個男人說道。「轉過來。」

提雅僵立片刻，然後轉身，一手保持在門栓上。「你是誰？」她問。「在這裡做什麼？」

「兩個……很好……的問題。」男人說。他皮膚很白，有些斑點，頭上有一圈橘髮，徒勞地掩飾中間的禿頭。他身穿有錢商人的服飾，披著輕薄的黑斗篷，一手拿著繡絨邊的寬邊帽，不過最引人注目的還是眼睛。琥珀色。不是因爲汲取黃或橘的關係，而是天然琥珀色。他微笑，露出潔白的牙齒。「在公共場合，妳要叫我夏普大師。」

這就引出了一個明顯的問題。「那私底下——」

「謀殺。」

「不好意思？」提雅問。她心生恐懼，而她討厭這種感覺。

「謀殺。基本上是頭銜。謀殺夏普。我以前有個名字。但是沒在用了。」

這又引出了一個更明顯的問題。但是誰在乎？「你來這裡做什麼？」她問。

「黴人。」

「沒黴到。出去。」黴人？

他沒有離開的意思。「妳在碼頭上做了個很好的決定，但是卻導致我極大的不便。聰明的女孩，是不是？看見帕來盧克辛，但卻選擇不管？妳看見能力不明的敵人要求妳去他們挑選的地點會面——而選擇不要牽扯其中。妳這年紀的人……很少會這麼聰明。這讓我更想要妳了。我要提供妳一份工作。完成這個工作，我就歸還妳的文件。」

「什麼文件？」提雅裝傻。

「當眞？」他淘氣地問。「我才剛剛說妳聰明耶？妳是個孩子，對吧？不過是未切割的寶石。如果妳今天執行我的任務，我就交還妳的文件，我用我的靈魂和光明的希望發誓。如果妳拒絕，我就把文件交給安德洛斯・蓋爾，我之前和他合作過。只要稍微提醒他一下妳是誰就能讓妳日子很難過，是不是？妳認爲如果我把這些解放文件交給高貴的蓋爾盧克法王，它們還會有重見天日的一天嗎？」

答案很明顯。「我怎麼知道你會交還給我？」

「我很看重誓言。不過如果妳又想破壞我的計畫，去找其他人幫忙——」

提雅展開攻擊，一拳攻向他的喉嚨。

然後全身無力地倒在他懷裡。他輕輕抱起她，宛如愛人般把她放到基普床上。她沒有任何感覺。她的身體就這麼消失了，變成感知中的一片空白。她聞到那個名叫「謀殺」的怪人的味道。他聞起來像是橘子皮、薑和薄荷，令人精神氣爽、想要多聞一下。她討厭他這麼好聞。

他微笑，露出她這輩子見過最完美潔白的牙齒，然後幫她把手腳放妥。他伸出兩根手指抵住她的上唇，不是要阻止她說話，而是要感覺她的呼吸，然後確定她還有呼吸後滿意地收手。「可以說話嗎？」他問。

她張開嘴巴，但卻無法控制氣息去尖叫，甚至連輕聲細語都不行。情況非常非常不對勁。她困惑到幾乎驚慌失措。

「人體眞是一團謎，對吧？要讓這塊肉正常運作要有一大堆東西不出差錯。」他拉起她軟綿綿的手臂，然後放開。手臂毫無生氣地摔回床上。「讓我告訴妳最有趣的事——知道得越多，謎團就顯得更加難以理解。七總督轄地最聰明的醫生依然深信血液在人體中是靜止的，會像海浪般漲潮退潮，搞不好還和月亮有關。但是我的族人幾百年前就發現血液是在人體內循環，心臟則扮演幫浦的角色。我們知道這個是因爲我們看得見。但即使對我們這些可以看見數百世代外科醫生尙未發現的事實的人而言，人體依然存在許多祕密。畢竟，我們也不比醫生偉大到哪裡去。有程度上的不同，但本質上還是相同。我知道在這裡壓一壓，或在那裡放塊水晶，幸運的話就能產生出這個和這個效果。妳的動作很快。眞的很快。妳的腳掌開始覺得刺痛了嗎？有的話就眨一下眼，沒的話眨兩下。」

提雅沒有感覺。什麼感覺都沒有。她是個囚犯，受困在自己毫無反應的身體裡。她感到淚水凝聚。接著，刺痛感，先是一隻腳，然後另一腳也開始了。她下意識地眨了一下眼。

「很好，很快妳的手指也會開始刺痛。」

他說得對。對一個自稱無知的人來說，他說得一點也不錯。這並沒有讓他變得比較不可怕，只是不同的可怕。

謀殺說：「別再去想妳的恐懼了。妳的知覺都會恢復。我很擅長自己的工作。等妳能夠開口說話時，我要妳猜猜看我是怎麼辦到的。」

提雅不喜歡輕易讓人擺布，但這個男人有種特別的魅力。再說，他說得沒錯。她深吸口氣，發現她能透過胸口感覺到那口空氣。感謝歐霍蘭。

她又吸了幾口氣，感受幾回挫敗後，終於有辦法放鬆到瞠大瞳孔，看見帕來色譜。她看到的景象令她震驚不已。

整個房間充滿帕來盧克辛。每個角落都充滿微微發光的氣態物質。更奇特的是，帕來盧克辛似乎充斥在她和謀殺體內。盧克辛穿透他們。謀殺利用這種特質對她的身體動手腳。她的黑衛士訓練才開始教她怎樣的傷口會引發怎樣的傷勢。她知道那是正規黑衛士才會鑽研的課題。她本身的戰場經驗、觀察死者和傷者的經驗，依然不足以讓她了解什麼樣的傷口會造成什麼後果。但她成長過程中見過很多動物在露西加里女士家遭受屠宰的情況。羊、豬和牛。廚師喜歡在喉嚨上劃條很深的傷痕，讓動物流血致死，但她丈夫阿莫斯喜歡用斧頭。

他是那種從來沒有上過戰場，但又喜歡說如果自己上戰場會有多英勇的男人。屠殺動物就是他最英勇的事蹟。提雅見過牛隻被斧頭砍斷脊椎，癱倒在地的景象；也曾見過他酒醉時犯錯，只打碎一節脊柱，那隻牛後腿癱倒，但前腳依然站立。

「你掐住我的脊椎。」提雅說。

謀殺輕撫她的臉頰。「聰明。沒錯，算妳說對了。但我不建議妳為了弄清楚我掐在哪裡就隨便去掐別人的脊椎。弄錯的話，心和肺可是會停的。我試到第六次才終於掐對位置。後來當我自認駕輕就熟後，又把某個男孩搞得終身癱瘓。我得想辦法布置成像是他自己摔進井裡。他又活了六個月，然後有人忘記餵他喝水，他就死了。」

「你們一共有多少人？」提雅問。

「少到一直在徵人。不過還不至於少到要接納不適任的人。妳現在可以動了嗎？」

「可以了。我能動嗎？」提雅討厭這麼問，但謀殺就像野獸一樣。任何突如其來的舉動都可能讓他抓狂。

「張開嘴。」他說。她照做。「好孩子。」

他用兩隻手指推開她的嘴唇，好像把她當馬一樣。她閉嘴。「不要動。」他斷聲道。

她不敢動。

他翻開她的上下唇，一直換位置撐開，仔細打量她的牙齒。接著他將一根修長的手指插入她嘴裡，一顆一顆摸著她的牙齒，搜尋任何不完美的缺陷，從牙齒正面移動到背面。他眼中浮現一股奇特的歡愉感。

提雅突然有種想要一口咬下的衝動。她不曉得爲什麼他這樣摸會讓她有如此強烈的被侵犯感，但他讓她覺得骯髒，他的雙眼充滿欲念，而非魔法。

然後他弄完了。他把手指伸出她的嘴巴。手指濕了。他聞一聞，然後放到她鼻孔下。

「歐芹，」他說。「嚼歐芹，妳的口氣就不會這麼難聞。」然後他吸自己的手指。「聞聞看。」他把手指放回她鼻孔下。

她聞了。聞起來就是口水。噁。她幹嘛那麼聽話？

「好聞多了，是不是？」夏普大師問。

提雅沒有說話。她腸胃打結，深怕自己口無遮攔。她突然可以肯定他剛剛是在引誘自己咬他。要是咬下去了，他會怎麼做？這就像一場無法醒來的夢魘。

他站起身來。「聰明。年輕。妳會變強大的，阿德絲提雅。如果妳能活下來。如果妳沒落在會用最有效的手法擊潰少女意志的主人手上的話。我知道妳自認堅強到絕對不會崩潰。那是很能鼓舞人心的謊言，但是最好不要隨便測試。」

「相信我，沒有人堅強到那種地步。但我不是要妳生活在恐懼中，阿德絲提雅。我只是建議妳運用之前展現的智慧。不要光想著告訴別人後會對妳自己造成的影響。想想看如果鐵拳指揮官幫妳出頭的話會有什麼後果？如果我把妳的文件交給普通奴隸商人，或許情況不會太糟。但如果妳讓鐵拳指揮官去對抗安德洛斯・蓋爾？妳以爲誰會贏？鐵拳是好人，如果妳告訴他，他就會爲妳而死。」

提雅想殺了他。他竟敢威脅鐵拳？

「或許妳會去找卡莉絲？畢竟，妳曾和她一起訓練。」

提雅想都沒有想過這個可能，不過既然他提起了，她很肯定自己會這麼做。卡莉絲是女性黑衛士，了解這種特殊負擔，也是個好女人。但是夏普大師提起她讓提雅心裡一沉。他什麼都知道，而且腦筋動得很快，快到難以想像。當然，他是有備而來。

這個事實後面隱藏著很重要的意義，但提雅太害怕了，沒辦法多想。「她會出什麼事？」

「或許沒事。高貴的蓋爾盧克法王本來就討厭她了。當然，她現在是蓋爾的妻子——或該說寡婦——他們是一家人。所以我猜白法王會逼卡莉絲和那個老頭講和。卡莉絲大概不會急著想要再與七總督轄地最會記仇的傢伙對立。她究竟有多喜歡妳？或許她會幫妳出頭，這樣妳不光會毀了她講和的機會，還會讓他獲勝。到時候他會爲了羞辱她而怎麼對付妳？」

提雅舔舔舌頭。「你知道，搞不好他也想談和。他或許會爲了釋出善意而放棄我。」

「釋出善意？」他好像她在講笑話一樣地竊笑。「安德洛斯・蓋爾有很多意圖，大多都與善意扯不上關係。」

有權有勢的人隨便一個念頭就可以壓扁地位低賤的小人物。被那種人注意到向來很危險。提雅完蛋了。

「當然，妳沒想錯。」謀殺夏普說。「邏輯上，那是有可能成功的做法。妳得衡量一下機率。在這種情況下，我建議妳保持低調。我們很快就會下達指令。一個簡單的任務，然後妳就自由了。不好意思，讓我更正一下。一個簡單的任務，如果表現得好，事後還會有一次會面，因爲我的主人會想要親自出面徵召妳。」他走到門口。「仔細想想衝動行事可能要付出的代價。妳擁有很大的潛力，阿德絲提雅。」他走出門，關上房門。她最後一眼看到的是他斗篷背面的印記——寂靜無聲的黑夜獵人、展翅伸爪的貓頭鷹，用灰線繡在灰布上，近乎隱形。

提雅跳起身來，跑到門口，順手拔起牆上的一支匕首。她一手抓起門栓，拉開——然後僵住。

時間一秒一秒過去。開門，提雅。追上去，把匕首插到他背上！

她鎖上門。重重坐到床上。小橄欖油瓶的重量宛如船錨般拉扯她，不斷向下。原本自由觸手可及，現在她又變成奴隸了。那感覺比死還慘。她爬到床單下，蜷成一團。但她沒有哭。

她的眼睛在漏水，但她沒有哭。可惡。

划槳。不知道是比較容易忍受，還是習慣了，總之他已經不會去想痠痛了。

砲手一槍打爛加文嘴裡的蘋果過後十天，鼓聲呼應某個奴隸聽不見的命令，節奏突然變了。加文轉頭看他的槳友。他沒期望旁邊的歐霍蘭會給他答案。這個綽號出自他的號碼——七號——但加文已經慢慢發現安加人取綽號時喜歡加點黑色幽默。七號感覺很友善，但幾乎從不說話，就算說話也沒什麼意義。這些讓他獲得歐霍蘭這個綽號的特質實在太褻瀆、太不敬了，以致全世界最高位階的盧克教士兼歐霍蘭崇拜的領導人，終於聽懂之後足足大笑了十分鐘。

當他幾乎快要笑完的時候，富克拉特【註一】對他罵了句髒話，他也終於了解這個綽號的意義，讓他又大笑了好一陣子。

領班史崔普【註二】用她淺顯易懂的綽號逼他閉嘴。

划。痛苦可以加以分類，但就連分類都很單調。他的槳友比擦傷、水泡、抽筋、肌肉結等有趣多了。

富克拉特比歐霍蘭有用很多，也更愛說話。加文以前常聽水手罵髒話，但都只是用來加強語氣。富克拉特腦子有點怪怪的，隨時出口成髒，不分日夜。

現在他看著加文微笑。「開戰了。」他說。他嘟噥一聲，下巴和脖子不斷抽動。「他們通知我們，要我們必要時多出點力。」然後他彷彿鬆了口氣，又回頭去低聲咒罵。

「他們會解開我們的鎖鏈嗎？」加文問，划，划。「你知道，以免沉船？」他在開玩笑。算是。

「贏或死！」史崔普大叫。

「划向地獄！」奴隸齊聲回應。

「幫影子傑克抓背！」她叫道。

「划向地獄！」

「立刻划回來！」她叫。

他們加快速度，配合鼓音。

「拉！」她也配合他們的動作大叫。

「地獄來回！」

「拉！」

不到一分鐘，他們已經快到彷彿飛躍海面。領班跑去樓上。她又跑回來。「敵艦距離約莫一里格。風向不利。如果他們一直逃下去，還要追上二十分鐘。」她笑。「三號、四號、五號，再不把槳完全載入定位，一人就挨五下皮帶。」

「妳該早點說。」三號抱怨。

加文以爲他會爲此挨打，但是領班心情很好。

「對方是什麼船？」三號問。

「阿伯恩槳帆船。」

交頭接耳。壞消息。「吃水多深？」有人問。

譯註一：富克拉特（Fukkelot）是從Fuck a lot變化而來，就是滿口幹來幹去的意思。

譯註二：史崔普（Strap）意指皮帶。

「坐著那麼深。」

一陣咒罵。如果對方船長能力夠強，這場追逐就是在比划槳奴隸的身體狀況——或是划槳的動力有多高。划槳的動力基本上都是來自鞭打。船身吃水像坐著那麼深，表示船速會比一般快，而且就算追上了也沒多少貨物可搶。那是全世界最糟的掠奪對象。

「小魚呀，準備游泳了嗎？」她叫道。

「直通地獄，立刻歸來！」他們叫，不過語氣顯然沒有之前興奮。

「拉！」她叫，下達指令，鼓手加快節奏。

加文奮力划槳。划槳奴隸拉槳時候都會站起身，推槳時坐回位子，然後重複同樣動作。這艘安加船上有裝設一道曾在魯斯加槳帆船上擔任划槳奴隸的人宣稱在瑟魯利恩海上前所未見的設計——一塊傾斜的腳板，讓奴隸拉槳的時候方便施力。這樣會比較輕鬆，他說。可以加快船速，加文心想。

「他們很會逃！」史崔普語氣愉快。「看看他們逃不逃得出我們的手掌心，各位！」

他們保持船速。

兩分鐘後，她又下來。「我們拉近距離了。他們不可能甩掉我們！」

奴隸中傳來不太興奮的歡呼聲。

「呃、呃、今晚、呃、前六張板凳的人、呃、可以得到兩份烈酒！」富克拉特說。他咒罵了十二次，彷彿要很吃力才能吐出完整的句子。「不然就是死！」他大笑。

只有前六張板凳的人——這樣後排的人就有理由好好表現，希望能晉級。這是砲手接管這艘船和船員後保留下來的眾多安加傳統之一。他們有各式各樣提供奴隸划槳動力的辦法。加文不曉得安加人是比較善良、比較聰明，還是純粹比較缺奴隸。

卡莉絲，我和瘋子及殺人犯一起工作。

和在家鄉也沒多大不同，是不是？她在他心裡問道。

他眞愛她。

卡莉絲，妳可以汲色幫我划槳嗎？

希望我可以，我的愛。

他看見她充滿憐憫的表情，那個畫面令他心痛。他現在算是什麼？髒兮兮、滿身大汗、臭氣熏天、鬍鬚雜亂、頭髮剪短、服侍奴隸商人。他眨眼拋開這些想法。專注在划槳上。

史崔普說：「李奧諾斯，拿水來。我可不希望有人昏倒。」

李奧諾斯是個彎腰駝背、永遠一臉輕蔑的水手，擁有伊利塔人的黑皮膚，不過沒口音。他剃掉腦側頭髮，在頭頂留了個類似皇冠的髮型。他認定奴隸會因爲畸形而討厭自己，所以一有機會就拿他們出氣，給了很多眞正値得被討厭的理由。他拿個長柄杯在奴隸間走動。這個工作需要靈巧的身手——拿水給一直不斷站起、坐下、移動、移動、移動和許多條手臂一起不停搖槳的男人喝。李奧諾斯把握每個他以爲領班沒有在看的機會，用水杯打奴隸的臉，三不五十打破嘴唇、打爛牙齒。不過由於他們太想喝水了，所以寧願被打也不會躲開。李奧諾斯就是喜歡享受那種情況的垃圾。

在加文從前的生活中，領導統御最重要的任務就是在每個指揮體系中移除這種人。利用恐懼取得的成果，最後都會毀在打擊士氣和嚇阻手下採取主動之上。

加文聽見鞭打聲，接著身後傳來李奧諾斯的慘叫。史崔普叫道：「不要亂搞他們，李奧諾斯！讓我的手下不能划槳，我就拿船身上的藤壺給你擦屁股。聽到沒？」

就連歐霍蘭都笑了出來，不過當李奧諾斯走到他們那排時，他們全都努力裝作面無表情。史崔普的身材像大海般魁梧，臭得和廁所一樣，身上刺青比四個水手加起來還多，所以李奧諾斯有理由怕她。畸型男一言不發地給他們喝水，一臉怨毒。

速度逐漸加快，奴隸滿頭大汗，本來就總是潮濕悶熱的船艙變得更加潮濕悶熱。一名奴隸大叫一聲，小腿抽筋，摔倒在地。他的槳友努力跟上划槳的節奏。

轉眼之間，史崔普來到他面前，毫不留情地拿鞭子抽他。抽了六或八下後，她解開那個奴隸的鐐銬，扛起那個男人，走過走道。二號立刻上前取代他。

領班看起來對於速度沒受到影響十分滿意。她在走道上來回走動，檢查奴隸有沒有出現疲倦的徵兆，然後走到後面去。加文聽見剛剛那個奴隸慘叫、皮鞭抽打的聲響、還有拳打腳踢的砰砰聲。爲了無法控制的事情毆打人是很沒有理性的行爲——在又划了幾下之後，加文開始懷疑這個還算理性的女人爲什麼要做這種事。

啊，預防性暴行。毆打抽筋的人，避免其他人假裝抽筋，趁機休息。

不公平，但可能很有效。加文不確定自己對史崔普的做法是感到欽佩還是厭惡。

兩層樓上通往主甲板的門開了，早上的陽光灑在濺滿汗水的階梯上。領班爬上階梯，李奧諾斯跑到她原先的位置，複誦她下達的命令。

「一百步外！沒有轉向！」領班叫道。

「一百步外！」李奧諾斯叫道。「鼓手，開始！」

沒人向加文解釋過這種情況要怎麼做，要以什麼順序做什麼事，但又多了一個鼓手開始打鼓，在原先的鼓音中增添空心鼓聲。不過他的節奏還是與原先的一樣，就站在所有奴隸前方的左舷。

「呃，幹幹幹幹，聽我們的鼓音，別聽他們的。」富克拉特說。「最後——」他又咒罵嘟噥了一陣子，為了沒辦法清楚說話而越來越沮喪。最後，他奮力說道：「最後關頭，我們收槳。不過要在呃、呃、呃、全力衝刺過後。」

「轉向左舷，七十步！」領班叫道。

苦棒號船首的長程大砲方向傳來沉悶的巨響聲，整個甲板彷彿胸口遭擊般巨震。上方甲板傳來叫喊聲。沉重的腳步聲。然後是一下火槍擊發的槍響，跟著是砲手的吼叫。他不會讓甲板上的人在這種距離下開火。他只相信自己有能力射中這麼遠的目標。

加文咬牙切齒、雙腳顫抖、手臂灼熱，汗水滴入眼中。在這種速度下，奴隸的屁股幾乎不會碰到長凳。

上面傳來一聲加文難以辨識的火槍響，聽起來非常不一樣──喔，肯定是砲手那把槍。

苦棒號往右舷傾斜。加文判斷他們一定是想緊跟在對方船尾，避開船身側面的砲火攻擊。這種策略只有在他們的船比對方快上很多時才有可能成功。

「右舷槳，戰鬥速度！」史崔普叫。

「右舷槳，戰鬥速度！」李奧諾斯叫。

右舷的鼓手加快速度，在左舷打兩下鼓的時間裡敲打三下。苦棒號完全沒有變慢地轉向左舷。

「戰鬥速度，全體！」史崔普叫。

「戰鬥速度，全體！」李奧諾斯叫。

他們在海浪間衝刺，用全身體重搖槳。他們不喊口號了。奴隸沒有力氣做額外的事情。悶熱到了極點。加文聽見皮鞭抽打的聲響，但他整個世界都集中在肩膀、肺部、雙腳、背部、小腿和手臂上的劇痛──

「聽我指令，收起左舷槳！」領班大叫。李奧諾斯還沒複誦完命令，領班已經叫道：「收槳！」

鼓手連打三下鼓，然後突然停止。

奴隸壓下船槳，槳葉離開水面，然後把槳拉入槳架，一手接著一手，把槳全部拉回船艙，避免在撞擊時折斷。

一時間，鼓聲俱寂，奴隸喘氣，上方水手準備承受撞擊，除了平靜的海浪聲沒有任何聲響。

然後情況一發不可收拾。

第十二章

基普赤腳在海灘上走了一個小時，接著腳底便開始起水泡。他踏著水泡又走了半個小時，水泡破了，開始流血。他踏著血淋淋的腳掌又走了不到一分鐘，然後想到一個顯而易見的問題。

他重重坐倒在沙地上，嘆了口氣。他汲色至今已經幾個月了？克朗梅利亞教導不要把汲色當作解決問題的首要辦法，但他們完全搞反了。

魔法可以用來解決所有問題。只是會害死你。你應該首先考慮魔法的解決之道，然後再決定值不值得你拿一點壽命去換。

用在身體機能上或許也是同樣道理。只要你在蠢到跑去總督轄地裡某個偏遠角落流血致死前，先想到這一點就行了。

他利用叢林的翠綠林頂當作法色來源，製造出柔軟的綠鞋墊來踩，然後他又思考片刻，弄出一雙盧克辛靴。因爲腳掌鮮血淋漓，所以他在腳和鞋墊最底層間留下一點縫隙，可以隨時調整穿鞋的位置。這樣做有點觸碰到不能把魔法變成身體一部分——所謂的附體化身——的底線。但是附近又沒有魔法老師。基普走了幾步，調整靴子到合腳，然後努力記下這個設計，以免日後還有用得到的時候。

他了解到所有馭光法師都會這麼做。他們會想到好用的設計，然後牢記在心，方便日後迅速汲色。差別在於笨蛋只能設計鞋子，高手才能設計飛掠艇。你能隨著汲色能力變強而累積的設計肯定是以指數增加的。加文・蓋爾是記下了一百萬種設計，還是說他對魔法的理解已經深入得不用記這些設計？只要造出合理的東西就行了。就像不用思考就會走比常走的階梯更陡的階梯一樣。走就是了。

似乎基普對魔法了解得更深，就越欽佩那些汲色技巧高超的人。

但是話說回來，他曾出於本能化身過一次綠魔像。

你潛力無窮，基普。

那你知道潛力表示什麼嗎？他問。

「表示你什麼都還沒做過。」

聽到自己的聲音讓他有種鬆了口氣的感覺。

他繼續走。不管是靠槳還是帆，槳帆船一天都能航行十二到十五里格。槳帆船大多出海四天就得補給。由於槳帆船越來越少——被航程較遠的船艦取代——很多仰賴槳帆船生存的沿海城鎮也開始沒落。再過一、兩個世代就會徹底消失，但現在還在苦撐著。所以他最多走個六十里格就一定會碰到城鎮。

假設基普沒有剛好被丟在兩座城鎮中間，那麼只要走對方向，肯定就能在更近的距離裡找到城鎮。但他之前都被蒙著眼睛。搞不好最近的城鎮就在南方一、二里格外，偏偏他在往北走。

當然，港口城鎮間也可能有較小的村落，像是盧易克岬附近那座鯨魚和村民都發狂的小漁村。前提是鎮民沒有因爲害怕狂法師大軍入侵而棄鎮逃難，如果是那樣，他就可能一路走到死——

這種想法毫無幫助，基普。

他餓了。不，別想那個。想點別的。

最糟的情況，如果基普一天能走八里格，應該就能在七天內遇上一座城鎮。這是最糟的情況。而他辦得到。他只需要水。理論上，他可以靠體內的脂肪存活很久，不過身體衰弱走路就會變慢。他發現自己心算時會撥弄想像中的算珠。有趣，這樣有幫助。

他的意思是對算術有幫助。眞正聰明的人八成會不再思考，走就對了。叫基普不要思考就像叫他閉上鳥嘴一樣困難。

他的腦袋和嘴巴根本是通的，他媽以前常這麼說。

假設他能一天走八里格。在這裡，在平坦的沙灘上，這種速度看來沒有問題，但基普知道沿海有些岩岸區域，海邊就是峭壁，或是海浪會直接打進叢林。有些海灣會深入海中整整好幾里格。如果基普一直沿著海岸走，他要走的路絕對比船在海裡航行六十里格來得遠多了。但是不沿著海岸走的話，他可能會在陌生叢林或森林裡迷路。

一時間，他得將思緒集中在呼吸上，他喉嚨收緊，胸口緊繃，緊張到差點害死自己。

但他沒有不再前進。他的內心像是鬥犬咬緊牙關般緊扣著拒絕放棄的想法不放。他是龜熊，龜熊是擋不住的。最糟還能怎樣？他會失敗？他以前失敗過，很多次。他可能會死？至今已差點死掉好多次了。有時候差點死掉很可怕，有時候很恐怖，有時候讓他感到暢快，不過通常都是不管怎麼做都無法控制的情況，無論對錯。你不能因爲繼續走下去可能會面對死亡，就停下來不走，讓自己會肯定面對死亡。基普是個可憐兮兮、令人失望的胖子，但不是會放棄的人。

他突然面露微笑。可憐兮兮、令人失望的胖子——但他還是在許多特殊條件下殺了一個國王、救了稜鏡法王，還殺了一個神。對胖子而言算表現不錯了。見鬼了，他甚至還贏過安德洛斯・蓋爾一次。

奇怪的是，他竟然把贏過安德洛斯・蓋爾視爲比殺神更了不起的成就。

殺神那次感覺像走運，或像是歐霍蘭審視戰場，尋找適合用來拯救稜鏡法王的工具，然後在發現找不到合用的工具後，隨手抓起基普就拿來用了的感覺。

基普暫停片刻。

我一直都把自己看得很扁，他心想。我從來不會讓任何人這樣對待我朋友。

一小時後，他找到一條小溪。他喝水，指望溪水夠乾淨。事實上，他沒有多少選擇。他繼續慢慢喝水，等著看會不會嘔吐，然後又喝了幾口。他站起身來，希望自己身上有水袋。

他看見自己的綠盧克辛靴。哎呀，如果我有辦法製造水袋就好了！

他輕嘆一聲，汲色製作了一個綠袋子。首先考慮魔法，永遠考慮魔法，基普。他舀起一大袋水，然後改變綠袋形狀，舒舒服服地貼在背上。汲色製作符合肩膀形狀的帶子，汲色製作一條揹帶。

魔法。實在太有用了，感覺就像是……魔法。

「和這個瘋子講話會讓我變成瘋子！」基普說。

有趣。當你忘記這種情況有多諷刺時，就表示你快玩完了。

他決定要趁走路的機會惡補一下之前錯過的訓練。不幸的是，他這個等級的黑衛士訓練幾乎都侷限在徒手搏鬥上，因為徒手搏鬥是未來所有訓練的基礎。在前往盧易克岬的船上，他們學了些基本握劍方式和運劍法門，還有裝填火槍。其他黑衛士新進人員早就學過這些了。有些人已經受過幾年武器訓練。有些擅長弓箭和其他基普才剛開始接觸的武器。他的進度遠遠落後。

但我可以變成綠魔像。

那對我現在的處境還真有幫助。

他覺得海岸線開始後退，但光看太陽的位置還不足以肯定他的想法。他的同學班哈達自稱學過汲色製作六分儀，確保永遠不會迷路。當然，還得要搭配羅盤才行，然而，儘管有辦法做出讓鍊金石飄浮其上的容器和媒介，世上還是沒有磁石盧克辛這種東西。有些事就是得用傳統的方式。

不管困不困難，基普都沒有能夠救命的技巧。這就是打輸一場九王牌所需付出的代價——爺爺禁止他參與練習。

基普試著用本能去了解其他人鑽研好幾百年的知識。怎麼樣？我究竟是不是魔法天才？等等！我幹嘛浪費時間去想六分儀、羅盤和水袋那些東西？我該想想怎麼造出飛掠艇。他曾看加文做過。甚至有幫忙驅動過。

但是像飛掠艇這麼複雜的裝置萬一出了差錯，他就會被丟在大海中央，沒有能力離開。基普可以用漂的，但不可能一路漂到大傑斯伯去，如果嘗試加文的噴射把戲來游泳，可能還沒到半路就粉碎光暈了。

我可以取用所有法色。那就像是我擁有裝滿所有幻想工具的工具箱，偏偏蠢到不會用一樣。

或許是太無知了，一個親切的聲音回應他。

這是真的。你不會怪野蠻人不識字。

但你也不會讓他讀信給你聽。

陽光開始黯淡，基普把心思轉移到其他問題上。他找到一塊乾淨的海灘，就在樹林邊緣，棕櫚樹可以幫他遮風避雨。他放下水袋。凝望著逐漸變暗的天空，凝聚足夠的藍盧克辛，製造出一個藍箱子，箱頂有個洞，然後加以彌封。接著他站在海灘上，面對西下的太陽，他盡可能很有耐心地緩緩凝聚紅盧克辛。紅法色的衝動襲體而來，但他忽略情緒，將紅盧克辛填入藍箱子。他填了一整箱人稱紅黏液的紅色盧克辛。

他沒有考慮清楚，所以當箱子完全裝滿後，夕陽已經不能提供足以汲取次紅魔法的溫度。他得用手點火。而他在黯淡的光線下花了半個小時才找到一塊看起來像是打火石的石頭。

他又花了半個小時敲石頭。沒有火花。他很想大叫。拉緊褲子，坐下，揉自己的臉。他拉緊皮帶，發現最緊的皮帶孔都已經不夠緊了。不到六個月前，他還在扣最後的皮帶孔，然後因爲不知道要上哪兒去找買皮帶的錢或是做皮帶的皮革，而祈禱自己不要變胖。所有其他衣物都在克朗梅利亞換新了，但當時他覺得丟掉皮帶很浪費。再說，這條皮帶是母親在少數清醒的時刻裡給他的。

基普抽下皮帶。其中一顆打火石上有個地方很尖，可以讓他插個新孔出來。

他看著皮帶釦。金屬皮帶釦。如果拿自己的愚蠢來毆打自己的話，他大概可以一路昏到太陽節。基普用皮帶釦摩擦剛剛找到的打火石，接著奇蹟出現，打出火花。他輕鬆點燃紅黏液。火燒得很旺。星星出來了，基普坐下來，把水袋拿到身前。或許喝水可以解決一點飢餓問題。

綠盧克辛水袋整個封住了。基普沒有製作任何打開水袋的機制。如果是白天，基普可以擷取更多綠色，打開綠盧克辛，然後重新彌封。但現在他得完全把它當作固體物品來應付。

他很想哭，或是大叫，或是大發雷霆。但最後基普還是用銳利的打火石在水袋脆弱的部位挖了個洞。他把水袋舉到頭上，喝著溫暖的溪水，直到肚子灌滿水為止。

基普的燈火在紅黏液燒到洞口後熄滅。因為沒有把紅黏液吸到外面接觸空氣的燈芯，火焰直接被悶熄。基普看著熄滅的火焰，它就像故意背叛他一樣。他可以打爛裝黏液的藍燈，當然。他沒有把箱子做得很厚。但那樣紅黏液會在約莫半小時後燒完。如果基普帶了眼鏡在身上，就可以運用剛剛的火光——但他沒有。眼鏡還在船上。加文差點遇害那天晚上，他沒有帶上眼鏡套。

他幫我擋了那刀。基普本來以為加文喜歡自己，就像認同一條訓練精良的寵物一樣認同自己。有理性的男人或許會冒險救狗，但只有白痴才會為狗而死，對吧？加文．蓋爾不是白痴。他很清楚自己的價值，而當時他的人生處於頂峰——他娶了卡莉絲為妻，從法色之王手中扭轉了一敗塗地的戰局。基普揭穿安德洛斯是紅狂法師時，在他眼中看出真相。加文知道。他知道父親的情況。並不驚訝。他一直把那張牌放在手裡，等待適當的出牌時機。而基普對全世界揭露了這張牌——賤嘴基普，想到什麼就說什

麼，根本不用腦子，破壞了他完全不瞭解的計畫。

但加文同時也知道——就在那一刻裡，基普有看出來——當他們四人混戰，爭奪兩支匕首時，基普完全沒有辦法阻止安德洛斯和葛林伍迪把刀插入他胸口。基普當時沒發現，但現在知道了，以他們當時纏鬥的情況，加文唯一能在不被阻擋的情況下拉開匕首的方法，就是把匕首扯向自己。他是故意的。他不是自殘，當然——他沒有自殺傾向——但是匕首的方向一變，葛林伍迪和安德洛斯立刻奮力出刀，可能是不知情，或無力阻止，或根本不在乎。

加文明知代價是自己的性命，為什麼還要救我？

加文犧牲性命救我。稜鏡法王本人，數百年來最頂尖，搞不好是從古至今最頂尖的稜鏡法王。那是什麼意思？這表示基普的價值有多高？

這個想法太難承受了。隨之而來的情緒令他害怕。基普是被媽媽遺忘在充滿老鼠櫃子裡的小男孩。他不是……

一滴淚水滴落臉頰，掉在他隆起的肚子上。這眼淚是哪裡來的？

他用髒兮兮的手指擦拭眼淚，再度承受壓力。

那支匕首後來又怎麼了？盲者刃——安德洛斯．蓋爾這麼叫它。不但沒有殺死加文，反而在他體內變大的那把刀。我媽怎麼會有這種東西？

想這個比較好，比較安全，有益身心。基普可以思考這個。但結果也不能想太久。他累壞了。他沒有汲色製作床舖，也沒有毯子——可以用盧克辛製作毯子嗎？——或任何種類的上衣。他也沒有準備任何幫助睡眠的睡眠用具。他打碎藍盧克辛燈的頂蓋，打了點火花進去。

我父親愛我。世界上有這麼多人，而加文．蓋爾認為我值得拯救。

盧克辛咻地一聲就點燃了，基普感到一股暖意擊退了寒夜。這火燒不了多久，但基普認爲自己會在火熄滅前睡著。

他猜對了。赤裸的肩膀才一碰到沙地，他就立刻就夢到怪物和諸神。

第十三章

——前任祭司——

「戰爭向來都是暴行的藉口。」奧莉雅告訴我。我們已經爬得夠高，看不見強盜的火把了。濃霧對面的陸岬傳來的光線很黯淡，不過逐漸變強。

「不管誰殺安加人都是在服從歐霍蘭的旨意。」我說。

「達江，世間萬物都是祂的子嗣，包含不順從的人在內，你打算做的事情乃是禁忌。」奧莉雅說。她黑色的鬈髮上沾染血塊，臉色比原先的赤褐色慘白——我希望是因爲光線，而不是失血的緣故。我知道她不是被嚇得臉色發白。奧莉雅這輩子都沒有害怕過。我有上百個好理由該聽她的。卡莉絲・影盲者本人——盧西唐尼爾斯的未亡人兼繼承人——派奧莉雅來訓練我。她年紀比我大。也比我睿智。

但我比她強大。

「我討厭等待陽光，」我說。我有一副盧西唐尼爾斯的神奇眼鏡，他親手打造的。從他去世後世人看待這種眼鏡的態度來判斷，它們簡直就和上古神器差不多。這副眼鏡做得很精美，所有人都認同這一點。而且極具革命性。並不是沒人想過要熔化礦石來製作他們法色的眼鏡，問題在於他們沒辦法提升爐火溫度、提煉出夠純的礦物。盧西唐尼爾斯解決了這個問題，顯示他不但是魔法天才，同時也是世俗工藝的天才。這種情況惹惱了很多人，但那種眼鏡改變了一切，改變了全世界所有馭光法師的命運。一名鏡匠，他們全能的盧西唐尼爾斯。而他本來就已經占了所有優勢。透過一千種方式改變我們的生活。如同狂風前的落葉般把我們全部吹到他身後。

然後在風暴過後留下可怕的爛攤子。

「就像驕傲是第一項原罪一樣，力量就是第一項誘惑。」我吟誦。盧西唐尼爾斯傳布這個眞理，然後越變越強，比所有異教祭司和神諭更加強大。像我這種異教祭司。我開始汲色。

我是阿達加西斯寡德江的卡普坦。盧西唐尼爾斯的話某種程度改變了我的想法，但我依然懷疑他有沒有改變我的內心。還是說其實是反過來。他的話足以讓我放棄我舒適的生活、地位、名聲、威望，但當我低頭看著我的新家，看著街道上流滿我的新鄰居和朋友的鮮血時，我想或許歐霍蘭對我造成的改變還不夠。

盧西唐尼爾斯說，所有法色都來自歐霍蘭，當時他高舉稜鏡，宣揚跨越法色和國度的和平共處、相親相愛的理念。很多人都覺得他的理念很有道裡，但對於我這種能汲取超過一種法色的人而言衝擊更大。在我的家鄉，人們非常尊崇我使用綠魔法的能力，但是我的加西同儕卻會在我使用藍魔法時譴責我。就算藍魔法讓我更成爲更稱職的寡德江也一樣。

或許一切都毫無道理可言。或許盧西唐尼爾斯只是說得比他前身對一點點而已。或許我現在要做的事情根本不是忤逆歐霍蘭的罪行，那個遺棄世人的怪神，住在天上和世界上所有地方，但偏偏看不見，就是不肯像個稱職的好神一樣行走世間。或許這眞的是忤逆神的罪行。那祂就必須原諒我，因爲儘管我已經不是阿達加西斯寡德江，我還是不能不當寡德江。這是我的本性。如果盧西唐尼爾斯說的是眞理，那我就是歐霍蘭造就的。

我吸收光線，我的綠精靈雅出現了，宛如我已逝妻子容顏般熟悉——我深愛的妻子們，爲了彌補我的背叛帶來的羞辱與罪孽，她們被燒死在儀式火焰中。

「我想你。」艾希瑪順著我的皮膚輕聲說道，她輕輕撫摸著我。我也很想她。我當然想她。她很清楚這一點。

我以爲她會生氣，會高姿態懲罰我背叛她的行爲。但她太精明了。她會先釣我上鉤。之後再來懲罰我。她也沒有挑起我的性欲，從前我性欲高漲，但自從我的安娜雅和希雅娜被燒死後，似乎就清心寡欲了。結果，她靜靜等候。或許她在我臉上看出我唯一想要的歡愉就是戰鬥的歡愉，血紅復仇的歡愉。或許即使過了這麼久，她依然可以直接感覺到我的想法。

「我本來可以讓你成爲下一任阿提瑞特的，」她哀傷地說。她在我開始透過手腕噴灑盧克辛時輕握我的手腕。「你本來可以當神。」

「惡魔就在你眼裡，」奧莉雅說。「你能看穿她的謊言，還是看見她要你看見的景象？」

我仍記得我的精靈雅站在面前朝我耳朵大叫褻瀆言語時，盧西唐尼爾斯把稜鏡指向我時的情形。突然間沐浴在其他法色中，讓我看見其他法色的祭司看到她時眼裡的景象。在所有其他法色裡，艾希瑪都是恐怖的怪物。難怪其他加西辛庫魯利會向我們宣戰，說我們崇拜惡魔。但接著盧西唐尼爾斯翻開一面鏡子，在那道全光譜的光線中，我發現就連綠光也只是薄薄一層面罩。

艾希瑪毫不美麗。她是所有疾病與醜陋的化身。

我打碎了那稜鏡，打碎了那面鏡子，發誓那是盧西唐尼爾斯製造出來的幻覺，他欺騙我，讓我看見假象。但我錯了。後來，我在發現其他精靈蠢到在它們的祭司眼前現身時，也施展同樣的把戲。我們使用的稜鏡乃是世俗的稜鏡，鏡子則是銀和玻璃所製。最後兩百精靈發現我們可以讓他們現形。於是他們用精心編織的謊言去向遭受誘惑的目標解釋爲什麼他們不再現身——怪罪到盧西唐尼爾斯帶來世間的污點。但眞相是，他們不希望如此輕易就被逼得現出原形。

艾希瑪不再多說。我知道她是兩百精靈中最古老的成員，很可能是九精靈之一。新任阿提瑞特想要降世，並不是找個人擊敗所有競爭者就行了。他的夥伴精靈雅也得征服所有敵人。

護甲覆蓋在我身上。我只有在關節處開個小洞。這樣沒有我從前這麼做時那麼有效率、好彎曲，也沒有那麼容易控制——每個毛細孔、汗腺、毛髮都是接觸點。以前我會讓我的精靈雅控制護甲，改變它，針對我看不見的危險自動反應，她的不朽意志可以彌補我凡人意志的不足。我們兩個就某方面而言，親密程度遠超過我與妻子。

我吸收藍光，透過綠眼鏡框上緣看著打雷閃電的天空。藍色很安全，對我來說。我從來沒有把意志和藍法色綑綁在一起。對我而言，藍色只是工具，能澆熄熱情的工具。我的精靈雅絕不會讓我汲取太多藍魔法。她太善妒。我本來以為那只是出於本性，但現在我知道想要戰勝其他精靈，她就得全面占有我。不是純綠法師的阿提瑞特？無法想像。

就像驕傲是第一項原罪一樣，力量就是第一項誘惑。

不曉得盧西唐尼爾斯為什麼會用現在式講述創世故事。不是「驕傲曾是第一項原罪」。這種做法讓眞理可以適用在我們身上，就和第一道光一樣。很棒的把戲。

「我的心與你同在，達江，但如果你不讓我幫忙，我就救不了你。」艾希瑪說。她的聲音和逝去的安娜雅實在太像了，我敢說一定是偷她的。聰明，聰明，聰明的傢伙。

「你不能聽她的，達江，」奧莉雅在世俗世界裡說，聲音比之前虛弱。「你知道她在說謊。」

我知道。

「讓我信任妳。」我大聲說。我希望奧莉雅以為我在和她說話，而精靈雅以為我在和她說話。

光線變得充足。我開始跑向村落。其他法色的人可能會偷溜進去，希望趁強盜在姦淫擄掠一整晚累癱後動手。那並非綠法色之道。我的精靈雅高唱戰場之怒和嗜血曲調，我知道她實在太了解我了。

憤怒並非紅法色獨有的情緒。我汲色製造足以在我雙掌上的荊棘劍生出鋒利劍刃的藍盧克辛。我的雙腳包覆在盧克辛裡，保護膝蓋，在每一步中增加彈性，把我的意志力加諸在動作中，讓我跳得比任何凡人更遠，安然落地，跑得比灰熊狂奔更快。我成了野獸。

我看見死者——是個年輕女子，露西雅．瑪塔努斯，她側身癱倒在地，腦袋像蛋一樣碎裂，懷孕的肚子被刺穿十幾個洞。她妹妹也死了，死在更接近村子的地方。她們一起逃命。盧伊．加洛斯趴在地上，乾草叉躺在他黏稠的血泊中。或許他試圖掩護露西雅逃亡。雖然她嫁給了村裡的酒鬼，但他一直深愛著那個女孩。

一般而言，安加強盜將阿坦鎮的人民視爲作物。他們會像除草一樣除掉能夠戰鬥的男人，割掉年輕男子的拇指，讓他們還能工作、生孩子，然後搶走最美麗的女人充當奴隸或情婦。安加人會等過幾年再回來，給村民一點時間累積財富，但不會久到能累積足以對抗強盜的實力。當然，強盜會殺害所有反抗他們的人。有時候他們純粹爲了好玩殺人。有時候他們爲了好玩而斷人肢體。但這次……跟之前不同。這是懲罰行動，是一場屠殺。

所有人都死了。我看到小岡薩羅，獸醫的弱智小孩。他被插在一根柱子上，柱子從肛門插入，嘴巴插出，尖端指向天空。我放聲怒吼，吵醒所有天殺的強盜，我的艾希瑪回到我面前，腐臭又美麗的疾病妓女。她和我打算做的事情一樣醜陋，我的靈魂只是復仇的小小代價而已。我凶殘無比。我化身怪物。我即將成神。我要展開復仇。

第十四章

兩艘槳帆船相撞產生的震動導致半數划槳奴隸摔下長凳。一名奴隸在手腕被鐐銬扯脫臼時放聲慘叫。苦棒號船身一沉，撞上另外一艘槳帆船的中央，帶著敵艦開始浮升，沿著對方的船身滑開。

另一艘槳帆船的船槳相互交叉糾纏，被撞離槳手手中，在苦棒號刮過船身時如同柴薪般紛紛折斷。兩艘船的主甲板上都開始發射鷹砲，火槍聲蓋過憤怒、恐懼和痛苦的叫聲。

加文緊握舉在頭上的船槳站穩腳步，以為自己在這場戰役中的工作已經結束，但安加人的作風不太一樣。

「起來！」史崔普叫道。她肩膀上插著一根加文拇指粗細的碎木，但彷彿完全沒注意到。歐霍蘭的鬍子呀，這個女人實在剽悍。「舉槳！把那些——」

一聲巨響和猛烈爆炸打斷了她的命令。敵人的砲彈把船艙炸出一個大洞，女人消失在突如其來的強光中，緊接著是濃濃的黑煙遮蔽了陽光，空氣中瀰漫硫磺氣味。爆炸聲震耳欲聾。加文只感覺到手裡的槳在移動。

他在火熱的濃煙中眨眼、喘息、咳嗽，試圖幫助槳友，慢慢弄清楚自己在幹嘛。他們一再刺出船槳，富克拉特瞄準，歐霍蘭提槳，加文基本上只是妨礙他們。

透過濃煙，他看見敵艦水手就在不到五步之外，試圖把相撞時撞歪的火砲——已經裝填好彈藥——調整好。對準奴隸長凳。加文的奴隸同伴——至少是曾一起打過海戰又還沒受傷的那些——利用船槳阻礙水手點燃火砲，不讓他們對苦棒號釋放死亡。

加文幫著歐霍蘭和富克拉特用船槳戳刺出現在濃煙裡的阿伯恩人臉。那是個船艙僕役，還不到十二歲。男孩倒地，臉被打爛，一條引信從他掌心滾出。

富克拉特試圖大聲下令，但是在混亂的壓力下，他嘴裡只能吐出髒話。歐霍蘭的視線最佳，所以加文一直刺一直刺，試圖透過歐霍蘭的動作猜測他的想法，把逐漸消退的力量通通耗在這上面。他三不五時就會感覺到船槳擊中比木頭軟的東西。

海風吹散了濃煙，加文看見兩艘船中間拋出了登船網，看見水手爬上敵艦。他彷彿聽見砲手在某處發出瘋狂笑聲。

另外那艘槳帆船比苦棒號大，加文看見對面的搖槳奴隸縮在長凳下，希望登船的海盜就這樣過去。有些海盜直接路過。有些海盜順手砍向無助的奴隸，砍穿腦袋、肩膀，斬斷瘦到剩皮包骨的手臂。只因為他們能這麼做。因為人類熱愛殺戮。

「幹。」富克拉特說。

「幹。」加文同意。

隨著煙霧緩緩消散，加文看到對面船上有個女孩衝出船艙。她身穿男人的褲子和上衣，但逃命的時候長髮飄逸。片刻過後，一個男人追趕上去。那是砲手的手下。他一手提著褲子。她肯定剛剛逃離他的魔爪。

女孩身材嬌小，但奮力抵抗，而且遭人低估——讓加文聯想到當初愛上卡莉絲的時候。他無法忍受任何人做這種事——

「動手嗎？」加文問他的槳友。

他沒時間確認他們的想法。年輕女子跑過眼前，奔向商船船身的大洞。加文和富克拉特推出船槳。歐霍蘭瞄準。船槳擊中水手下巴。他在飛濺的汗水和牙齒中摔倒在地，身體扭曲。

年輕女子繼續奔跑。一名水手在她奔向大洞和大海時突然出現。她沒有放慢衝勢，也沒有閃躲。她加速衝向那個瘦男人。兩人相撞，一起落海。然後就看不到了。

加文看著歐霍蘭。他盡量探頭出去，然後聳了聳肩。他也看不到後來的情況。

戰鬥又持續了幾分鐘，但他們的工作看來已經結束。戰鬥僅限在另一艘槳帆船上，筋疲力竭的苦棒號划槳奴隸癱倒在他們的長凳上。有些人在吐。加文搜尋著史崔普，但除了血之外什麼都沒有留下。左舷還有一整排奴隸被炸成碎片，外加走道對面的一名奴隸——砲彈從右舷船身上的大洞離開。他看見一條滿是刺青的手臂，可能是史崔普的。

駝背的李奧諾斯一拐一拐走到殘骸旁邊。「諸神慈悲，」他說。他輕笑幾聲。「對我們某些人而言。」他痛苦地彎下腰去，撿起一樣東西。史崔普的皮鞭，手掌還握在鞭柄上。李奧諾斯扳開她的手指，把紋滿刺青的手臂丟到海裡。「看來你們這些帥哥有了新領班，除非你們想要追隨舊領班？」

第十五章

基普利用汲色打發難耐的時光。隨著太陽緩緩爬向天頂，汲取不同法色所帶來的情緒衝擊令他暫時分心。分心幾個小時。分心一整天。但飢餓的感覺比盧克辛更加強烈。

意志力是把鉛做的匕首。到最後，身體的需求總是會戰勝意志。

餓到第二天，他就只在必要時汲色。他已經修補好水袋、修補靴子，在肯定自己不曉得該怎麼製造盧克辛衣物後，弄了塊遮蔭板來遮蔽被太陽曬焦的皮膚。

第三天，他遇上峭壁，沒辦法繼續沿著海灘走。他穿越叢林。爬過隆起的樹根、走上山坡，試圖補足之前浪費的時間——然後他迷路了，林頂遮蔽了陽光，在愚蠢和疲憊的驅使下，他找到一條小溪，然後躺到溪裡。

他在手掌被某樣東西碰到時醒來。一隻黑橘相間的小青蛙坐在他掌心。牠肚子與掌心接觸的地方因為青蛙的酸性黏液而傳來陣陣灼燙感。他痛得縮手，牠立刻跳開。接著他低頭，視線宛如緩慢的土石流般緩緩向下。

他渾身都是水蛭。幾十隻。他昏昏沉沉的。他翻過身，四肢撐地，把清水和胃酸吐到兩隻手上。他站起身來，跌跌撞撞走回叢林，不顧他的裝備，脫掉褲子，摔倒在地。世界化為火熱的煙霧。他再度嘔吐。迷失自我，不是失去意識，而是不曉得自己在幹什麼，化為動物，化為野獸。

一段時間過後，他又找回了自我，赤身裸體，坐在一塊變幻不定的陽光中。他凝視著晴朗無雲、殘酷無情的天空。他沒辦法看自己，沒辦法看黏在自己身上扭動不休的水蛭，把他的血吸進鼓脹的肚子裡。吸收他的血來施展血魔法。

咻咻咻，風吹過樹枝。咻。

他吸收藍光，代表創造的藍血。光就是生命。他輕啜藍光，盈滿全身到自己化為純粹的思緒。急促的心跳變慢了。他閉上雙眼，讓藍魔法流竄全身。意識返回體內。三十一對大嘴，從水蛭鼓脹的身體前後，附著在他皮膚上。基普的行動讓水蛭前面或後面的嘴巴鬆開。透過體內的藍盧克辛，基普回想起早已遺忘的拔除水蛭法門。不要用火或酒或檸檬汁，那樣會激怒牠們，在鬆口的同時朝傷口吐出穢物。正確做法是用指甲撐開牠們嘴巴與皮膚接觸的地方，前後都要。指甲和耐心。

基普又想吐了，但他再度凝望天空到心如止水。他無法承受。不可能用指甲去摳六十幾次。他流失所有藍法色的自制力，差點再度變成野獸，受困，受困在布滿水蛭的皮膚中，就像他受困在擠滿老鼠的櫃子裡——

就像這樣。

冷靜。放鬆。他吸收藍色，然後吸收更多藍色。他幾乎沒有足夠的意志力放開自己，幾乎無法理解旋轉不休的法色在他體內做了些什麼。藍色盈滿他的身體，找出每一顆牙齒，每一個Y形傷口。

凝聚你的意志。

他沒有意志。他在次紅光中尋找憤怒，在綠光中尋找野性。

不，你的意志。盧克辛是你的工具；你不是它的工具。站起來。

基普還是無法凝聚任何意志，但他在身受迫害的感覺中站起身來。他知道該怎麼做，但是此刻知道該怎麼做就像知道想要爬過一座山只需要一直走路就好一樣。歐霍蘭賜給我力量。

祂已經賜了。善用你的力量。

基普伸長手腳，緊握拳頭，低下頭去。力量不是透過一陣憤怒與無所不能的力道竄入他的體內，而是透過無聲滴落的淚水而來。力量順著他的血液，找出小小的嘴巴，封閉它們，抗拒它們，隔絕所有染毒的鮮血，然後逼出體外。

一隻接著一隻，水蛭鬆口掉落。從他手臂上掉落。從他腳上掉落。從他胸口掉落。從他背上掉落。從他屁股上掉落。從他股間掉落——親愛的歐霍蘭呀。從他臉上掉落。

基普身上有六十二道小傷口在流血。水蛭毒素讓傷口血流不止。基普不曉得自己流失了多少血液。好幾隻水蛭貼上他的腳掌，想找新位置吸血。他走開。沒空噁心了，眼前只有問題，他得解決問題。

喔，簡單。他汲色製造藍色蓋子，蓋住所有傷口。他才跨出一步，就震掉了四分之一的藍蓋子。當然。藍色太硬了；只要一移動，就會震掉繃帶。

他靠著一棵樹，坐下，汲色製作一個大藍繭包覆自己，彌封繭，彌封傷口，然後睡覺。

他醒來吐了兩次，也不確定自己有沒有記得重新補強繃帶——或該說牢籠。

可能是作夢，可能是幻覺，也可能是他在下意識下做了些事。他看到一個女人輕聲哭泣，她身處灰色的晨光中，頭髮盤成一個奇特的大圈圈。「妳在哭什麼？」基普聽見一個聲音問道，然後才發現那是自己的聲音。

「我哭是因爲你在受苦，只有安姆的次子才有資格毫無熱情地心生同情。但即便如此，在世時也依然不行。」她站起身來，外表突然改變，從一個嚴肅的女子變成另一個模樣。「睡吧，」她說，靜靜地綻放光芒。「你不會在我的看顧下死去。」

一切陷入發燒、噩夢、熱得冒汗、冷得發抖、雷電和冰水之中。他聽見鳥叫聲、猴叫聲和類似狗的叫聲，但一切都來得太快，快到像是沿著時間表面飛奔，彷彿他在他爸的飛掠艇上，光線閃過他的臉，感覺像只過了幾秒，但他知道一定已經好幾天了。他依稀記得抱著一大片樹葉貼在臉上，清水在撼動天堂與人間的大雨中沿著樹葉流入他口中。

再度醒來時，他恢復了意識。

他覺得頭腦清晰，但是身體虛弱。他解除了藍黼，然後在接觸到盧克辛時差點又吐了，暈光。黼旁有很多爪印，很大的爪印，不過不是狼，他在提利亞長大，認得狼爪印。但附近沒有人類足跡，就連自己的都沒有。那個女人是他幻想出來的，發燒時的夢魘。

究竟有多少出於作夢和幻覺？他深吸口氣，檢查自己，查看四周。沒有水蛭、沒有青蛙、沒有風暴。至少現在沒有。

基普雙腳虛浮。他不曉得自己在這裡多久了。唯一判斷時間的依據是傷口，都已經結疤了。所以水蛭是真的。他檢查那些傷口。水蛭咬傷通常癒合得比一般傷口慢，但在藍盧克辛的幫助下，基普猜想自己處於意識不清的狀態應該還不到一週。

飢餓不再那麼有感了。基普感到一種奇特的純潔，像是聖徒、苦行者或是瘋子的那種寧靜境界。或許就是靈魂與肉體分離時的清晰透徹。他走了一個小時，才想到自己沒穿衣服。發現這一點時，反應並不是難爲情，而是須要保護。他的皮膚在穿越叢林的旅程裡無法提供太多保護。

他開始邊走邊汲色。首先嘗試綠魔法。四周綠意盎然，汲取綠法色是最明顯的選擇。但他很快就放棄了。太重，太粗糙了，不適合穿在身上。當他路過開著喇叭形狀花朵的鮮艷黃花叢時，他停下腳步。他嘗試用黃盧克辛編織衣服，但他每次都會錯過黃盧克辛維持固態的完美點，沒辦法取得夠大的黃盧克辛。變成固態的面積越小，就越容易做出來。

西沉的陽光照亮一張蜘蛛網，美得令基普目不轉睛。一隻小飛蛾飛入蛛網，受困其中。蜘蛛迎上前去，殺死飛蛾，但是基普的注意力完全被蛛網本身吸引。他朝蛛網釋放超紫盧克辛——比他的手指更加細緻的手指。錨絲就像鋼纜一樣堅固，但陷阱絲上布滿小黏點，更多蛛絲纏繞於其上。那樣很黏，同時也能扯緊蛛絲，但又有足夠彈性，不會在獵物掙扎時斷裂，而會鬆弛、扯緊、糾纏。

超紫。超紫就是答案。不是蛛網的答案，但——

他覺得好像有一塊一塊拼圖在頭上盤旋，說什麼都抓不住。太陽下山了，把基普留在寒冷的黑夜裡。他沒汲色製作棲身處。他呆坐了一整夜。太陽再度升起時，他想通了。

他把超紫盧克辛編成小環，像是一條鎖鏈，不過不像武器匠那樣彌封所有環節，他可以很輕易就把小環製作成完美的迴圈，讓整條鎖鏈沒有任何脆弱區塊。然後他用黃盧克辛包覆鎖鏈，以意志接觸每個小環加以彌封。整個過程花了半個小時。沒問題。

第二條鎖鏈就困難多了；每個環節都必須貫穿第一條鎖鏈的兩個環節。一小時後，他作出了兩條相連的黃盧克辛鎖甲鍊。兩條環環相扣但超短的黃盧克辛鍊。他差點就放棄了。但結果他坐下來放空。幾乎沒在思考。一條小溪的溪水迅速流向大海，基普看著它。開放式盧克辛依然從他指尖冒出，他接觸溪水，彷彿那是流過身邊的開放式盧克辛，是大地的血液。

一時間，他感應到歐霍蘭的存在，比大地這個創造物還要偉大的造物主，但是透過大地行動，彷彿整個宇宙都是祂掌心的開放式盧克辛。是一道光中難以逼視的白光，是生命的化身、光之化身，基普被扯入水裡，進入海洋、通往所有與大海接觸的水，轉眼竄入上千條水脈、血管般的河流，綻放魔光。無所不在，同時出現，不光只是地圖上的線條，而且還具有深度。水呼應陽光的召喚，化身霧氣，飄入空中，變成雲。水，躺在深淵裡，淹沒沉沒的城市。巨大的鯨魚和海惡魔也僅能接觸祂的意識，巨人宛如小魚般四下流竄，肉眼看不見的微小生物沐浴在歐霍蘭的光芒中，沒有意識的生命透過本身的存在歌頌祂。

基普失去意識。

當他醒來時，盧克辛布料攤在大腿上，已經有差不多二十個環節寬。他伸展雙腳，舒緩盤腿而坐的緊繃感。他凝視著那些鍊絲，彷彿它們在嘲弄他一樣。多出來的那些不是他做的，對吧？他有點恍神，但以爲至少會記得自己做過什麼。

基普凝視著溪流，然後再度觸摸水面，他的意志開啓了。但現在溪水就只是水而已。「我想救我父親。」他輕聲說道。

沒有回應。

「我願意付出任何代價。」他說。

但光不會容忍一絲謊言。他什麼都聽不見。

基普很小的時候就隱約覺得自己命中註定要做大事。或許所有人都有這種感覺。他的外表如何不是重點，他母親是個沒腦袋的毒蟲也不是重點，他又肥又醜更無所謂。不管有多看輕自己，內心深處，他還是認爲有一天——總有一天——他會撼動大地的支柱。他會釋放體內某種驚人的力量。他肩負著世界的命運。

他接受別人丟向他的石塊，用那些石塊建造屬於自己的小聖壇。安德洛斯・蓋爾哈哈大笑，向他講述馭光者的傳說。「根據古老傳說，他從小就很『偉大』，而偉大在古帕里亞語中是雙關語——『偉大』的另一種解釋就是『肥胖』。這麼說起來……你知道。」

傳說馭光者會殺死神和國王。

我都殺過了。

傳說馭光者是魔法天才。

萬一我是魔法天才呢？

加文說過：「不要爲了這種蠢事毀了自己，孩子，世界上根本沒有馭光者。」

但基普還是相信他存在。他想要相信，得要相信。

「我一直想要把你畫成下一任稜鏡法王，但我畫不出來，」明鏡珍娜絲．波麗格對他說過。「我現在知道誰是馭光者了。」

她是在說我。一定是說我。

但四周一片死寂。

基普站起身來。他沿著小溪走到岸邊，轉而向北。日落時分，他發現了一間農舍。屋外有個樸素農家打扮的老太太，以基普聽不懂的語言對著夕陽高歌。她遠遠看見他，面露微笑，然後一邊唱歌一邊揮手叫他過去。歌聲宛如溪流聲、風聲、深海聲，也像怕黑小孩感受到的火光溫暖。歌聲承諾著清晨的慰藉和母親的心跳。

在很多天沒有聽到人聲的基普耳中，這抑揚頓挫、不受翻譯所惱的的異國歌聲，乃是自叢林的原始恐懼並經歷千辛萬苦來到這座邊疆農場後，最完美、溫柔的轉變。

「原來是你呀，」她說，聲音低沉平靜，動作也很緩慢，彷彿把他當成什麼野獸，在歌聲漸歇後輕聲細語地說，觸碰著基普的內心。她微笑：「我還以爲我聽錯了。『以陽光爲衣』？」她指著天空問道。她哈哈大笑，這個屬於人類的完美笑聲給基普一種如夢初醒的感覺。

不過沒有完全醒過來。

他這才發現自己赤身裸體。他拿塊布遮到身前，不過並不慌忙，也不覺得丟臉。他心裡有個想法，但又覺得這個想法很奇怪：本地人有個習俗，穿衣服的習俗，不過這裡沒有荊棘可以拔下來抽打你的皮膚；我應該配合他們的習俗。

本地人？你是說「人類」，基普？

啊，他回來了。他本人，賤嘴基普。內心深處，他很高興基普沒有完全消失。

她觀察他的雙眼，發現他恢復神智，布滿雀斑的粗韌皮膚愉快地皺成一團。「祂告訴我說今天會有特別的事情。害我今天洗衣織布的時候都心緒不寧。腦子裡一直想到『以陽光為衣』這個句子。」她搖頭。「我還以為是『穿得很少』的意思呢。好了，就是你，對吧？幸好善神在這個時候派你過來，年輕的先生。我第一次看到我丈夫裸體時嚇得昏倒了呢。不騙你，真的。我被他嚇得花容失色，我告訴你，之後幾年也沒有好到哪裡去。光之神就喜歡三不五時提醒我那件事。來吧。我們先來照料照料你。」

於是她照料他。她帶基普進屋，拿早就準備好的湯給他喝，不過只有熱湯而已，然後幫他洗澡、處理傷口、送他入眠。他在兩天後醒來，她又餵他吃東西。柯琳是寡婦，但她幾個兒子和女兒都住在步行可達的距離裡，其中還有一個每天都會來探望母親，所以當基普告訴她說他得前往克朗梅利亞時，她打聽到有個商人會在兩天後啟航，也可以幫基普騰出位子——免費。基普又在床上躺了一天，然後起身。

他們發展出很親切的友誼，像多年老友般聊天說笑。她讓他想起瑞克頓好友山桑的母親。那個女人總是會多做幾塊蛋糕、蜜餞或糕餅，然後他們就會心照不宣地玩起趁她不注意時偷吃的遊戲。他幾乎每次都會被抓到，然後她會問他一些問題，接著他得嘴裡塞滿食物地回答。

她照顧我，因為她知道我母親沒有照顧我，而且還用這種不會讓我羞愧的方法。她為了我而把吃東西變成遊戲。基普從前覺得這樣很有趣，但直到現在，他才感受到她有多好心。

但是她死了。就像鎮上所有人一樣。

或許柯琳和他說笑也是一種善意表現。她看得出基普才剛恢復理智；她聽過他在夢中尖叫驚醒，而她對待他就像母親對待兒子一個無可救藥的朋友。基普得知她已故的丈夫乃是稜鏡法王戰爭著名的戰士，不過她沒說是哪個陣營的，基普也沒問，這樣感覺也很合理。她擁有戰士的幽默感：輕描淡寫的黑色幽默，不尊敬死亡，因為死亡也不尊敬任何人。

但她也有股非常吸引人的熱情，讓基普很想永遠待在這裡。

待在那裡的最後一天，穿著寡婦丈夫的衣服——柯琳費心用針線把幫他修改合身的衣服，基普盡力修理她家附近的東西。他汲色製作了幾根黃盧克辛火把，又做了幾顆火石以便生火，然後嘗試用綠盧克辛幫她兩個女兒的菜園施肥，接著用固態黃盧克辛包覆的方式修復一輛推車的車軸——這是他在課堂上學來的實用技巧。眞難想像。

離開的那天早上，柯琳說：「我不能什麼都不說就讓你走。我有資格說些話嗎？」

「當然。」

她深吸口氣。「基普，神不希望你認定自己毫無價值，但祂可能想要你認定自己沒有你想像中那麼有價值。祂想要你看清所有層面，這樣才能精準地審視自己。要有愛才辦得到，你懂嗎？當你放棄無法控制的東西時，你放棄的不是皇冠，而是控制你的束縛。我告訴過你我年輕時假裝矜持的事。我是個美女，儘管我從來沒有這麼說過，但我自認比歐霍蘭更懂美德。我虛假的美德——不是謙遜，而是驕傲——剝奪了婚床上的喜悅。我盡力維持美德，自以為因為這麼努力，肯定是高等的良善。放棄鄙視我不認同的那些人的權力有點像失去一隻腳。但你知道用三隻腳走路是什麼感覺嗎？」

這段談話非常接近他不願觸碰的話題，基普很怕她接下來要說的話。「妳看過我的裸體，妳知道我很清楚那是什麼感覺。」他說著露出不正經的笑容。

她搖了搖頭，一副早就知道他會這麼說的樣子。她提起湯杓，指著基普的鼻子。「基普，正經點，不然我就針對你的陽具發表一些讓你永生難忘的評論。」

基普吞口水。「是的，女士。抱歉，女士。」

「糾正自己的行為就像斷腳一樣，但很值得。一個好父親不會讓孩子一直受困。而歐霍蘭是個好父親，基普。」

「此時此刻，我只想要努力當個好兒子。」規避、規避，別讓她問我應該放棄什麼。

「那你的智慧就超越了你的年齡。」她說，他懷疑自己是在窮擔心，或是她決定放他一馬。接著她眼中突然閃爍調皮的光芒。「喔，還有基普……」

「不要。拜託不要。求求妳？」

「你那不算腳。或許稱得上是根壯健的小樹苗。我丈夫啊……那才叫腳。這麼說吧，或許矜持並不是我昏倒的唯一理由。」

「我說過我很抱歉了。」基普哀號。

她掐他臉頰。「我知道，但是你活該。別擔心，你的可以滿足女人了。比我兒子都大多了，如果我女兒沒有說謊，那也比她們丈夫的還大。」

「啊！我一定要見見他們！」

第十六章

卡莉絲在十字路口啜飲咖啡。這種刺激性飲料對她焦慮的心情毫無幫助。她坐在窗口，面對著曾是提利亞大使館驕傲的華麗彩繪玻璃窗。她不曉得十字路口的老闆怎麼有辦法買下這棟建築，也不曉得花了多少錢。提利亞沒落後的這些年裡，十字路口已經變成城裡最時尚的咖啡館、餐廳、酒館、菸館及——樓下，道德感重的人看不到的地方——全城最大的妓院。

說到這個，她不禁懷疑這裡的老闆是誰。

這是間諜大師應該知道的事，不是嗎？

她沒有等很久。她認爲這應該是隨著新身分而來的好處之一。她是白法王的左右手，沒人敢讓白法王等。坐在她對面的人是個伊利塔銀行家，某大商業銀行家族昂斯托家族的後代。此人二十五歲，很可能才剛開始承擔成年人的責任，在某個總督轄地剛學成歸鄉，現在負責與稜鏡法王之妻——或說稜鏡法王的寡婦會面的任務。因爲他這種人平均還有四十年可活，所以直到二十五歲家族才將他視爲成年人。人生際遇眞是大不相同。

圖加爾·昂斯托身穿太陽節會穿的上好服裝，散發出一股香水味，如果這可惡的十六年裡她一直是貴族仕女而不是戰士的話，或許就分辨得出這是什麼香水。他坐下，呑嚥口水。已經很久沒人要求回報了。白法王在他很小的時候就把他收爲間諜。至於卡莉絲，她也沒有好過到哪裡去。她上次穿禮服是被加拉杜王那個渾蛋俘擄時強迫穿上的。她很想穿上黑衛士制服，但制服都被收走，不能再穿。卡莉絲至今依然無法肯定那是鐵拳指揮官下的命令，還是白法王。他們兩個都不肯告訴她，這表示不管是誰幹的，總之都有得到另一個人的同意。

於是她出現在此，透過自己選擇要穿的服裝傳達一則公開訊息。因爲她的丈夫是稜鏡法王，所以得穿著所有總督轄地的服裝，藉以顯示沒有偏袒任何一方。這表示今天她得要穿寬鬆的阿巴雅長袍，繡著細緻的骨螺紫花紋，不過她沒罩上吉爾巴罩袍——傑斯伯群島並不像帕里亞內地和高地那麼看重謙遜這種美德。傳統上白色代表哀悼，因爲帕里亞人相信死亡是通往光明的必經之路，而非通往黑暗，卡莉絲挑選了一些明亮的配色，不是純粹的葬禮白。她圍了色彩鮮艷的圍巾，白藍紅紫綠，不過她把頭髮染白了。

*我丈夫失蹤了，我爲此而心傷，*她的服裝如此說，但他還沒死。華麗的打扮表示她要別人嚴肅看待自己，表示她打算成爲擁有權力和手段的女人。她甚至還帶了黑衛士保鑣。擔任保鑣的是隊友錦繡，這讓她感覺好過一點，但是那個女人非常看重她的職責，站在桌旁，盯著所有人和所有東西，把卡莉絲當成完全看不見、聽不見、無法察覺任何危機的保護目標。

「這樣才能讓妳把全副心神放在手中的任務上。」白法王對她說。

卡莉絲在銀行家入座時蹺腳坐好。這是長袍，不是禮服，她告訴自己。儘管如此，穿這種衣服還是讓她覺得好像赤身裸體，缺乏防護。更糟的是，她甚至無權自己挑衣服。是瑪莉希雅昨晚問她對於裝扮有沒有什麼特殊要求，幫她挑的。卡莉絲告訴她了，不過沒提自己要執行的任務。奴隸沒有進一步提問，只是請卡莉絲上床睡覺；其他交給她處理。

卡莉絲醒來時，這套服裝已經在等著她。非常合身。「這是怎麼……？」她在瑪莉希雅幫她繫帶子時問。

「裁縫那裡還有妳的尺碼。」

卡莉絲看著她。「我已經很多年沒去過裁縫店了。」

「我發現妳後來又瘦了，所以我請裁縫做了些更動。」瑪莉希雅語氣平淡地說。任何細節都不放過的眼光和記憶——超強的辦事能力——實在太氣人了。所以加文不光只是讓這個奴隸幫他暖床而已。或許她不擅長性事，至少。或許他和她只是——

妳到底想在腦子裡灌注什麼幻想，卡莉絲？她既漂亮，能力又強，擔任加文的臥房奴隸又這麼多年了。卡莉絲告訴自己不要嫉妒加文在兩人分開期間做的事。這樣不公平。這樣不對……但妒意就是揮之不去。她該慶幸他只和臥房奴隸上床，而且又不是每個女人都會想要他。

但是發現瑪莉希雅處理事務的能力這麼強，還是在卡莉絲心中激起某種醜陋的情緒。她應該要賞識這個女人。看在歐霍蘭的份上，她竟然把個奴隸當作情敵？太荒謬了！她隨時都可以除掉這個女人。但那樣做也不公平，是吧？瑪莉希雅只是在做份內的工作——她甚至努力掩飾自己的能力，盡可能不吸引卡莉絲注意。或許就是怕卡莉絲小心眼……就像她現在這麼小心眼。

我要摧毀一個女人的生計、剝奪她的人生，爲了什麼？因爲她盡心盡力服侍加文？

肯定是徹夜不眠服侍加文。

那又怎樣？那是她的人生、她的職責。如果她和其他奴隸一樣不好好服侍主人，參與叛變，難道她就會比較開心嗎？加文曾說過帕拉姆和奈洛斯——妳爲了唾棄他而帶上床的男人——的壞話嗎？她逼帕拉姆在一片漆黑中和她做愛，好讓她幻想他是達山。但至少他們兩個現在都不在了。

再說，我又不是不知道瑪莉希雅的事情？

他不在了，卡莉絲。他不在了。

悲傷突然襲來。卡莉絲喉嚨緊縮；她眼眶濕潤。

她輕吐口氣，偏過頭去，克制自己。圖加爾眨了眨眼，重複一次：「我們會有隱私護盾嗎？」

「有、有，當然。」卡莉絲指向接待他們的美麗女子。圖加爾目不轉睛地看著她。對銀行家而言，這種反應有點招搖。一時間，卡莉絲覺得自己老了，美貌不再。圖加爾用那種目光打量接待員，卻不看——

她暗罵自己。她故意打扮保守，刻意建立自己的威嚴，而這下……返回正題，卡莉絲。

她指示接待員幫他們施展隱私護盾。卡莉絲支付女人酬勞。「女士，要再來一杯咖啡嗎？這位大人，想要點什麼嗎？」

卡莉絲同意再來一杯咖啡，銀行家點了麥酒。接待員消失在廚房裡，然後幾乎立刻再次出現。她放下圖加爾的麥酒、卡莉絲的咖啡，還有淺盤，汲色製作隱形的超紫泡泡，不讓其他人聽見他們交談，然後製作風扇讓空氣流通。她對年輕銀行家露出完美微笑，朝兩人深深鞠躬，露出乳溝，然後回到接待崗位上。

她晚上可能有在樓下兼差。

我什麼時候變得這麼愛裝淑女了？難道我那些黑衛士弟兄都和天堂之雨一樣純潔？

圖加爾．昂斯托喝了一口麥酒後，卡莉絲說：「我要取用我丈夫的帳戶。」

「妳肯定聽說過，昂斯托家族絕對不會透露帳戶存在與否及其現況。妳想取用哪些帳戶？」他露出不太真誠的笑容。

「你說哪些帳戶是什麼意思？全部。」卡莉絲說。她知道此事絕不可能順利。這次會面的主要目的當然是控制加文的銀行帳戶。和銀行家會面難道還會有其他理由嗎？圖加爾．昂斯托剛好也是白法王的間諜，只是這次會面的附加價值罷了。

「恐怕我們不是用姓名開戶的，只有帳戶號碼。這樣做能從敵對貴族、國王、父母和其他人的搶奪中保全私人帳戶。」圖加爾說。他笑容燦爛。或許他是個紈褲子弟，但這段話顯然不是第一次說。

更有甚者，他在說謊。卡莉絲很肯定這一點。昂斯托家族絕不可能不追蹤帳戶主人的姓名。

「帳戶主人過世怎麼辦？」卡莉絲問。

「不怎麼辦。昂斯托家族根本不會知道帳戶主人過世。我們無從得知。就像我說的，我們不用姓名開戶。」

「那錢怎麼辦？」

「當然就繼續保留在帳戶裡。」

「嗯哼，保留多久？」

「若帳戶在一整個世代——照傳統定義是四十年——都沒有活動，那帳戶裡的錢就會被移作他用。」

這絕對是謊話，而且是很巧妙的謊言。帳戶裡的錢根本不可能存放在原始位置。錢一存進銀行，馬上就被貸到其他地方去了。他所謂的移作他用，就是轉移到他們家族的私人保險庫裡。這樣不算不公平，卡莉絲心想。如果整個家族灰飛煙滅——打從昂斯托家族涉足銀行界以來，這種事肯定在七總督轄地眾多戰亂中發生過很多次——且沒有繼承人出面，他們要怎麼處理那些錢？送人嗎？那算是承擔放貸風險的額外補償。

當然，如果他們沒有用心尋找帳戶繼承人的話，這是迅速中飽私囊的好辦法。不過太常這樣做，會傷害他們的商譽。對銀行而言，商譽非常重要。所以維持一絲不苟的外在形象是最重要的事。當然，一代傳承一代的昂斯托家族祖先早已建立起極佳的商譽，圖加爾和他的同伴很可能認爲自己可以利用商譽中飽私囊。

如果他們這麼想的話，可能沒錯。當然，他們的子孫會爲此付出代價，而卡莉絲不會有機會到場澄清事實。

「你來之前，」卡莉絲說。「查過我丈夫所有帳戶，確認我找你有什麼事。你把帳戶資料帶來了嗎？」

他眨眼。「我不能透露帳戶存在與否及其現況——」

「那就是有。你有帶來。你寫下來了。」據白法王猜測，帳戶的號碼很長，而圖加爾．昂斯托在數字方面的頭腦沒有祖先那麼好。白法王說寫下帳戶號碼是直接違反家族政策的行爲。他們認爲應該把一切記在腦中。放在腦子裡的東西不可能被偷走，至少無法在不知情的情況下偷走。

卡莉絲很難想像白法王會對一個商業家族了解得如此透徹，但白法王認爲該盡可能理解所有擁有任何一點權力的人物。她說一百年內，昂斯托家族的聲望和頭銜，很可能會超越七總督轄地一百家貴族裡的八十七家半。

她是在說笑，不過卡莉絲沒聽出笑點在哪裡。百分之十二點五是昂斯托家族慣用的利率。一百中的十二點五……啊。她終於想通了。她還在想七總督轄地裡是不是眞的剛好有一百個貴族家庭呢。就連講笑話都讓卡莉絲意識到自己還有多少東西要學。

他伸手去拿掛在自己背上的細長卷軸筒。

除了交給卡莉絲充滿眼線的情報網，白法王還教了她一些處理事情的手法。有些手法非常細膩。

圖加爾．昂斯托伸手到卷軸筒裡，發現裡面空無一物。他把筒子倒過來。還是沒有。空的。他面無血色，臉色發青。

「請告訴我你至少有用密碼撰寫。你們家族一定有一打解碼師。」

「當然。當然。小事，不嚴重。東西就在……」他伸手到他的背包裡。摸索。再度臉色發白。

「你把信息和解碼器一起帶來？」卡莉絲搓揉額頭。「你不是在開什麼很難笑的玩笑吧？」

圖加爾雙眼圓睜，答案很明顯。

「你祖父一定會很不高興的。」

「大多數人根本不會知道那是解碼器！」圖加爾說。「只是一塊木頭，圓錐體。如果沒有相同形狀的……」他越說越小聲。「妳！是妳幹的！」

「圖加爾，聽我說。」

他脖子上青筋暴露。脾氣不好，呃？好呀，讓他動手看看，拜託。說不定她終究還是有機會試驗看看這件長袍有多妨礙行動。男人被女弓箭手教訓已經夠糗了，要是被身穿長袍的女人教訓，會糗成什麼樣子？

但是話說回來，黑衛士的制服是能讓卡莉絲遠離打鬥的保護殼。惡霸可不想要打架打輸。新服裝，新規則。

她開始了解，他一開始不願意合作，很可能是因爲這套帕里亞服裝的關係。昂斯托家族祖先來自伊利塔，伊利塔與帕里亞自古以來衝突不斷。特別是有錢人，因爲他們覺得冬天經過帕里亞陸路運貨的稅抽得太重了。

很多在大傑斯伯長大的貴族都很樂意拋開從前那些微不足道的爭端，但圖加爾不是在大傑斯伯長大的。他看起來像是很普通的年輕城市紈褲子弟，心懷家中長輩的偏見。

卡莉絲突然懷疑瑪莉希雅是不是故意把她打扮成這樣。但卡莉絲沒有告訴她自己要和伊利塔人會面，對吧？是她說漏嘴了，所以瑪莉希雅故意動手腳，還是沒說溜嘴，但如果提了的話，瑪莉希雅或許就能幫忙避免這種情況？

「圖加爾，現在有十幾種不同的處理方式。我可以拖延這場會面，帶著所有正確的帳戶號碼出現在你父親面前。我可以現在就揭穿你，摧毀你的人生。但我沒有那麼做，你卻這樣對我。」卡莉絲從她的袋子裡拿出那塊圓錐木，還有帳戶資料。她把兩樣東西交還給他，拿出第三張紙，上面是所有解碼過後的帳戶號碼。這一切都是在他走路前來會面時處理完畢的。「我不想毀了你，」卡莉絲說。「但你得尊重我。」

他的骨氣蕩然無存。「我尊重妳。拜託，我在祖父面前已經快要失寵了。他會和我脫離關係。如果他那麼做，我對妳就失去用處了，是不是？是不是？」

「我一點都不想摧毀你，圖加爾。我要你把這些帳戶裡的所有錢通通轉到一個新帳戶裡——以免還有別人也取得這些帳號。今天就給我處理完畢。」

「沒問題。」他說。

「高貴的盧克法王安德洛斯·蓋爾或許會來提這筆錢。」

「祖父向來親自處理他的事。但如果這些錢都在新帳戶裡，就連安德洛斯·蓋爾也提不出去。」

那他祖父還算聰明。圖加爾在那個老頭面前根本撐不了兩分鐘。「很好，」卡莉絲說。「現在，為了展現我的善意：你們的宿敵，阿迪尼家族，計畫要把家族主要的阿伯恩倉庫從達克斯遷往伊斯特蘭。他們需要更多倉儲空間，而伊斯特蘭的碼頭比較合適。他們已經找好需要的地點，一直暗中購買產權。產權持有人不願意出售時就會騷擾對方。如果你們有心，只要告訴持有人『太陽照耀在順從之人身上』，就可以收購那些產權。白法王希望你讓他們獲利，因為他們願意出售。之後可以把產權賣給阿迪尼家族，藉以大賺一筆——如果高興，也可以不賣，讓他們蒙受損失。告訴你祖父一定要保護出售產權給你們的那些家族，還有不論做何決定，都該派出最快的船隻。這件事情已經拖三週了。」

圖加爾眼睛一亮。「如果是眞的，我在祖父眼中可就大出風頭了。這實在……」

「我們的善意。圖加爾．昂斯托，和我們打交道，你會發現我們是很好的合作夥伴。提升你的地位對我們有好處，前提是我們能互助合作。」

「沒錯，」他說。「這樣講很有道理。」

「請聽我把話說清楚，圖加爾。有些人會把這種善意之舉當作缺乏意志力的表現。如果說克朗梅利亞裡有什麼多到滿出來的東西，肯定就是意志力了。如果你背叛我們……那種情況沒有必要發生。我們不會要求你做超出能力範圍的事。你了解嗎？」

他了解。她從他眼神中看出，他已經在一轉眼間從害怕變成得救，然後又變成順從的僕人。卡莉絲很希望能單靠自己的力量辦成這件事。只可惜所有施壓點和賄賂都是白法王的建議。

但是話說回來，老師就是這樣教導學徒的，不是嗎？

卡莉絲比了個手勢，告知接待員他們已經談完，請她撤銷隱私護盾。女人立刻走過來。卡莉絲向圖加爾．昂斯托道別，付給接待員一筆優渥的小費。接待員神不知鬼不覺地交給卡莉絲一疊米紙文件——她的報告。

整段與圖加爾．昂斯托的談話——包括最後讓卡莉絲占上風——都是白法王順便安排的；一來是爲了獲得未來可能的情報來源，二來是要讓卡莉絲開始獨立作業。事實上，他漏掉了一個最大的帳戶，可能是因爲他不知道，也可能他記下來了。無所謂，白法王說，讓他保有一點小小的勝利。日後如果有必要教訓他，可以用此事逼他就範。這裡眞正的情報來源乃是美麗的接待員兼超紫法師瑪希．羅山，因爲她見過所有人、認識所有人，也聽說過所有事——不管是直接聽到，或是透過這裡其他服務生和奴隸聽說。她是白法王最頂尖的間諜之一，卡莉絲需要她。

卡莉絲起身，刻意不細看這個理應對她而言只是個普通僕役的女人，然後繼續移動。來到門口，她遣走錦繡，錦繡不太高興地噘嘴，但還是照做。

至少今天接下來有用得到之前黑衛士訓練的地方——她得確保在兩次會面之間沒有被人跟蹤。

當她發現有人跟蹤的時候，幾乎覺得鬆了口氣。

第十七章

儘管有很多黑衛士新進學員才剛從戰場上返回，但還是立刻展開了訓練，而教官依然把他們當作什麼都不懂的菜鳥看待。或許他們眞的什麼都不懂，但提雅還是很不爽。已經相隔幾週了，教官竟然一副什麼都沒發生的樣子，好像一切都沒改變。

「這樣做是爲了讓你們恢復常態作息。」班哈達在一次訓練完畢時對她說，那時所有人都氣喘吁吁，還有好幾個人在吐。其他人都解散了。對新進黑衛士而言，他們總是有地方要去，總有昨天就該做完的功課要趕。「常態的秩序。你們去過一切都相當瘋狂混亂的地方。然後回來了，一切恢復控制。這理應讓你們感到心安。世界一夕天翻地覆。稜鏡法王失蹤，很可能已經死亡。克朗梅利亞在一場大家以爲可以輕鬆獲勝的戰爭中連輸兩場重要戰役。情況一發不可收拾，大家都很害怕。常態？對你們而言是好事。對我們其他人而言反而更糟，妳知道。」

「呃？」提雅問。

「我們這些沒有一起去盧城的人。他們加強訓練，嚴格督導，而我們知道那幾乎都是爲了你們。你們以戰爭英雄的身分返回。妳只勉強算得上新進學員，提雅，而我們都已經聽說妳率領盧易克岬攻擊行動的事蹟。」

「率領？」她難以置信地問。「我只是當了一下子先鋒。」

「妳假扮血袍士兵，誘拐他們的巡邏隊步入陷阱，救了整隊人馬，保住最後以殺神收尾的任務。少了妳，那一切都不會發生。」

「事情不是那樣的。」提雅說。

「那妳比較喜歡怎樣？」班哈達問。

「呃？」

「大家都不在乎妳的表現——只有少數人在背後談論——但還是對妳佩服不已，儘管妳心知肚相沒有傳說中那麼了不起？」

提雅皺眉。「喔。」可惡。

「黑衛士早就不是第一次這樣處理年輕戰士了。」班哈達說。

「你什麼時候變得這麼聰明？」她問。「我們才離開不到一個月，就連你的眼鏡都做好了！」

班哈達微笑。「我的第三法色已經認證通過了。」他說。

「什麼?!你的第三法色？」提雅問。班哈達春天抵達克朗梅利亞時還是個雙色譜法師——入學春季班太晚了，不過他還是申請進入較早開課的黑衛士訓練班。利用那副可以一次翻開一種顏色鏡片的雙色眼鏡，他隨時都可以汲取兩種法色，還勉強可以汲取綠魔法。「但是……」他們一直擔心如果他認證成爲多色譜法師，就會被迫離開黑衛士。多色譜法師太稀有了，不能加入這麼危險的組織。

「戰爭改變了一切。妳知道黑衛士現在只剩多少人。他們不會放走任何黑衛士，已經在受訓的都不行。就連勉強算是多色譜法師的我也一樣。」

「你知道多久了？」提雅問。馭光法師在青少年時期能力增強並非沒有先例；雙色譜法師和多色譜法師大多一開始都只能汲取一種法色，然後逐步擴充。但班哈達的語氣聽起來不太對勁。

「我可以穩定汲取綠魔法已經三個月了。」

「狗屁！」她說。「你竟然不告訴我？」

「妳忙著和基普混。無時無刻，不管有沒有在值勤。」

「他是我的夥伴。」

「他以前是。」班哈達瞪大雙眼，好像自己說了什麼不該說的話。

「你是什麼意思？」

班哈達咬牙皺眉，說道：「戰爭改變一切。我以爲也能改變這一點。妳知道。」

「知道什麼？」

「基普死了，提雅。已經好幾週了。如果我方有人救了他，我們早該聽說了。如果是奴隸商人打撈起他，也會提出贖金。他們不會抓著貴族之子不放。」

「他還沒死。」

「就算妳猜得對，他對我們而言也已經死了。即使活了下來，他還是攻擊了紅法王，提雅。他不能擔任黑衛士。」

「紅法王說謊。基普絕不可能——」

「因爲基普從來沒有衝動闖禍，是嗎？他向來都很冷靜。歐霍蘭的睪丸呀，提雅。眞相如何根本不重要。紅法王是紅法王。他是家族之長。而且他是安德洛斯天殺的蓋爾。如果基普回來，等於是自殺。他已經離開妳的生命，我只是想……」他吐出一大口氣，好像洩了氣一樣。「聽著，我很抱歉說這種話。我並不是——」

「不是什麼？不是什麼？」提雅逼問。

「聽著，我——可惡！沒事！」他大步離開。

渾蛋！提雅把憤怒的目光轉向一個盯著她看的奴隸小女孩。

「不好意思，女士。」女孩說。她呑口口水。她看起來不到十歲，頭上綁了兩條馬尾。近期沒有會俘擄小女孩爲奴的戰爭，這表示她是被父母賣掉的。被父母背叛。

提雅換上冷靜的面具，沒必要遷怒毫不相關的無助小女孩。「什麼事，卡林？」

「有個男人叫我來告訴妳說他要立刻和妳碰面。他在妳房裡。」

「有個男人？長什麼樣子？」提雅問。

「高高的，女士。紅髮？笑口常開？」

提雅罵了句髒話，嚇了小女孩一跳。「很抱歉。妳可以走了。謝謝。」

時候到了。夏普大師要指派任務了。執行一個任務，然後她就自由了。是呀。提雅知道這是怎麼回事。一個任務，讓人越陷越深。他究竟以爲她有多傻？話說回來，她還有什麼選擇？事情可以變得多糟？

她不願多想。她前往房間——基普的房間——動作很快。她在門前遲疑片刻，然後想到不管自己怎麼做，夏普大師都有辦法乾淨俐落、不留痕跡地幹掉自己，於是她打開房門。

夏普大師坐在她床上，優雅地蹺著腳，雙手交疊在腿上。他朝她露出好看虛假的笑容。「有艘船會在一小時內進港。紅鷗號，從綠避風港來的。船上有個男人，一個俗人，德拉沃斯·威爾，頭戴顯眼的紅黃綠帽。他身上有綑文件。或許放在兩頭都有漩渦銀飾的信使箱裡。也可能不是。」

「你知道我是紅綠色盲。如果文件不在箱子裡，我不管怎麼樣都看不到它們。」提雅說。「你知道——」

「我很清楚妳的限制。我想知道的是妳的能力。」夏普大師說。「妳的任務是要在他抵達血林大使住所前偷走那份文件。德拉沃斯·威爾是個間諜，所以他會時時保持警覺。在任何情形下，妳都不能洩露身分。我會用妳的文件交換那些文件。妳懂嗎？偷個小東西，換取妳的自由。」

她當然懂。她已經擔心這個任務很久——「你說一小時內？」她問。光是趕去港口就要一個小時。

他又露出那種鯊魚般的笑容。

「出去。」她命令。

「什麼？」

「我要換衣服。我不能穿囊克裝去。現在就給我出去。我沒時間和你鬼扯。」

他重重甩出一巴掌，打得她摔倒在地。「記住是誰在發號施令，卡林。妳可以放尊重點，不然我就教教妳禮貌。」

提雅雙腳顫抖，站起身來，緊握拳頭。時間緊迫，提雅。

她脫掉新進學員的灰褲子和上衣，以充滿死亡和復仇的眼神瞪著夏普大師，然後換上學生服。這套衣服沒有新進學員那麼顯眼，但她還是希望能穿更不顯眼的服裝。不幸的是，她沒錢可以購買超過兩套服裝。

夏普大師靜靜看著她。「妳脖子上掛的瓶子裡裝了什麼？油？還是香水？」

「不重要。」

他沒有繼續逼問。「我會待在十字路口酒館門口。兩個小時。」

沒過多久，阿德絲提雅已經快步走在大傑斯伯午後擁擠的街道上，以行動對抗恐懼。有個幫派發現她了，她想辦法甩開他們。但那又浪費了她幾分鐘。有一次走出一條交叉巷道的小商店門口時，還以爲看見基普，但那只是出於她的想像——或是罪惡感。

幹這一票，然後就自由了。

不可能真的自由，當然。她會陷入更糟糕的處境。但是取得文件表示主人不會換來換去。她還是奴隸，但只是夏普大師旗下非正式的奴隸。從一個男人手中解放自己遠比從七總督轄地的法律中解放自己容易百倍。

我是奴隸，不是笨蛋。

但她真的寧願遭夏普大師控制，也不要當阿格萊雅．克拉索斯女士的奴隸嗎？謀殺夏普手段凶殘，但阿格萊雅是受人敬重的貴族。他隱身在黑暗裡；她則躲在光明中。提雅願意冒險嘗試黑暗。幹這一票，提雅。*妳要全力以赴才能完成這個任務。*

不可能成功的。她沒時間使用工具，或她的偽裝。她沒有觀察過目標。事情比表面上複雜。謀殺夏普有可能不曉得此事不可能成功，不然就是另有內情。

另有內情。提雅很肯定。但既然另有內情，又會是什麼內情呢？他是故意要陷害她嗎？爲什麼？

還在思考。那個晚點再說。首先提雅必須確保自己能成功。儘管克朗梅利亞的學生白制服加上用金絲巾綁起來的頭髮，看起來沒有黑衛士新進學員制服那麼顯眼，但還是不夠低調。

走出十條街口後，她才找到要找的人：一個男孩，約莫十二歲——年輕就是重點——走出一間商店，獨自在門外認眞掃地，身穿學徒服裝，還戴了頂寬邊素帽。

她刻意扭腰擺臀。他抬頭盯著她看，隨即害羞地偏過頭去，然後又看一眼。

「嗨，帥哥。」她說著筆直朝他走去。

「誰？」他說著左顧右盼，滿臉通紅。「我嗎？呃——」

她親吻他的嘴唇，拉下他的帽子，然後貼著他的身體站直。他整個身體都僵住了。她放開他。「謝啦。」她說，把他的帽子戴在頭上。

他張口結舌，說不出話。

她在轉彎之前又回頭看他一眼，朝他送了個飛吻。他揚起一根手指，但是沒有移動。掃把倒在他腳邊石板地上，存在完全被遺忘。

她慢跑通過接下來兩條街口，以免他清醒過來。她接著開始注意曬衣繩，尋找尺寸符合的衣服。衣服只能在日正當中時拿出來曬，避免下午或傍晚遮蔽千星鏡的光線，但當然不是所有人都會遵守規定。當然，她偷衣服的標準也很有彈性。她有腰帶，以免偷來的褲子太大——只要上衣或短衫不會太大，那就不是問題。但寬鬆的服裝可能會穿不緊，如果要跑步，她可不希望穿著會掉到腳踝的褲子。

她在看到適當的服裝時放慢腳步。一件男孩的褲子、一件短衫，掛在同一條曬衣繩上，位於二樓，正下方停了輛小貨車。一個約莫六歲大的女孩抓著小馬，在爸爸或媽媽待在屋內時看著貨車。

提雅開始奔跑，跳上貨車，然後像走圍欄的貓咪般踏上車緣。她扯下褲子和短衫，一腳踏在車夫座位上，落地後滾了幾圈。

她在距離小女孩五步左右的地方站起身來。

提雅對女孩眨眼微笑。然後她鞠躬。小女孩看起來震驚到讓提雅以爲她什麼都不會說。

接著小女孩嚎啕大哭。

提雅以最快速度離開，還沒有到第一個轉角，女孩的母親就跑了出來。幸好那個小女孩受驚到無法解釋有個女人從天而降。提雅順利脫身。

她避開大街，以防在人群中遇上麻煩。接著閃入一間麵包店門口。天色晚了，他們已經關門，燈火都熄滅了。

提雅把褲子穿進裙子裡面，左右打量街道，只看到幾個沒注意到她的女人，她脫掉連身裙。她穿上短衫，迅速摺好連身裙，用腰帶繫緊短衫和褲子，把所有部位都拉鬆。戴上帽子，把頭髮塞進去，然後把摺好的連身裙塞到短衫內側靠著肚子。用腰帶固定住連身裙，同時也掩飾著她本來就不是很明顯的線條。

隨隨便便就能扮成小男孩讓她有點沮喪。

十分鐘後，她又回到碼頭。從海外入港時，視線會被城內建築的圓頂、千星鏡，以及克朗梅利亞七座閃亮的高塔所吸引。但是從城裡來到碼頭是另一回事。說碼頭很長算是很保守的說法。大傑斯伯乃是全世界最大的城市之一，而幾乎所有民生物資都得靠船隻運送。在不熟悉港口的人眼中，整個系統雜亂無章，不過提雅曾聽一個父親是碼頭工人的同學美化碼頭整體的對稱性和藝術性。在她眼中，這裡看起來就像是螞蟻大軍。數千個人在碼頭上擦身而過，各種大小的船隻、馬車來來去去，好幾排身材魁梧的男人走向碼頭，還有女人拿著算盤撥來撥去，不曉得在算些什麼。

提雅走到一個正在回答搬運工問題、指揮他們忙東忙西的男人面前。「紅鷗號？」她刻意把聲音壓低八度問道。

「十二號碼頭，綠側。」

告訴他「綠側」對色盲毫無幫助，只會引來不必要的注意，於是提雅閉嘴離開。

紅鷗號已經靠岸了，而且她還沒走到十二號碼頭就已經看到一個服飾華麗的男人，戴著一頂有黃色還有另兩種顏色的寬邊帽子。她的目標。運氣太棒了。

他大概是在船上待太久了，看起來有點疲憊，不過再度腳踏實地讓他心情愉快。他在吹口哨。

提雅製作帕來盧克辛，輕輕握在掌心裡，刻意不維持穩定，讓盧克辛迅速崩潰，恢復到它的光譜裡，不過凝聚成一道光線。她放鬆雙眼，低下頭去，盡可能讓帽緣遮蔽自己的眼睛。必須速戰速決。不能戴上眼鏡——只有有錢人才買得起眼鏡——戴眼鏡會洩露身分，但是如果讓人看到她的瞳孔，他們很可能會大叫。

帕來光線透過他的外衣，穿透他的頭髮，不過在這個距離下不可能透視厚厚的皮手套和靴子。她趁他路過的時候觀察。

腰帶釦環、劍、胸口口袋裡的硬幣。在她眼中這些東西都變亮了。但是沒有漩渦銀飾文件箱。如果他有帶文件在身上，那文件不是塞在靴子或手套裡，就是藏在腰帶底下——也可能是用帕來光會直接穿透的薄紙書寫。不管是哪種情況，她都找不到。

她跟在目標身後三十到四十步外。如果他是要把文件送往血林大使館，那她還有十五分鐘左右可以動手。她很熟悉大傑斯伯，但不曉得這個間諜有多熟悉這裡。港口和使館區之間的區域沒有北邊那麼糟糕。

間諜走路充滿自信，不過三不五時留意身後。他沒有看地圖或問路。這表示他熟悉這座城市。在對方如此謹慎的情況下，提雅沒辦法拉近距離跟蹤。打扮成戴帽子的貧窮小男孩可以輕鬆融入周遭環境，但對方是間諜。他肯定有辦法在她欺身向前偷竊時發現她。

如果他熟悉這座城市，而且直接前往血林大使館的話，那他可能會從兩個不同的地點走小巷子切過大馬路。

這是在賭博，但也是提雅所能想出最好的辦法。

間諜摸摸左手手套，彷彿在確保那裡的東西還在原位。找到了。幸運！

提雅在一條交岔路口左轉。走出半條街後，她開始小跑步。這樣會引人注目，但不至於太顯眼。學徒幫老師跑腿時常常得用跑的。

她繞了好幾條街，加快速度。行人變少了，她轉向應該會遇上間諜的街道。太遲了。他已經抵達，正穿越馬路，就在她面前。提雅低聲咒罵，然後又回頭。

最後一次機會。這一次，她全速狂奔，趕往最後一條巷子。她身材嬌小，有可能看起來像是在玩耍的小男生。她努力不露出驚慌的表情。只有一次機會。

她在路口轉向，抵達巷口。

她深吸幾口氣，試圖舒緩緊張，穩定雙手，然後低下頭遮住容貌，步入巷內。他從巷子另一邊朝她走來。她心跳到整個人都在顫抖。巷子裡沒有其他人。動作夠快的話，她可以在一個狹窄的位置攔截他。完美。

提雅保持低頭，帽緣垂下遮住雙眼。這一次行動絕不可能優雅。她得來個連撞帶扒，如果他沒有立刻發現，也多半會在幾秒後察覺。這附近沒人，沒辦法分散注意。她只能期望自己跑得夠快，有辦法逃脫。她已經開始計畫逃亡路線——但那個應該晚點再說。集中注意。先把東西偷到手。

她和間諜同時抵達那個狹窄的位置。她假裝絆倒。他伸出雙手推開她。她抓到了文件，但不夠俐落。她扯到對方的衣袖，間諜在她拉出文件時轉身。狗屎！

接下來事情發生得太快，她根本措手不及。狹窄巷道中的黑影突然活了過來，離開原先所處的牆壁，包覆她的手臂。

影子迫使她轉身背對間諜。溫暖的液體濺上她的嘴唇和脖子。間諜揚起雙手，驚慌失措——他的喉嚨被劃開了，頸靜脈冒出的血灑得提雅滿身。

提雅推開間諜，他摔倒在地，像魚一樣奮力吸氣。影子殺手在她手裡塞了一樣東西。一把染血的匕首。

她從他的體型、身高和眼睛，認出他的身分，他身體其他部位都遮掩得很好，斗篷緊裹著頭，兜帽兩側勾在一起，遮住面孔，只有眼睛露在外面。謀殺夏普。

他放開她，迅速後退，跨過奄奄一息的間諜，好像根本不把殺人當一回事。

「妳現在是殺人犯了，」他說。「跑，不然妳就完蛋了。」他的斗篷發光，從眼睛附近開始，然後如同煙霧順著身體旋轉而去，閃爍微光，然後消失。

她聽見他的靴子在小巷裡刮地離去的聲響，但什麼都看不到。她想用帕來色譜看，但是沒辦法控制瞳孔。她僵住了。她看著自己——渾身是血，手握染血匕首，腳下躺著垂死之人。

遠方傳來尖銳的水手哨音，連吹三下的求援訊號。這絕不可能是為了別的事情。「祝妳好運。」空氣說道。雖然看不見他，但她聽見謀殺夏普的笑容。

提雅站起身來，身體持續僵硬了一段時間。她看見小巷兩百步外出現了一名守衛。他也看到她了，手持匕首站在死人身前。她拔腿就跑。

第十八章

加文原先期望在船入港期間能有機會逃跑。就算跑不了，至少也有機會傳個信息出去。如果連這也辦不到，他還寄望水手自吹自擂會把他在船上的消息傳回克朗梅利亞。儘管砲手是個瘋子，但不是笨蛋。占領那艘伊利塔槳帆船後，他們直奔港口。活下來的伊利塔水手被鎖在船槳上，取代死掉的奴隸，從苦棒號的倉庫裡拿新的船槳給他們划，不讓他們靠近苦棒號船員。

不讓他們靠近加文。

苦棒號在距離最近的城鎮外海下錨。奴隸認為那是可拉斯泉，但是超過半數奴隸是安加人，對瑟魯利恩海不熟，所以加文認為都是瞎猜，假裝知道此地的地名能給他們一種掌控大局的假象。另外那艘槳帆船大海之怒——聽起來很厲害，因為伊利塔人不太懂得謙遜——是由砲手的大副、三副和李奧諾斯掌舵。三副討厭大副，而李奧諾斯討厭所有人。

加文認為這是很聰明的安排。互相討厭的人不太可能合謀。如果兩個副官回來後，對槳帆船和貨物所賣的價錢交代不清楚的話，你可以問李奧諾斯。不算盡善盡美，不過已經很不錯了，特別當你打算下次再派不同的人去辦這種事的時候。

留在船上的水手對於不能上岸的安排不太高興，但砲手揍完幾個人後就沒人抱怨了。

副官和李奧諾斯第二天早上回來，賣掉了大海之怒和船上奴隸——肯定跑去妓院了過了一夜，但任何聰明的船長都願意支付這種代價。他們收起船錨，再度出航。下船的人唯一帶回來的補給就是幾桶硬麵餅和白蘭地。所有划槳奴隸都得到一杯酒，前六排的得到兩杯。不過李奧諾斯通通減少配給，偷留下來讓自己喝到完全醉倒。

這樣做眞是愚蠢透頂。如果他只減少幾個人或是後排的量，他也可以偷到同樣多的酒。這麼做只會讓他一次惹惱所有奴隸。

啓航兩小時後，加文被銬上鐐銬，解開槳鍊，帶往樓上。他被帶到船尾，砲手在那裡等他。加文再度被迫下跪，鎖鏈鎖在甲板上的一個鐵環上。他沒有反抗，沒有皺眉。

「你是個麻煩。」砲手說。他遣走李奧諾斯和另一個帶加文上來的水手。那把奇特的白槍劍插在他的肩式槍套上，而他雙手掛在槍套上，好像那是副頸枷似的。

「眞抱歉。」加文說。他再度偷瞄那把刀幾眼——黑白——七顆閃爍的寶石。如果他看得見顏色，可能會覺得更華麗。

「他們要多久才會指定取代你的人？」砲手問。

「你和我這種人是無法取代的，砲手，他們只能追隨。」

砲手淺淺一笑。然後說：「回答問題，六號。」

「根據傳統，稜鏡法王和準稜鏡法王只會在太陽節的時候任命。如果他或她在太陽節前死亡，大部分稜鏡法王的職務就會暫緩，以安排的方式平衡法色——就是告知全世界的馭光法師不要汲取太多某種法色，然後多多汲取另一種法色。」

「終於有點好消息了。」砲手說。接著他朝甲板吐口水。「根據傳統？」

「戰爭期間，曾有四度稜鏡法王提前任命的先例，把最後的儀式拖到太陽節再舉行。」

「所以你可能已經被取代了？」砲手說。「我想，那幸好你很擅長划槳。」

喔，砲手擔心如果不在任命下任稜鏡法王前提出贖金，加文的價值就會下跌。歐霍蘭下垂的乳房呀，好像加文是財產一樣。這個想法發出不協調的噹噹聲，震開了原本平滑的表面，露出下方生鏽的釘子。被迫划槳是一回事。就算被人打得很慘、很生氣，但這一切還是不能與加文當年受訓的時候相提並論。肌肉痠痛？他設計飛掠艇時連續痠痛了五百天。很多男男女女都曾試圖殺害他，他所到之處總是有人痛恨或懼怕他。但是變成奴隸？

不，這只是他造訪的一片令人不快的土地。擅長划槳？他會逃出生天，或被人拯救，這個毫無疑問。他不是划槳奴隸；只是暫時划一划槳而已。

加文擁有奴隸。當他在奴隸臉上發現奇怪的表情時，不管是恐懼、絕望、噁心，他都會考慮他們是不是想暗殺自己——如果不是，他就不予理會。不把他們放在心上。因爲他們不値得他費心。

他唯一當人看的奴隸就是瑪莉希雅。他對她很好，至少。他對她不只是很好而已。對他最親近的奴隸而言，他是超完美的主人。這個事實應該代表一點意義。

「你確定你父親不想贖你回去？」砲手問。

「你看到那支劍插在哪裡了，是不是？」加文問。他是指砲手把他從海裡撈起來的時候。他其實並不記得，但他聽說劍插在他身上。「我父親插的。」

這是實話，多少算是。加文是自己用胸口去擋那支匕首，因爲他知道不是自己，就是基普。奇特又瘋狂的英勇行爲。而現在基普溺死了。英勇行爲不過如此。

「你想怎樣？」加文問。

砲手攤開雙手沐浴在陽光下。他的外套敞開，露出強健的胸口，然後輕鬆握住那支象牙白和檀木黑相間的火槍劍。「砲手想要傳奇。」

「你有兩個了。海惡魔殺手？打從十六歲開始，你就是傳奇了。現在你擒獲了我，我絕對稱得上是傳奇。」

「既然你自己都這麼說了。」砲手笑著說。

「我想砲手不是喜歡假裝謙虛的人。」加文回道。

砲手稍停片刻。「確實不是。」他沉思。最後，他比向他的、他的船員，還有那奇蹟之劍。「這樣不夠。你懂嗎？這麼多人裡面只有你能了解，對吧？我創造另外那則傳奇時還是小孩。那不可能是我人生的鳳梨【註】，對不對？」

加文沒有嘲笑他用字錯誤。此時此刻，砲手絕對不會接受任何善意的嘲弄。

「我其實運氣很好，」砲手說。他搖頭。「男人一生不能只幹一件事情，對吧？」但他沒等加文回答。他神色不善的指向地平線。「那裡，看到了嗎？」

加文沒看到。

砲手嘟噥一聲，看著加文的鎖鏈，但決定繼續鎖著他。「有艘槳帆船正在跟蹤。船長是蒙蓋特・薛爾斯。他發誓要找我報仇。兩年前，我是知名船長蓋爾斯・譚納的砲手。你知道他？」

加文必須搖頭。

砲手嘟噥一聲，好像那是他的損失，但又不願意離題和加文多說。「海盜，當然。我們找到一艘槳帆船，展開追逐，我用長筒砲擊中對方。不光只是擊中掌舵的大副——我把舵都炸爛了。從三百步外。那一砲有點走運，我承認。因爲船無法轉向，那場海戰就這樣結束了。甚至沒有其他人死亡。」

「掌舵的大副是薛爾斯的親戚？」加文猜。

譯註：此處「人生的鳳梨」（pineapple of my life）爲apple of my eye之誤用。眼中的蘋果是指瞳孔，引申爲珍貴之物。

「妹妹。之後他就一直追著我跑。他在威沃的工棚裡找到我。打了一架。我打斷了他一半牙齒。在斯慕沙托的妓院裡找到我，提出決鬥。我建議用手槍，他說要用劍。我在他身上砍了十幾劍，還打殘了他的手掌。他在奧迪斯的酒館找到我，又說要決鬥。我提議從四十步外開槍，他沒射中，我射中他的股間。有噴血，但是不曉得有沒有閹掉他。他活下來了，所以沒傷得太重，但我有看到血。我還以為終於可以擺脫他了。」

你以為閹掉一個男人就能阻止他繼續復仇？

「他現在在跟蹤我。我保持一定的距離嘲弄他。讓他以為追得上我，只要風向對，或是我犯錯。不確定他是怎麼和船員說的。我猜他們遲早會叛變。」

「所以你容許這個致命的問題持續潰爛……為什麼？因為你無聊？」砲手還沒殺死追殺他的人，可能表示砲手比加文想像中善良，或是比他想像中邪惡很多很多。

「砲手喜歡那個字。那是什麼意思？」

哪個字……喔，潰爛。「越來越糟。像是傷口長疽或化膿。」

「我就知道是個好字。你是聰明人，稜鏡法王。困爛。」

「潰爛。」加文還來不及阻止自己就脫口而出。

半秒之後，砲手臉上顯露殺機，然後轉眼消失。「潰爛，」他小心翼翼地說。「如果我把你的眼睛寄給你父親，他會怎麼說？」

加文壓抑厭惡和恐懼。「要看情況。」

「請說。」

「他肯定會在公開場合表達哀悼之意。我會很遺憾錯過那場好戲。然後他會來追殺你，但是告訴我，我的眼睛還夠稜嗎？」

砲手突然出拳擊中加文臉頰。由於被鎖鏈鎖住，又跪在地上，加文無法防禦，重重摔倒在甲板上。他聽見扳機扣動的聲響，抬頭一看，嘴裡湧出鮮血，只見砲手扣下火槍劍擊錘，指向加文的臉。

「你笑我？」砲手問。

什麼？「我的眼睛，」加文說。「看起來還像稜鏡嗎？還會反射光線嗎？」

「不會，全藍的。」砲手說，透過槍管瞪著他。「啊，你說夠稜呀？懂了。抱歉。」他揚起槍管。「夠稜？」

「對。」加文說。

「眞的是夠稜？」

「夠不夠像稜鏡。」加文承認自己的說法不正確。

「夠不夠像稜鏡。這樣就對了。你的眼睛以前確實很像稜鏡。如果砲手挖出你的眼睛，送去給你爸，他會以爲兒子根本不在我手上。看來你保住眼睛了。當然，我可以挖一顆出來。因爲我爽。」

卡莉絲，可以求求妳來救救我的屁股嗎？趁我還有屁股可以救的時候，拜託？「你知道，砲手，我很喜歡你。但是你讓我有點害怕。」

砲手展顏歡笑，危機總算過去。他再度瞭望海洋。

加文想要說話，但想想還是算了。砲手在沉思。讓他去沉思。

「一把好火槍加上一項不可能的任務。」他過了一段時間後說道。

「嗯？」

「我想要的東西。就這樣。」他看著從加文身上拔出來，不曉得爲什麼沒有殺死加文的那把火槍劍。「以前我想自己打造一把完美的火槍。這把槍毀了那個夢想。我永遠不可能打造出這麼好的槍。我以前想要穿越永恆黑暗之門。這艘船毀了那個夢想。那些事都有人做過了。」他踏踏甲板。「砲手出生得太晚。世界上最後一項不可能的任務，他在很年輕的時候就達成了。」

他身體一沉，耀眼的陽光不再穿透他的黑暗。

「我不這麼認爲。」加文說。「世界上還有一打挑戰——」

火槍柄竄起，擊中加文的腹部，打出他體內的空氣。

「別以爲你能安撫我，蓋爾。我可不是讓你玩弄在股掌之間的小孩。帶他下去！」他吼道。「立刻！不然砲手會打爆我們的大獎！」

第十九章

提雅的雙腳重重踏在石板地上，徹底封閉內心。她就像頭野獸。她衝到小巷裡的狹窄路口，發現手裡依然握著那把染血匕首。她猛然止步，轉身，把匕首拋入小巷，然後轉身朝反方向逃跑。匕首落地的撞擊聲聽起來像是另一陣警鈴。她提起衣袖擦臉。衣袖染上血跡。

她渾身是血。親愛的歐霍蘭救救她。提雅衝向路口，在轉角放慢腳步，走入大街，朝第一個目標前進。那是間梳毛織布店，寬敞的窗葉打開，外面放著一些店裡商品展示。提雅看到櫃台後坐著一個沒有牙齒的老婦人，蹲在擺滿羊毛高特拉的架子和外牆中間。如果女人出來，打開的門會把她遮住。

她只有一點時間懷疑自己的決定有沒有錯；接著哨音再度響起。提雅聽見不到十步外有人跑過的聲音。守衛狂吹口哨，聲音又高又亮。不過是朝謀殺現場跑去，而非遠離謀殺現場。此刻還是在想辦法弄清楚發生了什麼事，而不是要抓犯人。

看不見外面情況十分痛苦，但是提雅仍蹲低，幾秒過後，店門嘎嘎開啓，不光只是老婦人，還有另外一個女人一起走過提雅身邊，來到店外。

「妳覺得這次是爲了什麼事？」年輕的女人問。

提雅躍過窗口，進入店內，輕盈地跑上沉重的樓梯。樓上的大房間裡放滿未加工的羊毛，但是通往屋頂的門有上閂上鎖。

「喬菲絲？」顯然是聽見她的腳步聲，一個男人問道，「妳上來了？」

喔，最漆黑的地獄呀！

她聽見樓梯間傳來腳步聲，連忙躲到一疊羊毛後面。那個男的沒有帶油燈，但她也沒有，而她的眼睛還沒習慣黑暗。她之前驚嚇到僵住，被恐懼弄得無法放大瞳孔。萬一她已經放大了怎麼辦？萬一她註定會在關鍵時刻失敗？萬一——

提雅閉上眼睛，吐出一口氣，然後再度睜眼。她感受到瞳孔放大的張力，越來越大、越來越大，獲得夜視力，進入次紅色譜。

男人的身影站在樓梯頂端的平台上，慢慢聚焦成次紅光譜下最清晰的影像。臉部溫度最高，所有皮膚露出來的部位溫度都較高，而除了胯下和腋下，衣服遮住的部位較不明顯。

她試著繞過男人，但目光集中在他身上，沒仔細注意周遭的黑暗，她一腳踢重中一疊羊毛下的木板，發出沉悶聲響。

「喬菲絲？」男人又問一聲，朝她走來。

這裡光用次紅不夠。提雅用超乎自己想像的速度進一步放鬆雙眼，製作帕來火把，但帕來光沒辦法穿透厚重的羊毛。毫無用處。

拜託！她的絕望強化意志，帕來光變強，穿透羊毛堆的邊緣。光線隱隱照亮它們，但足夠她看見離她不過數呎的男人。她小心翼翼地穿越羊毛堆，輕易看出地上所有細節，不再發出任何聲音。

「梅琳娜，如果又是妳那隻可惡的貓，我就要殺了牠！沒事就把我嚇得半死，而且還不會抓老鼠。」他繼續抱怨，走下樓梯。「外面出了什麼事？」他問，終於聽見了哨聲。

然後他走了。

阿德絲提雅鬆了口氣。帕來盧克辛幾乎已經耗盡，所以她熄滅光線。

她沒有多少時間。這是死路，她得離開。她在羊毛堆中穿梭，最後透過氣味和觸感找出洗過並漂白過的羊毛，然後抓起一些羊毛擦拭雙手。沒有鏡子，她不清楚身上哪裡有血，但得盡速處理。她把用過的羊毛塞到羊毛堆深處——或許他們會怪到貓身上，以爲牠在這裡殺了老鼠。抱歉了，各位。

接著她脫掉偷來的男孩服裝，用上衣反面乾淨的布擦拭臉頰、胸口和手臂，希望把血擦乾淨了。她在黑暗中換回連身裙，憑感覺綁好繫繩。

動作快，提雅。趕快離開。

她考慮把血衣留在這裡，但搞不好過幾分鐘就會有人帶著油燈上樓，如果他們把事情聯想在一起，守衛可能立刻就會調查有沒有不尋常的人離開這家店。鄰居裡會有人說看到了個學生，然後很快就會縮小調查範圍。

所以她得帶走血衣——罪證——通過守衛。她盡可能摺緊衣服，摘下帽子，把衣服塞到裡面，然後走下樓梯，努力不把內心的紊亂表現出來。

沒人在店裡，但是不少其他店的老闆和路人都走向小巷子，看看究竟出了什麼事。提雅檢查身上有沒有血跡。看起來連身裙沒問題——她擔心弄濕襯裙的血會透過連身裙，但是目前看來，她很幸運。她四下找尋鏡子。店裡沒有。

心臟差點跳到喉嚨裡，她跨出窗框，看見自己的手掌——她指甲縫裡有血，邊緣表皮上都是。兩手都有。

喔，見鬼。

她來到街上，溜到老女人身後。那對年輕男女已經走到小巷子裡，把老女人留下來看店。

提雅回頭一看，差點撞上另一個站在街上的商店老闆，他一副掙扎著是該留下來顧店，還是去看看是怎麼回事的樣子。「聽說是謀殺案。」他對提雅說。

「歐霍蘭祝福，真是太可怕了。」她說。她是真心的。她內心深處湧出一股情緒。她吞嚥口水，握緊拳頭，咬緊牙關。

現在不要，提雅。現在。不要。

「那種事不會發生在這裡，」他說。「我們這裡住的都是好人。」

她發出同意聲，然後繼續走。他幾乎沒留意到她走掉了。

在好奇的人潮中逆向行走，心知轉頭去看會顯得可疑的感覺很可怕。她聽見有人奔跑。「讓路！讓路！守衛來了！」

她繼續走。身後二十步外傳來尖銳哨音。

不要跑。妳看起來像個無助的小女孩。他不會抱住妳；他會抓妳的手臂。然後妳反抗。如果妳跑了，他就會抱住妳，只要被他的體重壓住，妳就死定了。

哨音再度響起，幾乎就在她耳邊。當他動手抓妳的時候，順勢轉身肘擊他臉部，出奇不意。然後拔腿就跑。兩條街口外就有下水道。到時候再說。

接著從響亮的腳步聲聽來，她知道身後不只一個守衛，共兩個。兩個？計畫無法應付兩個守衛。她僵住。

兩個守衛跑過她身邊。

「守衛來了！讓路！」其中一個叫道。他們繼續跑，沒入傍晚的人潮中。

走不到一個街口，一切就恢復正常，路人不知道附近有人死亡。提雅一路走到市集中的一座水池，附近已經有些店家準備關門。她坐在水池旁，故作悠閒地伸手輕拂水面。她坐直，環顧四周，確定沒人在看，然後在摺好的上衣上擦拭手指。

「妳在幹嘛？」一個小男孩問她。他可愛得不像話。肯定是附近某個老闆的小孩。

「我是個馭光法師。」她說。「走開，不然我就放火燒你。」

男孩瞪大雙眼。她假裝要撲上去，他拔腿就跑。她迅速擦擦另一隻手，然後起身。她必須持續移動，必須處理掉血衣。

幾個街口後，她找到一大灘泥濘水坑。她假裝摔倒，把摺好的血衣壓到水坑裡，然後踩過它們。泥巴蓋過血跡。她撿起濕淋淋的衣服，一臉厭惡地放回帽子裡。

根本沒人注意到她。

又走出一個街口，她把衣服和帽子丟到一個垃圾堆裡。她繞出幾個街口，確認沒人跟蹤，又在另一座水池旁逗留，洗臉洗手。滿意後，終於往克朗梅利亞前進。

沒人攔下她。沒人知道。她脫身了。就連那份文件都還在她身上。不過她的內心還不打算多想剛剛發生的事情。

回到克朗梅利亞感覺像是進入另一個世界。沒有謀殺、沒有會突然活過來的影子。一個安全的世界。她走過百合莖橋，走向稜鏡法王塔——她的住所所在——入口。

幾乎抵達門口時，她看見一個看起來很像基普的男人靠牆而立，翻閱一副紙牌，彷彿要把牌記下來一樣。彷彿這麼做一點都不奇怪。

他沒有抬頭。

「基普？」她說。「基普！」她奔向他，攤開雙臂擁抱他。「你還活著！」

他沒有回應她的擁抱，一時間，她深怕這個男人不是基普。她放開他，後退一步。他看起來有點不同：他大概又瘦了三色幅，隨著脂肪減少，他寬厚的肩膀越來越結實。他下頷的線條更明顯，少了嬰兒肥，臉型也變得稜角分明。但他確實是基普。他還有其他方面也太一樣。她以為在城裡看到了他——她沒看錯。她突然間被恐懼攫獲。

「我剛回來。很高興見到妳。」他說。語調聽起來一點也不高興。「但沒想到會看到那種事。」

她突然感到有一大塊東西落進肚子。她簡直難以呼吸。罪惡感充滿整張臉。基普看到了。

「基普。」她的聲音細不可聞。她呼吸困難。「基普，我是奴隸。你不瞭解那是什麼意思。」

「妳不是奴隸。」

「你跟蹤我多久了？」她問。他不可能跟蹤她很久都沒被她發現，對吧？

基普的表情在被踢到的小狗和掩飾內心受傷的硬漢之間游走。「妳應該在被人注意到前換掉染血的襯裙。」

她驚慌失措，舉步就走，但他修長的身材輕鬆跟上她的步伐。他什麼時候變得那麼高？他當然不可能一路跟著她穿街走巷。他究竟看到多少？或許有看到她偷衣服。很糟，但不算太糟，而他看到血跡，更糟，但還是不算太糟。

話說回來，如果他全都看到了——從很清楚的位置——他就會知道她不是凶手。如果他只是幾乎全都看到了，就可能以為人是她殺的。

告訴他眞相的代價是什麼？妳是奴隸，提雅，不是笨蛋。那是什麼意思？想想！

她進入升降梯，有另一個學生和他們一起，所以提雅暫時不用編更多謊言。

問題並不在於我在幹什麼，問題在於他們在幹嘛？這並不只是一件事，而是兩件事。

隨基普走出升降梯時，她突然想通了。一切就是這麼簡單。她幫維倫格提女士——其實是阿格萊雅・克拉索斯，雖然當時她不知道——偷的東西一直都是她能看見的金屬物品。但是每樣物品都可以輕易辨識出來。她本來以為這樣安排是要讓她知道該偷什麼。其實不是。

他們保留了所有她偷過的東西，方便日後用來勒索她——那些全都是她是小偷的證據。

基普抓痛她的手臂，拉著她走。她突然發現他變得多壯。他滿身脂肪都被肌肉取代，但因為是逐漸取代的，所以他們直到現在都沒注意到，他八成餓了好幾週才會一下瘦這麼多。

「提雅，可惡，告訴我實話！」

這樣不公平，她心想，男生這樣太不公平了。前一秒鐘他們還是大男孩，下一秒他們就有辦法扯斷你的手臂。

抬頭看她朋友的臉——不，她主人的臉，不管發生了多少事，在文件通過前他都還是她的主人——她覺得心裡有樣東西斷裂，但那種感覺很甜蜜；宛如破碎的蜂巢中流出的蜂蜜。他知道了。她得把一切都告訴他，然後期待最好的結果。就算他退縮，就算他逃跑，她還是不必獨自承受這個負擔。前景充滿光明和希望。

基普似乎發現了自己握得有多緊，於是放開手。「妳和人打架了還是怎樣？」他問。

提雅的心臟再度開始跳動。他不知道。她鬆了一大口氣。

他皺眉，她知道他發現自己問錯了。

「我要換衣服，得到不會有人偷聽的地方繼續這段談話。」她說。她又找回主導權了，拖延時間，爭取更多思考空間。

她絕對不是唯一會想知道基普回來的人。間諜肯定已經在向所有當權者回報他人在這裡。至少白法王、紅法王和鐵拳指揮官一聽說基普在這裡肯定會立刻展開行動。這裡的間諜動作究竟有多快？

話說回來，提雅最好能在遇上任何七總督轄地裡最有權勢者的僕役前抵達廁所。

「我如果能先清理乾淨，對我們兩個都有好處，基普。」她一邊快走一邊說道。

抵達女子營房時，她看見加文的臥房奴隸瑪莉希雅從基普房間的方向過來。提雅低頭。「五分鐘就好。」她說著閃進營房。「最多十分鐘。」

沒人在營房裡。感謝歐霍蘭小小的慈悲。女孩大多出去用功或工作、吃晚餐——這提醒了提雅早餐過後就沒吃東西了。她關上門，然後站在門後偷聽。

「基普，」瑪莉希雅說，語氣很拘謹。「我很高興看到你還活著。樓上要你立刻上去——」

「很抱歉，但我在忙——」

「——參加光譜議會的緊急會議。這不是要求，基普。你可以跟我上去，把話講清楚，不然黑法王就會派守衛來抓你，可能會毒打一頓，然後紅法王就能得償所望。你爲什麼要在這個奴隸身上浪費時間？你應該立刻去找白法王回報。願歐霍蘭保佑你的愚蠢沒有害我們送命。」

「我回來還不到十分——」

「立刻，基普。」

有那麼愚蠢的一瞬間，提雅很想開門出去甩瑪莉希雅一巴掌。她怎麼敢用這種語氣和她朋友說話？*奴隸？奴隸？妳自己也是奴隸，妳這個蠢——*

提雅湊近想聽基普的回答。門突然開啓，撞到她的臉頰，嚇了她一大跳，不過撞得不重。

「別以爲我沒注意到妳，卡林，」瑪莉希雅透過門縫小聲說。「妳爲什麼還不提交解放文件？妳在玩什麼把戲？幫誰？」

門關了，腳步聲逐漸遠去，留下提雅獨自一人，宛如腳掛了鐵砧在水裡游泳。

*一件一件慢慢來，*她對她的恐慌說。*身上還有血，笨蛋。先處理那個。*她走到床前，打開箱子，拿

出一件乾淨的襯裙。她走到浴室，在臉盆裡接水，然後看著鏡子裡的自己。

她迅速確認沒有其他人靠近，然後脫掉連身裙。看著襯裙正面濺到的血跡，已經乾了的地方顏色比較深，不過因爲她的體溫和汗水讓血跡維持潮濕，脖子附近還是鮮紅色的，她突然有股衝動想要扯下襯裙，想哭、想吐。那個男人，他的眼神，心知自己即將死亡但卻無能爲力的表情——

她深吸口氣，撐著臉盆站穩。

她脫下襯裙，小心沒讓血沾到臉上。她阻止自己的第一個本能反應，把襯裙泡到水裡去洗。弄髒襯裙的是血。血跡洗不掉的，還會把臉盆裡的水染紅。她檢查自己身上還有沒有血跡。用裙襬沾水，擦拭脖子，還有胸口。

歐霍蘭慈悲爲懷，她耳朵裡有血。她擦不掉。

她腹部抽搐，但忍住不吐。慢慢地，她全神貫注用襯裙上另一塊乾淨的地方沾水擦拭耳朵、耳後、臉頰。她又檢查了一次手掌。兩手指甲縫裡是乾淨的。她仔細摺起襯裙，沒有露出染血部位，用毛巾擦乾身體，然後換上乾淨的襯裙。

她試著對鏡子微笑。笑不太出來。

這種情況下就只能笑到這樣了。

接下來要處理掉襯裙——讓她可能和謀殺案扯上關係的最後一項直接證據。襯裙後面都有號碼，好讓洗衣工洗好後送還給正確的女孩。提雅撕裂襯裙，扯下號碼，這麼做比想像中困難。只是一小塊正方形的布，不比她拇指大多少，還很薄。她把布塞到嘴裡，吞下去。

她把襯裙塞到專丟月經布的袋子裡，然後前往基普房間。她小心翼翼地開門，眼睛睜大到可見帕來色譜，滿心以爲那個可惡的男人會在房裡。房裡沒人，沒有陷阱，不過基普的衣櫥上有一封摺好的信。提雅慢慢走過去，十分肯定那玩意兒之前不在那裡。

上面寫著：「T，一如承諾。——M・S」

瑪莉希雅檢查房間的時候，這東西有在這裡嗎？提雅的喉嚨再度緊縮。歐霍蘭呀，要是基普和她一起進房，發現這份文件，她會怎麼處理？祕密的壓力令她窒息。

打開謀殺夏普的信感覺像在抓蛇。提雅小心翼翼地拿起信來，發現裡面只有紙張，接著在打開信時身體往後靠。

裡面是她的文件，她身體的契約。簽名都有了，全部填寫完畢。隨時可以提交。

提雅下樓，排了幾分鐘隊，把她的文件交給辦事員。他檢查文件，重複檢查，然後和一個年紀較大的辦事員說了幾句，對方給他一支鑰匙。男人帶著好幾大條硬幣條出來。他點錢給提雅，請她簽署一份表明她要加入黑衛士的文件，然後把硬幣條交給她。

「恭喜，」他說。「從現在起，妳擺脫了所有忠誠誓約，只要對黑衛士和克朗梅利亞效忠。」他對她微笑，拍拍她的手。「開心點，好嗎？妳自由了。」

提雅達到了自己最渴望的目標，努力多年的目標，而且得到超乎想像的財富，但她這輩子從來沒有覺得這麼不自由過。

第二十章

卡莉絲帶著跟蹤她的間諜穿梭在大傑斯伯中治安最差的區域。她來過這個貧民窟不下千次，從未緊張過，但今天不一樣。少了黑衛士制服守護，她覺得出奇脆弱。她不喜歡這種感覺。事實上，她痛恨這種感覺。她朝認識十幾年的商店老闆點頭，他們幾乎都沒有反應。他們認不出身穿長袍的她。

更糟的是，他們那些沉著臉的兒子也認不出她。當然，她有辦法打倒五個這種人。但長袍實在太礙事了，而且不到兩個月前才在這附近的巷道裡慘遭痛毆的經驗在她腦中揮之不去。她再度感到那種自己一輩子都在努力逃離的無助。

有人對她吹口哨。她握緊拳頭。可惡，她所有本能在這裡都怪怪的。彷彿世界變了，但沒人費心知會她一聲——純粹因爲她穿了長袍。上前毆打吹口哨的人不會產生穿著黑衛士制服時這麼做的效果。這個理應對她的獵物產生威脅的環境反而威脅到了自己。

她覺得戴上綠眼鏡表明自己的馭光法師身分是個錯誤。感謝歐霍蘭，至少她還有綠眼鏡。她透過眼鏡揚起一邊眉毛，所有聚集過來的男人通通臉色發白，一哄而散。

她不禁想著，別的女人也是每天都在應付這種情況，不會染血，沒有意外——也不用戴馭光法師眼鏡。卡莉絲眞不曉得她們是怎麼辦到的。她在想自己的優勢會不會變成弱點。別的女人會在問題發生之前就解決這種問題。卡莉絲唯一懂得的解決方法，就是透過不同形式展示力量來威脅對方。她仰賴汲色太久，已經不曉得該怎麼不用法術處理問題。謙遜的想法。

現在，她不能汲色。不是眞的不能。她可以戴綠眼鏡，但如果汲色，就會被白法王發現。就算她沒發現，如果她問了，卡莉絲要撒謊嗎？

不。她不會騙白法王。

對方還在跟蹤她。

她脫掉眼鏡，繼續往前，一路走到她要找的那條巷子——很長，沒有其他出入口，也沒有與它平行的巷子。她走進巷口的織布店。「圍巾？」她問。「有絲的嗎？我要參加婚禮。」她輕輕一笑，店裡那個親切的女人如同卡莉絲預期中消失在店後面，留下她一個人。卡莉絲在櫃檯上放了一丹納，支付欺騙對方，以及把這裡當埋伏點的報酬，然後躲在掛在天花板上隨風飄動的布匹間。

跟蹤她的人漫不經心地路過店門。

卡莉絲立刻上前，側踢——右腳前，左腳後，腰部使力，右腳夾帶著馬腿般的力道擊中男人肩膀。她使盡全力踢出完美的一腳，絲毫不受身材嬌小影響。男人離地而起，倒向一旁。只聽見他啪啦一聲，撞上三步外的巷子牆壁。他還沒頹然倒地，卡莉絲已經撲到他身上，手指緊扣他的氣管，把他抵在牆上，舉起拳頭。

男人半身蜷伏，姿勢尷尬。他呻吟一聲。他本來有戴帽子，現在帽子躺在腳邊。他約莫四十歲，身材肥胖，皮膚曬得黝黑，留著滿嘴阿塔西人的大辮鬚。

他嘟囔道：「他說妳可能會打我。我就想，這麼嬌小的女人是能打得多痛？」

「誰派你來的？」卡莉絲問。

「他很謹慎，女孩。他叫我告訴妳，本來可以像上次一樣教訓妳，但這次放妳一馬。」

「什麼？像上次一樣？」

「妳被痛毆的那次。那次與我無關，所以別把氣出在我身上。嘿，妳介意讓我坐下，或是站起來嗎？」

卡莉絲放開男人。

「謝謝妳。」他看著她，臉色發白。「九層地獄呀。妳是那個白黑衛士，對不對？會變髮色的女人。那個渾蛋。竟然派我來跟蹤妳。妳甚至還沒汲色。」

「說點能讓我不傷害你的東西。」

「好，我才不管他。又沒付我多少錢。他要我拖延時間，越久越好。他甚至沒有和我約定把偷聽到的事告訴他的會面時間。妳有別的地方要去嗎？」

卡莉絲認爲沒有這麼簡單，但也沒有爲男人的話分神。他有可能是在拖延時間，讓朋友展開襲擊。但巷子裡並沒有其他人。

「你叫什麼名字？」她問。

他扮個鬼臉，然後認了。「達楊・達肯。」

「你欠我一次，達楊・達肯。」

「喔，見鬼了。」

如果雇用他的人要他拖延時間，她就得盡量把握時間。她開跑，滿身大汗地回到克朗梅利亞，動作很不優雅。她考慮租馬來騎，但騎馬反而比較慢。不是所有街道都適合騎馬，加上租馬所需的時間，用跑的還是比較快，就算是穿長袍跑也一樣。她跳進升降梯，一路搭到最高層。

「有什麼事？」她問升降梯最上層的黑衛士。一個是新來的吉爾・葛雷林，另一個是高個子閹人萊托斯。

他們對看一眼，沒有說話。

「妳的隨身護衛呢？」萊托斯問。

離開十字路口後遣走錦繡或許不是最好的做法，但她並不打算和萊托斯討論。

「吉爾，你欠我的，」她說。「這點小事和那件事可不能相提並論。」

他嘆氣。他顯然很想忘記放那個妓女進入加文房間的事情。他清清喉嚨，說道：「光譜議會召開緊急會議。理應一小時前開始，但黃法王和次紅法王來不及趕到。會議才剛開始。」

萊托斯看著年輕人。

「幹嘛？」吉爾問。「她是我們的人。」

萊托斯狠狠瞪他。

「幹嘛？」

「謝謝，你們兩個對我真好。」卡莉絲說。她閃進加文房間——她還是很難把這裡當作自己的房間——考慮需不需要換裝，還是抹點粉來掩飾汗水。她四下尋找瑪莉希雅。對一個臥房奴隸而言，她待在臥房裡的時間還真少。

這下我又想要瑪莉希雅待在臥房裡了。想法真是前後不一，是不是，卡莉絲？

她拿塊布擦臉，然後迅速拍了點粉上去，花半分鐘整理頭髮，然後決定歷史屬於有出席的人。她走向升降梯。

「哇，動作真快。妳看起來——」

「別亂說，小鬼。別。亂。說。」她真的叫這個十九歲的男人小鬼嗎？

她走到光譜議會廳，發現廳門外有黑衛士站崗，接著她突然希望自己盛裝打扮了。

「蓋爾夫人。」官階高的黑衛士說。那是之前與她同階的夥伴。

「劍客守衛隊長。午安。」

「光譜議會只有光譜法王可以參加，卡莉絲，妳知道的。」他說著站在門口。

「我是我丈夫的代表。」這個說法很牽強。他們兩個都知道。

「卡莉絲，拜託，不要讓大家爲難。」

「叫我蓋爾夫人，謝謝，夫人不會讓大家爲難。」

劍客守衛隊長一時之間搞不清楚狀況。而卡莉絲只要有這點空檔就足以繞過他，推開門。

「夫人——」他在廳門開啓，卡莉絲走進去時住口。

她神態自若地走到加文的座位，好像她是加文．蓋爾本人一樣。她坐下。她沒看到其他法色法王如何看待她出席一事，因爲她把目光集中在安德洛斯．蓋爾身上。他透過黑眼鏡微笑。那個渾蛋。他甚至沒有任何驚訝之情。一時間，卡莉絲有點懷疑跟蹤自己的人是不是他派來的。如果不是安德洛斯，還能是誰？

「哈囉，媳婦，很高興妳來開會，」安德洛斯說。他的影子葛林伍迪，一如往常站在他身旁，在他耳邊低語。「我想這樣已達法定開會人數了。要開會了嗎？」

卡莉絲知道他們不是才剛開始開會，但安德洛斯就是喜歡咄咄逼人。搞不好這話根本不是針對她的。她環顧四周，發現只有次紅法王缺席。那個女人隨時都在懷孕，大部分時間都在照顧孩子，但她通常不會讓這兩件事妨礙職務。

「我們可以接著剛剛的議題繼續討論，安德洛斯，」白法王說。

所以他的確是在針對她。好了，管他去死。卡莉絲人在這裡了。這一場算她勝了，就算只是小贏也好。

「基於我們允許這麼多依附權貴者進入這個神聖會議廳前所討論的理由，」安德洛斯說，「我們得暫緩某些更加激烈的手段。我們的代表正在搜尋大海和海岸。在結果出來前得見招拆招，同意？」

卡莉絲完全不懂他在講什麼，但看到與會法王紛紛點頭。如果幾分鐘前他們都在更隱密的情況下開會，那麼此事肯定非常機密。他說「這麼多依附權貴者」，意謂他不光是在說卡莉絲跑進會議廳。光譜議會這次開會不讓奴隸進場服侍，甚至不讓黑衛士進來。有什麼事機密到連黑衛士都不能聽？從白法王的表情來看，卡莉絲知道她甚至不喜歡用如此隱晦的說法討論此事。

「話說回來，我們在打仗。」

克萊托斯・藍在他的座位中改變坐姿，好像想發言但是不敢，他不敢出言反對安德洛斯・蓋爾。

但是安德洛斯・蓋爾立刻發飆。「你反對，克萊托斯？到現在還反對？要等他們擊沉多少船，要等他們殺害多少人？我們的敵人是古老諸神，還有想要讓他們重返人間的異教徒。冬天能夠暫緩戰情——但對我們的敵人有利。沒幾艘船能在冬季風暴裡穿越瑟魯利恩海，但我們的敵人是走陸路行軍。我們只有少數魯斯加士兵和阿塔西殘餘部隊，率領他們的還是阿茲密斯將軍那個白痴。」

「他是我表弟！」戴萊拉・橘說。她滿臉通紅，眼中布滿血絲。

「那就是說你們家族裡有一個，還是兩個白痴？」安德洛斯回嘴。

她氣急敗壞，然後安靜下來。那等於是默認這種說法，卡莉絲認爲如果如此輕易就承認表弟是白痴，或許安德洛斯的說法已經算是很含蓄了。

「妳得傳信給他，」安德洛斯說。「只有在拖延敵軍時才能出兵交戰。絕不能在任何情況下進行大規模衝突。」

「我們還沒下達這些命令嗎？」白法王問。

「已經下達了。」安德洛斯沒有多說，對卡莉絲而言，他也不必多說。她親眼見過男人爲了榮耀而害死其他人。而安德洛斯不喜歡下達沒有能力強制執行的命令。

「拖延敵軍？」白法王問。「我們要讓出多少領土？」

安德洛斯嘆氣。「我們得整軍備戰，在春季出兵。就現實面來看，無法阻止他們進入血林。」

「邊境城鎮。牛津鎮、石田鎮、製革彎、紅樹林岬。你是要我們眼睜睜看他們死去？」橘法王帶著恐懼輕聲問道。

「妳建議我們怎麼救他們？」安德洛斯問。「妳有好辦法嗎？拜託。說來聽聽。」

「我——我只是不敢相信……」

「我們叫那些鎮民棄鎮，燒光一切，餓死法色之王的部隊。威洛・包總督不會喜歡這種做法，但如果不這麼做……我們就得考慮血林淪陷的可能。」

「你要他們放火燒掉叢林？在雨季？」橘法王問。

「我要他們在我方毫無損失時以決定性衝突贏得這場戰爭。我不要無辜者受苦。妳在問我想要什麼？別傻了。我們必須贏。所以我們要血林人在井裡下毒，要他們屠殺牲口，要他們放火燒田、砍掉大片叢林，強迫所有紅法師就算粉碎光暈也要燒掉叢林。我們需要他們打贏，不然九個月後就要在這裡討論該放棄魯斯加境內哪些城鎮了。」

他讓所有人思考這番話，沒人開口。

「另外，我們損失了大量船艦。可以開始建造，或是去借一支新艦隊回來，但我認爲根本不用這樣做。只需要黑衛士研發出來的新型海戰車——」

「加文發明的。」卡莉絲說。

「對，當然。黑衛士只是加以改進。妳高興怎麼說就怎麼說，親愛的。」

她靠回椅背，心靈受創。那個渾蛋是怎麼辦到的？讓她感覺如此卑微？

安德洛斯繼續：「有了海戰車，我們就能控制海上，也不用花錢製造整支艦隊。我們知道這個法色之王與伊利塔海盜合作，這樣就可以防止他透過海運補給物資。」

法色之王。我哥。

「晚點再來討論戰術細節，」白法王插嘴道。

「可以。」紅法王說。「但我們可以達成一個共識——上一場戰役是場災難。我們不能遠距離遙控戰局。我們需要普羅馬可斯。」

戴萊拉‧橘哈哈大笑。「而你在上場戰役中表現優異，所以該選你，呃？」

安德洛斯想也不想就回嘴。「妳是你們總督領地之恥，連來自提利亞的一小群盜賊都應付不了。就是妳讓這個小問題演變成現在這種局面。你們的防禦能力爛到讓我懷疑妳會不會根本就是叛徒。沒有普羅馬可斯應有的指揮權，我根本無法指揮妳堅持要讓他們擔任將領的那些廢物。所以妳自己好好回想一下。搞不好妳的記憶都被丟在酒瓶瓶底了。」

「是你不讓我們防禦領土的！」戴萊拉吼道。「你拒絕應援！你們太晚抵達了，你很清楚。你竟然還想要我們任命你為普羅馬可斯？」

「夠了。」白法王說。

「我不是說我。」安德洛斯說。「我太老了。那個責任太重大——」

「所有我深愛的人通通——」戴萊拉大叫。

「夠了！」白法王大聲道。「戴萊拉，我們都很同情妳，而妳還保有投票權，如果妳不在場就會失去那一票。不要放棄妳的票。你到底想怎樣，高貴的蓋爾盧克法王？」

我太老了？那隻老蜘蛛竟然承認這個？卡莉絲難以置信。他有可能會推薦誰？

「你們都知道我和兒子經常意見不合，但我們都不能否認他為了團結七總督轄地所做的努力。他有名無實，但卻深受愛戴。失去他，我們就失去了團結七總督轄地最重要的羈絆。基於我們全都知之甚詳的理由，這一次不會……」他暫停片刻，慎選用字遣詞。「除非歐霍蘭大發慈悲，不然今年太陽節應該不會有新任稜鏡法王出現，但是根據古老法條，得任命一個準稜鏡法王。所以我們全都得留意歐霍蘭的神選之人。我敢說我們都會花很多時間禱告。而且得在稜鏡法王缺席下盡量撐過一整年，所以需要古老秩序。所有馭光法師攜手合作，對抗那些加入敵軍的馭光法師。」

卡莉絲環顧四周，所有人都顯得死氣沉沉。「你不能放棄加文。」她說。「他還沒死。你應該集中資源去找他。」

「我們當然會，」安德洛斯順口說道。他露出抱歉般的笑容，彷彿在應付一個歇斯底里到不肯承認丈夫顯然已經死亡的女人。「這只是備用計畫。」

卡莉絲很想一拳打扁他的臉。

「我們為什麼不能任命新稜鏡法王？」黃法王吉雅・托爾佛問。

卡莉絲看到至少有兩個比較資淺的法色法王也想知道這個問題，但安德洛斯立刻說：「這不是公開會議該討論的事情。」

「這還算是公開會議？」

「只有法色法王和教廷高層可以討論這些議題。」白法王說，顯然不情願認同紅法王的說法，但還是開口了。「缺一不可。」

卡莉絲咬緊牙關。安德洛斯有所圖謀，但她看不出他有何居心。

安德洛斯繼續道：「之前已經一起進行過這些儀式，我們可以再來一次。也該再來一次。但無論如何，我們的需求、我們的戰爭、我們的人民都不能等到太陽節才找到團結。在失去一切前，得先面對兩個痛苦的現實——我兒子死了，我們需要普羅馬可斯。」

「他還沒死。」卡莉絲說。

「媳婦，妳把希望寄託在無望的事情上顯示出妳的忠誠和愛，但得要謹慎考量殘酷的事實。加文——」

「還活著，」一個聲音從門口打斷他。「他被一個名叫砲手的伊利塔海盜俘擄了。」

所有人立刻不再交談。卡莉絲在基普身後的門關閉前看到瑪莉希雅的身影，而剛剛說話的正是基普。基普！基普還活著？

加文也是？卡莉絲心跳加速。她兩條手臂都傳來刺痛感。那是希望。真正的希望，不光是固執。

基普在戰役過後的這幾週內變化很大。首先，他肯定餓了很久，因為他現在看起來算壯，一點也不胖。他看起來像蓋爾家的人。顯眼的下巴，充滿智慧的藍眼，因為汲色浮現的綠圈，肩膀寬闊，胸口厚實，很粗不過還看不出肌肉的手臂。但是最大的改變是基普的風度。他不再像之前那樣沒禮貌、喜歡諷刺、亂開玩笑，至少現在沒有。他很專注、平靜，不受眼前這群全世界最有權勢者影響。

「私生子回來了。」安德洛斯．蓋爾說。

「少說那種廢話，爺爺。」基普說。「我父親已經公開承認我的身分。」

「他——」

「看著我，爺爺，」基普大聲說。「我是蓋爾。身體、血液和意志都是。否認呀。」他的態度就是一副「敢否認就試試看」的樣子。

兩人之間的空氣彷彿都在他們對瞪的目光中微微震動。所有人都不發一言。就連基普鋒利的言詞都不再是男孩的抱怨──他不是說：「我是蓋爾家的人。」他說：「我是蓋爾。」彷彿他就是這個家族所有特質的總和。彷彿他站在家族頂點，而卡莉絲認為就某方面而言，這也算是事實。他是蓋爾家的唯一子嗣。

唯一他們知道的子嗣。世界上還有另一個他們不知道的蓋爾私生子。永遠不能知道。她覺得胃在抽搐。

會議廳外負責守衛的黑衛士看來不知所措。黑衛士從來沒有不知所措的時候。

氣氛變了。卡莉絲不曉得自己是怎麼知道的，但她知道安德洛斯相信了基普。現在他撐在這裡只是為了爭取時間──又或許出於他內心某種變態的樂趣，但卡莉絲認為是前者。他沒料到基普會回來。他在腦中翻牌算計，比所有人都超前三回合。

終於，他嘴角露出一絲笑容，輕輕做個默許的手勢。「請把事情和大家說說，孫子。」

「葛林伍迪是怎麼和你說的？在船上，我是指──畢竟，你戴了黑眼鏡，而當時天色很黑。」

基普在幹嘛？他為什麼要管葛林伍迪說過什麼？為什麼要幫安德洛斯．蓋爾找台階下？卡莉絲心裡一沉。基普要幫這隻老蜘蛛脫身，要幫他掩飾當時的情況。掩飾什麼？

如果安德洛斯沒有做錯事，根本就不會要掩飾。這表示加文失蹤都是他的錯。歐霍蘭詛咒他。

「我不認為你說出實情會需要其他人複誦任何曾說過的話。」安德洛斯說。他不接受橄欖枝。

基普聳肩。「當時葛林伍迪和我在吵架。你召喚我父親去找你，我和我父親一起去。葛林伍迪不要我在場。我敢說他認為你不希望我在場。他──一個奴隸──伸手推我，所以我把他推下樓梯。我太粗魯了，這點我道歉，爺爺。我不該對你的財產動手動腳。當天戰場上的壓力……總之，他又朝我們跑回來，然後……」

基普暫停片刻。葛林伍迪的目光宛如死人。奴隸沒辦法爲自己辯護。他知道當兩個蓋爾針鋒相對的時候，就算是最受信任的奴隸也會毫不遲疑地被犧牲，轉眼間輾成肉醬——如果安德洛斯認爲犧牲他可以獲得什麼好處的話。

「然後他撞到我身上。我撞到我父親，我們全都手忙腳亂地去抓被撞落船欄的他。但他還是落海了。我立刻跳下海。我知道葛林伍迪不會游泳，所以雖然他說要下海，還是毫無意義。是我父親自己遣走黑衛士的，堅持要他們先去休息。不然一下子就能把他救上來了。結果，我把我父親拉出海面，點燃求救訊號。但是來救我們的不是你們，而是砲手船長。他對大海禱告片刻，又把我丟回海裡。」

「但你看到我兒子還活著？」安德洛斯語氣緊張，似乎眞的難以置信。

「是，先生。我很肯定。我很驚訝你還沒收到贖金要求。砲手認得稜鏡法王，先生。」

白法王點頭。「加文曾提過這個海盜。說他是號人物，但是腦子好像少了點什麼，心理狀況奇特。」

「葛林伍迪，」安德洛斯大叫，在椅子上轉身。「我以爲你說稜鏡法王落海時已經昏了。」

葛林伍迪跪倒在地。「主人，求你大發慈悲。我——我以爲他落海時撞到了頭。我以爲那孩子跳下去救他的時候，他就已經沉到海裡了。我的主人，我很抱歉。我讓我自己還有你蒙羞。」

一陣沉默。腦中翻牌。「不，」安德洛斯說。「是我讓自己蒙羞。我根本不該放棄兒子。在失去了這麼多的這一年裡……」他越說越小聲，彷彿淹沒在情緒裡。接著他伸手放在心口，做出代表四神和三神的手勢。「感念歐霍蘭。」他聽起來十分誠懇。或許那個老頭就某方面而言眞的深愛加文。

桌旁的人紛紛複誦他最後那句話。

安德洛斯在任何人有機會插嘴前說：「這麼重要的事我真的不該聽信奴隸的片面之詞。我之後一定會適當懲罰他的。基普！你救了我兒子兩次，還帶回他仍在世的消息。你溫暖了老人的心。我一定要好好獎勵你。」

「他是我父親。我不需要獎勵。」基普說。

「我堅持。晚點到我房裡來。現在沒你的事了。」安德洛斯・蓋爾說。

剩下的人眼睜睜看著基普面對遣他出去命令的反應。他不想離開，但顯然沒有理由留下來。片刻過後，他鞠躬離開。

卡莉絲很肯定她剛剛目睹這兩個人裡有一個被另一個收買了，但她不確定是哪一個。或許兩個都有。這兩個傢伙居然有膽在整個光譜議會之前這麼做。而且還聰明到做完之後得以全身而退。

不過就算安德洛斯・蓋爾有受到影響，他也沒有表現出來。「好了，這真是太好了。要搶先奪回我兒子肯定是場艱難的挑戰，但我想我們能夠克服這些困難。」

基普出門的同時，阿萊絲・次紅進入會議廳，肚子很大，氣喘吁吁。

「我們在討論什麼？」她問，路過卡莉絲，走向她的座位。她這次沒帶最小的孩子一起來，但渾身散發出盧克辛和性愛的氣味。卡莉絲並不天真，所有人都知道綠法師、紅法師，特別是次紅法師都喜歡把汲色與性愛混在一起。這樣做能夠強化感官和情緒。卡莉絲不在乎阿萊絲和誰上床，但是能完全控制自己的阿萊絲絕對不會在剛上過床、渾身汗臭的情況下跑來參加光譜議會。

控制的極限會害死我們所有人。

卡莉絲本來以為阿萊絲至少還有兩年可活，但現在不敢肯定。次紅法師在抵達自然壽命盡頭時往往會變得看重領土、情緒激動、不顧一切地保護深愛的人。還有，當然，性欲高漲，但是阿萊絲這種身分的女人應該不會顯露那種跡象。在公開場合不會。

安德洛斯若有深意地看著阿萊絲，然後忽略她。

戴萊拉・橘說：「如果是法色之王贖走稜鏡法王，而不是我們，我們就完蛋了。那將會大大打擊士氣。他們會拿他當人質，確保我們不會攻擊，然後——」

「不，不，不，」安德洛斯說。「妳們難道不瞭解海戰車的意義嗎？」

眾人滿臉迷惘。安德洛斯斜嘴一笑。他就喜歡自己高人一等的才智讓人露出如此難以否認他的表情。

「一個海盜能在我們眼下藏身多久？他要怎麼對抗我們？大海是我們的，就算現在還沒人知道也一樣。」

「如果大海是我們的，爲什麼不直接去對付法色之王？」戴萊拉問。

「因爲他在陸地上。」安德洛斯說。

「我又不笨，謝謝你。我是說，如果大海是我們的，爲什麼不把我們的人送到最有利的位置登陸？敵人陣線後方，或許，然後——」

「妳見過海戰車嗎？想要移動運輸艦，我們會耗盡上千名馭光法師的法力。我們可以不讓其他人航行大海；可以在海上搜尋我兒子，可以利用爆破彈和其他武器，擊沉法色之王的海盜傭兵，但是在我們重建我軍艦隊前，部隊只能走陸路行軍。」

「所以海戰車根本改變不了什麼。」克萊托斯・藍說。

「除了確保不會遭受突襲，還能在法色之王得知我們部隊位置前幾週就確認他的位置，沒錯，我想海戰車沒有改變什麼。」安德洛斯輕蔑地說。「現在最重要的就是我們很快就會奪回加文。當然，無法保證他能活著回來。但絕不會落在別人手上。」

這就是他惡毒的地方。他說的是實話並不會讓人好過。白法王也會說同樣的話，但她會先動之以情，表露因爲意外或激怒海盜而失去加文的想法。

接著剛剛聽到的事終於衝擊卡莉絲。加文還活著。加文還活著。欣慰的淚水迷濛了她的視線，然後遮蔽了情緒。她不想在安德洛斯・蓋爾面前落淚，不想在光譜議會前顯露弱點，但一聲嗚咽還是脫口而出。

光譜議會所有成員全部轉頭看她，卡莉絲得低下頭去，閉緊雙眼，避免自己全面崩潰。

她不應閉眼的。現在她是個間諜了。應該要注意一切。應該要發揮作用。

還活著。那是希望、光明、生命和慈悲。那是歐霍蘭本人透過凝聚的黑暗出手相助。

第一次，安德洛斯・蓋爾沒有抓著卡莉絲的弱點窮追猛打。結果他說：「讓我們全都派出斥候和信差，回報所屬總督轄地這則消息。但最重要的是，讓我們一起禱告。倘若沒有歐霍蘭保佑，情況將十分不利。我們很快會再度開會，但今天，我認爲已看得夠多，也說得夠多了。高貴的普拉爾女士？」

讓我們禱告？這是安德洛斯・蓋爾說的？他究竟震驚到什麼地步？這傢伙每次一有機會就會嘲弄信仰。

白法王比畫四神和三神的手勢，其他光譜議會成員也跟著照做。他們攤開雙手，平放在面前的桌面上，敞開心胸，面對光明，面對眞相。「光明之父、聖神、歐霍蘭。」她以氣音發h的音，用古代的唸法唸這個字。「公正的天父、卡隆之強塔、慈悲之神、飽受壓迫之人的慰藉者、孤兒守護者、善良導師、解放者、不敗守護者、救世主、正義戰士、至高執法者、榮耀之神、拯救之神、明亮晨星、黑夜之火、最後部落的希望、永不疲憊之醫者、破碎修補者、天父、聖王、神。」

最後那個頭銜讓卡莉絲微微顫抖，撼動她的淚水。儘管帕里亞男子會遮住頭髮向神致敬，表示他們的榮耀不能與歐霍蘭相提並論，世界上還是有些很少會拿來稱呼歐霍蘭的字眼——這個名號本身只是一個頭銜，表達崇高敬意的婉轉說法，顯示他比其他異教神崇高許多。透過說出那個微不足道但又意義深遠的字眼，白法王明白顯露出她認爲當前的處境有多危急。

「神。」白法王輕聲道。

會議廳中一片死寂。卡莉絲幻想自己可以感到聖光拂過自己的臉。

「神呀，祢是世間唯一的神。神呀，請拯救我們。」

在那一長串頭銜之後，卡莉絲期待會聽到更多修辭、更多求懇、更多……禱告。結果介紹頭銜遠比本文來得長。

接著她發現白法王是故意的。一切修辭、一切重點都該集中在歐霍蘭身上。祂是美麗、是權威、是力量。祂知道他們的需求。知道該怎麼幫助他們。這個異教不單只是對世俗秩序產生威脅，還對七總督轄地的歐霍蘭崇拜產生威脅，這是在藐視祂的權威，在與祂脫離關係。白法王只是在宣告忠誠，以忠心耿耿的追隨者身分向他們的神祈求幫助。畢竟說到底，和神還有什麼可說的呢？

這完全就是那些血林邊境城鎮的人民將會哀求的幫助，而光譜議會已經在沉默中同意拒絕幫助。你們非死不可，他們未經投票就已經決定了——你們非死不可，這樣才能達成我們的目的。

卡莉絲只能希望歐霍蘭不像他們一樣冷酷與實際。

第二十一章

提雅停在稜鏡法王塔深處的稜鏡法王訓練室外，看到地板上綻放一道藍光。她從未見過訓練室裡發出有色光線。她甚至不曉得訓練室有這種功能。

她聽見顯然有人在連擊訓練假人的撞擊聲，奇怪的是，這陣暴力的聲響令她心安。不管裡面的是誰，總之都在訓練——這表示對方不是敵人。儘管從謀殺夏普舉手投足間可以看出他經常訓練，但實在沒辦法想像他這麼做。他是行動的結果，不是事前的準備工作。

提雅用鐵拳指揮官給她的鑰匙開門，然後進去。剛好趕上鐵拳指揮官突然發難。他出拳如風，打得裝滿木屑的皮革沙包碎屑四起：腹部、下巴、腎臟，忽上忽下，快到根本看不清楚，接著他閃到側面，衝向障礙場地。邊跑邊拔出兩把訓練劍。

提雅的訓練班還沒開始上到持劍行動，或是腰間掛劍行動的課程——她在盧易克岬短暫參與行動時立刻就注意到：就算武器收在鞘裡，攜帶武器行動還是很不容易。本來可以輕易閃過的角落突然就卡住了，讓你東倒西歪。手持出鞘武器會更麻煩，因爲得分出一隻手操控——如果劍卡在門框上，而你還繼續前進……不好。

所以觀察鐵拳指揮官手持兩把全尺寸長劍穿越障礙場可以讓她學到很多。指揮官沒穿上衣，只有穿正規黑衛士發的緊身黑長褲和熟橡膠樹汁鞋底靴：有點黏，但幾乎不會發出任何聲音。看著他從靜止不動到突然發難，有點像在看獅子出擊——肌肉鼓動、皮膚閃爍，然後疾衝而出，四步內飆至全速。

他跳過一道比提雅胸口還高的障礙，奔向一面中間只有直徑一步圓洞的牆壁，一躍而起——穿洞而過，長劍刺出、肩膀勉強竄過窄洞，身體完全沒有碰到洞緣。他順勢翻滾起身，雙劍甩動。

他跑向另一道牆，速度絲毫不減，然後奔上牆。他的衝勢彷彿飄入牆內，全部集中在他的腳上，手腕揚起，手和劍提在胸前。他跳下牆，身體旋轉，長劍甩出，砍中兩側假人，假人放在離地十呎的箱子裡，脖子底下的部位都保護得好好的。

雙劍皆從左砍到右的力道讓鐵拳側身落地。他著地翻滾，吸收衝勢，然後再度起身。他看起來不太高興。提雅看出問題所在。沒有維持之前的速度，鐵拳就沒辦法跳過下一道障礙的裂口，至少不可能不停下腳步地後退衝刺，損失寶貴時間跳過去。

他當然看到了提雅，但看出她沒有急事，所以沒說什麼。他走回起點，重新開始。

這一次，他跑上牆壁，雙劍拍擊牆壁，以藍盧克辛加以包覆，然後放開雙劍，身體旋轉，換手握劍，直接躍過牆壁，從兩側揮劍而出，砍穿假人，順利落地。他衝向裂口，速度不減，跳過去，掠過一個小到無法駐足的平台，然後重新加速，跳起抓住下一道裂口上懸掛的繩索。

他做這個動作時掉了一支劍，但他翻身落地，然後哈哈大笑。

「稜鏡法王的障礙場。當然，他每個障礙都用盧克辛作弊。他離開前向我挑戰破他的紀錄。我想我剛剛可能已經破了。」

他走過來時，提雅突然再度意識到指揮官有多高大，體格有多壯碩。她看向他傷痕滿布的裸露胸膛，似乎也讓他意識到自己上身半裸。奇怪的是，他看起來有點難為情，即使擔任黑衛士多年，他還是無法克服帕里亞人羞怯的習俗。他抓起上衣穿好。

「來訓練的？」他問提雅。「我可以幫妳進行日常訓練。」

提雅凝視著他，難以開口說話。她考慮把一切都告訴他。但謀殺夏普搞不好就站在這個房間裡。

「提交解放文件了，是不是？」他問。他看到了她的硬幣條。

「喔，對。」

「妳要離開嗎？」

「我眞的可以離開嗎？」提雅問。一切依然感覺不太可能。

「如果妳把錢繳交給黑衛士，妳就自由了。如果妳繼續受訓，在最終宣誓前離開，妳就可以靠擔任傭兵賺更多錢，不過還是有人在妳這個階段離開。如果妳從小就是奴隸，有時候眞正自由的想法會讓妳再多拖一天都不行。有些人只會講講而已。我認識講了十五年要買回委任狀的黑衛士——最終宣誓過了十五年，妳了解——環遊世界。崔格再過一年就要退休了，而他還是在說要買回委任狀。」鐵拳微笑，然後笑容消失。「他沒有從加利斯頓回來。」

「我這輩子最想做的就是成爲黑衛士，但是……」提雅提不起勇氣。

鐵拳指揮官沒有多說，只是交抱結實的手臂，靜靜等候。這是耐心的沉默，而不是要求她一定要說下去。這個男人忙碌到一天鮮少能睡五個小時，但在處理黑衛士——就算是囊克——的私事時，他還是會讓人覺得他很看重對方、很有耐心。提雅從未眞的注意到他花了多少寶貴時間在自己身上，她把這個事實增加到仰慕指揮官的超長清單上。但……

我不是奴隸了。再也不是了。我也不要成爲受害者。我不會坐視這種事情發生，就算這麼做會害死自己也一樣。「有人勒索我。」提雅說。

「拿什麼勒索妳？」

他這種毫不驚訝的表現令她震驚到只能愣愣地回答：「偷竊。」

「怎麼回事？」

「我接受過很多年扒手的訓練。我其實沒得選擇，你懂嗎？我的主人？由於有帕來視覺的關係，我可以看見錢幣和卷軸筒之類的東西藏在哪裡。半數時間我都是在偷阿格萊雅・克拉索斯手下訓練師的東西——我不久前才得知她是我眞正的主人。但今天我才了解她們比我想像中還要聰明。」

「嗯哼。」鐵拳指揮官的表情宛如清晨的湖面一樣平靜。他完全沒有透露自己的想法。不過她怕會有野獸衝出寧靜的湖面，所以越說越快。

「他們賭我能加入黑衛士，而他們知道只要我身獲自由，就沒辦法繼續控制我，所以我曾偷過的東西都是可以指認的。他們八成把那些東西都放在可以和我扯上關係的地方。」

「怪不得妳在盧易克岬時懂得僞裝自己。」鐵拳說。「妳有多厲害？」

「扒竊？」提雅問。她沒想到這是第一個問題。「比格鬥技巧厲害。」她並不喜歡這個事實。

「萬一我說我也在幫阿格萊雅・克拉索斯做事，妳會怎麼說？」他問。

她心跳停止。她看向門口，想要奪門而出。指揮官冷靜地站在她和門中間。

「不，」她輕聲道。哀求道。「不，求求你。」

她絕不可能逃出去。如果鐵拳有心阻止，她不可能是對手。和他作對的想法簡直是瘋狂。

但她還有什麼其他選擇？就這麼放棄嗎？

她唯一的希望是帕來，但就連這個希望也機會不大。在盧易克岬之役中，她汲取了帕來色，讓所有視線範圍內的人以爲他們會被烤焦，但那其實沒有實質效果。如果她想得起來那是怎麼辦到的，或許就可以逃出去。

「放輕鬆。」鐵拳說。「我不是她的人。我只是很驚訝妳沒考慮過這種可能。通常被勒索的人都會疑神疑鬼。」

她鬆了一大口氣。「長官，我陷得太深了，完全無法想像若你是她的人，情況會糟到什麼地步。」

「妳可以向我描述那些是什麼東西嗎？」

「可以，長官。」

「寫下來。」

「是，長官。」

「寫吧。我會處理。如果。」

「長官？」

「如果只有這樣。妳懂嗎？」

只有這樣？坦承偷竊物品是一回事，但是提雅與那件謀殺案的牽連呢？他們會相信她嗎？哪樣比較可信——提雅扒竊失風，驚慌下刺死對方，還是她遇上了個隱形殺手的組織？

就算他們相信她，夏普大師還是會發現。她會在醒來時發現他現身房裡。這想法讓她膝蓋痠軟。

「只有這樣嗎？」鐵拳指揮官問。

「是的，長官。」提雅說。

「那我們去找白法王。」

去找白法王?!喔，不。不不不。即使最高強的騙子也可能運氣不好。提雅不能讓今天變成運氣不好的那天。

第二十二章

生活完美規律到彷彿時間都失去了意義。加文每天都在相同的節奏中度過。拉。轉。推。轉。拉。上，下。生活侷限在工作、休息，以及兩者間的轉換中。抹除每個動作的稜稜角角。吸氣，吐氣，盡可能減少轉換兩個動作的痛苦。醒來，睡覺，不在中間浪費時間。黎明前醒來，吃稀粥、午餐時又吃更多稀粥，有時候加片水果預防壞血病，晚餐大多是豆子，表現特別良好時會有肉吃。船一週只會靠港一次，不過也會在其他地方靠岸，補給清水，讓水手有機會打獵。但日子大多過得很模糊，血液循環，或是皮鞭甩出、落下、舉起、停留在空中、再度落下。

黎明前醒來，吃稀粥。一次上便桶的機會。然後划船。稀粥，又一次上便桶的機會。

里格就在節奏中被吞噬，速度和疲憊之間的完美平衡。如果出現什麼緊急狀況——或是他們變成其他人的緊急狀況——奴隸得努力逃離末日或帶來末日。但那並不表示他們平常划很慢，至少對這些奴隸不是，對這個船長不是，對可惡的領班李奧諾斯也不是。

他們有預測到惡劣天氣，但風暴來襲時還是一樣，輕型安加船宛如軟木塞般在浪頂搖擺，嘔吐物和海水刷過奴隸堅定的雙腳旁。當天氣糟到其他船隻都待在港口裡過冬時，他們還是不放慢船速。這些船員曾穿越永恆黑暗之門。他們不把風暴放在眼裡；他們藐視風暴。

加文睡覺都能聽到鼓聲。坐在長凳上時，他的呼吸會跟隨划槳的節奏。他的手掌痊癒，形成新繭、裂開，再度流血，每天早上都會傳來全新的痛楚。

李奧諾斯是笨蛋，但奴隸都很擅長自己的工作，他的不當管理不會造成損害。

黎明前起床，吃稀粥，其他奴隸會在痠痛的膝蓋和背上塗抹藥膏，拖延無法繼續划槳的日子到來。一名槳友在爭吵後告發一個奴隸，李奧諾斯立刻將其勒斃。那個奴隸已經好幾週，甚至幾個月沒有力氣划槳了。只因爲一句話，他就被當眾殺害。加文認爲這是殺一儆百。加文猜想正常做法是鞭打，確保他不是假裝，然後下次靠港時把他帶出去，賤價賣給願意收留老弱奴隸的船隻。其他奴隸會變成乞丐，少數幾個幸運的傢伙會被盧克教會好心收留。

加文不知道自己被俘擄了多久。不知道他們身在何處。他們搶奪了五艘船，然後往回繞，狩獵，或是讓蒙蓋特・薛爾斯的船跟上，這樣重複好幾次。據加文所知，他們有可能在帕里亞、伊利塔，甚至是阿塔西的海域。他的鬍子長長了。頭髮和其他奴隸一樣用剃刀剃短，以免纏到東西。海盜的髮型無關美醜，但至少這些安加人身上奇蹟般地沒有蝨子。乾乾淨淨。他們自認比較先進。

某天晚上，經過收穫特別豐富的一週，在打劫了兩艘很有錢的槳帆船後，砲手決定獎勵奴隸。一人兩份烈酒，還讓奴隸晚上到甲板放風，不過上了鐐銬，一次上來幾個人。

加文和歐霍蘭鎖在一起。他們坐在甲板上，用烈酒取暖。他們太少喝到烈酒了，加上空腹喝，醉意很快就上來了。

加文愣愣看著星空，想要透過星象判斷他們身在何處。或許在魯斯加外海？

「你知道他們爲什麼叫我歐霍蘭？」老人問。

「因爲你人很善良，也很沒用。」加文笑著說。

但歐霍蘭沒笑。

「拜託，不要瀆神，小蓋爾。不要和我瀆神。今晚不要。」他沉默片刻。「我是帕里亞海岸和永恆黑暗之門間一座小村落的伊利來昂先知。我們那裡遺世獨立，當然。沒有船隻交通，所有貿易都仰賴山道，就連我們對歐霍蘭的稱謂在其他帕里亞人耳中聽起來都怪怪的。」

「小時候，有艘不知怎麼穿越東門的安加船掠奪了我們村子。他們放火燒村，我父母死狀悽慘，我不願多提，我的弟弟妹妹不是被抓去當奴隸，就是被殺了，我不確定。我逃走了。躲在一頭他們為了好玩而宰殺的牛隻體內度過那個冬夜。他們甚至沒有把牛肉搬走。年輕人哈哈大笑。我當時是迪密斯托克斯的先知。你不熟？那我長話短說。歐霍蘭從我很小的時候就對我開示。在迪密斯托克斯的監護下，我學會分辨聽見的究竟是至高神的聖音，還是自己的欲望。我越來越自大。我召喚奇蹟，奇蹟就會發生。你以爲色譜魔法是奇蹟？那只能算科學。是人類在搬運磚塊。但是我的力量？歐霍蘭直接從天堂釋放而出的力量？就像是拿閃電與蠟燭比較一樣。但是——這點我承認——你們這些馭光法師的彈性比較大。你本人就曾展現過無比的彈性。但對我們所有人而言，不管是馭光法師或先知，歐霍蘭可以賜與就可以取回。我們稱祂爲光之神，但往往會忘記祂是神。」

布道。人稱歐霍蘭的男人在布道。加文就需要這個。至少他講得道理不太一樣，而且加上好酒影響腦子，就連宗教布道都可以忍受聽聽了。

「有一天，我失去所有深愛之人的一年後，至高神叫我去治療一個安加寡婦。痲瘋病。我在冷酷和固執的驅使下決定撒手不管。」

「第二天早上，伊利來昂叫我去安加傳達神諭。我逃走了。不是因爲害怕自己會死在穿越永恆黑暗之門的過程中，而是因爲我知道自己絕不會這麼做。我知道祂慈悲爲懷。我深怕如果我叫安加人悔改，他們眞的會悔改，但我一點也不想對他們慈悲。我想要燒光他們。男人、女人、小孩、閹人、僕役、奴隸、造訪他們海岸的外國人、貧民和國王、士兵和商人。我想把他們通通燒光。」他臉上顯露出加文曾見過的激動神情，但不是在這個男人善良的臉上見過。那是被復仇酸液侵蝕而出的面孔。

緊接而來的是一股難以言喻的悲傷。「我想要燒掉安加這個名字，將其從世界上抹除。我朝反方向跑到所能跑到最遠的地方，結果在大河的源頭被河盜擄獲。我被一再轉賣，最後從陸路輾轉賣到安加。好像還能是其他地方一樣。我當奴隸當了十四年，頭十年裡，我都活在仇恨中。我學得很慢，但歐霍蘭很有耐心。」

「伊利來昂已經很多年沒和我說話了，但是我們把你打撈上船的那天，祂開口了。昨天晚上祂又告訴我你準備好了。不是準備好聽祂說話。還沒有。而是準備好要開口說話。」

「開口說話？」加文問。「你真是個到處亂聽的怪先知。」他看著頭頂星空。黑白交織的美景。如果加文沒有記錯星圖的話，他們肯定位於梅洛斯外海——當然，他不會記錯。記得一切是他的詛咒。

「我沒什麼好說的。」

歐霍蘭非常輕聲細語地說：「祂說你會說出褻瀆的話。你在採取其他行動前得刺破水泡，讓毒慢慢滲出。」

「如果祂已經知道我要說什麼，何不當作我已經說過了？」他本來打算用挖苦的語調，但結果說得更難聽。

「重點不在於祂聽你說。重點在於你要說出口。」

加文轉頭。「我不知道你在說什麼。」

「騙子。」

加文罵道：「你竟敢這樣說我？你難道不知道——」

歐霍蘭看向水手，水手轉頭看大聲說話的加文，不過一副除非真的打起來，不然不關他們的事一樣。他說：「我難道不知道你是誰嗎？嘿。你知道，這是身為先知的一大好處。先知就是至高神的奴隸。奴隸，不過由於有個至高無上的主人，我們就有權和總督、士兵、僕役或奴隸說話。我以為那表示我和總督一樣重要。真的，那只是因為我們在祂面前都一樣渺小，就像在巨人眼前爭辯優先權的螞蟻和蒼蠅。」

「這才是我覺得先知會說的話。」

歐霍蘭彷彿心裡受傷般沉默片刻，然後繼續說：「對我這個風燭殘年的老人而言，這種情況很奇怪，因為你曾是許多禱告的答案，但你竟然沒有任何信仰，即使到了現在這個地步，受困在船上等死。我有十五年時間可以成長到克服存在的憤怒。你沒有我這麼好運。」

「存在的憤怒？傻子。就和把十五年奴隸生涯當作好運一樣傻。我是稜鏡法王。世人都可以抱怨，但稜鏡法王怎麼可以抱怨？」

「忘恩負義的老實人總比忘恩負義的騙子好。」

「再叫我一次騙子，你就要吞掉你的牙齒。」

「我告訴你一件事，老奴隸稜鏡法王。歐霍蘭要你順從時，你可以立刻順從，輕鬆度日；或是晚點在磨難中順從；或是永不順從，結果發現自己粉身碎骨。」

「因為祂喜歡酷刑，生性殘暴。」

「因為祂是聖王。你在錯誤的道路上走得越久，就必須跑得越遠才能回到應該身處的地方。」

「祂不是王。祂不存在。祂是慰藉人心的故事，拿來對抗恐懼黑暗的蠟燭。祂什麼都不是。咒罵祂和向祂祈禱一樣無濟於事。我們只是絆倒了就去責怪石頭絆到我們腳的人。」

「那又為什麼不敢再度和祂說話？」

「你剛剛說我是騙子，現在又說我是懦夫？」

「你的生命中需要更多誠實的人。或是需要一雙更好的耳朵。歐霍蘭很清楚這一點，儘管給了你這麼多鏡子，你還是看不見自己，所以祂奪走了你的視覺。或許這樣可以讓你其他感官變敏銳？」

「下地獄去吧。」加文說。但是他心裡再度浮現那種呼吸困難、胸口緊縮的恐懼。曝光了。這個老頭怎麼知道他看不見顏色？

喔，當然知道。如果加文可以汲色，他根本不會待在這裡。這個男人知道加文失去色彩、淪爲色盲並不是超自然的洞察力，只是簡單的推理而已。

歐霍蘭大笑。「不，等著我的不是地獄。因爲我終於謙卑下跪。我們這些了不起的主人只能控制我的身體。對我而言，自由只是遲早的事。這些鐐銬鎖不住我。我可以請歐霍蘭移除它們，然後它們就會從我手腕上脫落。」

「證明給我看。」加文嗤之以鼻。

先知臉上短暫露出惱怒的神情。「我想你正引誘我做讓我淪落到這裡的事情，這很公平。不。我不會濫用神賜與我的力量。神是爲了我好才讓我出現在這裡，也是爲了你好才讓我出現於此的，稜鏡法王。」

「嗯哼。」加文說。

「歐霍蘭不會犯錯，狡猾的傢伙。你是因應祂的意志成爲稜鏡法王的。那並非意外。有些事只有你辦得到。」

「現在辦不到了。」加文說。地平線上有片烏雲突然從內部發出光亮，有道閃電自雲裡劈落。

他從未出生比較好。不是天生就是稜鏡法王比較好。如果沒有開始分光，如果不是全色譜馭光法師，如果沒有因爲希望彌補加文被帶走任命爲準稜鏡法王時所出現的裂縫，而告訴他自己是全色譜馭光法師，一切不會走到這個地步。他哥把達山的天賦視爲背叛，因爲達山奪走了讓他獨一無二的東西。所以眞的加文就用阻擾弟弟和卡莉絲私奔來報復這個背叛。

坐在槳帆船不停搖晃的甲板上，假的加文把烈酒喝個精光。他直到此時才發現這一點。多年以來，他一直以爲是卡莉絲臨陣退縮。他責怪她的侍女。他責怪自己計畫不周，以爲遺漏了什麼。

事實上，他哥發現了私奔的事，爲了報復他而洩密。懷特・歐克家的人威脅侍女說出實話。這就解釋了那天晚上侍女臉上內疚的表情——他看出她心存罪惡感，但不是出於背叛；那是因爲自己太過軟弱，無法對抗壓力而生的罪惡感。她那種地位的人絕對無法承受的壓力。

就是那個表情，充滿偏見、毫不公正的內疚神情，就是達山把她留在門的另一邊等著被燒死的原因，並在不知情下燒死所有人。因爲那甚至不是她該負的罪惡感，導致了那麼多人死亡。愛上卡莉絲乃是達山的罪，是他卑鄙的背叛——和哥哥想睡但不愛的女人私奔。就是這件事導致了他哥的全面背叛。加文的罪，以及達山無法克制的報復心態，是腐蝕靈魂的酸液。雙方互相報復，你來我往，直到七總督轄地淪爲一片火海。

「你父親挑選加文擔任稜鏡法王，但歐霍蘭卻挑了你。你難道看不出其中意義嗎？」歐霍蘭問。

有一瞬間，他說出自己的眞實身分嚇得加文差點窒息，但接著他想到自己在遭受俘擄的震驚中向砲手透露過自己是達山。這不是什麼預言。歐霍蘭是那張長凳上的槳友。他只是偷聽到了。

但如果他聽到了，還有誰也聽到了？

加文輕笑。這在他要擔心事項的清單裡算排在很後面了，不是嗎？可惡。*我花了十五年才鼓起勇氣告訴妳我的眞實身分，卡莉絲，結果我短短幾分鐘就讓一整船海盜知道了。*

「我父親挑他是因爲他是長子。」他說。

「你父親是艾昂・阿塔亞・蓋爾的後代，在不看重長幼次序的家族中考量這個？你父親本身就不是長子？」

「他挑選加文是因爲在他身上看到強大的意志。」

「顯然他的次子沒有那種意志。」歐霍蘭微微嘲弄。「你父親在你身上看到的特質就是他不挑你的原因，而歐霍蘭正是爲了那個特質選上了你。」

「什麼特質？」

歐霍蘭微笑。「你遲早會想出來的。」

「你很有種，你知道嗎？坐在這裡和我喝酒，說我是大爛人，然後侮辱我哥哥和父親，最後還給我笑。你這渾蛋。」

歐霍蘭一臉悲傷地聳肩。「這就是先知這麼少的原因。我們常常會被殺掉。對喜愛黑暗的人而言，眞相總是十分傷人。」他看向還在大聲胡言亂語的水手，其中有些已經醉倒了。「我想他們已經把我們拋到腦後了。」他伸手取走加文手裡的錫杯。他等候片刻，看著海盜，然後面無表情地站起身來，伸手到酒桶裡多舀了兩杯烈酒。他把酒杯還給加文，然後又坐下來。

至少這也算是點補償。「這是聽先知說話的好處。」加文說。他和瘋子碰杯，然後喝酒。

「要我引那場帶著閃電和大火的風暴過來嗎？」歐霍蘭問。

「我以爲你不應該濫用力量。」加文說。

「啊。沒錯。我忘了。」他喝酒。「看來風暴終究還是會過來。」

砲手在船首醉醺醺地和手下打賭他射得中什麼、射不中什麼。不過沒人敢和他對賭，所以他大罵手下懦夫。看起來似乎只是好玩而已，但他剛剛才射掉了一個正在喝酒的海盜酒杯，一手發射火槍，另一手驕傲地握著他的陽具來回甩動，朝海裡撒下大大的8字形尿。

「海上的人都瘋了嗎？」加文問。

「一點點瘋狂可以確保你不會全瘋。」歐霍蘭說。「那個喜歡詛咒瑟莉絲的傢伙？他很年輕的時候就結婚了。女孩名叫瑟莉絲。他們發現有個古老異教海洋女神也叫瑟莉絲時，覺得是有趣的巧合。他們開玩笑說是他的兩個最愛合而為一。她在他一次航行中自殺。溺斃。他責怪自己。其實不算他的錯，瘋狂往往會在二十歲左右時出現徵兆。有個殘酷的敵人告訴他，瑟莉絲聽說砲手有外遇。」

加文暗罵一聲。「你怎麼知道的？」

「歐霍蘭告訴我的。」

加文看著他。

「開玩笑的啦。在海上待到像我這麼久，就會聽到各式各樣的好故事。那件事是從一個在他變成砲手前就認識的人口中聽來的。不過他不記得對方的本名了。當時他的本名似乎也無關緊要。說起來，你是個愛作夢的人，對吧？」

「三不五時會作點夢，」加文語氣不屑地說。「大家都會。」他覺得腸子打結。希望這個先知閉嘴，露出甜蜜的笑容。

「強烈的夢。令你害怕的夢？你會驚醒，胸口緊縮到難以呼吸，冷汗直流？」

一點也沒錯。但是加文只是聳肩表示或許有。

「你會作個夢，今天，明天，我不確定，但很快就會作夢。記住那個夢。多多留意。」

「你不可能讓我作夢。」加文說。

「我不能。這是我以前和歐霍蘭玩的一個遊戲。我說一件我認爲祂會做的事情，然後祂就有點非做不可，因爲不做的話會丟臉的是祂，不是我。」

「好遊戲。」

「才說了一半而已。我每次這麼做，祂就會丟件讓我覺得不可能或太尷尬而不好意思去做的事情給我。通常都是很簡單的事，只是剛好讓我很難做而已。祂會說：『去告訴那個女人說她丈夫愛她。』我就會覺得自己像個傻瓜，瘋子才會找陌生女人說這種話，但我還是會鼓起勇氣去做——結果那個女孩好像我拿鎚子打了她眉心一樣看著我，然後痛哭失聲。我一直不曉得後來怎麼了，但一年後，我看見她和丈夫在一起，兩人笑容滿面，她手裡抱著個小嬰兒。她看向我，眨眨眼。後來事情就越來越難了。『去告訴城主，如果敢再動弟弟的老婆，他就會在一個月內死亡。』那次讓我變得不太受歡迎。不過城主接受了這個建議。他一句話都沒和我說。話說回來，那個弟弟的妻子？她想殺了我。」

閃電逐漸逼近，醉醺醺的海盜看著閃電逼近。

「起錨！」砲手醉醺醺地叫道。「叫醒奴隸。我們航向風暴！」

一個海盜看到加文和歐霍蘭鎖在船桅上，跑過來把他們帶回長凳。加文被推回下層船艙時看到的最後一個畫面就是砲手站在船欄上，一手抓著船索穩定身形，一手揮動槍劍。閃電落下，照亮他的身影。

「瑟莉絲！」砲手大叫，臉頰上泛著淚光——也可能只是雨。「瑟莉絲，妳這個婊子！有辦法就殺了我！我藐視妳！我——」接著雷聲就蓋過他剩下來的話。

第二十三章

「長官？你看起來一點都不驚訝。」提雅對鐵拳說。「你——你早就知道了？」

「我看起來像是樹林裡的小嬰兒嗎，囊克？」

「長官？」

「黑衛士是菁英中的菁英。貴族會想要染指我們大多數學生，不管是透過什麼方法。他們太常成功了，所以我們也得採取因應之道。」

「所以你知道？」

「跟我來。」他說。

他細心戴上高特拉，然後一起走向升降梯。「等會兒我看妳的時候，問我是否要妳待在檢查站。」他說。他配置配重塊，然後搭乘升降梯前往頂樓，檢查站的黑衛士對他打招呼。

「白法王在嗎？」他問。

「在，長官。」錦繡回答。

鐵拳暫停片刻，看向提雅。

「你要我待在這裡嗎，長官？」提雅問。鐵拳在錦繡面前這麼謹慎？他擔心自己的黑衛士回報……什麼？提雅和他一起去找白法王？這根本無傷大雅，不是嗎？但如此謹慎表示他在防止此事不會遭受背叛——被他成年後就一起工作的黑衛士背叛。提雅覺得無力。她希望至少黑衛士能夠維持單純。世界上一定有單純善良的東西，就算她自己不是。這種行動同時也讓貌似坦率的黑衛士指揮官看起來比表面上更有心機。

「不用太久。」鐵拳說，好像考慮了一會兒，但沒有花太多心思。「跟我來。」

他們一起走去白法王房間。那裡的黑衛士宣告他和提雅來訪——提雅很驚訝他們居然知道她的名字。*絕對不要小看黑衛士*，她心想。

白法王在他們進房時遣走她的老臥房奴隸和書記。老女人在提雅上次見到她後還有汲色。汲色讓她看起來更健康，但提雅知道那健康是假象。如果白法王決定自己可以汲色，那就表示她計畫要參加下次太陽節的解放儀式。

白法王在提雅打量她時反過來打量提雅。提雅很好奇老女人看到什麼？

「阿格萊雅，」鐵拳指揮官開門見山。「訓練她扒竊。很可能保留了贓物勒索她。這解釋了為何提雅擅長偽裝。她主動告知我此事。」

白法王在鐵拳毫無預警地報告此事時表現得神態自若。「妳是什麼時後發現根本沒有維倫格提女士的？」她問提雅。

「我們離開前——等等，妳連那個都知道？」提雅問。阿格萊雅．克拉索斯說過，透過盧克萊提雅．維倫格提女士的化名隱藏自己擁有奴隸，讓她可以在各種場合安置間諜。

「如果有人想要費心擁有間諜，那最好招攬最頂尖的間諜。」白法王說。她微微一笑。「妳怎麼想到她打算要勒索妳？安德洛斯．蓋爾逼她出售妳後，妳肯定以為自己自由了——至少脫離了她的掌握。」

「我是這麼以為的。」提雅說。眞相比較複雜。直到今天前她都以為自己已經脫身了。

她原先以為謀殺夏普是阿格萊雅派來重新掌握她的。但為什麼要嫁禍她謀殺？

這不是克拉索斯女士的作風。身為維倫格提女士時，她一直都有所節制，循序讓提雅偷越來越難偷的東西，越陷越深，然後在想要掙扎前完全落入掌握。維倫格提女士會循序漸進：給提雅更困難的任務，直到她遇到瓶頸，然後揭露提雅一直在作繭自縛，接著逼迫她繼續做更壞的事情，直到提雅什麼都肯幹為止。這樣的間諜——特別是當她加入黑衛士之後——將會成為絕佳的武器。而克拉索斯女士似乎聰明到不會做任何可能導致提雅提前破網而出的事情。

像是目睹謀殺案的震撼。

目睹謀殺案表示提雅很可能會直接去找鐵拳指揮官，全盤托出。克拉索斯女士不會冒這種風險。

所以她為什麼要誣陷提雅謀殺？

沒有理由。完全沒有。不是克拉索斯女士幹的。

盧城之戰前，她的贊助人一點也不在乎提雅在市集中目睹的暗殺事件。如果想要提雅執行暗殺任務的話，她沒理由那樣假裝。那件事會是很好的動因：「如果不聽話，阿德絲提雅，我就會那樣幹掉妳。沒人可以阻止我。」

事實上，那依然是個很棒的動因。不要把謀殺夏普的事告訴白法王，或是鐵拳指揮官，或是基普，或任何人的好理由。

提雅發現自己安靜太久了。「我無法相信我自由了，我心裡有種很糟糕的感覺，而越想越覺得她很可能會保留一些證據來對付我。她……很可怕。」這樣講算很保守了。「但是妳是怎麼知道的？你們兩個都知道？」

提雅轉頭看向鐵拳。他冷冷回應她的目光。他說：「阿德絲提雅，在這個環境裡，妳要嘛就是跟蛇一樣狡猾，不然就是要毫無保留信任一個這樣的人。我向來選擇後者。」他朝白法王側頭。很難想像他片刻前還顯得疲憊無力，現在又變回之前那個鐵拳，率直坦白到不可能參與政治。提雅懷疑這是不是與他公開表達失去信仰有關——還有公開表達重新找回信仰。

「過來，孩子。」白法王說。提雅走過去時，老女人仔細打量她，目光銳利地研究她的雙眼。「指揮官，她眼中有點淡紫色嗎，還是我看錯了？」

指揮官凝視提雅雙眼。「可能有。不過如果不是這麼盯著看，我絕對看不出來。」

「那就是光譜出血現象。顯然也會影響到帕來法師。」白法王長嘆一聲。「喔，孩子，如果妳是兩個女孩就好了。我很想要研究妳。但研究就得排除使用，而且妳也只是一個女孩而已。歐霍蘭最了解這個了，我想。儘管如此。」她仰頭看天，雖然只看得到天花板，彷彿在輕輕責備宇宙造物主一樣。「告訴我，孩子，說說妳的家人。」

「那不關妳——」提雅突然住口，想起自己在和誰說話。她把嘴裡的話吞回肚子裡。這是很中性，甚至可說友善的問題，但提雅掩飾家裡的情況和恥辱太久了，不管誰問起，她都會覺得是挑釁。

「高貴的女士，或許現在不是時候。」鐵拳指揮官說。「我們只有幾分鐘——」

白法王目光盯在提雅身上，語氣變得強烈。「大家都知道我很喜歡年輕人。年紀大的人有權性情古怪。出去的時候，指揮官，你就聳肩說句：『你知道她和年輕人在一起是什麼樣子。』然後笑一笑，去做你自己的事，那些間諜也會這麼做。家人，孩子。」

「父親是商人。以前是。現在是日班勞工。兩個妹妹。我母親沒什麼好提的。」

「妳羞愧的表情顯示不是這麼回事。」

提雅咬緊牙關。她瞪著窗戶。問話的是白法王。提雅光是考慮不回答就已經是反宗教的行爲了；至少肯定是不服從。

她回答，但聲音聽起來很冷淡。「我母親在某次父親出外經商時失去了理智。她帶所有願意與她上床的男人回家。她終於找到一個喜歡她到願意留下一段時間的人。她舉辦我們無力負擔的宴會，像有錢人一樣邀請舞者和樂師。我們不是有錢人。她毀了我們家。當父親回家時，我想她以為他會殺了她。我想她希望他殺了自己——她把我們全部賣去當奴隸，清償她的債務。」

「我父親賣掉僅剩的一切——主要是他的船——買回我兩個妹妹。當時我已經嶄露天賦，身價大漲。他沒錢幫我贖身，也沒辦法借那麼多錢。」

「他怎麼處置妳母親？」白法王問。

「沒有處置。」她沒有掩飾心裡的苦。*父親，你為什麼不幫我爭取？為什麼選擇背叛你的那個人？*

「妳對此有何感覺？」

「我看不起他那麼懦弱。」

「而不是欽佩他善良的天性。有趣。」

「遭受不平之事時不做任何處置算善良嗎？」提雅提出尖銳的問題。

「妳不曉得他做了什麼、沒做什麼。父母往往不會讓孩子得知吵架的眞相，而妳當時已經住在別的地方，已經是奴隸了。妳太快評斷他了，也太情緒化。以後妳會慢慢改善的。只有笨蛋才會完全用感性去評斷一切。」

提雅接受指責，雖然是很不公平的指責。她父親逆來順受，接受了那個瘋妓女，說一些什麼愛呀、寬恕之類的鬼話。「說完了嗎？」她問。

「妳可知道，」白法王說，「我有兩個女兒？我還記得她們青春期的模樣。根本是地獄。」

提雅忍不住笑了笑。*我敢說妳是自找的。*「她們現在住在哪裡？不在大傑斯伯，對吧？」

「她們死了。一個死在血戰爭裡，另一個沒多久也死了，被拒絕接受血戰爭已經結束的男人殺死。他們認爲他們陣營報復得還不夠。我兩個女兒的小孩不是被殺，就是被賣去當非法奴隸。或許現在還在外面受苦。他們的外婆是白法王，所有總督轄地裡最有權勢的人物之一，而他們淪爲奴隸，我所有的財富及上千間諜都毫無用處，因爲誰會在乎奴隸？」她的雙眼似乎冒出火焰。「奴隸制度是種沒有了這個世界就無法運作的邪惡，但它依然是種邪惡。」她臉色一沉。「所以我絕不會讓與我有關的人與奴隸制度扯上關係，我會竭盡所能做到這一點。鐵拳。」

男人從白法王的桌子上拿起一份紀錄。上面有許多她看不出是什麼東西的收據，至少一眼看不出來，然後是一封字跡她一眼就認出的信——那是她父親的字：

「我的債務已經透過妳的名義還清了，阿德絲提雅。現在已經有投資人排隊要在明年春天幫我買艘卡拉維艦。我已經在找船員了。我辜負了妳，但妳從未辜負我。只要一有機會，我就會去大傑斯伯或任何妳的駐地看妳。妹妹都很好。卡莉雅嫁給一個屠夫，明年春天就要生第一胎了。丈夫一無是處，但至少住得很近。瑪拉有希望嫁給一名軍官。好人。有消息嗎？」他手邊的信紙八成不夠，因爲最後幾句話寫得很擠，也比平常簡短。

她妹妹已經要生第一胎了？卡莉雅今年十五歲。當然，很多窮女孩都會這麼年輕就結婚。但提雅還是很難想像。這些都是事實，來自另一段人生的家書，不屬於她的人生。這種事不會發生在提雅身上。

「爲什麼？」提雅問。一定有什麼陷阱、詭計或辦法奪走這一切。太美好了。「爲什麼？」

「因爲有時候我可以做好事，」白法王說。「沒有條件，提雅。發生在我身上的慘劇替我留下了一些禮物。其中之一就是錢。垂死的老女人要錢做什麼？我可以隨心所欲地幫助妳，就像歐霍蘭幫助我一樣。光、生命，還有自由，我的孩子。」

這話宛如地震波般震撼提雅的內心。她必須抵抗，必須推開。「妳是怎麼……？現在？」

「妳一通過測驗加入黑衛士，我們就開始處理了。我們要所有人都是自願加入。不會全部成功，但一定要試試看。這封信是妳在盧城時寄達的。之後我就一直想把信送去給妳。可惜最近太忙了。」

「妳本來打算……一直都這麼打算？」

「就權謀算計而言，提雅，對我只是小事，但我們知道對妳有多重要。」

提雅啞口無言。她晚點會哭，但是此時此刻，她呼吸困難，難以相信這個垂死的女人竟然如此善良，難以相信父親如此堅定，妹妹的命運已經產生從她此刻身處位置看不見的改變。在她很可能再也見不到的家人身上發生了這麼好的事情。然而在這同情憐憫的時刻，她卻覺得比多年來在羞愧中受訓、偷竊，依照他們的指示掩飾眞實身分的日子更加孤獨。

「她不是唯一勒索我的人。」提雅脫口而出。「還有一個。更可怕的傢伙。」

她把夏普大師的事情告訴他們。還有那個間諜、謀殺、逃亡、被基普看見、偷走她的解放文件又歸還等等事情。說完後，她終於覺得自由。她可以好好吸一口氣了。

奇怪的是，如果白法王看起來有何不同的話，大概就是變得更年輕，更有活力了。她的眼燃起準備開戰的光芒。「提雅，」她說，「妳有多勇敢？」

十分鐘後，鐵拳指揮官領著提雅出門，說他過幾分鐘就來。

門關上後，他滿臉懷疑地看向白法王。「妳計畫好的。」

「我期待事情會走到這個地步。」

「妳知道另外那個傢伙。謀殺夏普。」

她沒有承認。「友善可以斬斷計謀斬不斷的鎖鏈。」

「妳就是這個樣子？友善與計謀交纏在一起？」他問。

「白法王從前的標誌不正是使節杖嗎？」她問，接著板起臉。「碎眼殺手會，哈爾丹。以前曾出現過冒牌貨，但是多少冒牌貨手中握有微光斗篷？我們有機會。」

「有機會摧毀他們？」

「或是招攬他們。但沒錯，有可能。異端是匹用嘴叼起馬鞍的馬，不打一頓是不會順從的。」

「從妳這個只打過人，沒打過馬的人口中說出這句諺語還眞是奇怪。」

「馬不可能該打。」

「好吧，希望那個窄肩膀的小母馬能夠承受妳加在她身上的馬鞍。如果順利，她會成爲戰馬。」

「如果我沒先害死她的話。」白法王冷冷說道。「我知道，人和馬都有可能在訓練中死亡。難道因爲這樣就不訓練了嗎？」

「這又不是訓練。」

她起身彷彿想要繼續爭辯，但又坐回輪椅。她從脖子上取下一條項鍊，拿出藏在衣服裡的鑰匙。

「所有禁忌圖書館的萬用鑰匙。你來就是爲了這個，對吧？那孩子從大傑斯伯回來之前你就已經排定時間要來見我了。你在追查什麼？」

「幻想。懷疑。愚念。」

「如果你查出結果會先通知我？」

他接過鑰匙，收起來。這算是默許。

「小心點，哈爾丹。我的防禦力越來越薄弱了。」

他走向門口。

「哈爾丹。」她說。

他停步。

「高特拉。你又戴起來了。」

他嘟噥一聲。

「很適合你。」

第二十四章

加文在風暴過後作夢，但心裡清楚那不是夢，而是回憶。有一瞬間，他心生抗拒。不，不要是這個。歐霍蘭慈悲爲懷，不要——

那是他初任稜鏡法王時的第一個太陽節。身處現在算是他住所的塔裡最頂層。當時剛過正午，黎明和正午儀式都已結束，現在他只要殺掉四百個馭光法師就好。

有人敲門，母親走了進來。加文只有時間回家吃點東西、洗個澡。他的臥房奴隸夏拉——和他母親差不多年紀的女人，母親派她來取代加文之前的臥房奴隸，顯然是想要讓次子保持獨身——把他的胸毛刮乾淨，兩個盧克主教——達倫．烏塔克西斯和卡蜜莉雅絲．瑪拉荷斯——在他身上塗滿聖油和樹脂。讓兩個遭自己背叛之人的妹妹伸手觸摸裸露的身體，並不是他想要再度感受的經歷，但他們要他全身上油，而當有得選擇時，你會讓誰在你的陽具和睪丸上抹油——老頭，還是雖然有理由痛恨你但被蒙在鼓裡的老女人？

稜鏡法王不是自己的主人；稜鏡法王屬於所有總督轄地，還有歐霍蘭，也屬於他的家族、屬於和平；等那些傢伙吃乾抹盡之後，他或許可以撿點碎屑來享受一下。

他的銅色頭髮綁在腦後，盧克主教在他額頭上戴了頂皇冠，上面有顆知更鳥蛋大小的鑽石。他身穿儀式用紅絲上衣、正面敞開的金布，衣袖短到好像退化一樣。他的褲子是紅絲的，緊到讓他覺得動作快一點就會被扯爛。但他是歐霍蘭在凡間的手；這個身分要求他外表得看起來強大、精力充沛，甚至性感。畢竟，歐霍蘭是創造的力量，生殖力量強大的存在。創造力與繁殖力重疊的程度有多少端看是哪個盧克主教在什麼情況下布道。創造物應該要反映出創造者的形象，他們爭論。上面如此，下面也是如此。

似乎沒人在意由稜鏡法王引導的崇拜行爲，總是會演變成對稜鏡法王本人的崇拜。至少掌權者不會放在心上。根據加文對於神學的理解，那應該是個問題，但他是個冒牌貨，大聲抗議這種事情很可能會洩露身分。別人怎麼說，他就怎麼做。

菲莉雅・蓋爾遣走夏拉和一個雖年輕但已開始嶄露頭角的黑衛士鐵拳。他們出去後，她低聲說：「我兒，只要能度過今天，你就可以擔任一千年稜鏡法王。你一整天表現得都很好，比你……年輕時表現得還好。」她的意思是，表現得比眞的加文還好。

「死在我手上的人數早就超過四百。這不是問題。」作夢的加文突然與回憶中的男孩分開。他是眞的那樣想嗎？還是只是說給母親聽？當年他非常不想讓她失望。她幫了很多，而他知道她冒了很大的險保住自己的性命。「這些人甚至不會還手。」他斜嘴笑道。

菲莉雅沒有笑。「脫掉你的上衣，我要幫你抹油。」

「我已經抹好了。」

「不是用這個。」她拿出一個小瓶子，裡面裝著一種黃橘色的軟膏或油。她開始小心翼翼地在他皮膚上抹油，只抹在衣服不會蓋到的地方，這種軟膏似乎很珍貴。

「那是什麼？」他問。

她沒有回答問題，只是說：「加文，我知道截至目前爲止，你都沒有認眞看待至高盧克教士的職責，但是今晚……領導七總督轄地、平衡全世界；那些都是必要但又虛無縹緲的職責。今晚是你賴以建立所有權力的血腥基柱。只有你與宣誓者待在個別房間裡並不代表什麼。當稜鏡法王不看重自己的職責、享受那種職責，或是爲了承擔職責而灌醉自己——這種事情總是會傳出去的。那些稜鏡法王從來沒有撐過他們的第一個七年任期，其中不少連七年都撐不到。太陽節是一整群人死亡的日子，很多貴族都會關注此事。這是我們的共同崇拜所經歷的強烈最終私人信仰體驗。」

「我並不打算看輕我的職責，母親。我只是想要消弭緊張的氣氛。」

她不理會他。「你只能在一個人身上花兩分鐘。我們希望每個人都能與你獨處五分鐘，但是戰爭中耗盡魔力的馭光法師人數多到讓我們沒有辦法這麼做。」

「可以早點開始。」

「教廷高層議會和光譜議會認爲延長這次解放儀式，只會讓世人把焦點放在戰爭及其帶來的傷害上。他們希望大家盡快拋開此事。所有馭光法師都了解這一點。大多已經向其他教士懺悔過了。但有些人擔心盧克教士會利用他們懺悔的事情去對付他們家族——」

「我們嚴格禁止那種事！」

他眞的那麼年輕？那麼天眞？

「嚴格禁止。但還是會發生。我們會盡可能私下解決這類事，但太多盧克教士來自貴族家族，往往難以抗拒這種誘惑，會忍不住透露某些奇珍祕聞。就像我說的，有些懺悔者會把最嚴重的罪行留給稜鏡法王。你會發現自己聽到很多黑暗的祕密。以你強大的記憶，那些都會成爲很有力的工具。此事本該如此。但不要把祕密透露給任何人。別告訴你父親，別告訴我。但他會逼你這麼做。稜鏡法王把這些祕密透露給自己強大的家族，對你的權威造成的影響會遠遠超過盧克教士洩露祕密一千倍。」

「當然，」加文說。他突然了解了一件事——現在他以爲當年那個年輕的自己不會了解的事情。

「有些人寧死也不肯懺悔罪行，因爲他們不想讓稜鏡法王知情，是嗎？」他當年只是年輕，並不笨。

「毫無疑問。斯普雷丁・歐克稜鏡法王是廢物，但他前任的伊蓮・瑪拉苟斯稜鏡法王卻懂得赦免這種罪。她會在聽完敵對馭光法師懺悔後，詢問對方有沒有任何沒說出口的罪行想和她一起祈求歐霍蘭赦免。那並非正統做法，你了解，因爲把罪行說出口就等於是讓罪行暴露在光明下，而這在神學上乃是必要之事，但也是非常慈悲的做法。這種事會傳出去，你知道。人們都很愛戴她。」

「聽起來是個好主意。」

「瑪拉苟斯稜鏡法王撐過兩次七年任期，但或許只是因爲光譜議會一直沒有理由懼怕她。她從未圖利過自己家族，也沒有追求任何目標。她有名無實，毫無建樹。你要仔細想想那是不是你想面對的命運。」

他轉頭看著這個一直以來都很盡心教養他的溫柔女子。如此剛強。究竟剛強是她的天性，只是一直隱藏得好，或只是單純顯示她願意不擇手段保護自己最後一個兒子？「我已經給了七總督轄地充分的理由懼怕我，母親。付出一點關愛也無傷大雅。」

她低頭鞠躬。「如你所願，聖父。」身爲橘法王，菲莉雅・蓋爾非常清楚何時該用玩笑的態度襯托這個宗教頭銜。

這一次，她沒有這麼做。她給他身爲一個年輕人依然會想從母親那裡獲得的尊重。成千上萬旁人加起來的敬意都不能與之相提並論，只有母親能賦予的尊重。

他肯定沒有從父親那裡得到任何尊重。

她蓋上瓶子。「其他抹在你身上的油會讓我抹的油撐到天亮。那是由不完美黃盧克辛粉末與超紫盧克辛混合而成的。你可以用一點超紫盧克辛讓全身發光，就算在漆黑的房間裡也行。看起來會很壯觀。省著點用，不要太接近火把，不然會瓦解。黃法師要做出這種東西非常困難，基本上是不傳之祕。

喜歡的話，你衣服上所有金色部位都可以發光。這是馭光法師一生中最後也最神聖的時刻。盡量特別一點，加文。」

沒有壓力。「小道具加小把戲？」

他母親深吸口氣。「我依稀記得達山在血脊之役後曾給一名指揮官頒發全軍最高榮譽，因為他使用了敵人只要多用腦子思考兩下心跳的時間就絕不會上當的幻象騙敵人改道。」

她等候片刻。但他拒絕承認她說得對。

「然而在某些情況下，兩下心跳的時間就代表了永恆。」她引述他自己的話。「我建議你在匕首插下去的同時開始發光，隨著馭光法師死去時越變越亮，給予一個永恆獎勵的象徵。但是……你才是稜鏡法王，聖父。」

她有時候也可以憤世嫉俗至極，親愛的母親。

「我是冒牌貨。」他低聲說。

她甩了他一巴掌，怒氣突破那張冰冷到他完全沒有察覺的面具。

接著，轉眼間，怒氣再次消失。她在他臉頰上被甩巴掌的地方塗乳液。她的聲音很輕，但每一個字都經過仔細考量，利如刀刃：「我們全是冒牌貨。全都是冒牌貨，而我們都竭盡所能撐住一座幻象之塔、不該存在的希望。不要讓我們失望，我親愛的兒子。」

夢境向前快轉，跳過漫長的路程，穿越其他盧克主教的歡呼、讚頌及禱告，祝福他和他的工作。有精挑細選的食物和稀有美酒供人享用。某些時候，會有一整團朝聖者趕來小傑斯伯，向某個表現傑出的馭光法師道別——在今年就是指在戰場上表現傑出。

儘管那是場宴會，黑衛士還是在人群裡巡邏，注意著所有即將淪爲狂法師的馭光法師。每隔幾年就會發生意外，而在慘烈戰爭結束的此刻，謹慎一點總是上策。

有人帶加文到一個房間，在他手裡塞了一支細長匕首。沉重的大門關閉，隔絕了大部分吵雜的人聲。他會輪流在不同房間中移動。那些房間環繞稜鏡法王塔底層。每間房都很小，只有簡樸的裝飾，擺著一壺紅酒，還爲害怕的人準備一小壺罌粟汁，外加一個跪墊。有些馭光法師喜歡用禱告度過那一夜。其他人放鬆心情，在大房間或室外與家人朋友聊天，直到盧克教士傳喚自己。身爲歐霍蘭最寵愛之人，所有女性馭光法師都會優先輪到。

第一個是年約四十五歲、面容憔悴的馭光法師。她耐心地跪在房間前面的跪墊上。她背對盧克教士將會處理自己屍體的小門，在加文進門時面對他。

「妳好，我的女兒，願所有光明的祝福照耀妳。」加文說。

女人沒有回應，只是瞪著加文。

加文上前，在跪著的女人面前坐下。「我來赦免妳。」

沒有回應。通常遇到特殊情況，外面的盧克教士會先告知他——啞巴，或可能有暴力傾向的馭光法師之類的。盧克教士除了這個馭光法師的名字外，什麼都沒說。

「妳有罪要告解嗎，薇兒·帕沙姆？」加文有點尷尬地問。

「這個儀式，」女人說。「是錯的。這並非歐霍蘭的旨意。這是曲解神諭。我強烈認爲這只是爲了讓在位者掌握權勢而讓其他人付出代價。」

「害怕是正常的。」加文說。

「我不怕死。我擔心你的靈魂，高貴的稜鏡法王。願歐霍蘭原諒你，因爲你今晚的所作所爲乃是謀殺。」她拉開上衣的領口，讓加文可以瞄準心臟。「現在結束我的性命，稜鏡法王閣下，有一天，願你能結束一切，或被人結束。歐霍蘭處事公道，你該心存畏懼。」

加文站起身來，舔濕嘴唇。太乾了。他眨眼，頭暈目眩地走上前。「祝福妳，我的女兒。」他直視女人的雙眼，一刀刺入她的心臟。凝視那雙不帶怒氣的眼睛，直到生命之光消逝。然後他拉拉連接在跪墊上的鈴繩。兩名盧克教士進來，在跪倒的屍體倒地前接住。側門開啓。

「時間算得剛好，高貴的稜鏡法王閣下。下個房間結束後，我們準備了水和無花果。下一位是戴莉拉・泰，次紅法師。」

然後他就到下一間房。

跪在跪墊上的女人肯定不超過二十五歲。她在哭。

「我的女兒，願光明的祝福照耀妳。」

她停止哭泣。

加文就坐。「我來赦免妳，女兒，讓妳可以潔淨完美、豪不羞愧地行走於光明之中。」

「我有個女兒，高貴的稜鏡法王閣下。她今年三歲。請告訴我留下她不是錯誤決定。但我沒辦法繼續控制次紅太久。我知道。我——我不該在戰爭期間汲取那麼多次紅。我該更聰明一點。」

「妳女兒叫什麼名字？」

「伊塞兒。」

「我會照顧伊塞兒，戴莉拉・泰。我會親自確保這一點。」

「我們沒有其他家人，開戰後就沒有了。我在孤兒院隔壁長大。有些盧克教士心地善良，但……告訴我她不會淪落到孤兒院去，高貴的閣下，求求你。我沒資格要求你什麼，但——」

「我會照顧她。我保證。」

鈴聲響起，提醒加文這一個拖太久了。

她緊張吞嚥口水。「我還有事情要說。很抱歉，我知道還有其他人在等。」

「我在這裡。與妳同在。想說什麼就告訴我。」加文說。

「那是我的主意。加利斯頓。我丈夫是紅法師。他和我以前常玩一個把戲，他朝空中噴灑紅盧克辛，我點燃它。我們示範給指揮官看，他把那個點子當成自己的……但那是我的點子。波洛斯叫我不要告訴任何人，一定會被拿去做壞事，但我還是說了。那麼多人。整座城市都在燃燒。他們說光是在那座城裡就死了八萬人。」

她虛脫了，說不出話。*那不是妳的錯*，加文很想說。*是我的錯。我哥哥的錯。我們下令幹這種事。我們知道。我們知道，但卻把後果交給妳們這些人去承擔。*

鈴聲再度響起，響得更急。

加文心中一怒，釋放藍盧克辛扯掉牆上的鈴鐺。

他跪在戴莉拉面前，牽起她的手。「光之王、歐霍蘭、神，請看顧祢謙遜的僕人。祈求祢找出我們，了解我們。祈求祢的治療之光淨化我們犯下和忽視的罪孽。在戰火中，我們做過令人髮指的壞事。盧克教士或許會說這些罪孽的壓力都由指揮官承擔，但歐霍蘭，天父呀，我們的靈魂會承擔那股壓力。我們懺悔憤怒和魯莽，未達成的使命。原諒祢的女兒，歐霍蘭，帶走她的罪孽和羞愧，讓她永遠走在祢身旁。」

加文邊說邊發光，超紫、意志，加上黃盧克辛啓動了油膏中的破碎水晶，製造出綻放著歐霍蘭之光的假象。戴莉拉抬起頭來，瞪大淚濕的雙眼，敬畏地看他，但充滿寧靜。他對她微笑，直到她回應他的笑容。他刺入她的心臟。

他自己的心臟則冷如冰霜。

不過他信守承諾。加文的母親幫忙找到一個家庭撫養那孩子。伊塞兒現在是黑衛士。

喬維斯盧克主教打開門。「稜鏡法王閣下。進度落後了。我們得延後你的休息時間——」

「不。」

「很好。下一名懺悔者在等你。她名叫——」

「不！」

他一抬高音量，黑衛士的安納瑪指揮官立刻神色不善地出現在門口，目光犀利地瞪著加文。加文要他為此付出代價。

「時間不夠。」加文說。

「沒得選擇。儀式得在黎明前結束。我們討論過——」

加文大怒，路過走廊，朝向外面的宴會廳走去。安納瑪指揮官站在他面前，擋住門口。

「如果你還想保住膝蓋，」加文說。「就給我跪下，然後讓開。」

指揮官看向喬維斯盧克主教，然後讓路。但他沒有下跪。

加文繞過他，一步跨兩個台階走上講台。他朝午後的空氣中噴出兩道火焰，吸引所有人注意。

他記不清楚自己說了什麼。演講已經變成習慣。大概就是當年是很重要的一年，也是令人心碎的一年。對這些馭光法師的思念之情將令歐霍蘭的天堂更加豐富。特殊狀況需要特殊行動。虛假的人性和錯誤的想法之類的東西。

「我——各位的稜鏡法王——珍惜所有懺悔者面對歐霍蘭的時間。這是我所知道最神聖的時光，我知道，為了我自己，我要求歐霍蘭不要當太嚴厲的主人。而歐霍蘭慈悲為懷！祂特別多給了我一些時間！我會接見所有懺悔者，赦免他們、解放他們，沒有時間限制，就算要整整三天也行！這裡的宴會會持續進行，花費將會由我個人支付，讓我們以適當的方式向我們的馭光法師致敬！」

在場馭光法師高聲歡呼。兩分鐘，赦免罪？在你把命送給七總督轄地之後？沒人喜歡這個決定。就連堅持要這麼做的盧克教士也一樣。宣稱他是爲了自己和他的軟弱而特別延長懺悔時間給人一種謙遜的感覺。大家都知道，或會在接下來兩天裡了解，延長每個馭光法師的懺悔時間將會加倍他的負擔，甚至不只加倍。

但如果一定要當騙子，那就該把戲做足。

他跳下講台，往裡面走，路過目瞪口呆的管理員、奴隸監督和盧克教士，因爲他們的工作也加倍了，這是後勤惡夢，爲了讓加文面子上好看，他們得加長工時。「照辦。」加文說。「我不在乎怎麼做。做就是了。」

回到塔內，他路過安納瑪指揮官，走向下一間房。他在門口停步，回頭看向眉頭深鎖的黑衛士。「喔，指揮官，我差點忘了。」加文走出去時在指揮官的腳上釋放了看不見的超紫盧克辛網，這時他沿著隱形網釋放綠盧克辛。綠盧克辛在指揮官有機會反應前裹住他的膝蓋。加文捏緊拳頭，綠盧克辛壓碎了指揮官的膝蓋。

指揮官摔倒在地，十分硬氣地沒有慘叫。

親愛的歐霍蘭呀，這是倉促決定的行動，但成功了。現在他得謹慎考慮指揮官有哪些朋友，這麼做會冒犯哪些人，他們會不會報仇——但是報仇的機會很快就會過去。加文憑強大的個人魅力就能逃過很多制裁。

「這邊忙完後叫你的替補人員來向我報到。」他說。

但夢境沒有就此結束。

他走進小房間，赦免阿塔西綠法師普拉楊・納瓦耶德的罪，她坦承欺瞞雇主、怠忽職守、經常不服從號令，還下不必要的重手毆打其他奴隸。

然後是賈蕾・羅德瑞斯。她是個紅法師。淫欲、驕傲、憤怒。

塔莉雅・藍。憤怒、嫉妒、破壞姊姊的婚姻。

柯黛・克魯山。藍綠法師。驕傲。仇視大部分家人，仇視她的雇主，甚至仇視歐霍蘭。

艾特芬妮雅・卡梅。紅法師。自怨自艾和仇恨。

奈莉・帕泰。綠法師。即將變成狂法師，連話都說不出來。

貝莉特・伯倫斯。藍法師。驕傲。

比莉特・伯倫斯。她的雙胞胎妹妹。藍法師。驕傲。儘管只多了幾分鐘，但就連自己撐得比雙胞胎姊姊久也能驕傲。加文沒有指出既然貝莉特比她早生幾分鐘，早走幾分鐘也只是剛好。

阿朗德拉・帕泰。超紫法師。即將變成狂法師，得有人把她壓在地上。

愛達・可汗。嫉妒。恐懼。她淚流滿面。不管加文如何鼓勵都沒辦法鼓起勇氣。盧克教士必須把她壓住。

瑪娜絲。紅法師。已經告解過。

阿梅芮特。藍法師。已經告解過。

佩拉吉雅・弗羅倫斯。異端。宣告放棄原先的信仰，但私底下仍祕密崇拜。

裁縫師伊珊。欺騙顧客，自稱用魔法做衣服，但很少用。

妮加・洛伊。監視對她很好的雇主。

寧奇蓋兒・戴。綠法師。已告解過。

伊絲卡・休斯。綠黃法師。少數安加馭光法師之一。嫉妒。驕傲。不信神。

然後是短暫的晚餐休息。更多禱告。加文甚至沒聽到那些禱告。沒有嚐到嘴裡食物的味道。他回去繼續工作。

哈格妮絲。綠法師。在宴會中喝得醉醺醺，語無倫次到無法告解。加文努力在祈禱中把基本上該告解的東西都說了，然後殺死她。

菲戴莉雅・朵爾。超紫法師。自稱沒有任何原罪。不過講了很多與人絕交的故事。不管加文如何誘導，她都看不出來自己是所有原罪的慣犯。

莉莉特・歐華利亞。紅橘黃法師。曾祕密嘗試變成狂法師，但承認自己想不出來該怎麼做。

麥莉塔・阿里。紅法師。慘遭俘擄的戰士，舌頭被一群達山手下的藍眼惡魔拔掉。她是文盲，所以加文得用手語和是非題來赦免她。她似乎鬆了口氣。她之前造訪的盧克教士都沒想到可以這麼做，也沒時間管她的告解。渾蛋。

石匠吉拉。次紅法師。沉默寡言的女人，趁加文鬆懈時攻擊他。

請讓我醒來。

愛琵妲・包爾。黃法師。坦承她愛自己的子女更勝歐霍蘭。她是認眞的。她眞的認爲這是罪惡。她必須鼓勵加文殺了自己。

奴姬慕・羅斯。藍法師。一言不發。眼中充滿仇恨，從頭到尾瞪著加文。他以爲她會動手，但她沒有。

珊娜娜・珊娜慕斯。紅法師。驕傲地把和他在一起的每一分每一秒都用來複述她的罪。有殘暴、難以置信的事情，關於動物、折磨、食人、難以計數的謀殺、瀆神，與她所誘惑的盧克教士褻瀆聖壇、所有會導致混亂和恐懼之事。「而現在，」她說，「既然我在死前獲得赦免，我就可以與歐霍蘭一起住在天堂裡。」她哈哈大笑。

塔赫莉絲。黃法師。差點殺了常態性家暴的丈夫。在珊娜娜之後聽到這種事情讓他鬆了一大口氣。

凱莉亞卡・凱拉爾斯。出身權貴的藍法師。加入達山叛軍，戰敗後用自己所有僕役賄賂奴隸商人，只求他們肯饒她一命。之後她就一直努力贖回僕役，可惜時間不夠。

洛伊達。紅法師。戰時在阿塔西一座村落裡參加過一次小型屠殺。但是她對在加利斯頓釋放紅盧克辛的事卻一點也不覺得有罪惡感。

蘇兒。次紅法師。她承認了上千件小壞事，而她了解到那是因爲她一輩子都在仇恨中度過。她痛恨又嫉妒很多很多事情，儘管從未採取過度暴力或破壞的手段，她還是把歲月和天賦都浪費在那上面。她認爲自己辜負最多的就是歐霍蘭，因爲她浪費了祂賜予的禮物——生命。

莎瑞特・比比安納。次紅法師。嘗試變成狂法師，遭強效藥物鎮靜而無法告解。

莎拉・史密斯。紅法師。受到酒精和罌粟的影響。無法告解。

塔絲蜜茶芙。橘法師。她坦承自己愛說謊。一生都在欺騙和玩弄他人。很久以前，她曾向盧克教士告解自己外遇的事情，而至今仍耿耿於懷。

愛德娜。藍法師。她說因爲罪大惡極，她不能說出自己的罪。就連對稜鏡法王也不能說。不管怎麼勸都無法動搖。

伊莉・帕泰。黃法師。攻擊加文。沒有讓人發現她已經發狂了。

蘭塔。紅法師。狂法師。加文進房時發現她被綁在跪墊上。不能說話。

梅格海達。藍法師。狂法師。綁著。能說話，但是聽不懂。

譚瑪尤特。超紫法師。戰時受傷太重，無法說話，渾身都是燒傷和潰瘍，但對加文微笑，意識清楚，拒絕罌粟汁，準備獲得解放。結束後加文僵了整整一分鐘，沒辦法進入下一個房間。

帕雯。紅法師。賊。

譚瑪莎特。藍法師。又是罪孽多到說不完的人，但故事古怪到加文覺得她在說謊，腦袋壞掉了。

杜兒希娜．哈維德。年輕次紅法師，出生在阿塔西的魯斯加貴族。她和一位年輕貴族女士伊蓮．瑪拉苟斯外遇。值得記下的情報，今晚加文第一次為了自私的目的利用職權。

塔曼特．泰勒。藍法師。只說了：「嫉妒、淫欲、仇恨、貪婪、懶惰。你今晚還有很多事要做，所以我們有效率一點，如何？」

塔希拉特。藍法師。加文發現他們在他身上塗油的真正理由，當某人的血濺在你身上時，這樣比較容易清理。只要在房間之間的洗手台上擦一擦，然後換套盧克教士準備好的儀式法袍，就可以好像什麼事都沒發生過般進入下一間房。

婷辛．可汗……

他永遠忘不了婷辛．可汗。他甚至在事後去調查她的背景。婷辛．可汗，綠法師，來自血林的漂浮城市，在總督的管家手下做事。完全不記得她說了什麼。當盧克教士清洗他臉上的血跡、換上新衣服，好像沒有什麼不尋常的事情發生時，他心裡的某樣東西斷掉了。他短暫記憶喪失，而他對自己的記性十分自豪。

儘管現在只要他想，就能回想起他們的法色、故事、罪孽和態度，他還是能以不同目光看到每一個馭光法師；他壓下那些回憶，趕跑它們。它們變成了一個個名字，還有要赦免的罪。

伊莉・亞力山德。說長論短。

洛伊達・摩斯。下毒。

婷辛。叛變。

塔莉雅。嫉妒。

貝兒・史派洛。勾引男人。

莉莉・索拉安斯。狂法師。

珊妮雅・戴拉安。狂法師。

佩拉吉雅・布利斯。間諜。

梅格海達・塔勒。仇恨。

塔赫莉絲・可汗。貪婪。

愛德娜・伍德。懶惰。

塔絲蜜茶芙。淫欲。一個到死都是處女的女人，有可能一輩子最大的罪孽就是淫欲嗎？有可能，加文發現。

但他很快又壓下自己的想法。賈蕾・史密斯。煽動謀殺。

奈莉・梅莉・瓦特斯。淫欲。

蘭塔。仇恨。

但接著就連那些罪孽也變得沒有區別。「丈夫從不瞭解我。」「如果我和鄰居一樣擁有那麼多。」

「那樣不公平……」加文可以裝得全神貫注、感同身受，說出同樣言語，用同樣詞彙做同樣的禱告。他可以裝出非常誠懇的語調，但聽來就像來自一條地道一樣。儘管記性絕佳，懺悔者還是變成了一個名字和一個細節。彷彿除非是很特別的罪，不然根本不值得記下。

提特莉特。胖女人。

他突然覺得自己好糟糕。胖女人？不，她是……藍法師。虔誠又熱心的女人。可怕又堅決。顫抖的聲音導致她的肥下巴抖動，道出非常……非常無聊的罪孽。

阿莉．阿里巴。試圖色誘他，找機會逃跑。她的美色一點也不吸引他。

黛安絲．諾爾。完美無瑕的金髮。

提塔雅．卡克斯。全身長滿奇怪的疣。事後他洗了兩次手。

希碧．阿里。自稱有過上百次戀情。和罪孽一樣醜陋。

梅莉特．梅拉恩。大手。很大、很大的手。

阿佳塔．梅森。乳房大成那樣要怎麼做事？

莉拉．崔。臉超臭。

奴莉特．亥克斯。臉上有胎記。

碧烏拉．藍。沒有眉毛。

莉芙娜．史密斯。牙齒超大。

娜蜜。不停在清喉嚨。歐霍蘭的睪丸呀，可不可以不要再清喉嚨了？

歐拉．歐瑞斯特斯。看起來很好。灰髮。像老祖母。

潘妮娜．杜拉恩斯。懦夫。

敏努。酒鬼。

厄希莉雅。狂法師。

吉兒柏塔・岡薩拉。比他見過的任何士兵或水手更愛罵髒話。

內娃。瘦到肯定有厭食症。

珊妮雅。醜。

莎拉・赫胥。逃兵。

比莉・歐克。矮矮胖胖。

柯黛・阿里。相貌美艷，但是面無表情。由於戰時遭俘期間受到敵人虐待，她身上隨時散發一股糞便般的味道。

提塔雅・布朗。農夫。

愛琵妲。剛做過愛。

黛安絲……什麼的。愛哭鬼。

哈格妮絲。愛哭鬼。

希碧・布朗。健談。

波達姬。怪名字。

帕雯・奈沙尼。加文在匕首插到肋骨時扭傷了手腕。

愛達・吉爾。中刀時發出很好笑的「咿」聲。

莉芙娜・伊羅。死時尿了很多。可惡，他們該要在帶人進來前先帶去廁所，避免發生這種情形。

娜蜜・帕泰。吐血。

歐拉・瓊恩。攻擊他，身手很爛。

伊絲卡。沒完沒了。

阿梅芮特・阿里。美得不像話。嘗試色誘他。加文眞的考慮接受誘惑，直到他發現她只是害怕，爲了多活幾分鐘什麼都願意。就算生命中做的最後一件事是出軌，而非純潔地去見歐霍蘭也無所謂。

衣珊。普普通通的馭光法師，普普通通的長相，普普通通的罪孽。

厄希莉雅。驕傲死去。

伊薇・黑。好名字？

杜希娜・杜爾希娜。他不想回憶杜希娜，但忘不了她。輪到她的時候，他已經殺人殺了九個小時。房內的馭光法師神態輕鬆地靠著跪墊而立。她大概只有十六歲。黑髮美女，斑暈中充滿紅、橘、黃和綠斑。她對著他笑，天眞無邪，沒有誘惑，沒有恐懼，只是很高興見到他。心情激動。

「妳好，女兒。願光明永遠照耀著妳。杜希娜，妳想要——」

「噓，」她說著伸出一根手指抵著嘴唇。「我已經告解過了。」

「那妳要和我一起禱告或吟唱嗎？」

她搖頭。「我高貴的稜鏡法王閣下，你一整天都在爲歐霍蘭辛勞，還將徹夜工作，明天也是。讓我送你一份禮物。我唯一的禮物。我這五分鐘。你可以說話。我們已經可以什麼都不說。如果你只想獨處，也可以先解放我，如果你要我陪伴，也可等到最後一刻。如你所願。」

他不懂她的意圖。她一定有圖謀，有目的。這五分鐘就是她僅有的東西了。她生命中最後五分鐘，但對她而言，不過就是沙漏中的一粒沙。

沒有圖謀。她的眼中沒有欺瞞。他凝望了她十秒鐘，三十秒。然後他莫名其妙大發雷霆。

他崩潰了。

他哭了。

她扶著他。他們一起哭泣。

五分鐘後，天殺的鈴鐺響了。他站起身來。他哀求她原諒。他親吻她的唇。然後殺了她。

他對歐霍蘭的信仰隨著她一併死去。信仰撐過了戰爭、遺棄、屠殺、欺瞞，但卻撐不過一年中最神聖的一晚。

還有三百二十七個人要殺。

三十小時後，加文在黎明前殺死最後一個男人。接著他回到房裡，從他將地獄帶來人間之後，這是他第一次汲色做出黑盧克辛。

第二十五章

基普搭乘升降梯下樓，想前往黑衛士訓練場，但當他抵達一樓時，卻擠不出去。一來因爲四周都是人，二來因爲他剛剛氣勢蓋過爺爺，正在發抖。

他在返回克朗梅利亞這幾週的旅途中想得很清楚，基普和加文雙雙落海，紅法王絕不會自己承擔責任，也不會讓他最寵愛的奴隸葛林伍迪來擔——表示不管他的說詞是什麼，都會怪到基普頭上。

基於他知道得預備自己要針對莫須有罪名的回應，基普盡可能通盤考量，想辦法與這個可能指控他謀殺及背叛的人言歸於好。下船後，他問遇上的第一個人加文出了什麼事。

無論如何，參加那場會議都很可能是遭囚或處決的前奏。基普依然不確定爲什麼自己沒被抓。他本來最大的籌碼就是安德洛斯是個狂法師。但他不是。再也不是。

安德洛斯還是戴著兜帽，還是戴著黑眼鏡，但基普一看到他就知道了。他聲音不一樣，而且沒戴手套。

基普的王牌突然消失了。他本來計畫要揭穿這一點。就算沒人信，也能在被人拖到監牢前扯下安德洛斯．蓋爾的兜帽，讓大家看看他的眞面目。

在會議室裡，基普沒有時間考慮此事代表的意義：一個人變成了狂法師，然後又變回來？不可能。

基普只是開口說話而已，信口開河編織謊言，這事實在太過離奇，讓他在整個光譜議會成員前發言時完全忘記緊張。

而他過關了。竟然過關了。

安德洛斯・蓋爾嘴角浮現一絲笑意。驚訝，然後愉快。彷彿很享受能與旗鼓相當的對手交手。或許那就是他放基普一馬的原因，爲了日後還能繼續交手。

基普突然覺得很不舒服。他還活著是因爲安德洛斯・蓋爾大發慈悲？不，不是這樣。他還活著是因爲安德洛斯追求娛樂。就是這個。這個理由比較符合那個老傢伙的作風。這樣合理。

但現在，突然間，他覺得自己無法面對理應最想見的黑衛士同儕，而且還說不出原因。他搭乘升降梯往下，繼續往下。他在稜鏡法王私人練習室那層離開升降梯。基普很久以前就弄丟了鐵拳指揮官給的鑰匙，但那扇門旁有超紫控制面板。基普之前沒注意到過——面板全黑，而且只有幾個拇指寬。他沒管它們，沒發現它們的用途，但他發現它們與稜鏡法王臥房裡的控制面板是用同樣材質做的。

基普凝聚了一些超紫盧克辛，釋放到面板裡去。啊，裡面有另一道鎖，這表示這扇門也可以針對超紫法師上鎖，但此刻沒有鎖。基普灌注超紫盧克辛，正常鎖啪地一聲開啓。他走進去。

寂靜令他欣慰。他拿長布條用鐵拳教的方式纏住手掌。老寡婦柯琳有拿衣服給他穿，雖然這套衣服不適合運動，但基普知道自己很快就會換上黑衛士制服和克朗梅利亞的學生服，所以開始對著重沙包練習。

他一開始動作很慢。鐵拳說先暖身七到十分鐘，讓拳頭和關節習慣撞擊。基普一拳打歪，扭到手腕。他嘟噥一聲。纏布纏錯了。但他沒有解開來重纏，而是沿著手腕施展綠盧克辛加以固定。然後乾脆做了一整個拳套出來。他在另外一手上也做了一個。

這樣好多了。輕打沙包七分鐘，拳頭暖了，也習慣疼痛了，不用亂想、亂想、亂想，讓他覺得輕鬆。

他走到伸展袋前——比較小的目標，擊中後會彈回來，加強反射能力用的。習慣伸展袋的速度後，他看向袋子後方，可以根據眼角看見的景像反應。接著他跑去練單槓，發現自己可以拉三下。三下！一來這個數字感覺像是不可能的成就，二來讓他覺得很可悲。三下。然後又回去練沙包。

他意外啓動了沙包上的魔光。沙包某些部分會發光，讓他知道下一個目標在哪裡——右臂、肚子、左下頷。每打一拳，沙包都會依他的力道綻放彩光。輕拳會引發藍光，基普最重的腿擊可以踢出橘色。

他想讓沙包發出紅光，但沒多久就開始氣喘吁吁。

他垂下綠手套撐著膝蓋。他已經使出吃奶的力量攻擊那個可惡的沙包了。

不，他只是使盡了肌肉的力量。透過魔法，應該可以打出更重的力道。

但他不想在室內發射末日彈力綠球。他可以用意志強化肌肉發射魔法球，那爲什麼不能單純強化肌肉？

他記得加利斯頓的狂法師，在屋頂上青蛙跳，趁著跳起時往下發射盧克辛，利用後座力增加距離。加文的飛掠艇和海戰車都是利用相同原理。但那兩種做法都是與外在環境互動。沒人說一定要這樣，對不對？

基普做了個小腿護套，然後踢掉鞋子。下一步會痛。每次都會痛。他開始踢沙包熱身。他學過如何在腿上施力十幾次，但直到今天才終於融入他的肢體。或許變瘦有差。他揮動雙臂，做出防守左側的姿勢，伸展身體，轉動左腳趾向後方，臀部伸展，然後收回雙臂，扭轉的動作在他踢出右腳擊中沙包時提供力量。沙包重兩色文。不賴。他又踢一腳，從左側踢，不太成功。

熱身夠了。他在體內凝聚綠盧克辛，然後引導一些盧克辛貫穿右腳跟後的皮膚。他皺眉，擴大傷口。

來試試看吧。他站在原地，右腳在後，扭動，使勁，右腳離地而起時，他噴出綠盧克辛。重量突然從他的身體轉移到空中，但這一次不是衝向自己身體，而是增加出腳的力道，基普的右腳以極高速度向前竄出。他踢中沙包的力量重到左腳喪失摩擦力，整個人往側面摔倒。

門口傳來笑聲。

基普立刻起身，一臉窘迫。門口有半打黑衛士訓練班的同學，爲首的是關鍵者，臉上掛著大大的笑容。如果沒看錯的話，這些年輕的新進人員都在與基普分開的幾週之內改變了很多。關鍵者變得更壯，高瘦的體型增添了更多肌肉。不過他的眼神彷彿成長了五歲，不曉得是因爲愛人露希雅去世，還是因爲參與盧城之戰。和藹可親的大里歐鐵條般的手臂看起來比之前更粗。噁心高斯沒在挖鼻孔，不過在用大拇指搔鼻子。小戴羅斯體型沒有變大，不過有點結實，不光給人瘦小的感覺。班哈達還是戴著下翻鏡片的眼鏡，但重新設計過。這副眼鏡看起來不再像是用線和膠水固定的拼湊道具；看起來像是大師工藝，完美襯托出他眼中難掩的智慧之光。只有弗庫帝看起來還是之前那個大鼻子笨蛋。事實上，這點讓他深感欣慰。

「幸好粉碎者的打鬥技巧強過……呃，踢腿的技巧。」弗庫帝說。「但是踢腿也是打鬥的一部分，是不是？啊，眞是腫了個大包。」

眾學生哈哈大笑。

「閉嘴，你們這些囊克。」關鍵者語氣溫和地說。他一副天生就是黑衛士訓練班班長的模樣。他朝基普鞠躬。「屠神者。」他語氣平淡，聽不出來是不是在逗基普。不過據基普對關鍵者的了解，他這麼說是讓想要逗他的人可以逗他，但本身是認眞的。

眞他媽……基普以爲那個綽號已經隨著他差點死在船上而一起消失了。「關鍵者。你——你們在這裡做什麼?」

「你是說在稜鏡法王的練習室?他們為了開戰招收太多新進學生，訓練場都擠不下了，我們有半數時間都被趕到儲藏室之類的地方進行訓練。訓練場滿了之後，提雅想辦法幫我們弄到在這裡的練習許可。那之前我本來想要把她踢出我們小隊的。她能力不足，但是當她幫我們弄到這地方後——」

「嘿。」提雅說。她不知怎麼從弗庫帝身上拔出一把藍盧克辛匕首，笑嘻嘻地抵住關鍵者的臂。

關鍵者微笑。「都沒人在聽從命令了。」

「我還以為你——我以為你們認定我是叛徒。」基普說。就是這個，這就是之前不想去找他們的原因。這些是他這輩子唯一讓他覺得有歸屬感的人，而他以為他們會把他當外人，當成叛徒看。

「粉碎者，你很衝動，但不是笨蛋。我們根本不相信你會想殺紅法王。太荒謬了。你還想成為黑衛士呢!保護法色法王乃是我們的職責之一。你不會放棄的。但如果是你父親墜海，而你想都不想就跳下去救他?那才是你呀。徹頭徹尾。」

噢。「你們怎麼……怎麼這麼快就聽說了?」

「提雅。大嘴巴。」

「嘿，」提雅說。她不知道為什麼瞪著戴羅斯，不過沒有多說什麼。

關鍵者再度微笑。「鐵拳指揮官猜你會在這裡。他說經歷戰火的人剛回家時會有點沉默寡言。」

「最後那部分不該講出來的，你這呆子，」提雅說。「你在這裡做什麼，基普?踢成那樣是哪招?」

她似乎迫不及待想要討論訓練的事。好吧，她這樣也是應該的，他心想。她和基普遲早要談談在城裡染血的事情。但不是現在。

「你在流血。」關鍵者說。

「只是做實驗。」基普說。

他們聚在他身旁。「繼續。」班哈達說。他之前似乎緊張得有點過分，不過看到這個全新發現的可能，立刻眼睛一亮。

基普解釋完又踢了沙包一下，表演給他們看。當人反覆從同一個位置發射盧克辛時，身體會加以調適，減少出血量。但一開始幾次會像普通割傷。一道未彌封的盧克辛與血混合的霧氣噴出腳跟傷口，就像槍口上的硝煙一樣，而這次他沒有失去平衡。不過差點扭傷膝蓋。這一腳的力道強得驚人。

沙包亮了。紅色。

所有人停下動作，看向基普。

「你可以，呃，應用在很多地方。」基普說。「你得，呃，自行找出重心之類的，但如果跑步時從肩膀發射盧克辛，你就可以跑得更快。或是跳躍時從——」

「從屁股發射！你就會變成飛屁者！」弗庫帝叫道。他讓基普聯想到激動的小狗。

他們大笑，但只笑了一下。他們全都醉心在這個想法裡。

「我本來要說從腰部發射。」基普說。「我是說，如果從腳掌發射的話，你可能會翻一圈，然後腦袋著地。」

「不過喜歡的話你也可以用屁股，弗庫帝，」提雅說。「弄個寬敞的發射台也好。」

他們又大笑，然後安靜。

大里歐轉向關鍵者。「我從來沒有聽過這種做法。會不會被禁止使用？」

關鍵者搖頭。「這不是附體化身，所以沒有禁止的理由。話說回來，如果一直這麼做的話，很快就會耗盡壽命。」

「但所有汲色都一樣，」提雅說。「謹慎使用，好好考慮。我們可以變得更快、更強、跳更遠。」

「我絕不是第一個想到這種做法的人。」基普說，突然有點難爲情。

「所有了不起的發現在被發現後都會變得明顯。」班哈達說。

「眞的是你自己想出來的？」關鍵者問。「沒人和你提過？」

基普聳肩。

「他會是魔法天才。」班哈達低聲說，彷彿在引述書裡的話。其他人停止動作，轉頭看他，然後彼此互看。基普看得出來他們之前討論過這個話題。

「這是不是表示我們會搞到渾身是洞？」弗庫帝問。

第二十六章

阿麗維安娜・達納維斯站在盧城大金字塔上，與即將接替她的一群女人進行教學總結。四周除了過去四個月來都跟著麗芙學習的四個超紫法師外，還有她的貼身侍衛。這些侍衛由盧城解放行動幫助她奪下大金字塔的男人中的菁英組成。

法羅斯是麗芙最器重的侍衛。身高超過六呎，壯如大海。滲透盧城時，他沒有穿他的幸運斗篷，因為太顯眼了，但通常他不管上哪兒都會穿。斗篷是用獅皮做的，張大的獅口充當頭上兜帽，鬃毛在肩膀上飄揚。他在充滿帶子的鱷魚皮背心外繫了一條鑲有玉和綠松石的腰帶，用超大的野豬獠牙交扣。腰帶上的七首鞘是挖空的劍齒虎獠牙。他聲稱這些野獸都是他單靠一支匕首親手殺死的。他唾棄火槍和手槍，不過並沒有特別偏好哪種武器。他背上的特殊吊帶掛著兩把大斧頭——比較像是握柄被砍短的戟。他說總有一天，會用海惡魔牙齒製作武器。

如果是其他人，麗芙會覺得只是在說大話，但她相信法羅斯辦得到。她見過他上身赤裸的模樣，而他身上的爪痕和齒印足以證實他所言不虛。

其他侍衛都沒那麼顯眼，但或許一樣危險。泰秋斯是橘法師，血袍軍裡最頂尖的魔咒法師。他個頭小，暴力至極，而且就橘法師而言十分直截了當。有句古諺說魔法不是人的對手。次紅法師也有心思細膩的，藍法師也有不顧後果的。但這很可能就是他不打算爭奪法色之王的摩洛卡人選的主要原因。泰秋斯只在她的斗篷上繡了一道魔咒，所有看到斗篷的人都會對麗芙產生無比的敬畏。或是恐懼。一般情況下，只要讓人察覺魔咒的存在就足以破除魔力——魔咒乃是以意志強加在他人身上，所以有可能破除，但大多數人都已經好幾百年沒有對付過魔咒了。泰秋斯愛嚼卡特，因為持續服用這種興奮劑的關係，他的牙齒都染成紅色。紅牙齒搭配橘眼睛，如果是幾個月前，麗芙會覺得他像惡魔。

但麗芙離開克朗梅利亞後已經成長了很多。

她教完超紫法師如何應用金字塔頂端的大鏡子，回答提問，引導他們控制魔法、轉動鏡子，把光線照射到城內每一個角落，即使天色已晚、黑影幢幢，仍會為馭光法師提供法力。盧城永遠不會像擁有千星鏡的大傑斯伯一樣明亮，但這面鏡子依然是奇觀。鏡子反射的光線比麗芙見過的光線更加強烈。這道光線幫助一個神降世——雖然那個神一降臨就被加文・蓋爾宰了，但無論怎麼說還是降世了。

不幸的是，四下轉動鏡子，照亮所有角落就表示她也得看見城內景像。盧城和加利斯頓不同，居民並不樂意接受解放。

法色之王本來以為會很順利。盧城是世界上最有理由痛恨蓋爾家族的地方——他們毫不留情地撲滅前皇室所資助的反叛行動、偽稜鏡法王戰爭期間的阿塔西貴族大屠殺，還有之後兩次為期甚短的平民起義。盧城街道血流成河——克朗梅利亞造成的。從總督轄地中解放後，他們理應立刻成為盟友。

結果，盧城居民頑強抵抗。法色之王怒不可抑。他發出最後通牒，要求數名反抗勢力領袖投降，接受處決。在發現他們沒有投降後，他快要氣瘋了。他給部隊三天時間，在城內為所欲為，藉以懲罰盧城居民。

麗芙的侍衛請她不要出門——儘管他們都輪流出門。這個建議很明智，也很讓她不爽。她根本不想出門，但她可不要讓任何人阻止她做任何事情。克朗梅利亞喜歡用溫和的儀式掩飾令人不快的事。麗芙要把眞相通通攤在陽光下，謝謝你喔。

法羅斯在所有人不安走動、武裝自己時最後一次提出反對。「伊可娜。」這是對她的法色中地位崇高的馭光法師的尊稱。血袍軍會想出新頭銜。「伊可娜，我知道妳想了解情況。這很自然。但妳今年幾歲？十七嗎？又美麗，又是女人。」他皺眉。好像她沒注意到自己的性別一樣。

「十八歲。」雖然還要十天才滿十八歲，但她這麼說。「謝謝你的關心，媽的。」

儘管如此，當他們出門時，都會刻意突顯身上的血袍。

那是場惡夢之旅。街上的景象深深刻蝕在她眼中。雖然現在腳下城市裡的火舌有很多都已經成爲火葬堆，但她到現在還不願回想當時的景象。大型金字塔般的火焰。可是到了這個地步，一切還是沒有結束。巡邏隊沒辦法進某些地方收集屍體回來燒。還是太危險了。疾病開始散播。

她不能太早離開。她伸手撥弄口袋裡的黑寶石。法色之王聲稱是黑盧克辛。她並不眞的相信。雖然寶石內部似乎有黑暗的線條游動，但那玩意兒很可能只是普通黑曜石。她不曉得法色之王是怎麼弄到這種東西的。無論如何，他相信那是控制人民的手法。她一開始以爲他可能是透過這種寶石監視他人。但光靠監視並不足以阻止神，對吧？這東西肯定更加危險。

她不喜歡去想。不喜歡看著它。不喜歡它的觸感。但不允許自己不帶它在身上。

「我的東西都弄好了？」她問法羅斯。

「都打包好運上槳帆船了。」法羅斯的聲音很低沉，是令人滿意的隆隆聲響，簡直宛如音叉，會讓人的肺部震動。基於不明理由，他的聲音非常令她心安。她聽過他用那個聲音發出怒吼，這個聲音和她站在同一個陣營，足以撫平各式各樣的恐懼。她當然沒有告訴他。

法色之王沒有足夠船艦，所以麗芙和她的侍衛必須搭乘廉價又粗製濫造的槳帆船。當然，整個海岸線都有能補給槳帆船的村落。船行速度不會快，特別若遇上冬季暴風就得入港躲避風雨的情況下，但至少比走路或騎馬快，而且危險性低很多。任何試圖打劫他們的海盜都會遇上好幾個驚喜——不過，通常只要宣告船上有馭光法師就能說服海盜打消打劫的念頭。只要朝天空噴灑一些盧克辛就能趕跑大部分海盜，除了最愚蠢的那種。

除了一個直到丈夫死後才發現自己能汲取超紫的中年女子，學生大多走了。一名血袍軍在她家的民宿留下，閒著無聊就幫她進行測試。中年馭光法師。麗芙覺得很怪，但法色之王的夢想就是追求汲色不等於宣告死刑的一天。或許那一天到來時，麗芙還有機會享受到成果。

她最後一次走到大鏡子前。現在轉動鏡子比之前容易多了。當初不管是哪個許久前的工藝大師建造的，鏡子造出來就是要給人用的。她不再沉思，把鏡子轉向地平線。航海家和自然哲學家至少在一千年前就已經算出了大地的曲率，但這是麗芙這輩子第一次要考量那些的時刻。這同時也是——據她猜測——所有大鏡子都安裝在高大建築上的原因。

這種曲率就是為什麼看著船艦離開時，船身會先不見，彷彿沉入海裡般逐漸消失的原因。自然哲學家算出船艦下沉的速率是每里格下沉兩呎——如果在看起來像是扁平的平面上，這種「下沉」現象有任何道理的話。你會以為要計算一棟建築多高會很簡單——只要用建築物的高去減掉每里格的總曲率就行了。簡單。既然大金字塔高兩百八十庫比，或四百八十呎，你應該可以把光線投射到兩百四十里格外的地方。如果接收光線的塔高度相同的話，距離應該可以加倍。

但她發現錯了。她努力計算，大聲和侍衛討論。她得對法羅斯解釋兩次大地曲率，但後來他所提供的整體想法比她的周全。她在一張羊皮紙上繪圖，然後摺彎，讓他知道曲率是怎麼回事。他指出她假設所有鏡塔相對其他鏡塔，都是直立的。但它們只是相對於地面是直立的，偏偏地面是曲面。那就像在測量同一個人單獨站立和靠著門框而立時的身高一樣。那個人或許還是六呎高，但是頭頂距地面不到六呎。

她進行更多計算，終於弄清楚了——但還是錯了。她不曉得爲什麼。

最後法色之王派了珊蜜拉·沙耶——在稜鏡法王戰爭期間躋身傳奇的藍法師——給她。她在加利斯頓對抗法色之王，但光暈粉碎後遭俘、囚禁，然後他寬宏大量地原諒了她。她現在爲他們而戰。如果法色之王有辦法找到藍剋星，她會是下任莫特的最佳人選之一。

珊蜜拉·沙耶變成狂法師的過程與麗芙所知的其他藍法師都不一樣。她一開始只有左手轉變。她說如果能先想出辦法在這需要靈巧彎曲的部位上覆蓋堅硬水晶化的藍盧克辛，身體其他部位就不成問題。從這個女人的聲望和超凡智慧來看，麗芙應該不必怕會被威脅。但她總覺得坐立難安。不過珊蜜拉毫不在乎，甚至看不出來她有沒有注意到。

珊蜜拉研究了一下麗芙的問題，想出正確的方程式，要求她提供一長串相關或表面上似乎不相關的數據，在腦海中計算完畢，手掌微微扭動，彷彿在撥弄隱形算盤一樣。她把答案告訴麗芙，沒有解釋自己做了什麼。然後她翻譯了鏡子下方用麗芙認不出來的語言刻下的古老文字——那文字指示該如何設定鏡子照亮世界上十幾個主要地點。

接著她二話不說就離開了。就連微微點頭，依照麗芙的身分尊稱她一聲「伊可娜」都沒有。克朗梅利亞的走狗盧克教士宣稱超紫法師的原罪是驕傲。或許單就這一點來說，他們的說法沒有錯，因爲麗芙差點按捺不住讓自己看起來像是笨蛋的怒火。

即使得到那樣的幫助，麗芙還是很尷尬地多花了半個小時才弄清楚那對她所代表的意義。終於，她用鏡子照向外海，開始搜尋法色之王指示她找的共鳴點。他的情報十分精準。永恆黑暗之門附近就有一個——希望不是在門後面。那個地點就是麗芙的目的地。超紫剋星就在那裡，某處，陸地或海底。

今天它還在原位。麗芙很肯定這一點。她的任務很簡單：她和侍衛尋找法色之王稱之爲「種子水晶」的東西，或是圍著那玩意兒所形成的剋星，然後帶回去給他。

麗芙即將成爲女神，而她只對他效忠。效忠一方，這是達納維斯家族的座右銘。只效忠一方。

「法色之王給我們兩週，然後他就會派遣另一組人馬。不要浪費時間。」麗芙說。她穿著完美無瑕、裙緣染成骨螺紫色的黃絲連身裙，她把外套交給法羅斯，然後開始走下金字塔。他把外套放入收了所有她可能會用到的東西的背包。

即將成爲女神的人會讓下人去處理那些瑣事。

第二十七章

麗芙才剛與隨行人員抵達碼頭，立刻有個以鏈子連接鼻環和耳環的年輕女子迎上前來。她身穿邊緣染成紅色的海泡沫綠飄逸美麗連身裙。有錢人。「女士，阿麗維安娜女士！」女人說。「大人。呃，伊可娜。」她拜倒在地，無懼塵埃。

實在太蠢了。弄髒這麼好的衣服，爲了什麼？表達敬意？對麗芙？太瘋狂了……也太開心了。

「耽誤妳一點時間，阿麗維安娜女士，拜託。」女人說。

法羅斯看向麗芙。在那身熊皮和結實的肌肉下，他看起來像是座神色不善的野蠻巨人像。「伊可娜？」就麗芙而言，獲得這個頭銜輕易到有點不好意思。他們有好幾百個綠法師、好幾百個藍法師、好幾百個紅法師。只有十個超紫法師。她知道自己沒有綠、藍、紅法師的伊可娜那麼高強，但法色之王對所有伊可娜一視同仁，也強迫所有人這麼做。她欠他一份人情。

麗芙點頭。法羅斯走向那個女人，抓著脖子把她提起來。他的身材實在太高大了，就連這麼做都不會讓對方窒息，他的大手——單手——完全扣住她整個喉嚨。他提著她站起身來，然後完全不避諱地迅速搜身。女人看起來很害怕，但沒有說話。最後，他一手扣住她下巴，揚起她的臉。她立刻試圖掙脫，但他攫獲她的目光，仔細打量她兩顆眼珠。

確認她不是馭光法師，也沒拿武器之後，他還是不讓她直接走到麗芙面前。法羅斯相信不管有多不便，他要挑選自己的戰場。他帶著女人走上停在岸邊的槳帆船。麗芙跟著走到她的船艙。

法羅斯拉開垂在門口的毛皮，讓麗芙進入。女人神色苦惱地隨她進去。她進艙後試圖拉下毛皮。法羅斯不放手，滿臉冷漠。她看向麗芙。麗芙點頭。

「如果，叫。」法羅斯說。這是他的怪習慣，不把話說完，直接假設他們倆都知道這句話會如何收尾，所以不必費心說完。

女人扯緊毛皮，然後深吸口氣。「伊可娜，謝謝妳接見我。我帶來祕密信息，重要的信息。首先，請確認我不會造成威脅。」她優雅下跪，攤開雙手，掌心朝上。

「說吧，快點，船過幾分鐘就要開了。」

「是，當然，女士。我是碎眼殺手會的人。我們不會傷害妳。事實上，我們想要的正好相反。」

麗芙忍不住感到毛骨悚然。她想要相信企圖暗殺基普的赫雷女士只是心理不正常、腦袋壞掉、胡思亂想。她很想相信，就像加文和鐵拳說的，碎眼殺手會只是一群流氓盜用傳奇組織的名號自抬身價。但這個女人看起來很冷靜、很專業，並不像自抬身價的人。而且利用赫雷女士殺人很聰明。誰會懷疑那樣的中年胖女人會是殺手？

所以碎眼殺手會有可能眞實存在。難怪這個女人執意表示自己不會造成威脅。

發現麗芙不打算開口後，女人立刻說道：「法色之王給了妳一條項鍊；項鍊上有塊活生生的黑盧克辛。那件首飾等於死刑宣判。他深信透過它可以控制妳。」

「什麼？如何運作？」

她遲疑，眉頭深鎖。「我們不知道，只知道他深信自己能駕馭它，而且能強迫他人順從。他深信不疑到膽敢造神。」

「這樣講話會惹禍上身。」

「他看起來像願意讓其他人擁有比自己強大的力量嗎？他想要當眾神之神。」

「妳想要我怎麼做？」麗芙問。「妳以爲這麼容易就能考驗我的忠誠？」

「法色之王鼓吹自由，是不是？被人拴著脖子怎麼能算自由？」

「自由並不表示不用承擔責任。而是要在責任之間選擇。他要把我打造成神。」

「請見諒，伊可娜，但是妳會把自己打造成神，或是失敗。靠妳自己的力量。而且黑盧克辛沒有法色之王想像中那麼容易馴服。」

外面傳來叫喊聲。「兩分鐘內啓航！槳手就定位！」

「黑盧克辛，」麗芙嘲弄。「不過就是黑曜石而已。」

「妳怎麼能這麼說？妳親眼見過呀？」

麗芙偏過頭去。旋轉不休的寶石在她口袋裡，一直都在她口袋裡。法色之王的指示十分明確：她取得剋星的時候必須戴起來。「它只是……切割巧妙。玩弄光線。」

「這兩種石頭有關聯，女士。古老的傳說並非謊言，只是遭人腐化。黑曜石是黑盧克辛，死掉的黑盧克辛。據說世界上所有盧克辛都是一場大戰中留下來的殘骸，盧西唐尼爾斯出世前數千年前的大戰。一場吞噬光明與生命千年的大屠殺，我們至今都還沒從那場屠殺中恢復元氣。活生生的黑盧克辛……伊可娜，擁有意志。它是瘋狂的實體化身。那是永遠無法填滿的虛無大洞。如果妳把它掛在脖子上進食，而法色之王又失去對它的控制，它就會殺了妳。它擁有意志；可能也有智慧。如果它吞噬了一名女神，誰敢說它接下來會做什麼？」

所以麗芙沒讓它接觸自己的皮膚是正確做法——如果這個女孩說的是實話的話。「碎眼殺手會想要怎樣？」

「我們大部分的知識都消失在時間和血腥淨化之中。虛弱無力。只是一道影子的影子。以防派來的人遭受俘擄和刑求，我是組織裡最差勁的成員。我們不是妳的敵人，伊可娜。變成費利盧克。服侍法色之王。想做什麼就做什麼，但是不要把黑盧克辛放在妳的力量中心。不要把它放在剋星的中心。只要一個不留神，不管是妳，還是法色之王，都沒人可以保證它不會吃光全世界的魔法。」

第二十八章

他們得想想辦法。提雅惹上麻煩了，基普會強迫她告訴他。他趁著練習休息時間告訴小隊成員一些他這段期間的冒險事蹟，還有大部分發生在加文身上的事情。

「我們為了爭奪一支匕首打起來。葛林伍迪想要搶匕首，我和他扭打。安德洛斯加入混戰，加文出手干預。所有人打成一團。我父親為了救我而挨了一刀。」

這段話讓不少人露出困惑神色。為什麼說半真半假的實話比撒謊困難？基普連忙講下去。「但是最驚人的部分還不是這裡。我跳下水去救他後，點燃了紅盧克辛，放出求救信號，結果被海盜撈上船上時，那支匕首已經不是匕首了。它變成全尺寸的長劍，鑲有七顆代表七原色的寶石。他們把劍拔出來的時候，加文……加文還活著。他甚至沒有流血。」

接著他們開始問問題，他大多答不出來，關鍵者要求他們發誓保密；然後因為已經休息了半個小時，他宣布今天練習結束。

提雅趁他沒注意時溜走，晚餐時也沒看到她，所以現在他在他們房間裡等待。

他等了半個小時，越等越不耐煩，然後腦中靈光一閃。他走到小書桌前，裡面沒有文件。他之前沒注意到，因為文件不在那裡。他擁有提雅的文件，已經簽好名的文件。看來她是以為他死了，所以拿走文件，提交出去。

她當然這麼做。他不能責怪她擔心自己不在以後，任何人都可以拿那份文件宣告她的所有權。這就是她不在這裡的原因。她已經不是他的奴隸，搬去營房住了。這對她來講是好事。

她不欠他什麼，主人和奴隸間的羈絆——他們不樂見但確實存在的關係——也消失了。但或許那是他們之間唯一的羈絆，他覺得她遺棄他了。

他想要給她自由，但還是希望她欠自己人情，要她永遠感激自己，一直當他的下屬。他想要她擁有自由，但又想幫她決定該如何利用她的自由。

基普大罵一聲，然後上床。

第二天早上，他去吃早餐，然後查看名單。他的名字不在任何工作欄位上。他想那表示該去上課。上課。呃。他和其他學生一起站在升降梯前，然後帶著頭上的那片小黑雲沉入自己的世界。

當然，基普還有上千件事物要學。他懂得一些憑經驗得來的知識，幾乎完全沒有其他知識。他知道這種情況遲早會阻礙發展。見鬼，已經開始阻礙了。他最強的知識就是綠色末日彈力球。好吧，面對現實。那玩意兒並不足以讓基普在即將到來的戰爭存活。

況且他還弄丟了那支越來越覺得可能很重要的匕首。安德洛斯・蓋爾稱之爲「盲者刃」。他的隊友之所有沒有多問，完全是因爲他沒有提起匕首的出處。他讓他們以爲匕首是加文的。

那支匕首究竟是怎麼落入母親手中？

基普走進卡達老師的教室。很難相信距他第一次走進這間教室才過了幾個月。他覺得自己已經長大十歲。他坐在教室後面。即使重新換上了學生制服，他還是沒想過自己能躲過老師目光，但他沒理由刻意吸引卡達老師注意。

至少沒有不必要的理由。

一個聲音在他耳邊低語：「我聽說你想出辦法讓你父親承認你，小私生子。別以爲那樣能夠改變什麼。我知道你是什麼料。」

基普轉頭。「很高興見到妳，老師。」他講得彷彿發自內心。

她對他露出難看的笑容。基普的訓練和戰鬥經驗大大改變了自己，或許他應該從卡達老師完全沒變的這個事實上獲得一點欣慰：儘管才三十出頭，看起來已經像個老太婆，頭髮凌亂不堪，好像從基普上次來上課後就沒整理過，脖子上掛著一副用金鍊繫著的綠眼鏡。「我該先去準備鞭子嗎？」

「我不知道。」基普說。「我只是個什麼都不懂的妓女之子。」他皺眉。賤嘴基普顯然離他不算很遠。

「基普‧蓋爾，再說那種話，就是打指節。我相信你記得吧？」卡達老師問。

基普把手放在面前的桌上。他左手的手指還會往上彎曲，非常僵硬，不過他有努力復健。這隻手如果被鞭子打的話，一定會痛得要命。他整個手掌感覺還像是裸露在外的神經。

他抬頭看著老師，滿臉困惑。怎樣？他應該要害怕指節被鞭子打嗎？

提雅和班哈達在開始上課前一刻進入教室。他們看見基普，然後露出和他一樣驚訝的表情，對看一眼，在他旁邊坐下。

老師走到教室前面，清清喉嚨，等待班上同學安靜下來。「同學。」

「老師。」全班同學回應。基普和大家一起叫老師。全新的開始，基普。

「同學，今天我們要討論橘魔法。班上有橘法師嗎？」

幾名學生舉手。基普考慮要不要舉，最後揚起兩根手指。

「橘魔法基本上一點用處都沒有。」卡達老師說。她臉上的笑容很難看。「你們這輩子就是幫機器製作潤滑油，或是防止金屬生鏽。不過相對而言，那也是很單純的生活。贊助人可能會叫你們每天都製作好幾桶那種東西，一路從日出到正午，然後為了避免你們早死，中午以後就不用工作了。有些人會很樂意找點其他工作給你們做。通常與魔法無關——清理馬廄、清理家具、擦拭營房什麼的。什麼事，班哈達？」

「橘法師的用處不只那些。」班哈達說。「而在戰爭即將摧毀我們所有人的情況下，我認爲應該開始訓練橘法師發揮所有潛力。」

「所有潛力？」卡達老師問。她的語氣顯然是在警告他，但班哈達似乎認爲她是認眞提問。

「橘法師可以製作魔咒。在盧城有傳言，橘法師間諜滲透進城，製造肉眼看不見的恐懼魔咒，威力強到讓人民避開整個區域——讓異教徒在毫無抵抗的情況下挖掘地道。橘盧克辛可以滲入食物和飲料。釋放恐懼法術、情緒法術、意志消磨術。」

「禁忌！」卡達老師大聲道。「你這個階級的人連提都不能提！」

「我們在打仗！」班哈達說。「我剛聽說盧易克地峽最後一座堡壘已經淪陷了。從那裡開始沒有任何勢力可以阻止法色之王抵達奧河。就算妳不教橘法師製作魔咒，妳也該教我們如何對抗魔咒，還有如何辨識它們。」

「如果他還沒死，我們肯定幾週內就會幹掉這個法色之王。你們都不會遇上橘法師異教徒。」

「這間教室裡有人已經遇到過血袍軍了。」班哈達說。

謝啦，班。

「我懂了。所以你們現在是朋友了，是吧？」卡達老師問班哈達，目光在他和基普之間移動。「想讓這個『蓋爾』有面子？你們眞是好搭檔，呃？什麼都不懂的傢伙和連字都看不懂的傢伙？你怎麼聽說這些事的？」

「我看得懂字。」班哈達斷聲道。

「只是會在他眼中變亂而已，老師。」提雅說。「看慢一點就看得懂。」

「慢只是蠢的一種好聽說法。」卡達老師說。

基普嘆氣。他說的一切都是出自好意。

「班哈達，你以爲和這位大老爺當朋友會對你有好處？」卡達老師問。全班鴉雀無聲，等著看戲。

「我和他當朋友不是爲了好處，」班哈達說。「而妳這樣講話感覺很糟糕。妳講如此卑劣的話不但侮辱了我，還侮辱了妳自己。」

全班學生都震驚無比。一副深怕一眨眼就會錯過卡達老腦袋爆炸的模樣。

卡達老師瞪大雙眼，捏緊拳頭。「你以爲他能保護你？」她問。「去跟當局回報自己，班哈達……我要開除你。」

所有人倒抽一口涼氣。

「開除？」班哈達問，難以置信。

「以下犯上。我已經三年沒有動用權力開除學生了。或許也該是時候了。你當馭光法師毫無價值；當借鏡就很有用了。」

從前的基普現在已經跳起身來大吼大叫了。他會利用成長過程中被不稱職母親累積出來的仇恨與怨念來大發雷霆。小時候，他從來不敢爲自己做的事去向她發脾氣，但他只要看到其他人遇上不公不義之事，這股怒氣就會冒出來，熱氣騰騰，讓他穿上一襲瘋狂外衣，只有到筋疲力竭才能脫下來。早在學會汲色前，基普就已經在化身綠魔像了。處於那種狀態下時，就連朗米爾都不敢惹他。

基普緩緩起身。提雅出手抓他，想要讓他留在座位上。

「你想幹嘛，基普．『蓋爾』？你以爲我不能連你也一起開除？」

她當然不能。「妳連班哈達都開除不了。」基普說。他的語氣平淡、恭敬，甚至有點悲哀。他沒有提高音量，但大家都聽得清清楚楚。「他是新進黑衛士，如果妳以爲鐵拳指揮官會任由妳削弱已經非常薄弱的兵力，我希望妳還有辦法保住自己的飯碗。」

教室陷入死寂。連交頭接耳的學生也不再交頭接耳，基普的語調彷彿拔掉了卡達老師的牙齒。

基普以恭敬又抱歉的語調繼續說：「老師，妳以前不是這個樣子。妳不喜歡小孩，這點我可以理解。那是缺點，但歐霍蘭所有子女都有缺點。妳可能是遇上了滿腔怒火的長官，也可能只是運氣不好，所以做了一份根本不適合妳的工作。妳安安靜靜地接受這份工作，因爲妳熱愛歐霍蘭、熱愛克朗梅利亞、熱愛七總督轄地。但妳痛恨這份工作，而我敢說妳也痛恨變成這樣的自己。妳不該是這個樣子的。妳爲了曾經做過的某件事情受罰，可能毫無來由，而妳爲了報復又再造成傷害。不光只是傷害妳自己。我會盡我所能幫助妳。」

基普走上講台，然後不等老師反應，逕自離開教室。他直接走進升降梯，往頂樓而去。他踏出升降梯，確認當班的黑衛士是誰。他認得他們——一個是巴亞·尼爾，之前和基普一起殺死綠神，還有一個曲線玲瓏的女人，他記得她名叫伊塞兒。提雅很喜歡她。「我想找白法王，如果她今天有空的話。」基普說。「拜託。」

巴亞·尼爾說：「我們可以問問看她能不能在會議之間擠出時間來見你。不過可能要過幾個小時。如果你今天下午黑衛士訓練遲到的話，可是會有後果的喔。」

基普聳肩。後果。

他等了一個小時，然後巴亞·尼爾比個手勢，讓他通過。基普走向白法王的房間，路過檢查哨的黑衛士，還有她門外的黑衛士。基普不在時，這裡發生過暗殺事件，據說是由稜鏡法王親手解決。那表示黑衛士會安排更多守衛，更多規矩。基普被搜了兩次身。

抵達白法王辦公室時，他很驚訝她的健康狀況這麼好。她請他站在辦公桌前，打量了他很長一段時間。她有很多書記和傳信奴隸幫忙處理克朗梅利亞的日常事務。基普安靜站著；他知道要等到白法王對他說話後再開口。

「你知道，我以為你會長得更像加文。但你比較像你祖父和曾祖父。你知道自己是很多把兒女當成種馬配種的貴族世家希望能養出來的子嗣嗎？恐怕血戰爭讓很多應該學到教訓的人變得像動物一樣。」

「高貴的女士？」

「你的眼睛是藍色的，可以有效收集光線，你的膚色很深，可以掩飾汲色，體格壯健，適合作戰，當然，最重要的，一直以來都最重要的，就是你能汲取七種法色。當然，給人類配種不是那麼容易。儘管有些特質配出來的機會很高，但配種的學問還是太複雜了。我從未見過藍眼睛小孩的父母和祖父母之中藍眼睛少於兩個的，但我見過膚色比我白的父母生下膚色比你黑的女兒。這讓那個母親被父親殺了，嫉妒的笨蛋，一直懷疑她的繼承權，直到女兒長大後鼻子、眼睛都和他一模一樣為止。世界充滿驚奇，基普。但你來是有事要找我。你找我有什麼事？」

「想請妳幫忙，」基普說。「事實上，幫兩個忙。」

「我想也是。很少有人純粹是來找我聊天的。」

「很抱歉，我有做什麼冒犯妳的事情嗎？我不知道見妳的正常程序。」基普說。他心裡還是覺得怪怪的。

她搖頭。「請繼續說。」

「有個老師名叫卡達。我想她有提出調職申請。很可能提出很多次了。或許很久以前就放棄了。我想是她的敵人擋下了調職要求。妳可以通過她的申請嗎？」

白法王沉思片刻。她揚起手掌，迅速比了幾個書記看得懂的手勢。一名奴隸安靜地走出門外。「你趕走不喜歡的老師的手段還眞不尋常。」白法王說。

「不是爲我趕的。是爲了她。她生活悽慘，影響工作態度。」

「我一個小時內就會查出眞相。到時候再來決定。第二件事呢？」白法王問。

我要妳告訴我馭光者的事情，基普想說。我要妳告訴我盲者刃的事情。

「我需要家教。」結果他說。「我不想表現得傲慢自大，但是有很多東西要學。我是全光譜法師，不能坐在教室裡聽老師教些我已經會的東西。更別說是浪費時間和嫉妒的老師衝突。」

「你認爲我能找到一個老師，不會嫉妒享盡特權的全光譜法師兼稜鏡法王之子嗎？」

「我是希望妳能親自教我。」基普說。

她大笑，似乎眞的沒料到他會這麼說。「喔，基普。我都忘了年輕人有多膽大妄爲了。」

「我很……重要。」基普說。

她更不喜歡聽他這麼說。她微笑淡去，完全消失。

「這個重要的定義很狹隘，我是說，」他繼續說，努力挑選用字遣詞。「我的重要性不是——我不該憑藉身分取得特權。我很重要是因爲我有很重要的用處。」

「什麼用處？」她問，語氣有點警覺不安。

我要救我父親，他很想說。這是很好的目標。甚至可能是歐霍蘭賦予他的目標。但如果這麼說，他就是在說謊了。「我不知道。」他承認。「但我的任務非常重要。我只是完成任務的工具，而我想請妳幫我做好準備。我膽大妄爲是爲了毫不畏懼地服侍歐霍蘭，相信祂會與我一起渡過火海。」他很想那麼肯定，本來也以爲自己那麼肯定，但是話出口後才發現那也是謊言。

「基普，我們都是意志堅定的人。所有與光角力過的男女都曾淺嚐神的力量。我們全都很重要，不然歐霍蘭不會賜與我們那些工具，不會放心讓我們使用那些力量。」

「就像他信任法色之王那樣。」他來不及阻止自己就脫口而出了。「我很抱歉，高貴的女士。」他鞠躬道。

「你看不出來嗎，基普？法色之王的瘋狂和追求神性正好驗證了我的說法。力量就是人類的終極考驗。力量越強，腐化的機會就越大。很多人無法通過考驗並不表示歐霍蘭是錯的；那表示人類擁有自由。偉人的成功與失敗都舉足輕重。」

「就像我父親。」基普說。

「你父親是代表人物。」她遲疑，然後揮手遣走書記。他們立刻起身，走去門邊站好。其中之一拉下簾幕，隔在他們和基普與白法王中間。只有一個黑衛士留下來看顧白法王。

還有我爺爺，他應該說。這是說出他親眼所見之事的絕佳時機。但他能告訴她什麼？安德洛斯是狂法師，然後又不是了？喔，然後我還騙了妳和整個光譜議會船上發生的事。基普已經觸碰白法王的底線了。他就像九王牌初學者。在船上，他有時間先計畫，而他所準備的謊言對光譜議會造成絕佳的效果。但現在只是打出手邊剛好有的牌而已。謊言造成了限制，之前打的牌侷限了現在能打的牌。

安德洛斯是怎麼辦到的？他記得對所有玩家講過的謊言嗎？

他當然記得。對他而言，蓋爾家的記憶力就是爲了記住這種事情。此刻基普根本不曉得有哪些人在和他玩牌。白法王喜歡他，但不認爲她會覺得十六歲小孩說的謊話有趣或高明。她是個老人，老人想在年輕人身上看到直接、單純、貼心、天真。

他手裡或許握住了她可以拿去對付安德洛斯的王牌——因為那場牌局已經打了幾十年——但基普不能把牌給她。

或許，在這場大牌局裡，沒有把牌給別人這種事。只有交易。

白法王在抽屜裡翻來翻去。她拿出一幅小裱框畫。「我死的時候，基普，我要你收下這個。等你用過後，如果他還活著，我要你把它交給加文。」她把畫轉過來，基普看到那是一張新的九王牌。「這是我一個老朋友的作品——」

「珍娜絲・波麗格，」基普說。他認得她的手藝。他從白法王手中接過裱框牌。那張牌叫「永不碎」。畫得很美。珍娜絲・波麗格顯然在這張牌上花了很多工夫。雖然所有牌都是她的心血結晶，但有些牌看得出是倉促中被迫繪製出來的，而這張牌乃是基普見過最細緻的一張。一個怒髮衝冠的年輕女子站在長了一棵大橡樹的山丘上，左邊有座還在冒煙的宅邸廢墟。她右邊是道深淵。她的灰眼裡有小小的藍綠色斑點。兩邊臉頰上都是淚水，但她緊抿雙唇，凝視遠方。

「當年我剛埋葬我的小女兒，」白法王說。「叫我『永不碎』感覺像個殘酷的玩笑，其他時間又像是一個承諾。我選擇活下來——奮戰——就算奮戰的意思是要對抗那道深淵所代表的絕望和毫無意義的挑釁。這張牌絕對不愉快，但我希望有一天能了解它的意義。」

「天呀，妳好美。而且好猛！還有——我不敢相信我剛剛那樣說了。」基普說。他在認出珍娜絲的手藝時說溜了嘴。如果他假裝在別處也說溜嘴的話，或許能在她問他是怎麼認出珍娜絲・波麗格的作品前打亂她的心思。

白法王笑道：「好吧，謝謝你。我想珍娜絲是故意好心把我畫美的。」

「珍娜絲不是好心。她是誠實。」基普說。「那就是明鏡……」的作風。可惡。你就是沒辦法把一個想法藏在腦子裡六秒鐘，是不是，基普？

「別太責怪自己，」白法王說。「我聽得出來你在顧左右而言他。我和你父親及祖父打交道太久了，絕對不會小看你的，基普，就算你很年輕也一樣。」

「妳會讓總督哭著離開這裡，是不是？」

「發生過。」她冷冷說道。「珍娜絲。」她說。

基普把他和珍娜絲見面的事告訴她。他告訴她那個女人在做他的牌。他告訴她微光斗篷刺客的事情。他告訴她珍娜絲・波麗格死在他懷中。

他看得出來白法王深受打擊。

「基普，這很重要。她有在火場中搶救任何東西嗎？」

基普全程都在等她問這個問題。「她要我搶救一樣東西，但是火勢太大了，到處都有火藥堆。我只有機會拿走微光斗篷。」

白法王打量他的臉。「你很會說謊，基普，但我應付過更厲害的騙子。微光斗篷可以用來殺人，但是那些牌卻有上千種用途。珍娜絲不會讓你在眞相焚燬時去搶武器。那些是她一輩子的心血。」

「她當時昏過去了。」基普說，他還不想放棄他的謊言。

我以爲我們要徹底坦白。可惡。

白法王嘆氣。「我不會繼續問了。我希望你把它們藏在安全的地方。不要太常去檢查，不然運氣好的間諜會找到它們。獨自使用它們的時候要小心。我不知道有哪些新牌，但我知道某些近期歷史事件會消磨你的心智。」

有鑑於他手掌上的皮膚最近才被燒光，這個暗喻在基普心裡產生共鳴。

基普想要開口，但突然想到用不曉得那些牌在哪裡去糾正她等於是承認自己在說謊。不管怎麼做，得利的都是她。

「爲什麼妳對我做這種事的時候，我竟然不會討厭妳？」基普問。

「你是說把你逼到牆角？」

「對。」

「不像安德洛斯這麼做的時候？」她問。

「對。」他強調。

「因爲你看得出來我愛你，我做這些事都是爲你好。」

「愛我？」基普嘲弄。「妳和我又不熟。」

「當你活過很短的一段時間或是很長的一段人生後——如果你活得精彩——你可以輕易愛上其他人。破碎的心靈會與新的面孔羈絆在一起。」

基普不曉得該怎麼看到這句話，不確定自己相不相信這種話。他說：「妳還有別的女兒？我是說，除了這個……呃，抱歉。」

「曾經有，沒錯。還有外孫。曾經。」她凝望他片刻，看不出在想什麼。她收起裱框起來的牌。有一瞬間，基普不確定她有沒有忘記他來此的目的。接著他在她眼中看見饒富興味的目光。她看得出他懷疑自己是不是年老力衰，而她就是故意要讓他這麼懷疑。對她而言，這是遊戲。

而這個女人竟然在準備讓自己走向死亡？她比所有光譜議會的法王加在一起還要聰明！

基普靜靜等候。

「我太忙了，不能親自教你，不過你讓我很感興趣，小蓋爾。我很希望你開花結果。你是個潛力無窮的孩子。」她閉上雙眼一段時間，責怪自己。「對不起，你是個年輕男人了。恐怕對我來說，所有不到四十歲的男人都算是孩子。不，我不能教你。不過我會處理這位老師的事情。另外……你確實需要家教；這點顯而易見。你要繼續去上她不能教你的那些課程，但是在她能力所及的範圍內，蓋爾夫人可以當你的家教。」

「蓋爾夫人？」菲莉雅・蓋爾不是參加加利斯頓的解放儀式了嗎？基普想了一會兒。她和他一起待在加利斯頓，而她從未說過要見他，她唯一的孫子。或許私生子實在太沒面子了。「喔！妳是說卡莉絲?!」

「嗯。」白法王微笑說道。

「那太好了！」基普說。雖然他有點怕她。但她顯然懂得很多，而且他非常敬重她。

「去上你的課——其他課——等我和她談過再說。我可能得要說服她。」白法王的笑容消失。「基普，歐霍蘭每天都會與人共渡火海。我相信這點。但是在你穿越火海之前，要先確定那是祂要你穿越的火海。」

第二十九章

三天後，風暴開始消散。砲手讓苦棒號在一座小島的背風處下錨，等待烏雲散去，好讓他們弄清楚方向。海盜有好心到在奴隸睡前餵他們吃東西。砲手十分堅持要讓手下維持最好的表現。

加文睡得像石頭一樣，醒來，然後又睡著。他又作夢了，然後心知自己在作夢。他是個小孩，所有人都不見了。父親和母親在克朗梅利亞：父親要參加某個儀式，而母親要陪他出席。加文可以隨他們一起去，因爲他是長子。達山和塞瓦斯丁則與僕人及奴隸一起待在家裡。達山在床上獨自醒來，考慮要不要叫保姆過來。他十一歲了——快要。他已經大到不該怕黑。他不確定聽到了什麼聲音，但他躺在床上凝神傾聽，害怕到幾乎難以呼吸。

他十一歲了，大到不該這樣怕東怕西。

他推開被單，伸手到床邊去拿他掉在地上的小劍，想要不下床地撿起劍。但劍離得太遠了。他拿起床單，一手抓著丟到劍上。他把床單拉向自己，拖著劍移動一點。拉了三次後，他拿到劍了。

他吞口口水，拔劍出鞘。他聽見玻璃摔碎的聲音。聽起來像是從房外傳來，但他知道那是蓋爾大宅設計上的問題。他們家的門都又大又厚。會有碎玻璃聲的唯一可能，就是走廊上另一扇窗戶被打破了。是塞瓦斯丁房間的窗戶！

達山拋開恐懼，跳下床。

他推開房門開始奔跑。走廊越來越長。他全速前進，但是牆壁變形了。他越變越矮，逐漸消失。抵達塞瓦斯丁房間門口時，他的手穿過了門栓。什麼都摸不到。什麼都無法改變。他的手也穿過了木門。

他衝向房門——穿越房門。

藍狂法師站在塞瓦斯丁床前咆嘯，全身都是藍色皮膚、猩紅血液。他跳上窗戶，消失在夜色中。達山只看到弟弟血淋淋的屍體。他尖叫。血腥味在他抱起塞瓦斯丁時襲面而來。

他死了。小男孩胸口中央被劍或矛頭刺穿。小達山難以克制地嚎啕大哭，腦中容不下任何想法，但是作夢的他看見的景象比回憶中更多。那支劍或矛從胸口上方插入，由背部中間部位穿出。塞瓦斯丁是站著面對入侵者的，是站著時被殺死的。一擊斃命。善良的小塞瓦斯丁根本沒有機會閃避或抵抗，不敢相信有人會半夜跑來殺他。

他自己的手掌把血抹在塞瓦斯丁天使般的完美臉頰上，達山痛哭。躺在那裡，雙眼緊閉，塞瓦斯丁看起來和睡著了沒兩樣。達山搖他。

「起床！起床！」

加文被歐霍蘭搖醒。

加文過了好一會兒才從船身的搖晃和背下的硬木板中回到現實。從一場惡夢到另一場惡夢。

「這就是祢送來的夢，歐霍蘭？」他問。「下地獄去！」

第三十章

「揚帆的槳帆船。伊利塔帆。」李奧諾斯說。

加文認爲那個消息很糟糕，不過奴隸交頭接耳，好像那是好事一樣。「什麼意思？」他問。

「伊利塔帆，呃、呃，表示伊利塔船，呃，最有可能。幹。幹。」富克拉特說。

「伊利塔人不是有最頂尖的火砲嗎？」加文問。

「無所謂。」巴格斯說著穿越加文身旁的走道。這傢伙患有怪病，以致於眼珠突起。看著他會讓人難受，就算在陰暗的船艙裡也一樣。「他們對待奴隸比對狗還糟。不給東西吃，還把人打到幾乎無力划槳。伊利塔槳帆船的船速沒我們快，轉向的速度也比不過我們。差得遠了。」

這樣很合理，加文心想。伊利塔人抓到的奴隸比其他地方都多，拒絕接受克朗梅利亞在其他六個總督轄地中實行的奴隸法案。如果奴隸很便宜，就沒必要特別照顧。奴隸死掉，再換一個就好了。伊利塔人眞的超級渾蛋。

砲手就是伊利塔人。

落入砲手手中前，加文覺得那傢伙很有趣。儘管在加利斯頓附近擊沉那艘船時，透過塞住砲手的火槍捉弄而不殺死他感覺很好玩。但是如果當初殺了他的話，現在就不會困在這裡了。

即使在划槳的時候，他依然會胡思亂想。加文一直血淋淋的手掌現在包在棉布裡。他又多了一樣跟基普感同身受的遭遇，因爲基普在加利斯頓之役前掉到火裡，燒傷了手。他的手每天都很痛。他從前以爲自己的手已經是男人的手，粗粗的還長了繭。他實在太看得起自己了。

「贏或死。」李奧諾斯大叫。

奴隸沒有回應叫聲。他們討厭李奧諾斯。

「你們這些廢物！跟著叫，不然我就把你們通通塞到船底！小鬼！」他對接手自己之前領班副手職位的年輕人叫道。「鞭打那一排。立刻！」

男孩遲疑。

「給我打！」

男孩揮鞭甩過後排幾個槳手裸露的背部。他們痛得大叫。沒必要這樣，加文心想，但男孩打得沒李奧諾斯預期中重。

「贏或死！」李奧諾斯叫道。

「划向地獄！」奴隸回應。

「絕不偷懶！」

「划向地獄！」

「幫影子傑克抓背！」李奧諾斯叫。

「划向地獄！」

「立刻划回來！」他叫。

鼓聲打亂他們的節奏，李奧諾斯消失到下一層奴隸艙去。

「我覺得我撐不過這一仗。」九號說。

「你每一仗都覺得自己撐不過，伊奇。」

「這次不一樣。我感覺得出來。」

和之前一樣，大批奴隸在划槳艙的密閉空間中流汗，空氣很快就變悶熱了。艙外是晴朗平靜的白晝，表示這將是場乾淨俐落、直通死亡的競賽。

鼓手敲擊穩定的節奏，加文划槳。一直划。一直划。二十分鐘。男孩跑來跑去，餵他們喝水。至少他不會用水杓柄打爛他們的嘴唇——至少不會故意。三十分鐘。

終於，李奧諾斯醜陋的大頭探入下層船艙。「鼓手，加速！」

節奏變快，加文愉快地調整到全新的節奏。很愉快。這不是很奇怪嗎？不用決定任何事情給他一種奇特的解放感。說划就划。說停就停。說吃就吃。避開鞭子。享受那兩杯烈酒。

如果我重獲自由的話又能做些什麼，卡莉絲？我再也不能汲色了。當妳發現我已經不是從前那個我後，還會愛我嗎？

他可以想像人們眼中的神情，同情的眼光。七總督轄地裡每個角落都有人尊敬他、愛他、怕他，但是他權力的基礎向來都是汲色。他比所有人都強大太多了——強得毫不費力——讓他除了汲色外什麼都不是。他不是人；而是馭光法師。想到加文就會想到稜鏡法王，想到汲色。想到他是最強的。當今世上最強，未來幾百年八成還是最強。少了汲色能力，他就會變成……什麼？

一個驕傲自大的名義領袖，每年在儀式中謀殺大量馭光法師。一個把冒犯他的年輕女子丟下陽台的莽夫。而且還能輕鬆脫身。

其他馭光法師可以輕輕鬆鬆地棄法從政。白法王做得很優雅，他父親比較沒那麼優雅。但是加文？他不擅長政治。再說因為相信自己還能服務公眾而不再汲色是一回事；因為無法汲色而不再汲色又是另一回事了。人們會尊敬主動發誓獨身的人；但被閹割的男人最多就只能獲得同情。

而且他無法隱藏這個事實。不論是好是壞，到了今年的太陽節，這一切就結束了。他要不就是在太陽節儀式中汲色，不然就是不能汲色，又或許他沒辦法及時趕回克朗梅利亞，議會就會任命新稜鏡法王。一切就是這麼簡單。太陽節離現在還有多久？四個月？

卡莉絲，我就只剩下四個月好活了。不管是哪種情況。我真的很抱歉。我浪費了這麼多時間。希望我們能夠一起生活。我想和妳生孩子，看著妳抱著新生命，與妳一起幸福快樂。

加文突然很想吐，不是因爲疲憊。

鼓手再度加快節奏，加文不在乎。再加速，最後衝刺，但他心如止水，難以看透，身體的動作彷彿與他毫無瓜葛。

接著，有人大聲下令，奴隸不疾不徐、整齊畫一地收槳。

隨著兩船相撞，加文被撞出了他的白日夢。木頭撞擊木頭。船槳宛如木柴般折斷。人們發出痛苦、恐懼、憤怒的叫聲。火槍擊發。火砲轟然巨響。黑火藥和恐懼的氣味。男人摔下長凳。加文發現自己看著敵艦上的一個缺牙水手。那傢伙在撞擊中倒地，現在正在掙扎起身。他位於一座火砲後方，手裡拿著一條火繩。

加文揮出一手，試圖朝男人的雙眼釋放藍盧克辛釘。

什麼都沒發生。

那個人困惑地看著他，接著一根船槳打爆他的臉。他倒地，但是另外有人抓起火繩。

兩艘船持續交錯而過，火砲發射。木屑四濺，打爛樓梯，奴隸艙中瀰漫火熱濃煙。苦棒號的船艙僕役在濃煙中跌跌撞撞走過加文的長凳，背上插著一根扭曲的金屬。

另一門火砲發射，把上方打出一個洞，灑落耀眼陽光，照亮翻滾不休的黑煙。空氣彷彿都燒起來了。所有奴隸都在咳嗽，躺在地上，放棄用槳攻擊敵船的任務。

加文聽見登艦網的抓鉤飛越逐漸擴大的船間空隙，勾住敵船的聲響。海盜大吼大叫，砲手船長獨特的火槍聲以理應不可能的速率擊發。發號司令、上方甲板的腳步聲，接著是海盜登上敵艦的聲音。

然後，突然間，苦棒號變安靜了。風從槳洞和砲彈打出的兩個大洞中吹來，開始吹散濃煙。奴隸坐起，評估損壞，雖然幾步外的敵船上不斷發出哀求的慘叫聲和憤怒的吼叫聲。

船艙僕役死了，或是昏迷不醒但即將死亡，躺在中央走道上。一個年輕人，既不英俊，品行也不特別優良，但無論如何都不該落得這種下場。

通往第二甲板的樓梯有一半炸爛了。半排槳位的奴隸粉身碎骨。後排槳位的地上滿是黏膩血泊。

在加文清點完損傷前，有人從登艦網上盪下，穿越火砲打出來的大洞入艙。他掙扎片刻，差點失去平衡。旁邊隨便哪個奴隸都可以把他打入海裡，但他們通通驚訝到僵住了。對方膚色很淡、金髮、有錢人打扮。加文沒有立刻認出他是不是本船船員。更糟的是，其他奴隸似乎也認不出來。他不是苦棒號的水手，而他有佩劍。

「我不會傷害你們，」他說。「如果你們幫我划槳，我就解放你們。」他讓大家想想這句話，然後又說：「如果你們願意幫我解開登艦網的話，我現在就解放你們。動作快！」

這幾句話說完，加文立刻認出他。這個年輕人是安東尼．瑪拉苟斯，提希絲．瑪拉苟斯的堂弟。提希絲曾短暫出任綠法王，後來被加文免職。安東尼同時也是德凡尼．瑪拉苟斯的姪子。德凡尼曾短暫變成神，後來被加文幹掉。

「有人要來嗎？」安東尼問。

一名奴隸舉起戴手銬的手，安東尼白皙的皮膚立刻充滿紅盧克辛。他在手銬的鎖裡灌注紅盧克辛，然後點火燒斷手銬。奴隸的手腕也被燒傷，但他自由了。

「動作快！我們時間不多。」安東尼說。「大部分海盜都在另外那艘船上。我們殺掉少數幾個還在這艘船上的海盜，割斷登艦網，推下海。我會解放所有人，我以歐霍蘭之名起誓。」

這是個好計畫，只是有點情急拚命。另外那艘槳帆船一側的槳都斷光了。如果安東尼能夠搶得苦棒號，解決登艦網，他的機會很高。只要能駛出十步外，他八成就可以逃回港口。

而身爲瑪拉苟斯家族的一員，他沒有理由確保加文能活著回家。如果易地而處，加文也不認爲他會帶安東尼回家。他們家族的宿敵落在他手中。加文陷入絕望。

他看見李奧諾斯摔倒在兩張奴隸長凳中間。那傢伙正奮力爬起。他頭皮上血流不止。看起來比實際傷得重，頭皮受傷會流很多血。但他似乎頭昏眼花。加文應該要警告安東尼嗎？

加文身後的奴隸舉起戴手銬的手。安東尼在發現又有個奴隸願意幫他後鬆了口氣。他開始朝對方走去。他目光落在加文身上，然後繼續走。沒認出來。稜鏡法王死了。這個衣衫破爛的大鬍子什麼都不是。

加文突然感到自己可能生存下去的希望，以及一股強烈脫離自我的感覺。安東尼曾見過加文，也曾見過數千張他的畫像、銅版畫、馬賽克鑲嵌畫。而他對自己視而不見。他只看到一個奴隸。加文本來以爲自己與權力、頭銜、地位密不可分。結果他連和自己的長相都沒有密不可分。

安東尼停下腳步。遲疑地又看了加文一眼。他瞪大雙眼。加文錯過了這個男孩臉上之後的表情，因爲他舉起了劍。瑪拉苟斯家族有太多仇要報，而且垂手可得。

加文熟悉死亡，他面對死亡，目光堅定。

安東尼立刻下跪。「稜鏡法王閣下？你還活著！」

加文目光轉回男孩臉上。那與渴望復仇的表情差得遠了，如果有什麼值得一提的，大概就是安東尼一副快流淚的樣子。崇拜的眼淚、愛慕、希望。

一個孩子，沒有受到父母仇視什麼的影響。純眞的孩子，把希望寄託在素未謀面之人身上。

「稜鏡法王閣下，讓我幫你解開枷鎖！」

加文多久沒有感受到如此善意了？他有多久沒在自己身上感受到了？太久了，而現在一切都太遲了，加文看見旁邊的動靜。李奧諾斯在安東尼身後跳起身來。加文出手阻止他——結果受制鎖鍊，手銬卡住他的手腕，流血不止。更糟糕的是，阻止他繼續伸手。但加文只能看到李奧諾斯長劍在前，撞上安東尼的背。他把年輕人撞到加文身上，一再出劍刺他。加文被他們的衝勢撞得往後翻倒，長凳卡住他的膝蓋。頭上的船槳和鐐銬讓他沒有直接落地，他的槳友一開始手足無措，接著動手把加文拉開可能受傷的位置。

加文動作不夠快。他扯下手掌上的繃帶，以最快速度拆開，然後一膝蓋頂出去。他離得太遠，沒有頂到，接著他改爲赤腳踢向李奧諾斯。他踢中對方的喉嚨。

李奧諾斯翻身跪倒，難以呼吸。加文搶到一點時間，把繃帶纏上李奧諾斯的喉嚨。一圈、兩圈，加文纏好繃帶，然後奮力拉扯。李奧諾斯失去平衡，被他拉了過去。

加文立刻放棄絞斃他的計畫，把李奧諾斯的腦袋緊扣在胸口。因爲駝背，李奧諾斯的脖子粗得像牛一樣。加文左扭右扭、左扭右扭。他一直沒聽見脖子扭斷的聲音，也沒有感覺到。他前後扯動，直到肯定李奧諾斯沒有動靜爲止。他化身野獸，憤怒無比。

但還是太遲了。

他放開李奧諾斯，解開繃帶，把他污穢的屍體推到走道上。他看著安東尼的身軀躺在長凳中間。

躺在長凳中間……眨眼看著加文。「我想我該向伊蓮堂姊道歉。」男孩說，生氣勃勃。他撐開上衣上一條缺口，露出底下的上好伊利塔鎖鏈甲。「她送這個生日禮物給我。我本來想要賽馬的。我還向她抱怨。」

「幹——幹。」富克拉特神色佩服地說。

安東尼跳起身來，抖擻精神。他開始拍口袋找東西。「我的眼鏡。我的紅眼鏡！眼鏡呢？少了眼鏡，我沒辦法燒開你的鐐銬。」

眾奴隸連忙開始搜尋。突然間，自由近在眼前——李奧諾斯死了，一切都不再遙不可及。

「啊！」有人叫道。他揚起被壓壞的鏡框，鏡片變成小到不能用以汲色的碎片。地板上有血——那樣夠嗎？不，光線不足。在加文眼中，那只是一灘黑水。

接著歐霍蘭站起身來。他伸出手。手裡握著鐐銬鑰匙。

第三十一章

阿萊絲・葛林維爾從新愛人躺著的床旁起身。她拿了件絲袍蓋在懷孕的大肚子上。第十三號小孩似乎還不想離開子宮。就和他媽一樣固執。她自己的媽媽教過她，做愛可以讓小孩提早出世，不過阿萊絲沒有比對標準可以證實她媽說的是錯的——因為她每次懷孕都會一直做愛。生到第三胎賈蘭的時候，她高潮完就直接開始陣痛，而賈蘭是她最可愛的孩子。

但她知道，這個男孩，十三號——歐霍蘭的數字加上人類的數字——會是很特別的孩子。就像她知道他肯定是男孩一樣。她走到書桌，開始看信。阿萊絲・次紅永遠都有看不完的信。來自她總督轄地的信，當然，不過也有來自想要請她幫忙的家人、想要請她幫忙的家人的朋友、想要請她幫忙的家人的朋友的朋友。有些人想要請她去做一些她再過一百年都無法控制的事。幸好她的書記把所有求她幫忙的信分門別類，通常分得很好，但還是有些事得要親自處理。

阿萊絲有她自己一份幫別人忙和欠人情的清單，行有餘力時，她就會比對那份清單，相互交換人情，讓正確的人在這種時候欠她人情。她的總督轄地——血林——即將遭到敵人入侵，或許只剩幾週時間。家鄉的消息聽起來不妙。阿茲密斯將軍違反命令，準備在奧河沿岸的小鎮牛津與敵方決一死戰。她的情報來源認為這個將軍能力不強，計畫也很不周詳。

阿塔西淪陷的速度就和吟遊詩人脫褲子一樣快，完全沒有拖慢法色之王的推進。如果堅守牛津的豪賭沒有成功，接下來就會輪到她的同胞。阿萊絲願意不惜一切拯救同胞。

她看著一封私人信件。她妹艾拉寄來的。艾拉和阿萊絲一樣充滿熱情，但是聰明才智不及她的一半。艾拉聲稱加文・蓋爾色誘並謀殺了她的女兒——安娜。她哀求、要求、命令，然後再度哀求阿萊絲用盡所有辦法幫外甥女報仇。

阿萊絲並非什麼都沒做。得知安娜死亡後，她立刻展開調查。她至少很肯定一件事：加文沒有色誘安娜；是安娜一直想要色誘加文。根據她室友的說法，安娜已經色誘過加文起碼六次了，而加文也越來越嚴厲地拒絕她。室友同時也說安娜的母親艾拉一直在逼安娜色誘加文，不過她花了點心思才從那個害怕的女孩口中套出這則情報。不管加文房裡發生了什麼事情，安娜那個蠢女孩都是自願前往，而且她根本不該出現在那裡。當班的黑衛士發誓，加文至少在盛怒下對那個女孩吼叫了三次，讓她害怕得跳下陽台。

安娜是個美女，而儘管阿萊絲深愛著她，還是覺得那個孩子被寵壞了。只生過不到半打子女的人往往會寵壞子女。安娜這輩子可能都沒被男人吼過。但是話說回來，跳下陽台？

安娜眞的蠢到那個地步嗎？阿萊絲不這麼認爲，但沒辦法證實這一點，是吧？在場有三個目擊證人，說法全都一樣。阿萊絲雇用最美麗的妓女，付給她一大筆錢去誘惑其中一個年輕黑衛士——吉爾・葛雷林。妓女引誘他，灌醉他，問他當時的情況。他的說法沒變。妓女說她覺得他在說謊，但如果一個男人在爛醉又意亂情迷的情況下都不放棄說謊的話，那就不可能讓他說出眞相了。這是條死胡同，眞的無路可出。

可惡，妹妹。這件事情最多能讓加文・蓋爾難看到什麼地步？妳派去色誘他的女兒把他給惹火了，而當她終於成功混上他的床，差點摧毀他與所有人都知道過去十五年裡他一直深愛著的卡莉絲・懷特・歐克的關係後，加文把她給丟下陽台？如果眞相果眞如此，那艾拉一樣得爲此事負責。

如果她發現事情眞是這個樣子的話，阿萊絲並非沒有讓加文付出代價的打算。家族就是一切。葛林維爾家的座右銘是「法山阿葛西歐卡」——我們的圈子發光。「圈子」可以是家族、領土和朋友，還有影響力。歐霍蘭知道阿萊絲一直爲她家的座右銘而努力。任何縮小他們家圈子的人都必須付出代價——可惡，安娜。阿萊絲喜歡那個女孩，基本上喜歡，儘管安娜曾經妄想色誘阿萊絲想要的男人。目標放遠一點，有時候表現得天眞一點。不過話說回來，誰有辦法對抗馭光法師的意志？安娜美到足以逃過大部分責罰。

結果遇上了更加嚴厲的責罰。

但此時此刻加文．蓋爾不知去向。有一天，阿萊絲會親口質問他。在這麼做之前，她絕對不會再投任何贊成他的票——但說到底，這個想法不會影響投票意向。她很實際，實際至極。她和所有次紅法師一樣實際，喜歡思考。

在心知每次生產後都要休息幾天的情況下，她很實際地開始翻閱那些非看不可的信件。

又是一封來自她的總督——布利恩．威洛．包——的信，告訴她一些她已經知道的事情。緊急、即刻援助，妳在如此極端的年代爲民服務之類的。他到底以爲阿萊絲是在這裡幹什麼？信的最後問她需不需要爲了懷孕身體不適找人代理職務。阿萊絲滿臉漲紅。懷孕身體不適？那個自大的渾蛋竟然懷疑她的能力？她要挖出他勢利的右眼，拿肉槌打扁，煎熟了拿去餵那個流口水的蠢——

她放慢呼吸。放鬆。阿萊絲。

次紅接近了，最近越來越接近。再過兩年，阿萊絲。只要小心謹愼，妳還可以再撐兩年。

她把那封信放到另一疊信裡。她得等到心平氣和之後再回那封信。有時候她很討厭她的工作。她在鏡子裡看見愛人動了一下。

不過這個工作還是有好處的，她心想。

很多超過三十五歲，擁有一頭非主流紅髮和雀斑的女人要找愛人並不容易。她竭盡所能曬黑皮膚，掩飾雀斑和皺紋，很少有人會猜到她已經生過十二個小孩（不過老實說，大多會猜她生過了一、兩個），但即使盛裝打扮，阿萊絲的美貌仍不是克朗梅利亞的主流。她的藍眼睛就是最大的特色了──所有人都愛藍眼睛。但她曾有個愛人──年輕時，在她還沒搞清楚如何挑選知道該怎麼善用自己舌頭的男人前──在做愛後立刻告訴她，雀斑是巨大缺陷。如果沒有雀斑，男人會像讚嘆星星讚嘆她的美貌。

她當年很年輕，不像現在這麼能夠克制衝動。她抓起他的睪丸，試圖扯下它們。她抓斷了所有指甲，拔下了他的陰囊。然後他把她痛扁一頓。

力量強大的人很容易會忘記有時候唯一真正的力量就是肌肉。

在被尖叫、害怕、憤怒的男人一手握著爛掉的陰囊，一手揮拳狂毆，把她丟去撞牆整整一分鐘，她才想起自己能汲色。接著她汲色把他燒成焦炭。她流掉了當時肚裡孩子，不知道是因為被打，還是汲色產生的高溫。她想隨便一個原因都有可能。

現在她已經能接受自己還過得去的外貌了。權力彌補了容貌的不足。英俊的男人和男孩會主動上門。不過通常她喜歡不太英俊的愛人，但要夠強壯，能為葛林維爾家族帶來好血脈，不管會汲色、具有聰明才智，或是魅力非凡──他們得擁有絕佳的特色才能成為她孩子的父親。不過她當前的愛人大概維持不了多久。伊利亞擁有一雙超美的琥珀色眼睛，而且固執，也是個技巧高超的愛人，聰明絕頂、渾身上下散發一股奇特的危險氣息。但她不確定自己想要他成為第十四號孩子的父親。她懷疑自己會繼續和他在一起超過六個月。但是暫時而言，她打算好好享受一下。

吸收一點次紅，她深吸一口氣。次紅吹亮了她的淫欲之炭。

「伊利亞？」

他坐在床上。他是她生命這個階段裡最完美的愛人。瘦而結實，手臂和胸口有些很有趣的疤痕，橘紅色的頭髮剪得很短，臉上和手臂上的雀斑看起來不太明顯，膚色紅潤，還有一口美麗潔白的牙齒。他看著她——懷孕的她——帶著毫不掩飾的欲望。遇上一個會崇拜妳挺著大肚子尷尬體態的男人，或許算是女人最大的喜悅。

但當她站起身來迎向他時，她感到肚子出現熟悉的緊繃感。她遲疑片刻。她假性陣痛已經好幾個月了，她想要肯定一點。

伊利亞起身走向她，赤身裸體。「時候到了？」他問。他從背後抱她，親吻她頸部，握起她腫大的乳房。

她一時間難以呼吸。她的肚子感覺像鼓皮一樣緊。

「對，」她終於開口，推開他的手。「我得要準備一下。如果陣痛間隔太久，或許還有用得到你的地方。穿衣服。」

「要我去找妳的奴隸嗎？」伊利亞問。

她遲疑。陣痛結束了。「還不用。可能還要好幾個小時。或許你可以穿上那件斗篷，裡面不要穿。」她說。事實上，她沒辦法想像在陣痛開始後還去和他做愛。但如果是假性陣痛，她要他待在這裡。她可以幹跑她的沮喪。

如果誠實面對自己，她不管怎麼樣都希望他在這裡。如果沒有和一個男人結婚有讓她感到任何悔恨的話，就是少數像現在這種時刻，她想要有人愛她、擔心她、愚蠢地試圖在無法保護她的時刻保護她。她想告訴伊利亞她需要他做那些事情，但開不了口。

她坐在鏡子前，拿出眼影、蜜粉和能撐過幾小時大汗的油脂顏料。葛林維爾家族來自森林深處，保留了一些傳統之道。新領土和新頭銜都很好，但失去圈子中心的人就會迷失自我。就和他們很久以前身材矮小的祖先一樣，葛林維爾家族的女人待產宛如備戰。阿萊絲很擅長化妝。在取得不適合幫其他女人化妝的地位前，她經常幫別的女人化妝。她很懷念那種感覺。

頭幾胎生產時，她會精心繪製臉上的妝，因爲她相信她的妝容會影響孩子的靈魂。她早就放棄那種觀念，坐下來後想怎麼畫就怎麼畫。她把長長的紅髮在腦後綁了條簡單的辮子，然後在額頭上點了九個之後會畫成火水晶的對稱黑點，接著用黃顏料連接黑點，畫出朝向腦側延伸的翅膀。一眼下方畫個倒三角形，另一眼下方畫了滴淚水。她才剛拿起口紅，下一波陣痛又開始了，她呼吸困難，劇痛貫穿肚子，直達背部。

她停下動作，閉上雙眼，整整一分鐘。接著，儘管陣痛沒有消失，她還是繼續畫口紅。嘴唇豐滿紅潤，畫得有點誇張。她用金漆線突顯顴骨。陣痛舒緩，她越畫越快。接下來是刺。

怎麼會有人忘記這種痛？怎麼會有人想要承受這種痛超過一次？

阿萊絲在兩手手背上、大腿正面、胸口中央、乳房下方、大肚子下方繪製黑刺。

這樣對於追求完美的她而言並不夠好，但在下一次陣痛開始時，阿萊絲覺得這樣夠好了。她伸手去拿鈴鐺。

伊利亞抓住她畫滿黑刺的手。

「你幹嘛？」她問。

「我還想問妳呢。」他說。「在額頭上點九點？代表九個妳不認識的神？」

他琥珀色的眼睛看起來有點奇怪。他笑得有點太開心，牙齒太白了。「伊利亞，現在不是時候。」她說。

「喔，阿萊絲，現在正是時候。我要妳仔細聽我說幾句話，然後做出妳這輩子最重要的決定。」他把她的手從鈴鐺上移開。「妳要我幫妳化妝嗎？我手很巧，很擅長這種事情。」

「不！」她說。「不要碰我，不然我就叫了。」

「妳敢叫的話，妳和妳孩子都會死。」

他的語氣輕鬆愉快，她難以相信自己沒有聽錯。她僵住了。

「我色誘妳是爲了在這個時候出現在這裡，阿萊絲．葛林維爾。我的名字不叫伊利亞，我是謀殺夏普，來自碎眼殺手會。不過當我可以同時滿足兩個派系時，我也兼差……」他微笑。「我是非常特別的馭光法師。我可以不留痕跡殺了妳。還可以輕易脫身。生小孩向來很危險，是不是？特別是對妳這種高齡產婦而言。在妳輕舉妄動前，請記住我可以無聲又迅速地殺掉妳。如果妳亂講話，妳就會死。妳的死亡能取悅我兩個雇主中的一個，但會讓我不爽。不管怎麼樣，在光裡，一切都是自由的。光是鎖不住的，任何馭光法師的意志也一樣。」

陣痛緩下，讓她可以吸一口氣，而她感到強烈的恐懼。他背叛了她！讓她看起來像是笨蛋。她怒氣凝聚，已經在身心雙方面都變成她一部分的次紅對著那股怒火搧風。

伊利亞甩她一巴掌。沒有重到會留下印子，但足以震懾她。「想想妳的孩子，笨蛋。」他說。「我連交易內容都還沒說到。給我聽好了。」

突如其來的陣痛彷彿把她撕成兩半。她就算想說話也說不出口。

「我需要妳的票，還有妳的沉默。光譜議會下次開會時，他們會投票表決要不要任命安德洛斯．蓋爾爲普羅馬可斯。投他。等到時機成熟時，安德洛斯會幫助妳兒子或女兒成爲法色法王，而且他會立刻派遣援軍去營救妳的家族和國家對抗法色之王。這條件很好了。不准討價還價。他還要妳對這次會面絕口不提。如果妳洩露此事，我會親手殺光妳所有孩子、姊妹，還有哥哥。我會化身襲捲妳全家的瘟疫。事實上，當我們要滿門滅口的時候就會拿這個當掩飾——瘟疫。」

陣痛過去時，阿萊絲已經恢復理智。「你爲什麼要這麼做？碎眼殺手會不是與異教徒合作嗎？」

「碎眼殺手會是個……很實際的組織。妳應該要欣賞這一點。如果此刻幫安德洛斯・蓋爾做事對我們有利，爲什麼不幫？但殺死法色法王乃是符合組織偏好的事情。」

「扶我起來。」她說。「我得走到產房去。」她舉手。突然間，一條手臂力氣消失，垂在身側，撞到椅子。

「妳還不用過去。我還沒有無知到那個地步。妳也不該藐視我的力量。剛剛只是小小的示範。」謀殺說。他輕輕彈指，她的手臂開始刺痛，慢慢恢復力量。「對了，妳肚子裡是個男孩。妳要我把他的心臟弄停嗎？要做到這樣才能說服妳嗎？」

「你是怪物。」

「戰爭讓所有人變成怪物，而這場戰爭是盧西唐尼爾斯起頭的，不是我。」

「下地獄去。」

「這是妳的答案？妳要這樣投票？」謀殺問。

「你不會殺嬰兒的。我們做愛的時候，我看過你的眼神。我看過你的靈魂，伊利亞。」她不可能錯到這種地步，對不對？她看到他的肉體、他的奉承、他的任性、他的巧舌。但是除了那些以外，她幾乎不認識他。他是個誘餌。她慢慢用膝蓋打開抽屜。

「伊利亞是我的本名，從前的名字，」他說。聽起來若有所思。「當我拿掉眼前的有色眼鏡，看清這個無拘無束世界的榮耀時，就放棄了那個名字。我很喜歡聽妳叫我的名字。現在還是。阿萊絲。」他說，語氣突然變得嚴厲。「我知道那個抽屜裡有手槍。我已經拿掉子彈了。」

她停止動作。

「我比原先預想得更享受和妳在一起的時光，高貴的葛林維爾女士。妳聰明貌美，比我這幾年睡過的女人都來得狂野。妳可以拒絕安德洛斯．蓋爾，因爲去他媽的，是吧？我了解。我自己都曾幾度想這樣說。如果妳拒絕他，但是不洩露我的事，我就饒了那個孩子。我會盡量讓妳死得毫不痛苦。」

「我可能會說謊。」

「妳有六個孩子在大傑斯伯。妳認爲有可能送他們離開，不讓安德洛斯得知他們搭哪艘船嗎？說謊的話，他們會先死。然後我會去綠避風港解決妳的圈子。你們家族不會一次徹底消失；我的能力沒有那麼強大，時間也沒那麼多。但一場瘟疫可以在短短幾天內摧毀一輩子心血。」

「你是那種屠夫？」

「我是個聖戰士。並非總是認同接收到的命令，但向來會執行。」他說得很小聲，但非常堅定。

「我應該要看出來的。」她說。年輕時，她會近乎歇斯底里地懷疑所有追求者的動機。最近幾年，她沒放太多心思在那上面。太多次紅，美貌也褪色太久了。

他沒有回應，沒說他非常擅長自己的工作。他當然擅長。他們只會派最頂尖的高手來對付她。

「露娜．綠？」她突然問。那位法色法王幾個月前猝死，死因不明。

他點頭，承認出自他的手筆。

「殺她是爲了誰？蓋爾，還是你們組織，還是都有？」

他搖頭。「妳沒必要知道。」

「扶我去產房。」她要蹲著死去，就和祖上許多女人一樣。

「妳不用我扶，不用任何男人扶。」伊利亞說。

他說得沒錯。這是她最後一根稻草——近身肉搏打倒他——反正肚子這麼大也不太可能成功。還是維持一點尊嚴好了。

*尊嚴。我在前往產房的途中考慮尊嚴？我眞的老了。*她看著伊利亞穿上斗篷。他從斗篷頸部附近的口袋裡拿出一個連著鎖鏈的金項圈，緊貼著皮膚套好。

「這就是你所謂的自由？」她問。

「我被鎖鏈拴住是爲了讓別人不用戴著鎖鏈生活。」伊利亞說。但他已經不是她的伊利亞了。

「有一天，在你完美的世界裡？」她問。

「有一天。」他說。

她自行起身。「你會等到小孩出世？」

「我會。」他暫停片刻，突然表現得有點尷尬。「恐怕我還需要妳一顆牙齒。不過我會等到小孩出世。我只是想說，妳應該知道。妳左邊第三顆臼齒很美。」

「我想我用不到它了。」她說，眞的不明白他的意思。

她沒有驚慌失措或出言侮辱似乎讓他鬆了口氣。

「你打算怎麼不讓人發——喔。」她說著眼看他拉上斗篷，然後在一陣微光閃耀過後，整個人消失不見，全身所有部位都與身後的牆壁一模一樣，除了那雙明亮的琥珀眼，看起來好像飄在空中一樣。她調整雙眼到次紅光譜，看見他站在那裡。了不起，傳說故事裡的霧行者斗篷。他打算這樣待在禁止男人進入的產房。他打算這樣確認她願不願意奉命行事。

部分的她對於殺害自己的凶手要在如此私密的時刻，理應只有女人可以參與的時刻監視自己，感到十分憤怒。但是那一部分的她很渺小，很疲憊。她很痛，能讓劇痛結束就夠了。不光只是生產的痛，還有傷口癒合、奶頭破皮、失眠等痛苦——葛林維爾家族保持傳統，自行照料，不假手保姆，不把養育孩子的快樂和痛苦託付給其他人。家族想要開枝散葉，首先就得先養護樹根。汲色會痛，想汲色的欲望也很痛。每次懷孕，她都要盡量克制汲色，然後再度開始汲色時感受到的次紅誘惑加倍。她不曉得自己還能撐多久。她告訴自己還有兩年。她太看得起自己了。

但她不是懦夫，也絕不可能叛國。再度陣痛，再度消退，她知道自己樂於接受死亡。她只剩下一場戰鬥。最後一場寶貴的戰鬥，但不會拚得你死我活。她會與自己的身體作戰，再推一個小孩到光明中，然後她會放下肩上的重擔，相信她致力維護的圈子此後能夠照顧自己。

她伸手去拉召喚奴隸的鈴鐺。「願我的詛咒跟隨你一輩子，謀殺夏普。」

「祝福妳，阿萊絲。我不會讓妳受苦的。」

「叫安德洛斯・蓋爾去幹他自己。」她說。她拉響鈴鐺。

第三十二章

這就是我此後的生活了嗎？開會、收集情報、聽取報告、裝模作樣？卡莉絲當黑衛士時得擔心的背刺，現在完全可以照字面上的意義來解釋。而在這裡，你永遠看不到血。

不過講公平點，隱喻的背刺在這裡可能會導致數千人死亡，而不只一人。嗯。這個想法讓唇槍舌戰變得更具分量，對吧？特別是當卡莉絲環顧光譜議會會議廳，發現這些人都沒什麼了不起的時候。

法色法王照理說應該是由他們轄地的總督基於強大能力和虔誠信仰選出的。事實上，就和所有權力滔天的職位一樣，情況比理論複雜很多。家族忠誠度、公然賄賂，甚至是競爭家族不小心犯錯都可能導致克萊托斯・藍這種人當選法色法王。而基於任命法色法王的總督或女總督掌握權力的程度不同，法色法王有可能是傀儡、代理人、委任代表或是完全不受控制。

從前不是這樣的。從前總督都是眞正的國王，法色法王必須等候總督決策，所以光譜議會就連表決最單純的事情都要等上好幾週。好幾任白法王、稜鏡法王和法色法王攜手合作，致力於同一個目標，把權力集中在這裡——克朗梅利亞——這個會議室中。

儘管如此，卡莉絲還是覺得很無聊。無聊很危險。黑衛士很清楚這一點。無聊會讓你懶散、掉以輕心，然後死亡。在安德洛斯・蓋爾身邊絕對不能懶散。他們還在等幾個法色法王趕來開會。安德洛斯召集這次會議。卡莉絲仔細打量會議桌對面的安德洛斯。

他看起來有點不同。在過去幾週變得不太一樣。擔任黑衛士期間，卡莉絲總是能靠直覺察覺潛在危機。她的訓練教會她翻譯那些直覺——不光只是看穿整體威脅，還要看出誰在流汗、緊張、無暇注意身旁的人在做什麼。盧城之役過後，卡莉絲越來越覺得安德洛斯是個威脅。

她把這種想法當作過度警覺、偏執妄想、仇恨厭惡。她嫁給他任性的兒子，他反對此事反對了將近二十年，現在又有更多理由討厭她了。她有上千個理由將安德洛斯視為威脅。但為什麼現在她會把他歸類為引發黑衛士本能警覺的那種威脅呢？

安德洛斯向來是威脅，總是大權在握。但他肉體上的力量已經衰退多年了。而現在……他變了。

他不再無精打采。事實上，從盧城歸來後他變得精神奕奕，是不是？他似乎變強壯了，又恢復蓋爾家族寬厚的肩膀，或許純粹只是因為他站得更直一點，也可能長出了新的肌肉組織——或什麼更糟的情況。而且他走路也比之前快多了。為什麼？他更老了。他失去了最後一個兒子。正常情況下，這類事情會消磨人的心智，讓人更加接近墳墓。但是安德洛斯・蓋爾沒有。

歐霍蘭慈悲為懷，他變成紅狂法師了。就在他們眼前。他一直以來都好勇鬥狠、任性妄為，以致於沒人注意到這些轉變。紅法王變成紅狂法師。

卡莉絲覺得呼吸困難。她熟悉狂法師。她曾和加文一起獵殺他們。有些狂法師可以保持理智幾個月。他們是活生生的褻瀆，但還是可以讚美歐霍蘭。他們幾乎可以掩飾一切——但是無法掩飾雙眼。

安德洛斯・蓋爾已經遮掩眼睛多年。遮住光線，隔絕誘惑，他說。萬一他其實是在避免其他人發現真相呢？

卡莉絲下意識地伸手去摸腰間，但阿塔干劍不在那裡，另一邊也沒有碧奇瓦。她呼吸沉重，心跳加速，戰鬥本能開始竄入體內。他會看穿她，只要看見她的表情，他就會知道。

沒錯，那副眼鏡和他前往盧城前戴的黑眼鏡不一樣。這些只是比較暗而已。他已經不是瞎子了。不再需要當瞎子了，因為他不再擔心汲色的誘惑——他已經放棄抵抗了。

她理智的頭腦開始察覺早該察覺的線索——安德洛斯會直視其他人，看見用黑眼鏡遮眼的人不該看見的細節。失誤，對想保密的人而言是懶散的失誤。不過或許對紅狂法師而言算是可以理解的失誤。他們向來不夠謹慎。

卡莉絲覺得有點害怕——但又有點高興。如果他是狂法師，就能揭穿他的面具。摘掉面具後，不管他是不是法色法王，就會被立刻解放。然後他就消失了。親愛的歐霍蘭呀，她終於可以擺脫他了。

她知道一個好女人會爲了公公慘死而哀悼，如果公公擁抱瘋狂和褻瀆，不願意帶著尊嚴離開人世的話，她還該更傷心——但卡莉絲不是那種女人。她想要安德洛斯・蓋爾死掉，死掉，死掉。如果他在死時遭受羞辱、被人公開譴責，那就更好了。

在戴萊拉・橘渾身酒味地走入會議廳時，卡莉絲開始策畫如何揭穿安德洛斯，如何在那之前弄到一件武器。被揭穿身分的狂法師向來會迅速採取激烈反應，而以爲狂法師仍是摯愛的人往往會因爲反應太慢而釀成悲劇。就連黑衛士也一樣。

會議廳內唯一有武器的就是黑衛士。

或許在這種情況下，魔法才是因應之道。她得注意安德洛斯的皮膚——但那個老謀深算的山羊全身都包得緊緊的，甚至還戴手套。

這也是證據。

卡莉絲發誓過不再汲色，但她不打算讓遵守誓言——爲了讓自己活久一點的誓言——變成害死自己的原因。她思考著凝聚綠盧克辛而不讓馭光法師和黑衛士注意到的辦法。在全世界所有人裡，眼前這些應該是最容易察覺這種事的人了。

但她還是沒有其他辦法。

卡莉絲身體前傾，手肘抵住桌面，椅子往後靠，做出最不淑女但是若有所思的姿勢。她一個一個打量桌旁的人，不過只是裝裝樣子。她沒有在思考；而是在期待。

白法王被人慢慢推進來，看起來疲憊不堪。卡莉絲坐直，彷彿發現她的椅子擋住白法王的輪椅似地，她站起身來，撞上年輕黑衛士加文．葛雷林。她道歉地推回椅子，讓到旁邊，然後坐下，把她扒走的匕首放入口袋。

一支匕首，對付一個紅狂法師。機會不大，但是為了避免自己無法在他攻擊前及時汲色，有個備用方案還是不錯的。

「在我們開始開會前，」白法王說，「恐怕我有壞消息要公布。我們的朋友及同事阿萊絲．葛林維爾今天下午難產去世了。」

「歐霍蘭慈悲為懷。」橘法王說。她伸手遮嘴。

「不、不、不。」吉雅．托爾佛說。次紅法王是她表姊。

「怎麼回事？」安德洛斯．蓋爾問。

白法王搖頭。「她的醫生說她過度緊張，她知道事情不對勁，但她不肯說。她只是擔心她的孩子，班歐尼，她為他取名為『我的痛苦之子』。聽見他第一下哭聲後，她擁抱他，遙望遠方，然後失去意識。她再也沒醒過來了。」

「可惡。」戴萊拉．橘誠心哀悼地說。「我告訴過她不能這樣一直生下去。」

「我們都以自認最適合的方式服侍世界。」安德洛斯低聲道。這話本意是用來安慰人，有一瞬間，卡莉絲相信他是真心的。她都忘了變成現在這個老蜘蛛前，他曾是個幾乎與他兒子一樣充滿魅力的男人。

她看著他，心生懷疑。紅狂法師有辦法維持這種面具嗎？或許哀悼也是一種激情。光譜議會成員隨白法王一起為逝者禱告，卡莉絲在抑揚頓挫的禱告聲中找到一絲寧靜。生產時死亡。她還記得自己生孩子的時候。那種痛。她以為自己快要死了。有那麼一段時間眞的想死。接著她發現她並不痛恨自己，她痛恨的是自己的軟弱。她回來，重新打造自己，加入黑衛士，變得勇敢。但她還是從那個孩子身邊逃離。至今依然在逃避。依然一想到此事就覺得噁心。加文坦承所有羞於啓齒的祕密時，她沒有告訴加文。他伸長了脖子任她宰割，她則抱著他，聽他說話，好像自己很純潔一樣。

她的孩子，她兒子——儘管她哀求他們不要這麼做，但他們不小心對她透露性別——現在流落在外，身處血林的森林深處，就在一群狂法師軍團的行軍路線上。她很想吐。

妳不能永遠逃避下去，卡莉絲。

「很抱歉打斷致哀的時刻，」安德洛斯．蓋爾終於在禱告結束後開口。「可惜我們都知道，不管我們有多需要時間，近期內的危機不容擱置。」

「喔，眞是夠了，安德洛斯，」戴萊拉說。「有什麼事快說。」

卡莉絲握住口袋裡的匕首。紅狂法師，被人不客氣地頂嘴？雖然只是微不足道的擦槍走火，但……

安德洛斯面露哀傷的笑容。「戴萊拉，我很抱歉，」他說。「我一直對妳很不客氣。不能感同身受。妳過去幾個月一直在忍受壓力，而我只有增加妳的負擔，沒有幫妳分憂。我乞求妳原諒。」一開始，卡莉絲以為他在嘲諷戴萊拉，卑鄙、冷酷地挖苦她。但他表現得像是在安慰人，語氣也很誠懇。

有人靠上椅背，發出喀拉聲響，宛如火槍聲一樣響亮，整間會議廳的人都聽見了。

安德洛斯・蓋爾凝望自己大腿，彷彿深感羞愧。「過去幾年我過得很辛苦。我眼睜睜看著自己的力量減弱。爲了保持理智而不再汲色，對我來說就像徹底與歐霍蘭的榮耀隔絕開來一樣。外在的黑暗令我虛弱，逐漸遮蔽我的內心。我一心只想著自己。我不該那樣對待你們，各位法色法王，我虐待親人——我最後一個兒子和妻子。現在他們倆都離我而去。我妻子不顧我的反對參加解放儀式。偷偷離家，因爲她擔心——而她有理由擔心——我不會允許她離開。當我失去最後一個兒子時——」他突然住口，彷彿說不下去。

他抬頭，轉動眼鏡後的眼珠望向白法王。「妳與我爭鬥多年，」他語氣哀傷地說。「多年以來，我一直抗拒妳的智慧。多年以來，我都處於粉碎光暈的邊緣。我開始戴手套、黑眼鏡，不光只是爲了遮蔽光線，也是爲了遮蔽你們的目光。不讓你們知道我有多接近那團火焰。」他輕嘆一聲，卡莉絲緊握匕首，懷疑他是不是要突然發難，大開殺戒。

「是時候，」安德洛斯說。「公開眞相了。」

卡莉絲擺好姿勢，雙腳移動到椅子兩側，隨時準備跳起。

安德洛斯脫下他的長手套。「上次開會時，我羞於啓齒，但當時我已經介於臨界邊緣，而當我們禱告祈求奇蹟時，我對歐霍蘭會幫助我們——還有幫助我，只抱持芥子般的信念。」他抬頭，臉上線條分明。「但今天我是來告訴各位歐霍蘭無所不能。而祂很善良。我在禱告時睡著，深信沒有東西救得了我，準備等到醒來就自殺。我睡著。我作夢。在夢中，歐霍蘭告訴我儘管年老力衰，祂還是能戰勝我的衰弱。祂在我的弱點中放大。祂擁有拯救我的力量。我們是世俗的軀殼，但能爲祂的榮耀出力，祂會給我們力量服侍祂的意志。」安德洛斯脫下手套，丟在桌上。他拉開兜帽。「我禱告，我睡覺，我作夢，我聽見神的旨意，我重生。」他解開斗篷，丟在椅子上，然後拿下黑眼鏡，丟在桌子上。

卡莉絲知道安德洛斯·蓋爾已經六十幾歲了——因為擺明活不長，馭光法師通常都很早婚，也會盡快生孩子——但是在她心中，她相信他至少已經九十幾歲了。他很老、很衰老，已經一腳踏進墳墓。

但這個安德洛斯·蓋爾不是她認識的那個人。她無力的手指放開偷來的匕首。

安德洛斯·蓋爾身穿盧克辛紅的上衣，以金色錦緞突顯寬厚的肩膀、挺直的背脊。他剪短了之前的長髮，洗乾淨還梳理整齊。他本應鬆垮的皮膚似乎恢復年輕緊實。但那一切都算不上是眞正的奇蹟。

他把雙手放在桌上，然後轉到反面。

手掌和手背都未受盧克辛玷污。當他一一面對所有法色法王，最後終於直視卡莉絲時，看見了眞正的奇蹟——安德洛斯·蓋爾的斑暈尚未占據瞳孔的一半。他看起來像是還能繼續汲色十年的男人。

這不可能。一定是魔咒，橘魔法造成的幻覺。

「摸摸看，」他說。「仔細看。戴萊拉，這是魔咒嗎？」

「不——不。」她說，一副說不出其他話來的模樣。

吉雅·托爾佛眞的摸了安德洛斯。她摸他的手掌、手，神色讚嘆。其他人不需要更多證據。

「讚美歐霍蘭。」克萊托斯說，即使安德洛斯過去幾分鐘言行看起來不像精心策畫好的，克萊托斯提起歐霍蘭之名肯定是。這話把卡莉絲帶回現實。安德洛斯·蓋爾，不管他身上發生了什麼事，依然還是安德洛斯·蓋爾。她不該只因為有不可能的事情發生就降低警覺。他是蓋爾家的人；不可能的事情總是會發生在那個可惡的家族裡。

當然，現在我也是蓋爾家的人了。可惡。

安德洛斯保持安靜，直到看起來有人快要開口時，他才說：「歐霍蘭交付了一項使命給我，賜給我達成使命的力量，所以今天，我請求光譜議會遵從祂的指示。我將會除掉這個異端，這個褻瀆眞神的法色之王；而要達到這個目的，我就得成為普羅馬可斯。」

感覺有點操之過急，但或許安德洛斯・蓋爾認為再拖下去沒有意義。

「我提名安德洛斯・蓋爾出任普羅馬可斯。」克萊托斯・藍說。

「我附議。」安德洛斯說。

「程序問題！」戴萊拉說。「我們有滿足法定人數嗎？新的綠法王尚未任命、稜鏡法王失蹤、阿萊絲甚至還沒安息。」

「普羅馬可斯投票只需要當前法王多數通過。」安德洛斯說。

卡佛・黑點頭，確認規則就是如此。會議桌旁的人立刻開始考慮此事的意義。黑法王沒有投票權。白法王只有在票數相同時投票。次紅法王去世，尚未任命接班人，而加文失蹤，移居先知島的流亡提利亞人代表的票也一起失蹤，多數通過表示五票裡他只需要三票就行了。

他繼續說：「此事肯定難如登天，儘管如此，歐霍蘭還是給了我們一條前進的道路。你們全都認識我很多年了，很清楚歐霍蘭的行事作風。你們都知道當前的危機。我認為沒必要繼續考慮。我請求直接投票。」

克萊托斯投贊成，當然。安德洛斯投贊成，宣稱放棄投票就太假了。剩下的就是吉雅・托爾佛・黃及戴萊拉・橘。他只需要一票就好了。如果兩票都不投他，白法王就會投票。

「我反對。」戴萊拉・橘說，雙手於胸前交扠。「這是你最後一次把我當傻子耍——」

「現在不是發表演說的時候，」安德洛斯插嘴。「是投票的時候。吉雅？」

吉雅臉色一沉，連心眉皺成一團，臉上連換了數十個表情。「我不能阻擋歐霍蘭的意志。放下成見不提，我覺得這是貨真價實的奇蹟。我投贊成票。」

所有人再度開始呼吸。

「表決結果是通過。」白法王說。她語氣平淡，面無表情。「我們明天會在大殿堂宣誓就職。可以接受嗎，準普羅馬可斯？」她問。

「當然可以，高貴的女士。」安德洛斯・蓋爾微笑。他完全沒有掩飾勝利之情。他們休會。卡莉絲起身，走出會議室。她在加文・葛雷林進入會議室時把匕首還給一臉困惑的年輕黑衛士，不過在她來得及出口訓斥他前，看見一條熟悉的身影沿著走廊踉蹌而來。

「凱莉雅？」她問。這個嬌小的女人不但心思靈敏，而且還是個馭光法師。凱莉雅一直是第三隻眼的左右手，也是達納維斯將軍──現在是達納維斯總督了──在統治加文新成立的總督轄地先知島時，不可缺的幫手。「妳來這裡做──喔不。」

「妳要叫我凱莉雅・綠，提利亞的科凡・達納維斯總督指派的法色法王。」女人笑著說。「我的船幾小時前才靠岸。本來應該會更早抵達的，但是在碼頭有點騷動。我錯過什麼重要的事情嗎？」

這就是安德洛斯那麼趕的原因。他發現有張否決票正在趕來的路上。只要一張票就足以摧毀他的計畫。碼頭上的騷動？安德洛斯的手下趁光譜議會開會時拖延凱莉雅。

就差了這麼三分鐘，歷史就此改變。

第三十三章

在發生這麼多事情後再度回到圖書館感覺非常奇特。一切都和基普離開時一模一樣。他走過桌面上有專門爲了防止墨水灑出的墨池槽的書桌。他走過一排又一排、特別依照圓形圖書館擺設的書架，所有書架都有點弧形。這裡只是小傑斯伯眾多圖書館之一，但一年級學生也可以來，所以他大部分時間都耗在這裡。

一股懷舊之情湧上心頭，他朝其中一張書桌走去。一名近視眼年輕學者彎腰駝背地坐在那裡。「不好意思，」基普說。「我在找莉雅・希魯斯。」莉雅是個親切的圖書館員，之前幫他研究過九王牌和其他東西，同時也是指引他去找明鏡珍娜絲・波麗格的人。

「嗯哼。」年輕人說。他回頭去忙他的。他桌上擺了一疊書，還有一堆筆記。

「嘿，我是──」

「這裡沒有關於莉雅・希魯斯的書。如果你找不到你要的書，去跟教義部登記。」

「呃？」基普問。「我不要找關於她的書，我是要找她。高高、瘦瘦、臉很小、黑頭髮？通常輪晚班？」

「告訴提瑪厄斯這很好笑，我希望他的論文在審查時爛掉。」

「我不認識什麼提──」

「噓！」圖書館員繼續去忙他的。

基普放棄。或許晚班的人會認識她。不過有點奇怪。「我要去樓上的圖書館。」基普說。

「你幾年級？」圖書館員不耐煩地問。

「我是新進黑衛士。」

「證明給我看。」圖書館員說。

「你走出來一點。」基普說。他另一隻手捏緊拳頭。

對方看起來一點也不害怕。「威脅圖書館員會讓你一整年都不能使用任何圖書館。」

基普攤開手上的牌——

惡霸朗會說：「一整年？聽起來不算太糟。」一點點哄抬氣勢，一點點暴力脅迫。再加一點那個年輕人生理上的弱點，全部混在一起當成狗屎去抹在他鼻子上。聰明的朗。「一整年？」基普會說。「戰爭期間？不讓我這個可能需要這些知識作戰的黑衛士進入圖書館？我不這麼認爲。」朗大人會說：「我是蓋爾家的人。你以爲有人會爲了打爛你的臉而懲罰蓋爾家的人嗎？我可以把你丟下陽台，沒人會多說一句話。」

他眞的在考慮該採用哪種做法，或是全部一起上。他打掉這些念頭，覺得有點噁心。離開瑞克頓後成長了很多，是不是？從一無是處的弱者變成了豢養奴隸的惡霸。他一直知道自己變了，但是變成這樣？他想要變成這樣嗎？

「我很抱歉。我是在開玩笑，很爛的玩笑，我不該這麼做，這樣對你不公平。請你原諒。」

圖書館員看著他，一副好像黑衛士道歉是他這輩子見過最奇怪的事情。「原諒你。」他說。他聳肩。「姓名？」他問，在筆記堆裡翻找清單。

「基普・蓋爾。」

圖書館員咳嗽。「屠神——嗯哼！」他翻了一下文件。然後停下動作。「呃，你可以直接上去，蓋爾大師。」他說。

但基普不太開心。屠神者。又是另一項負擔、另一項期待，好像做過一次，肯定就能再做一次。

「呃，請問，」基普說。他露出有點苦惱又充滿魅力的笑容。「我可以不用問，直接上去？」

「當然，如果被那些圖書館員發現，某人未經允許擅自進入那些圖書館的話，後果會很淒慘。不過我們不會守著門或禁止人進去。我是說，裡面都是書。」

還是那個老基普，隨時都準備破門而入——不過門沒鎖。

基普在管制圖書館裡，遇上的第一個人就是鐵拳指揮官。什麼？

「指揮官！真高興見到你！」基普說。「本來我還覺得『管制圖書館』好像很可怕——」

指揮官突然抬頭。「我在做研究，粉碎者。」

「你在研究什麼？」基普好奇地問。

「粉碎者。走開。」

基普側頭看書名，大聲唸道：「《國王之母：阿伯恩血脈的非傳統研究》？這是什麼書？其他那些又是幹嘛的？」

「你覺得你二十四小時可以跑多遠？」鐵拳冷冷問道。

基普的小腦袋裡突然閃起微光：警告，笨蛋！「是，長官！」他說，然後在鐵拳繼續說話前退開，因爲不管說什麼都只會引發痛苦。

基普走到另一張桌旁，有個比他大五、六歲的盧克教士正在讀書。「不好意思，你可以告訴我家譜放在哪裡嗎？」

年輕盧克教士抬頭。他面帶愧色，好像在看什麼不該看的書。那本書是用基普不懂的語言寫成的，所以他根本不知道那是什麼。年輕盧克教士皺眉說：「你走過頭了。就在那個大塊頭黑衛士那裡。」

大塊頭黑衛士？鐵拳指揮官遠近馳名。大傑斯伯居民會駐足圍觀他，而且不光只是因為他身材高大又帥氣。

但克朗梅利亞很大，對某些人而言，這裡的名人是學者或盧克教士——基普很少見到的人。這個年輕人如果發現基普不認得六個盧克主教的話，大概會和基普發現他不認得鐵拳一樣驚訝。人總是該謙卑一點。

通常我都非常需要謙卑。

總之，儘管基普想看家譜和家族歷史——他花了多少時間和心血才接觸到那些書？這些書是他當初加入黑衛士的原因——他不能直接走過去坐在鐵拳身旁，現在不行。「黑牌。」他發現自己說道。這話就這麼脫口而出。

年輕盧克教士只是看著他。他看起來有點眼熟，但那可能是因為人只要換上那件蠢袍子，看起來都差不多。

「異教牌。」基普說。挖深點，基普。

「你們這些年輕人。你們已經比其他人更早進入圖書館了，然後還想看更多禁書。」年輕盧克教士搖頭。「那些書在管制圖書館裡。」

「這裡就是管制圖書館，」基普問。「不是嗎？」

「你以為只有一座管制圖書館？」

「我本來是這麼以為的。」

「你比外表聰明。」

「呃?」

「不過顯然沒有聰明到哪裡去。」盧克教士闔上書。他看起來還是有點緊繃。「抱歉。聽著，你是新進黑衛士，我看得出來。那並不表示你所有書都能看。異教書籍和禁忌魔法對所有人都是禁書，除了法色法王和取得特殊許可的人。黑牌是黑的是因爲那是異教牌，因此……」

「因此，黑牌的書在異教區。」

「在管制圖書館裡，不過猜得不錯。」

基普看出這樣不會有結果。還要更多許可?他才剛和白法王聊完天，本來可以請求許可的。至少她會了解他爲什麼對黑牌感興趣，但並不能保證她會允許基普看那些書。再說，他究竟來這裡幹嘛?找點能夠毀掉克萊托斯・藍的醜聞?誰知道他爸還需不需要做這件事?*太遲了，基普。再一次。*

加文被海盜船俘擄。海盜肯定會好好對他——畢竟他是稜鏡法王——不過基普認爲他們得遮住他的雙眼或什麼的，避免他施展力量把他們打成碎片。儘管如此，誰知道他什麼時候會回來?

「你叫什麼名字?」基普問。

「昆丁。抱歉，昆丁・納希德。」昆丁是個緊張兮兮的傢伙。似乎不太敢直視基普的眼睛。*喔，好吧，學者嘛。*

「很高興認識你，昆丁。我要怎麼讓你知道我得到許可了?」基普問。

「你打算就這樣跑去取得許可?」昆丁笑著問，好像覺得基普以爲此事這麼好辦很可愛。

基普沒有回答。他不太喜歡這種屈尊俯就的笑容。

昆丁搖頭，決定放棄。「我待會兒回來。」他走到一個圖書館員的書桌，在抽屜裡翻來找去，和那裡的一個女人隨口聊天。他回來，拿了張紅色正方形表格給基普。

基普很快塡好相關欄位，昆丁則困惑地看著他，他走向鐵拳指揮官。「長官，你可以幫我簽這個嗎？」他把沾好墨水的羽毛筆交給他。

「粉碎者，你知道我有多少種方式能拿這支羽毛筆把你打到殘廢嗎？」

「不知道，長官。」

「想知道答案嗎？」

「如果是純教育性質就想，親身體驗就不想，長官。」

鐵拳嘴角抽動，不過可能是出於基普的想像。

「簽名就能讓你離開。」鐵拳說。這不是問題。

「立刻離開，長官。」

「是，長官。」

鐵拳看都沒看就簽了。「粉碎者，運氣是屬於膽大妄爲的人……但是別再跑來膽大妄爲。」

基普回去拿自己的東西，然後問清楚禁忌圖書館要怎麼走。昆丁告訴他，似乎對他如此輕易取得許可感到非常震驚。「嘿，呃，昆丁，謝謝。你幫了大忙。」

「我的，呃，我的——我不敢相信你就這麼——」

「我知道，很不公平。請不要討厭我。我們家族基本上都是一群……好了，我們不該享有這麼多特權。嘿，你在研究什麼？要不要我在那裡的時候順便幫你帶本什麼書？我不能讓你把書帶出圖書館，當然，所以你看的時候，我得在場，不過如果有什麼幫得上忙的地方……」

「聽起來超危險——超棒的！如果可以的話就太好了。我，我研究各式各樣學問。我是個，是個博學者。」他臉紅。他瞄向基普的眼睛，然後瞥開，說話變快。「抱歉，我一直想要克服這種虛偽的謙虛，但是眞的——總之，我在研究第一世紀的聖徒；我已經把亞爾邦和史傳的所有事蹟都背起來了，還有他們的註釋。卡莉絲・影盲者的過渡期儀式。一些朝代交替的事蹟。你眼神呆滯了。背下那一大堆註釋往往會讓人有點——總共五本書——不是嗎？無所謂。」

他什麼東西都有研究？聽起來可能會有用處。「有什麼現代一點的嗎？還是說也太危險——太棒了？」基普刻意傻笑，表明自己在開玩笑。

「現代是說當代的意思嗎？」昆丁是認眞在問這個問題的，而且當話題轉移到他的領域後，他不再顯得那麼尷尬。

「我不曉得這兩個字有——」

「抱歉，我是書呆子。阿伯恩部族階級的永久架構？呃，現代殉道烈士？我曾一度想過我的人生會走上傳教那條路，搞不好還要殉道。神廟建造技巧？」

「我想你不熟悉現代族譜？現在和僞稜鏡法王戰爭期間的貴族世家？」

「不熟。」

「嗯。」本來就不該期待這麼多，基普心想。好像歐霍蘭會把剛好知道所有他渴望得知之事的學者丟到他面前一樣。他對於自己能夠輕易說出「僞稜鏡法王戰爭」感覺比較驚訝。在提利亞長大的過程中，所有人都稱之爲「稜鏡法王戰爭」。基普不是爲了融入此地而選擇說僞稜鏡法王戰爭的；他根本沒想到要選。這個地方正在改變他。「你有點眼熟。我們見過嗎？」他問。

昆丁搖頭、眨眼、僵住，突然又害羞起來。眞是奇怪的男孩。「我不知道。有可能。請不要覺得冒犯，但我不太注意黑衛士。」

這算公平。基普待在克朗梅利亞期間似乎也沒正眼看過任何盧克教士。他有個想法。昆丁說他背下了一大堆知識，而上面顯然允許他研究任何他想研究的學問。這絕不尋常，所以他一定深受寵幸。或許和基普沒有多大差異——不過昆丁的特權都是他自己爭取來的。「告訴我，昆丁，你在你的圈子裡應該很有名，對吧？」

「我不會說有名啦——枯萎與腐敗呀！我又來了。假謙虛。」他嘆氣。「在我們那個小圈圈裡，沒錯。」他又臉紅。「抱歉我罵了髒話。」

「他們隔了多久才開始把你納入他們的政治遊戲裡？」

「什麼？誰？抱歉，我不懂。」

「盧克教士。你的上級。」基普看得出來昆丁很清楚他在說什麼。

「教廷乃是歐霍蘭在世界上的代理人。我們不像其他組織那樣政治化。」昆丁說。他很緊張。防禦心重。

一時之間，基普得做出選擇。變成賤嘴基普，還是不要。然後基普說：「你是個騙子。呃？太可惜了。我以爲可以和你交個朋友。祝你一生順遂，納希德教士。」

第三十四章

基普沒時間立刻去管制圖書館，而且卡莉絲還沒聯絡他，所以他前往下一堂課。上課的老師是塔溫莎‧黃金眼。對馭光法師而言，她年紀超大，大概六十歲，對待學生很嚴格。據說她一年只收三個學生──黃超色譜法師，全部都是。當然，基普在開課好幾個月後才來上課。

他朝黃塔走去，只吞嚥一口口水後便穿越高空走道，在幾分鐘後抵達一間小教室的門口。他停在緊閉的門前。門上有個牌子：「男性止步」。他止步。皺眉。

基普‧蓋爾，殺過神和國王的人，竟然不敢敲門。

情況完全不同。這就像是走進女廁。

他低頭看著燒傷疤痕滿布的左手一下子就握成拳頭。拜託，拳頭。

他敲門，很堅決，但是敲得很輕，連敲三下。

門在他敲第三下前就打開了。

「你幹嘛？」一個擁有金色眼睛和發光皮膚的老女人問他。不難猜出她是什麼人。

「妳好，黃金眼老師，我看到牌子──」

「看不懂嗎？不識字？滾。」她關上門。

基普想都不想就往前伸腳。門撞上他的鞋子，再度彈開。黃金眼老師已經轉身背對他，聽到這個聲音時渾身一僵。

教室裡有兩名年輕女子，坐著，側頭看基普，突然之間面露驚恐神色。

「不好意思，」基普說。「我是妳的新學生，基普。我想牌子一定寫錯了。我敢說上面本來要寫『非超色譜法師止步』。」

「那又怎樣？」她邊問邊轉身。她看他的樣子彷彿他是隻昆蟲。

基普一下子沒有說話，不太確定她是什麼意思。他說：「我是超色譜法師。」

「超色譜法師男孩就和會說『我愛你』的狗一樣，很新鮮，但沒有先例。」她甩上門。

基普忍下來了。因爲他剛好覺得自己像是「走到哪裡都有特權的小蓋爾大人」。整體而言，他大概不配擁有這麼多特權。再說，不能上課讓他可以在安德洛斯・蓋爾想出辦法趕跑他前，進入禁忌圖書館。

他發現自己擋在門口，外面有個約莫二十歲、相貌普通、眼中微微帶有黃色光暈的阿伯恩女孩想要進門。他讓開。她側身進門時抱歉地笑了笑，說：「有些事只有馭光者才改變得了。」

她把門關上。

幾分鐘後，基普回到稜鏡法王塔，前往昆丁告訴他的一間房。門前有個圖書館員坐在椅子上看書。看到有人來似乎讓他很興奮。「喔，你好！」他說。他從口袋裡拿出一支鑰匙，然後伸出手。

基普把紅色表格交給他。

「基普・蓋爾？」圖書館員問。他顯然識字，所以基普不曉得他這麼問是什麼意思。

「對。」

「你當時在場。」圖書館員舔舌頭問。「他還活著嗎？眞的活著？他們說他還活著，但他們當然會這麼說，是不是？在太陽節前讓我們保持希望，對吧？稜鏡法王眞的還活著？」

「我發誓。」基普說。「我把他拉出水面。他有在呼吸。區區幾個海盜還殺不了加文・蓋爾。」

圖書館員點頭，精神振奮，整個人感覺都放鬆了。「說得對，說得對。想想他做過些什麼事。」圖書館員皺眉看著紅表單。「謝謝你，光是告訴我那個消息，我就很想放你進去。但很抱歉，先生，新規矩。你爺爺下令只有取得他親自批審許可證的人才能進入這個特別區域。」

「什麼？」他有權下達這種命令嗎？

圖書館員說：「今天早上才收到的，不到兩個小時前。」

兩小時前。基普還沒想到去找鐵拳要簽名的大好計畫。基普不曉得應該覺得好過一點，因爲爺爺的間諜沒有厲害到那個地步，還是該覺得糟糕，因爲爺爺在基普想出計畫前就已經毀了他的計畫。

走到哪裡都有特權的小蓋爾大人，嗯？

這讓他的帆吃不到風。結果他只去上了一堂課。工程學，這堂課在討論入射角：鏡甲特性及盧克辛的折射。這算是示範做得最好的一堂課，請來武器匠和戰爭法師上台講解爲什麼鏡甲的特性能在這個角度對抗藍盧克辛彈，但是那個角度不行，還有爲什麼保持鏡甲乾淨會是最大的難題之一，塵土會降低鏡甲的反射率。

有些鏡人兵——通常是各總督轄地的菁英步兵或單純是最有錢的部隊——會在護甲外披一件非常薄的棉罩，讓他們可以隨時擦亮鏡甲，有的會在上戰場前脫掉，有的就直接披掛上陣。這樣會降低氣勢，一名武器匠說，但是大可以讓攻擊你的盧克辛武器打爛棉罩。大部分鏡人兵都想掌握閃亮護甲對馭光法師造成的心理優勢。但是基普認爲更有可能的原因在於，如果他們花那麼多時間擦亮鏡甲，當然一有機會就要把成果展示出來。

他們當天只有大略討論一種法色——藍。這堂課會順著這個課題深入探討下去，基普希望每一堂課都能來上。

但是突然間，所有課程似乎都變成選修性質了。他當然不會去上卡達老師的基礎課程，但基本上那是他唯一可以跳過的課。可是在戰爭的威脅之前有太多事該做，實在不能浪費時間在修讀歷史和聖徒傳記上。

「盧克辛的藝術用途」？在現在這種情況？他們是在開玩笑嗎？

除了工程師外，似乎沒有任何人願意對自己承認戰爭已經眞的開始——而且他們可能落敗。

那堂課下課後，基普去吃午飯。他沒看到半個新進黑衛士。他們大多在與上課或訓練的日程表奮戰。基普看到幾個月前那張遭人排擠的學生所坐的餐桌。現在那個小團體已經拆夥了。提雅和班哈達離開，融入黑衛士的偉大文化裡。基普只有一點歸屬感，至於有胎記的那個女孩——緹希莉，則因爲基普在一場九王牌裡輸給安德洛斯．蓋爾而被遣返回家。整個團體只剩下阿拉斯了。

那個男孩一個人坐。基普遲疑片刻，朝他走去。

阿拉斯在基普坐下前抬頭。「你幹嘛？」他大聲問道。

「我……要吃飯。」基普說。「我可以和你——」

「我不需要同情。」

「只有需要同情的人才會這麼說。」基普說，這話在他來得及吞回肚子裡前就脫口而出。

「不要再和我講話。」

基普放棄。他找張桌子一個人坐，悶不吭聲地吃飯。

他不曉得該做什麼，所以下樓。他晚點還要參加黑衛士訓練，但沒辦法坐著空等。快點開始訓練我，卡莉絲。

他父親的訓練室除了障礙場地重新整理過，幾乎和他離開前一模一樣。不過吸引基普的是單槓。

盧城之役前，那根可惡的單槓每天都在羞辱他。他會獨自跑來這裡練習，不讓別人發現自己有多可悲。

他跳起身來，輕易拉了一下單槓。好吧，這樣其實有點作弊。跳起來會增加向上的力道。他又拉了一下。跟著再拉四下。六下。六下？

六下！

他落地，第一次，痠痛的肌肉感覺像是進步的證明，而不是失敗的懲罰。他包起手掌，走向老沙包，用超紫魔法啓動魔光。接下來半小時內，或許一小時，他單純地在擊打沙包中度過。在練習的過程中，譴責和嘲弄的回憶如同殘渣般浮出水面，他一個接一個把它們打跑。母親輕蔑的嘲諷、朗米爾的揶揄、達納維斯將軍的失望、阿拉斯的苦澀，一拳接著一拳。他一開始打得激動而沒有章法，打到後來變得冷靜又精準。

他的肢體動作越來越熟練。他出拳的速度變快、打得更精準、更用力、由穩定的下盤、腰部、結實的腹部畫出施力的軌跡，如同皮鞭甩出般擊中沙包。那感覺……很爽快。

沙包上方一條皮革接縫處有一小道裂縫，基普幻想是自己打得太重扯出來的。當然不是那樣，但是這個幻想讓他再接再厲。

他才剛練完沙包，正在解開布條時，有人把門推開一條縫。是提雅。

「我就知道你在這裡。」她有點羞怯地說。「你這個大笨蛋。待會兒訓練的時候你就沒力了。然後我們兩個八成會被罰跑步。」她扮個鬼臉。「抱歉，說出來和我想得不太一樣。」

基普微笑。「很高興見到妳，提雅。」

「我也是。」她遲疑片刻。「很抱歉我不在場。我是說，在甲板上時。你是我的夥伴，但你需要我時，我卻不在。我一直覺得很糟。然後你回來了，但是——和我想像中的重逢很不一樣。」

「說起那個……」

「基普，我、我得保有一點祕密。就算對你也不能說。你能信任我嗎？」

想到提雅時，基普會想到幾個月前被自己誤認成男生的小女孩。年輕的奴隸、前途茫茫，惹上超出能力範圍的麻煩。但同時也會想到有辦法精準評估所有黑衛士學員的實力，計算出自己是班上第四強的人，但又沒發現這種能力讓她占據了多大的優勢，或判斷得如此精準表示她有多聰明。

眼前的提雅不是之前那個提雅。基普發現當他透過那些戰鬥和所有他察覺是謊言的事情成長和改變的同時，竟然莫名其妙地假設其他人都在原地踏步。眞是愚蠢。

提雅身材嬌小，但那不表示她是小孩。她的表現比基普一輩子的總和更加成熟。

「我聽說妳拯救了盧易克岬的行動。」基普說。

提雅聳肩。

「光陰守衛隊長說鐵拳指揮官想要頒發獎章給妳。」

「什麼？」

「顯然某個高層人員駁回了他的申請。」

「駁回黑衛士的事務？誰有權——喔，別告訴我。」

「沒錯。」基普說。「所以只要妳不是在幫那個老傢伙做事，當然，提雅，我信任妳。妳還是我們這邊的人，對吧？」

她笑了，但是笑聲聽起來不太肯定。

「提雅，妳沒有……妳沒有在幫我爺爺做事，對吧？」

「基普——粉碎者，我什麼都不能告訴你。但我絕對不會出賣你。你是我最好的朋友。」

「我是？」

她有點尷尬地偏開頭。基普很想給自己一拳。這可不是正確的反應。

「我是說，我只是以爲身爲我的奴隸——」

「什麼?!」她滿臉怒容。

「等等！等等！等等！」他深吸口氣。「我想當妳朋友，提雅。我一直都在擔心當我——當我擁有妳的文件時，就表示我們不能當朋友。而我不曉得那種感覺會延續多久。就算是在提交文件之後，妳知道。我不確定會不會一直讓妳聯想到那個。妳也是我最好的朋友。」

她看起來氣消了點，但還是在生氣。「我又不只是奴隸，基普。」

「我也不只是蓋爾家的人，但那個標籤就是在，不管我們喜不喜歡。」

她噘嘴，然後點頭。她伸手撫摸她的鏈墜，基普想問那代表什麼意義，但他看得出來那很私人。也許是之前的主人送她的禮物？她臉色好多了，但是她的嘴角還是有點怒意。「我不是想刺激你。你知道，說你是好朋友，就像是說——就像是說……」她皺起眉頭。

「我沒有那樣想。」基普說，幫她解圍。

「你沒有也那麼說是因爲——別管了。我們可以去打點什麼嗎？」

他突然好想握起她的手，但他沒有那麼做。他爲什麼突然間覺得這麼尷尬、這麼嫩？

提雅說：「你不能和隊上其他人說。」

「我絕對不會告訴任何人說我們是朋友的。」基普嚴肅地說。

「粉碎者！」

他微笑，迅速比畫三神和四神的手勢表示承諾。她也微笑。

她想要繼續說下去，想要解釋自己不能解釋沾染血跡回到克朗梅利亞的原因，想為自己辯解，但她拋開這個話題，而他將這種做法歸功於她的成熟。不成熟的提雅會反覆確認此事。或者他該想「當奴隸的提雅會反覆確認此事」？或許她向來就是這樣，只是因為身為奴隸而沒有表現出來？

好吧，我這輩子起碼做對了一件事。

「我想你，基普。」她微笑，然後丟了條毛巾給他。

他接下毛巾，笑得好像臉頰要裂開了。

「你要上去了嗎？」她問。

他擦臉。參加黑衛士訓練有個好處，他心想，就算渾身大汗去也沒關係。

他們身後的門突然打開，葛林伍迪走進來。基普的笑容消失。

「午安，蓋爾……少爺。」老奴隸說。一如往常，他細心打扮，看起來像顆老蘋果般皺紋滿布，散發出拉了一整晚肚子般的愉快氣息。

「葛林伍迪，你氣色不錯！」基普假笑道，刻意直呼奴隸的名字表達親近之意。葛林伍迪在外面站了多久？親愛的歐霍蘭呀。

「你爺爺要見你。」

「要玩九王牌？」基普問。

「我想是。」

「我得先去黑衛士訓練。」基普說。「我現在不想和他玩牌。」

「你想不想無關緊要。普羅馬可斯要見你。你會跟我去。立刻。」這個老頭似乎很享受激怒基普的感覺。

普羅馬可斯？親愛的歐霍蘭呀，不。難怪他有權封鎖圖書館。可惡！

「不然怎樣？」基普問。他就是克制不住，是不是？

帕里亞奴隸轉向提雅。「不然你的朋友就會被退學。」

「不好意思？」提雅問。

「沒人和妳說話，奴隸。閉嘴。」老奴隸對她說。渾蛋。

「我不是奴隸了。」提雅大聲說。

「我弄錯了。」葛林伍迪說。語氣聽起來顯然沒有弄錯。

好了，這回答了一個疑問。提雅沒有在幫安德洛斯做事。他不會威脅自己人，是吧？還是說會，只爲了確認基普不會讓人傷害她？

安德洛斯有厲害到可以危害自己的牌，深信會有其他人出面救他們？

基普感覺很噁心，也很害怕。他想要和這種人物鬥智？安德洛斯・蓋爾的智力和冷酷就跟神一樣。

基普看穿了卡達老師在唬人，說她不能開除即將成爲黑衛士的人。但是安德洛斯想開除誰就開除誰。他現在是普羅馬可斯了。這是場大災難。

「我還沒準備好。」基普說。

「他不需要你準備好，他只要你到場。」

基普暗罵一聲。「我眞的很討厭你，葛林伍迪。」他說。

葛林伍迪微微一笑。「我心碎了，先生。」

第三十五章

少數槳帆船奴隸在發現鑰匙時出聲歡呼。其他人比較謹慎，比較害怕，甚至有點憤世嫉俗。歐霍蘭拿著鑰匙東奔西跑，解開奴隸的鐐銬。

「先解開十個人上去割斷登艦網，」加文說。「剩下的人還是得要划槳。」

「把我們全部解開。」有個坐在前排的奴隸叫道。

「很快！」加文說。

「你騙我們！現在就釋放我們，不然大家都別想逃走！」那個男人吼回來。

加文難以置信。他們打算破壞逃亡計畫。現在沒時間處理這種事情。「有些人必須冒著生命危險去割斷登艦網。如果不盡快分開兩艘船，他們就會直接爬網子回來，或是裝填火炮炸死我們所有人。你如果不喜歡，那就別划。沒關係，害死大家。」

加文說完就衝向樓梯。樓梯被砲彈炸掉一半。他抓起一條炸斷的木頭，跳上剩下的樓梯。安東尼・瑪拉苟斯毫不遲疑就跟了上去。樓梯通過上層船艙裡一群滿臉困惑的奴隸，抵達一塊狹窄的平台。艙門擋在交錯的兩道樓梯中間，關著。加文、安東尼，還有半打奴隸堵在艙門口。門鎖住了。

加文用肩膀去頂艙門。艙門幾乎位於他的正上方，這個動作很難施力。

「歐霍蘭慈悲為懷，我們現在該怎麼做？」安東尼問。

一名奴隸伸手越過安東尼的肩膀，在黑暗中摸到一根門栓。他滑開門栓，咧嘴而笑，黑暗中除了他一口白牙外什麼都看不到。加文本來希望黑白視覺可以幫助他在黑暗中視物。目前看來，沒有幫助。色盲完全只有壞處。和他從前聽過的那些盲人會在聽覺或嗅覺上變得更爲敏銳的說法不同，他的其他官能並沒有彌補視覺能力的損失。

或許這樣也算公平。擔任稜鏡法王期間，他沒有任何缺點。他可以從一種能力轉換到另一種能力。現在他什麼都沒有。

「我們需要刀劍。」他說。「有人有匕首，或劍嗎？有人知道登艦網是怎麼固定的嗎？是用抓鉤，還是綁在敵船上？」

加文十分自豪自己的記憶力，但他登船的時候昏迷不醒。「無所謂，」他說，大聲說出所思。「在網子扯緊的情況下沒辦法解開繩子。一定要用割的才行。」

有人遞上一支匕首。一支。

加文把匕首還回去。他受過訓練，還拿了一塊碎木板。「先解決登艦網。」他說。「我們唯一的優勢就是人數。如果有援軍趕回來，優勢就不再是優勢了。割斷登艦網，拉開兩船距離。殺死海盜，搶武器，割斷網子。準備好了嗎？」

他沒有等人回答。他推開艙門，跳上甲板。

突如其來的刺眼陽光差點弄瞎他，各式各樣聲音也在離開密閉的船艙後突然來襲。十五步外傳來火槍聲，不過海盜是在射擊另一艘槳帆船索上的射手。加文衝向他。

海盜完全沒有看到加文。他轉身重新裝填彈藥，這個動作讓他背向加文。加文舉起臨時木棒，宛如船槳劃入海面般擊中海盜腦袋。海盜在一片血花中飛身而起，加文立刻撲上去，從他的皮帶上拔出一支匕首。

他隨即起身，發足狂奔。速度和突襲是奴隸唯一的優勢。一個拿劍的海盜就可以對付半打手無寸鐵的奴隸，在一切展開前就結束整個逃亡行動。

船尾還有一個海盜在看守登艦網，而且這傢伙看到了加文來襲。不知道是太笨還是太震驚了，那傢伙沒有張口呼叫，不過拔出了軍刀。

加文沒有放慢速度。他舉起匕首，作勢欲拋。男人露出畏縮神色，肌肉緊繃，提起刀尖。加文一刀揮下，擋開軍刀，側過身子，拉近距離。匕首和軍刀交擊滑開，廉價金屬激射火星。加文左手的木棒只擦過海盜額頭。

但擦過就足以嚇得他渾身一僵了。加文順勢反手揮棒。男人牙齒四飛，應聲倒地。加文跪在男人背上，匕首插入海盜顱底。他拿起軍刀起身，把匕首刀柄向前，丟給身後的人——是安東尼，他一瞬間以爲自己遭受攻擊，淪爲自己人的受害者。安東尼閃過匕首，匕首落在甲板上。他彎腰撿起，一顆火槍彈丸從他頭上呼嘯而過，擊中身後十呎外的甲板。

另一艘槳帆船比苦棒號高，這可以是好消息，也可以是壞消息，端看海盜有多憤怒、多不小心。如果他們想要盡快趕回船上，只要還劍入鞘、跳上登艦網滾回來就好。不過沒有任何心智正常又深感威脅的人會這麼做，要爬過一張向下傾斜的繩網可不容易。

當然，想賭追隨砲手的海盜心智正常，或許勝算不大。

加文來到舷緣，發現登艦網並不只靠簡單的抓鉤勾住木板，如果是那樣他只要拉出抓鉤就能擺脫網子。抓鉤會沿著欄杆轉一圈，然後勾住木頭欄杆。壞消息。繞一圈的麻繩將網子緊緊固定在舷緣。加文揮刀砍麻繩，砍到第二下就斷了。他看向船身。還有四個抓鉤。四條麻繩擋在他和自由之間。

四名奴隸在船中間壓倒了一名海盜，正拳打腳踢要圍毆殺死他。安東尼衝向最遠端的繩子——聰明的孩子——留下加文對付另一個持劍海盜。透過眼角，加文邊奔跑邊看見一名拿火槍的海盜在瞄準自己，他屁股著地，沿著甲板滑行，起身時持劍海盜已經身處他和火槍手中間。

加文應付持劍海盜的同時看見有其他海盜跳上登艦網，爬回苦棒號。他快沒時間了。他的軍刀和海盜那把比較薄的前彎阿塔干劍架在一起，加文終於想起自己多久沒練劍。他已經多久沒必要練劍了。但海盜其實只是願意殺人的水手，不能與訓練有素的戰士相提並論。加文眼看對手露出兩次致命破綻——只是他動作太慢、出劍太謹慎，沒有善加利用。

第三次破綻來了。格擋反擊，軍刀插入對手心口，剛好深到剖開心臟，然後拔出。加文後退，避免可能的反撲——對手即將死亡，並不表示他不能與你同歸於盡。

他知道後退就表示火槍手的射程清空了，於是他再度架開持劍海盜的劍刃，在聽見火槍響的同時抓住對方腋下。海盜身體一震，肩膀上加文兩指之間的部位中彈。至少他希望是在自己的兩指之間。當時他只知道右手食指感到一陣火熱。

他放開還在抽搐的屍體，看到自己的手指流血，不過還在，然後砍向綁在舷緣上的繩子。

一名海盜動作超乎想像靈活，身體直立，宛如舞者般跨越繩網而來——速度很快。但是他才一刀就砍斷了繩子，登艦網突然下沉。海盜向前一跳，伸長雙手抓向舷緣——剛好抓住。撞上船身的力道也沒有讓他脫手。

加文一刀砍下向舷緣，八根手指飛起。

接著他聽見短暫的慘叫聲和令人滿意的落水聲。

「划槳！」加文在跳過砲彈在船身上打出來的大洞時叫道。不過奴隸已經行動了，船槳伸出，先是推開敵船，把登艦網繃緊。

還剩下兩道抓鉤——啪一聲，船尾的奴隸弄斷了一道。只剩下船身中央的一道。加文衝過去。

火槍彈打得他身旁木屑四濺。一名海盜跳下登艦網，加文劃開對方股間，絲毫沒有減速。他看見敵艦上有個海盜裝塡好火砲，砲口對準自己。他著地撲倒，火砲打穿了下層船艙。

加文翻身而起，四下摸索撲倒時脫手的軍刀。

「蓋爾！蓋爾！」一個熟悉的聲音叫道。是砲手。加文抬頭，料到會看見什麼景象。砲手站在不到二十步外，那把華麗非凡的黑白火槍對準加文的臉。在這個距離下，砲手絕不會失手。

船槳劃過海浪，但是靜止不動的苦棒號需要時間才會開始加速。

軍刀在加文手裡。如果砲手射穿他腦袋，他就沒辦法砍完這一刀。他會死得毫無意義。但如果砲手射他胸口——比較安全的目標——加文就可以用自己的命去換取滿船奴隸的自由。

幾個奴隸的價值怎麼能與稜鏡法王相提並論？就算是一千個奴隸，又哪裡會比稜鏡法王的命値錢？如果加文決定犧牲自己，這個世界會得到什麼好處？

什麼好處都沒有。

「你該怎麼做就怎麼做。」加文說，這話不但是對砲手說，也是對自己說。

他砍向繩子，期待自己的身體會被火槍彈丸貫穿。但是並沒有。爲了準備承受槍擊，他第一刀沒有砍斷繩子。他又砍一刀，繩子斷了。登艦網落海，一群海盜隨之落海。

加文看向砲手。砲手依然舉著火槍，彷彿連他都不曉得自己爲什麼沒開槍。砲手望向海平面。加文順著他的目光看去。

追殺砲手好幾年的那艘船出現在海平面上。海戰期間，苦棒號撞斷了砲手身處那艘船上一整面船槳。

砲手不可能從趕來復仇的船長手中逃走。而在損失大量人手、彈藥八成也快耗盡的情況下，他的船員不可能打贏對方。

不殺加文表示砲手自己會死。搞什麼？那個傢伙向來瀕臨瘋狂邊緣，但他的瘋狂完全以自我爲中心，不是嗎？

砲手罵了一句加文聽不見的髒話，壓低火槍。他一邊搖頭一邊連珠炮式地破口大罵。他目光不定，但加文猜不出他究竟在幹什麼。接著有樣東西越過海面而來——一把矛？加文往後一跳，火槍劍從天而降，落在離他不遠處的甲板上。

什麼？

苦棒號的奴隸再度插槳入海，船開始加快速度，與敵船拉開距離，把火藥用盡的海盜留在另一艘船的舷緣旁，神色困惑地罵著髒話。

海浪導致船身傾斜，火槍劍滑向舷緣被砲彈炸開的裂縫。

加文撲向前去，在火槍劍落海前抓住它。他站起身來。

接著他看見另一艘船上出現騷動。一名海盜在某人——不是某人，那是砲手——沿著船側奔跑時被撞得落海。隨著兩艘船越離越遠，海浪改變船向，另一艘船變成船首朝向他們，而砲手在動彈不得的船上朝向船首狂奔，跳出舷緣，躍入空中，大叫一句可能是「幹妳，瑟莉絲」之類的話。

有一瞬間，加文以爲那個瘋海盜眞的可以跳到他們船上。他飛身而起，手腳轉動——然後直竄入海，濺起水花。

加文衝向船尾。划槳奴隸沒有停止划槳，兩船間距越來越大，越離越遠。當加文抵達船尾時，他看見海裡有好幾名海盜，但是通通不是砲手。他往下看。

砲手在海裡抓住綁在苦棒號甲板上的繩索，一把一把往前爬。他爬到船後的一道上貨梯旁，手腳靈活地爬上來。加文在上面等待，差點忘了手上的火槍劍。

砲手抵達梯子頂端，搖頭甩開鬍子和眼裡的海水，朝加文伸出一手。「你在等什麼？」他問。「拉砲手上船。他饒了你一命。」接著露出瘋狂的笑容。

第三十六章

基普隨葛林伍迪走向安德洛斯・蓋爾的住所，心中浮現一股熟悉的不祥之兆。每當基普跟那個老頭交手時，似乎都會淪落到最糟糕的處境。

葛林伍迪帶他穿越之前是蓋爾夫人住所入口的走道處。現在走道的牆打通了。安德洛斯把妻子的住所和自己的合併在一起，變得更大，房間也更多。基於某種理由，基普原先以為安德洛斯會維持菲莉雅的房間原狀，作為緬懷她的聖壇。

顯然他太看得起那隻老蜘蛛了。

他們走過在門外站崗的黑衛士——一副不高興被趕到這麼遠的地方站崗的模樣——然後走進去。菲莉雅・蓋爾的主廳被改成請願人等候普羅馬可斯接見的接待室。

接待室裡有八個貴族等候，有人在聊天，有人神色不善地打量其他人。基普認出他們都是各種法色裡最有地位的馭光法師，不過他只記得幾個名字。年紀最大的是滿頭灰髮的斯普雷丁・歐克大人，冷靜地閱讀一份祈願卷軸——或者基於對克朗梅利亞的了解，是假裝閱讀祈願卷軸，其實在看間諜情報。其他人都三十幾歲。還有個矮女人，聽說是提利亞任命的新法色法王。他認出一個克拉索斯家的人——聲望掃地、遭受處決的加利斯頓城主的妹妹或表妹——還有阿肯西斯・阿茲密斯和傑森・喬維斯，他妹妹在加文和卡莉絲結婚那晚從加文的陽台上墜樓。喬維斯家族斷定加文要為安娜之死負責，要求當局賠償。基普覺得他們很噁心。否認現實是一回事，利用一樁自殺事件來提升家族地位？

剩下的人裡基普只認得一個——提希絲・瑪拉苟斯，年輕氣盛的美麗綠法王，曾經試圖讓他相信打穀機測試沒過的話會死掉，然後又把繩索交還給他，導致他失敗。他不太喜歡她。聽說父親騙她投票把自己踢出光譜議會時，基普覺得很爽快。

有一回當基普從安德洛斯・蓋爾房裡出來，一副要吐的樣子時，鐵拳告訴他曾有總督離開那個房間時臉色比他還難看。

不管基普去見安德洛斯・蓋爾時會弄得多糟，至少提希絲也得要去見他。好好享受吧，親愛的。

他愉快地向她點頭。

她看起來一臉困惑，這也讓他覺得很爽。

葛林伍迪已經從他面前消失，另一個被遣走的奴隸從屋裡出來。基普遲疑片刻，勇氣宛如尿液般沿著懦夫的腳流下。

他準備面對那房間裡的氣味。還有黑暗。

他回頭看了提希絲一眼——因爲看她比較輕鬆，不是因爲他擔心她的想法——結果看到她嘲笑他的恐懼。

基普吐出口氣，臉頰吹得鼓鼓的。他活該。他汲色製作超紫火炬。葛林伍迪帶著那副慣有的不屑神情拉開簾幕，基普上前一步，穿越厚重的簾幕。

眼前一片光明。

有一瞬間，基普以爲葛林伍迪一定是帶錯房間了。但這個想法一出現，他立刻知道自己錯了。他記得這間房，只是很暗。眞的很暗。那張椅子、那張桌子、壁爐架上的畫像，一切與在基普汲色製作的刺眼超紫火炬光照耀下看來十分不同，但顯然一樣。那塊華麗的地毯，基普在黑暗中被老頭甩巴掌的時候就是倒在那裡。

安德洛斯・蓋爾靠在他辦公桌邊緣，半坐半站。這是比他年輕很多的人會擺出的姿勢，但卻很符合現在的安德洛斯。基普目瞪口呆地站在原地。

安德洛斯彷彿年輕了一、二十歲。他看起來有點像是壯健的老農夫或木匠。他還有一點基普之前注意到的大肚子，不過看來不久後就會消失。他看起來很強壯，寬闊的蓋爾肩膀和有力的蓋爾下巴都不再繼續隱藏在層層衣服底下。他笑容滿面，儘管那張臉很像加文，只是老了一點，但那個笑容卻一點也不像。笑容欠缺了暖意。加文的笑容有點漫不經心，因為他可以藉英俊的外表和權勢逃過一切責罰，但總是會給人一種玩世不恭的感覺。你看得出來在那笑容之下，加文眞的喜歡人。安德洛斯・蓋爾則可以看穿你，看穿他的目標。

「他們告訴我你回來的時候，」安德洛斯說。「並沒有告訴我你變得這麼瘦。」他皮笑肉不笑地說。他當然在光譜議會上見過基普。所以他是指在那之前，間諜告訴他基普回來的時候。

「看來不是只有我少了些東西。」基普說。

「我這麼說是在恭維你。」

「我也是。你之前是狂法師。」

「基普，人一生中能重新開始的機會不多，重新展開談話的機會也一樣。不要錯過重要機會。」不管他是不是怪物，這都是很棒的建議。基普忍住沒有反唇相譏。

嘿！我這輩子第二次！

「九王牌？」安德洛斯問。

「我很樂意，但是我沒把牌帶在身上。」等等，安德洛斯剛剛是用問的嗎？難道基普可以拒絕？

「我自己也少了兩副牌。」安德洛斯說。「但我的牌很多。你想借哪些自己挑。」

「這次賭注又是什麼？」基普問。他牌技有點生疏了，但如果有時間仔細研究那些牌，至少看得出牌組強弱。

「所以不是你偷的。」安德洛斯說。

「嗯？」

「有人闖入我的住所偷走一些值錢的東西。還拿了一副我最愛用的牌。我覺得像是你會做的事。」

而他光從基普的表情就看出犯人不是基普。

他們坐下，安德洛斯放兩副牌出來。「我想試試傳統玩法──雙胞胎，或諸神與怪獸。」這兩種玩法都是傳統牌組。在這種牌戲裡，兩副牌能力相當，但要採用非常不同的策略。每名玩家都要記下兩副牌裡所有的牌。還是會有運氣的成分，但是擅長數學的玩家可以計算出對手抽到反制特定策略的牌的機率。就算他熟悉兩副牌中所有牌，這仍是會讓基普慘敗的玩法。

「諸神和怪獸。」基普說。

「有趣的選擇。」安德洛斯說。基普看得出來安德洛斯認為基普是刻意挑選這種玩法的。當然，他們才剛對抗過神和怪獸。

基普選這個是因爲他認爲這種玩法比較有趣。

現在換我被高估了。

他不確定這樣算好還是不好。

「你想挑哪一副牌，孫子？」安德洛斯問。

基普現在知道他爺爺認爲基普會藉著挑選哪一副牌來表明立場，他就用不同思考模式加以考慮。

「你不覺得諸神與怪獸處於不同陣營很奇怪嗎？根據我的經驗，諸神與怪物會並肩作戰。」

「一點也不奇怪。」安德洛斯說。「除了怪獸，還有誰能對抗神？」

「這就是你的藉口？」基普問。毫不掩飾。

「很久以後，當那些軟弱者坐在安定和平的環境裡批評我的選擇時，光是他們能活下來這樣做，就足以證明我的做法是對的。」安德洛斯說。他拿起一副牌。「遲疑之人絕不可能成神，所以你當怪獸吧。」他在基普眼前洗好兩副牌，然後開始發牌。「不計時。我想要來場悠閒的比賽，而且我們都見過你在壓力下會犯什麼錯。」

基普沒碰他的牌，也沒轉身。「叫葛林伍迪不要站在我後面。」

安德洛斯大笑。「你讓我不禁要想，基普，我當年有沒有讓我父親卓克斯覺得這麼難搞。有時候這麼聰明、這麼睿智、這麼成熟，但是下一分鐘因爲被激怒，就又變成個好勇鬥狠的小鬼，胡亂攻擊，摧毀那些對自己有好處的東西。」他朝葛林伍迪揮手，他離開基普身後的作弊位置。

「誰先？」基普問。他拿起他的手牌。

「我先。長者的特權。」

基普丟下他的手牌。「你發了八張給我。」多了一張。

「是嗎？年紀會讓人遲鈍，我想。」幾個月前看起來比現在老二十歲的人如此說道。他微笑，這一次笑容中帶有眞正的玩興。

基普忍不住微笑。只笑了一下。

「反正牌也不好，呃？」安德洛斯問。他拿起基普的牌，再度迅速洗牌，然後發了七張牌給他。

「爛牌。」基普說。

安德洛斯大笑，基普想起這傢伙說過喜歡自己——一點點。這時他才發現安德洛斯是在測試自己，看看他會不會作弊。又或許安德洛斯不會把那種行爲當成作弊。或許他會將其視爲利用對手錯誤取得優勢。但那手牌就是不好，所以基普才丟下整手牌要求重發，而不是攤開牌讓安德洛斯抽走一張，變成七張牌。

普羅馬可斯把太陽計時器設定到黎明前，然後打出第一張牌。「那麼，孫子，」安德洛斯說。「克朗梅利亞即將參與一場攸關生死的大戰，只是大多數人還不肯認清這個事實。你認爲該怎麼解決這個問題？」

基普側頭看他。「你是認眞的？你眞的想問我的意見？」

「很吃驚嗎？」

「對，沒錯。」

「你可以從奴隸和間諜那裡學會不少事情，而我都已經學全了。但有些事情只能透過自己的肉眼去看。我的眼睛之前——」

「碎了？」基普就是忍不住提起安德洛斯雇用碎眼殺手會赫雷女士暗殺自己的事情，基普看見葛林伍迪一臉緊繃，但安德洛斯面不改色。

「看不見。我或許錯過了什麼。」但他仔細打量基普。「孩子，我不否認遭人背叛時，我會採取很殘暴的手段。我沒辦法忍受笨蛋的領導。但能獲勝我就不計較。我爲了勝利不擇手段，不會假情假義地假裝悲傷或不情願；你覺得這樣的我很醜惡嗎？其他人做一套說一套。我只是比較直截了當而已。歐霍蘭需要誠實的人，不是嗎？」

他目光閃爍。反向操作，這個家族的典型做法。加文會隱約透露信仰不虔誠的意味，玩弄文字。安德洛斯會輕描淡寫帶過，但如果他的做法最後還是拯救了世人，誰又能說歐霍蘭不是在利用他呢？結果都是一樣的。

他是普羅馬可斯。當然，就算只是爲了維持自己的權力，他也會對抗法色之王。

基普告訴他課堂上的情況，老師教授的主題全都與當前衝突扯不上關係，只有工程師似乎抓到了重點。他還覺得他們該訓練一整支戰鬥法師部隊，而不光只有黑衛士和少數從贊助人那裡學會一些戰爭藝術的馭光法師。他認爲應打開所有禁忌魔法書籍，開始教導他們——或至少學會如何抵禦。

「那要讓誰去教這些新戰鬥法師呢？」安德洛斯問。

「黑衛士。」基普說。「至少是沒有直接參與營救我父親行動的黑衛士。如果他們沒有忙著保護稜鏡法王和法色法王，何不善用長處直到春天來臨？他們會抱怨，但是訓練別人有時候比受訓還有用處。說起黑衛士，有個奴隸被刷掉了。你該把他發配到我的小隊裡。」

「什麼人？」

「文森是頂尖的矮樹之一，但他的主人很壞。他欠了一大筆債務，得把文森賣進黑衛士才能避免破產。文森是故意被刷掉的。」

「你鼓勵這種背叛的行爲？」

「我認爲讓他變成惡劣奴隸的特質會讓他成爲很好的黑衛士。我們需要黑衛士。」

太陽計時器轉到中午——可以輕易打出最強大的牌的時刻。基普有張海惡魔。只要桌上還有其他牌，海惡魔就非攻擊不可，但如果你這邊只剩下另一張牌，海惡魔就會攻擊你的牌。就和所有最好的匕首一樣，是雙面刃。

「據說砲手殺過海惡魔。」安德洛斯說。

「我也聽說過。」基普說。「你覺得是眞的嗎？」

「我覺得有可能。海惡魔的屍體曾漂上岸過，所以那些怪獸也不是永生不死。」

「砲手怎麼可能辦得到？」

「據說他在一艘小艇上裝滿船上所有火藥，讓小艇漂在噴火號後方五百步外。那艘小艇上有樣東西讓海惡魔不爽，我從未聽說過是什麼——顯然砲手擅於激怒比他強大的對手。他等海惡魔浮出海面，然後在海惡魔吞下小艇的那一刻開砲擊中小艇。如果傳聞可信的話，當時風浪很大。」

基普做出佩服的表情。

安德洛斯說：「我敢打賭應該只有兩百步。無論如何，真的很厲害。另一個版本的傳說是他親自駕駛那艘小艇，高唱水手歌，詛咒某個他深愛的婊子，點燃引信，然後在最後關頭跳船。不過水手和直截了當的故事往往都不太熟。」

「我相信五百步的說法。」基普說。「我見過那傢伙開砲。」

安德洛斯桌上擺了一支狂法師部隊。很多目標可供基普的海惡魔蹂躪，於是基普打出他的重裝大帆船，企圖駛過安德洛斯的防線，等待下回合直接發動攻擊。

「我有事情要請你幫忙，基普。」安德洛斯說。

「除了確認我有沒有偷你東西，和贏我幾把牌之外？」

「雖然有點難以置信，不過除了和你享受美好時光外，我還想要點別的東西。」他語氣平淡，聽起來有可能是在嘲諷，也有可能是說真的。

基普發現自己忍不住微笑。這個人曾派人殺他，曾親自動手想要殺他，最後為了殺他而失去加文。但基普還是笑了。

安德洛斯也回應他的笑容。不管是神還是怪獸，這個男人都喜歡看到有人了解他的幽默。

「這個嘛……」基普開口。他沒辦法繼續被吊胃口。

安德洛斯抬起頭來。「我想知道另一個孫子在哪裡。」

胯下中了一腳。「另一個？」基普問。他遲疑太久了嗎？

他一定臉色發白了，因爲安德洛斯不懷好意地笑道：「我喜歡出奇不意。這是我隱居期間最大的損失。能看到你的表情實在太滿足了。」

「來聊聊隱居的事。」基普說，立刻準備好要動手。他才不管這個老頭和他的把戲。「葛林伍迪，出去。」他沒有回頭看奴隸。「葛林伍迪，我們都知道如果我想要，我在光譜議會裡可以輕易讓你承受四十鞭或更嚴厲的懲罰。我饒過你了。給我滾出去。你家主人在講話。」

一段時間過去了。基普看到安德洛斯點頭。

葛林伍迪離開，基普感到一股喜悅。

一切就這麼開始了。權力的喜悅。命令與服從，直到你爬上抹油的竿子，地位高到所有人都得服從你，你不必服從任何人爲止。

「有什麼很深沉的想法嗎？」安德洛斯問。

「我就這麼容易看穿嗎？」基普問。

「你沒有防備的時候很容易。你還年輕，受困在那道所有人都認爲你還沒擁有成人思緒與遠見的曙光中，極端無法控制自己。在你這個年紀，情緒的力量不是智慧能夠馴服的。慢慢、慢慢地，它們會臣服於你。你能駕馭它們，或至少隱藏它們。如果你能活那麼久的話。」

基普看著牌，但視而不見。「有時候你聽起來很像我父親，那讓我覺得害怕。」

「有時候你聽起來很像他，而我覺得很開心。」安德洛斯說。「我對你有所期待，基普。但是在你此刻坐著感覺和你應該要起身行動之間還有很多艱困的課程要學。你要成爲內心的主人，而非它的傀儡。還有，你講話眞的不顧後果，賤嘴基普。」

「我知道。我一直在努力——」

「閉嘴聽好。你的反應完全錯了。你會說令人吃驚的話，通常很粗魯，但有時候又帶有難以想像的洞察力。有一天，你會控制自己的嘴巴。在那之前，當你準備說出任何會讓和你說話的人吃驚的話時，不要感到不好意思，目光低垂，要集中注意！當你丟出一個爆炸性的眞相時，別看你自己。把臉紅和恐慌留到之後再說；說話的當時要觀察其他人的反應。」

基普立刻爲自己的渺小和愚蠢感到不好意思。完全呼應安德洛斯的論調。他脫口而出：「你幹嘛一副好像是我朋友的樣子？」

「不是你朋友。」安德洛斯立刻回道。「是你爺爺，儘管我們兩個都要爲此付出代價。」

「你怕我。」基普說。

安德洛斯臉上驚訝的表情堪稱無價。接著他大笑。「我懂了。你在練習。不是，基普。也可以說是。我不是怕你。我是怕你會讓這個家族陷入危險，雖然目前看來，如果你做出任何可怕的舉動，大家都會知道不是我叫你去做的。等你年紀大了，變成熟後，那條感知的鴻溝就會消失。所以想要讓你成爲我可用之人，你就必須成長得比傳統上認知的更快。」

喔，那可眞是沒有壓力。

但基普知道這就是他父親當初要他用化名進入克朗梅利亞時，試圖避免的狀況。而基普卻盲目地想要直接闖入一切的中心。早在自己準備好前就提出這種要求。

「你對我有什麼計畫？」基普問。

「你之前問過了。」

「當時你是狂法師。」

安德洛斯・蓋爾住口片刻。看著牌。「你認爲，孫子，我滿腔怒火都是紅盧克辛造成的嗎？」他透過彩色的眼睛凝視基普：底色是鮮艷的自然藍，其上有次紅、紅、橘和黃色如同毒蛇般蜷曲。

「我不會免費告訴你任何事情。」基普說。他吞嚥口水。「我們交易。像成年人一樣。」

「在假裝大人時假裝大人還假裝大人，沒問題。」安德洛斯說。他打出一張無瑕鏡。

這張牌毫無道理可言。首先他的牌組裡沒有稜鏡法王，如果他想打炙熱光線，那得花上兩個回合。到時候他就死了，會被基普的重裝大帆船殺掉。

他是不是故意要讓基普贏這把牌，好讓基普在談完之後感覺好一點？

基普說：「我會把你另一個孫子的事情告訴你……只要你給我一份能進出所有克朗梅利亞圖書館的手寫許可證。所有圖書館。」

安德洛斯揚起眉毛。「那些圖書館裡的某些知識可能會危及整個克朗梅利亞。」

「所以守護克朗梅利亞的人就更應該知道它們。」

「所有和你同父異母哥哥有關的事情，」安德洛斯說。「你知道的一切。」

「成交。」基普說。

「還沒成交。那是你的起價。現在是我的條件。我告訴過你我多喜歡驚喜了。我要向你購買一個驚喜。」

「什麼玩意兒？」基普問。聽起來不太妙。

「別把辛穆的事情告訴卡莉絲。」

什麼，好像基普想要把辛穆的事情告訴卡莉絲一樣？嗨，繼母，我碰到妳的親生兒子。就是妳顯然不想讓人發現的那個？私生子？喔，他是我這輩子見過最壞的傢伙。他想要殺我。喔，他還想要謀殺妳丈夫，他父親。

「成交。」基普立刻說。「如果……」

安德洛斯沒問：如果什麼？他說：「當然，如果你告訴其他可能告訴她的人，那也等於是違背你的承諾。」

我是龜熊，不是黃鼠狼。「當然。」基普有點惱怒地說。

「你的如果呢？」安德洛斯問。

「你要派遣黑衛士駕駛飛掠艇去搜尋我父親。」

「海戰車，」安德洛斯糾正他。「好，當然。」

他的語氣告訴基普這話半眞不假。安德洛斯原先沒有計畫派出黑衛士——就算有，他也是打算派他們出去尋找別的東西。但現在，既然提起了，他就會派。所以這也算是一點勝利，基普心想。「我要和他們一起去。」

「你在這裡還有太多東西要學了。你父親會要你待在這裡。」

「這一點我絕對堅持。必要的話，我會自行製作飛掠艇去找他。」

安德洛斯噘起嘴唇。基普在測試他的耐心。「你可以去一趟。時間由我決定。」

「你發誓他們會去找他？」

安德洛斯・蓋爾眼中透露出不滿。基普抓到他了。他已經說過他會派人去找加文，遲疑就等於是在說謊。

「成交。我發誓。」安德洛斯・蓋爾說。

「成交。」基普說。

「現在，把你知道的事情告訴我，讓我看看我盲目達成的交易值不值得。」

「我上次看到他時，辛穆還活著。」基普說。「盧城之戰結束，砲手把我丟下海後，他抓了我。辛穆在海灘上找到我，把我當作囚犯。他是法色之王的人，你知道。」

「我知道。我會宣稱他是我派去的間諜，如果這麼做對我有利的話。」

基普已經開始覺得這筆交易划不來了。萬一他在圖書館裡什麼都找不到呢？他把遭受俘擄，以及辛穆在船上的過程全部告訴他爺爺。「他是條毒蛇。體內沒有任何人性。他模仿情緒，假裝擁有情欲，但體內空無一物。他比羊皮紙還薄，邪惡宛如——」

「宛如？」安德洛斯問。

「宛如充滿毒液的老蜘蛛。」基普語氣平淡，可能是指安德洛斯，也可能不是。

意外的是，安德洛斯沒有任何反應。他轉向牌局，將牌放到攻擊位置——全部攻擊，完全放棄防禦。基普伸手要調整生命值，遲疑。

「不，」安德洛斯說。「它們攻擊彼此。」結果安德洛斯不是攻擊基普、讓他的生命值剩下一，而是讓六個狂法師自相殘殺。

「喔，見鬼。」基普說。

「該你了。」

基普的海惡魔搶先攻擊，由於沒有對手，它得要攻擊基普的大帆船。海惡魔輕易擊沉它。基普看著手裡的牌，沒牌可打了。但那並不表示牌局結束。安德洛斯需要炙熱聚焦才能裝備無瑕鏡。那張牌還在牌堆裡，儘管安德洛斯一副牌在他手上的樣子，但並不表示眞的在他手上。

「你要認輸嗎？」安德洛斯問。

「絕不。」基普剛翻了一張阿蒙－特普，但是太陽在下沉，他要兩回合才能吸取足夠的能量打這張牌。可惡！他打出一張身穿鏡甲的強壯決鬥士——葛拉斯・賀羅沙克。根據他的研究，基普知道此人曾親手殺過上百人——還不包括他下令殺害的數量。他是提利亞帝國的人，年代遠早於盧西唐尼爾斯。由於過度殘暴，他三不五時會被拔掉指揮權。他從不占領城市，但是會透過釘十字架、剝皮，或雙管齊下的方式殺光幾乎所有人。

輪到安德洛斯了。他看看牌，嘆口氣。「謹記這個教訓，孫子。」他打出炙熱聚焦，裝備在無瑕鏡上。在太陽計時器依然處於正午過後的情況下，他擁有足夠的能量貫穿葛拉斯・賀羅沙克，扣掉被鏡甲反射的傷害點數，然後殺死基普。

「什麼教訓？」基普問，努力克制自己。對手的牌運實在太好了。「有時候爲了獲勝必須犧牲所有手下？有時候就連葛拉斯・賀羅沙克那種渾蛋都救不了自己？我永遠不該與全能的安德洛斯・蓋爾玩九王牌？」

「我找到你哥哥就會把他帶來這裡。我一定會找到他。我一個人無法做完我們家族得要做的事。我需要左右手。其他選項……尚未出爐。我只能仰賴辛穆……和你。我會讓你們其中之一成爲下任稜鏡法王。根據你的說法，如果我選擇辛穆，你就死定了。他絕不容許宿敵站在身後。」

基普毛骨悚然。他想起珍娜絲・波麗格說過：「我一直想要把你畫成下一任稜鏡法王，但是我辦不到。你不會成爲稜鏡法王，基普。」他揚起下巴，神色不屑。「所以，這就是你的目的？你要我開始爭取你的寵幸？你以爲在鞭子上添加一匙糖就能改變一切？你之前想要殺我。」

「是呀、是呀，我們討論過那個小小的誤會——」

「——而你失敗了。不要忘記了，老頭。」

安德洛斯雙脣擠成一條白線。緊接而來的是一陣可怕的死寂。「這次警告算是贈送。我警告你的部分原因就是那次誤會。我要找的不是傀儡或流鼻涕的馬屁精，基普。基本上，我對你父親的領導能力十分滿意。軟弱之人只會變成不稱職的稜鏡法王。對我表達敬意並非奴性的表現，孫子，而是智慧。」安德洛斯走向他的辦公桌，寫下一張字條，交給基普。「讓自己變強，基普。你時間不多。可以走了。出去的時候把那張字條交給葛林伍迪。」

「我要怎麼說服你說我該出任下任稜鏡法王？」基普問。倒不是說他在乎，也不是說他在怕。

「等你把我失竊的牌交還回來後，我會交給你一項任務——」

「我以爲你相信我沒拿你的——」基普在看到安德洛斯被人插嘴時的凶狠表情時住口。「對不起。」

「我相信你沒偷。小偷八成是我親愛的兒子。除非你比我想像中還會騙人。無論如何，我要我的牌——我還要新牌。把這當成你的使命。你得在太陽節前完成。那是任命準稜鏡法王的最後期限。如果你不把牌給我——所有牌——那你就不會是稜鏡法王。」

「你眞的已經放棄我父親了。」

「某個偉大的策略家曾經說過：『所有軍事災難都可以總結成三個字：太遲了。』計畫失敗時，不能光是擰手，你要繼續執行下一個計畫。」

我父親只是一個失敗的計畫？

基普沒有感到憤怒，這讓他有點驚訝。結果他在想：*他是你兒子。他是你兒子，而你就這麼一句*

話?他爺爺眞的這麼簡單冷酷，還是體內深處隱藏著一顆心，破碎的心?

他決定不提那個，說道：「什麼教訓?我是說剛剛那把牌。」

「一個教訓，還是很多教訓?」安德洛斯問，彷彿在問他自己。「想到一個：你把人逼到牆角，還不給人家活路走?讓人完全受制於你，但又不殺死他?這種情況你就必須仔細觀察。」安德洛斯從袖子裡抽出好幾張牌，丟在桌上。

那些全都是他的牌堆裡最好的牌。「現在出去……」他話還沒說完就轉身背對他。「……孫子。叫瑪拉苟斯家的女孩進來。提希絲?我要看看她有多想成爲下任白法王。如果沒有猜錯，她應該會打扮得像是要取悅男人的模樣。」

第三十七章

基普毫不浪費時間地前往管制圖書館。途中只有回去拿他的包包和白紙，順便把在營房裡的小隊成員一起找來。囊克有強制念書的時間，每天兩小時。每個小隊基本上都得待在同一個地方，不過只要有理由，關鍵者可以讓他們先行離開，提雅似乎常常有理由。

但是上面並沒有硬性規定他們必須在哪裡念書，如果基普想要偷用一天之中任何一段時間，念書時間就是唯一可用的時間，除非要他放棄吃飯時間。

想都別想。

再說，那張字條寫得籠統：「基普在圖書館裡幫我處理事情。不要阻止他。──蓋爾普羅馬可斯」基普有點遺憾字條上加了「在圖書館裡」這幾個字。如果沒有，這就會是讓他為所欲為的許可證。

他招集小隊成員，不過提雅又跑了。他們全都迫不及待想去見識見識禁止進入的區域。走過守門的圖書館員時發生的情況也沒有讓他們失望。對方看了一眼字條，臉色發白，二話不說就讓基普和小隊成員進去。

禁忌圖書館幾乎占據了半層藍塔。裡面都是光亮的硬木、磨光的銅器和有扶手的椅子。華麗的書桌、舒適的座椅、滿足所有需求的奴隸──每個奴隸脖子上都掛著一條銅項鍊，項鍊上有兩個黑石墜飾，其上刻著基普不認得的帕里亞符文。他問那是怎麼回事。

「他們全都是文盲和啞巴，」班哈達低聲說。「沒辦法偷看你在查什麼資料。」

「喔，我聽說過，」弗庫帝興奮地大聲說道。「有些奴隸特別為了在這裡服務而把舌頭割掉。那可眞是塊大腫瘤呀。」

「他們可沒聾，弗克。」班哈達喃喃說。

「喔，抱歉。」弗庫帝說，壓低音量。「等等，我爲什麼要向奴隸道歉？」

他朝一名奴隸怒目而視，基普發現其他人沒在看的時候，那個奴隸朝弗庫帝搖晃剩下的舌根，嚇得弗庫帝面露畏縮神色。下一刻，當其他人轉頭去看弗庫帝爲什麼畏縮時，奴隸冷靜地站在原地，好像一直沒動過一樣。

弗庫帝低聲咒罵，但沒有動手報復。

班哈達走向一疊書，查看標題。他看了好一陣子，不過沒人干擾他。班哈達在需要看很多字的時候會接受幫助，不過其他時候有可能會被激怒。他說：「這地方看起來像是被盧克主教當成私人休息室在用。這些都不是禁書。我想那些尊貴的老師只是不喜歡和其他人一樣坐在硬板凳上看書。」

「那些奴隸有紅酒嗎？」戴羅斯問。「你想我能……」

「不行。」班哈達、基普、關鍵者和大里歐說。

除了四個奴隸和守門的盧克教士外，整間管制圖書館都是空的。小隊成員併起兩張書桌，憑藉年輕人或黑衛士，或是從爺爺那邊取得特殊許可的年輕貴族的朋友那種不怕責罰的天性移動家具。那感覺很棒，但基普緊握許可證，十分肯定隨時都會有人大聲斥責他們。

不過他們很快就坐下來看書了。關鍵者不會讓他們亂來太久。只放基普去瀏覽書櫃。他漫無目的地拿起書來看，繪有褪色的符文、寫滿他一開始以爲自己沒學過的文字。那是一份他沒聽過的村落的帳冊，裡面都是肯定是外來語發音的字彙。另一個卷軸上似乎記載務農的方法。還有一份完全用古帕里亞文寫成。另一份是用基普從未見過的文字書寫。有一份是符文。

一份皮格米矮人的帳冊——不是血林，不是古代血平原，而是提利亞的。提利亞？聽起來很有趣，不過基普沒見過上面日期的紀元縮寫，所以他不知道那是多久以前的東西——而它記載的又是數百年前的事情？

他弄不清楚圖書館這一部分的書是怎麼編排的，隨機挑選卷軸絕不可能幫他找到任何有用的資訊。基普往外走，想去找走廊上守門的那個圖書館員。來到近處，他聽見急切的低語聲。「不！」有人說。基普利用書櫃掩護，慢慢走近，看到剛剛那個圖書館員正在與一個年輕的盧克教士說話。「──回報給盧克主教，說他不能再送更多……我可以等這些間諜離開時通知他，但是──」

「你不能叫我們把那些東西全搬回去。就不能讓奴隸──」

基普上前一步，看見四個年輕的準盧克教士充滿罪惡感地畏縮。每個人手上都抱著一疊卷軸或書。

「這是怎麼回事？」基普問。

他們全都看向年長的盧克教士，基普知道他會聽到謊言。「只是日常工作，歸還需要修補的卷軸。」他轉向年輕的準盧克教士。「謝謝你，你們可以放下那些東西，然後離開。」

「離開前，」基普說。「把名字告訴我。」

他們再度望向圖書館員。

基普嘆氣，換上非常逼真的惱怒神情。「至高盧克教士是誰？」他問。他不等人回答稜鏡法王。「是我父親。他不在時克朗梅利亞由誰負責？普羅馬可斯。他是我爺爺。他要求你幫我處理他的事情。你以爲他不會發現你在幹什麼嗎？」

圖書館員臉色發白。「把名字告訴他。」他說。

他們照做，基普說：「很好，現在我要你們全部去找一個名叫昆丁・納希德的盧克教士來。你們得要求他立刻過來見我。普羅馬可斯親自下令。聽清楚了嗎？」

他們一哄而散。基普面前就只剩下一個非常不安的圖書館員。基普瞪著他，想在自己的表情裡加點安德洛斯．蓋爾的氣勢進去。圖書館員偏過頭去，基普偷笑。有效！

他想要找回那種強大的氣勢，但隨著時間過去，他只能擠出嚴肅的表情。

「嘿，基普！你還好嗎？你看起來好像便祕了。」昆丁．納希德說著走進圖書館。

基普皺起眉頭。

「你是怎麼找——喔，你好，阿尼爾教士。」

圖書館員臉色一沉，張口欲言。「阿尼爾教士，」基普說，「你可以回你的崗位去了。」

阿尼爾返回崗位，昆丁看著基普，很驚訝他竟然能夠指使盧克教士。

「我要你幫忙，」基普說。「不光只是今天。」基普把許可證給他看。

「就算沒那個，我也會幫你。」昆丁說。「我一直在想之前的事情，而……你說得對，我確實騙了你，歐霍蘭的盧克教士不該做那種事。我不會再那樣了，永遠不會。我以自己永生的希望對光發誓。我一切都會對你據實以告，不論會付出什麼代價。」

基普揚起一邊眉毛。眞是奇怪的年輕人。但昆丁十分認眞。基普心想能成為盧克教士的人應該都很獨特。

「非常好，」基普說，覺得自己也該來點同等嚴肅的回應，但是他想不出能怎麼說。「這些卷軸，是什麼東西？」

「我可以一張一張攤開來看，然後告訴你它們是什麼。你是要這樣嗎？」昆丁不太清楚狀況。

「不，不。有些年輕的準盧克教士奉命把這些書拿來這裡，我想知道為什麼。阿尼爾教士說它們是送去修復的？是眞的嗎？」

昆丁翻閱書籍和卷軸，皺眉道：「我不喜歡指控任何人說謊，但是……這些書的狀況不像是從裝訂所裡出來的書。塔卡瑪女士絕不會放行這種書況的書。這裡有些書已經幾十年沒修復過了，所以這裡的書不像要送裝訂所，也不像從裝訂所出來的東西。」

「那算是什麼？」基普問。

「我不知道。」

這句話有特意強調的意味。「你會徹底坦白，還是有技巧地坦白？」基普問。

昆丁遲疑。「你說得對。我……我得祈禱克服這種幫同儕掩飾的本能。我應該說：『我不知道，但我可以推測。』既然我很肯定你接下來要問推測結果爲何……」他吐出一口長氣。「這些是從別的管制圖書館拿出來的書。」

「所以呢？」基普問。

小隊其他成員也圍過來。基普幫他們介紹，昆丁似乎越來越害羞，不過介紹完後，基普又開始逼問。「所以呢？」

「所以每間圖書館需要不同許可——你可以進入某些圖書館，其他的不能。這間圖書館需要最高權限。連我都從來沒有進來過。」

「喔，眞狡猾，」班哈達說著了解式地搖頭。

「什麼？」弗庫帝問。

「我不想承認，但是我這次和弗庫帝一樣不懂。」關鍵者說。

「蓋爾普羅馬可斯開放了幾乎所有的管制圖書館，讓人研究禁忌魔法——爲了防禦理由。」班哈達說。

「教團不喜歡這個決定。」昆丁說。

「所以盧克教士把新近開放的圖書館裡的書轉移到依然管制的圖書館裡。」班哈達說。

「這樣基本上不算抗命。」昆丁說。「我是說，普羅馬可斯的命令是要求開放圖書館，並不是說館內所有書籍都可以供人研究。」

「那基本上是狗屎。」基普說。

「沒錯，」昆丁承認。「不過你要了解，盧克教士這段期間日子很不好過。證實剋星眞的存在，讓半打最受人景仰的學者淪爲笑柄。只有我們能接觸這些禁忌知識的特權遭受剝奪，令我們非常難受——而當某些普通馭光法師和黑衛士發現我們多年以來沒有發現的事實時情況就更糟了。這簡直就是一口羞辱之井呀。」

「你告訴我們這些會惹上大麻煩，是吧？」關鍵者問。

「喔，是呀。」

「好了，你已經陷入麻煩了。或許該是交新朋友的時候了。」弗庫帝說。他露出友善的笑容，伸出粗壯的手臂搭上昆丁的瘦肩膀。

昆丁猶豫地笑了笑。

第三十八章

對一座光線永不熄滅的城市而言，大傑斯伯上有許多陰暗角落。碎眼殺手會似乎全部都很熟。

城市和天空似乎喜歡聯手打造黑暗。提雅垂下肩膀，打定主意不要害怕。月亮慘遭烏雲扼頸，烏雲的手指攫緊，天上的明鏡立刻消失。海上飄來霧氣，如同自殺衝鋒的部隊般衝撞城牆，然後直接翻牆而過。有一瞬間，提雅看見霧氣在牆頂凝聚，接著突然向下竄入街道。

霧氣將她淹沒，遮蔽視野，她聽見附近街道上傳來尖叫。不，不是尖叫。只是貓，憤怒吼叫。然後叫聲停了。

街上石板地濕濕滑滑。提雅看到有顆星星在她頭上搖晃，她花了一段時間冷靜下來，才發現那只是守衛的提燈。他從城牆上方路過，但完全沒有看到她。提雅伸出一手觸摸牆壁，告訴自己這麼做不是為了讓自己心安。

*妳在迎向死亡，*提燈彷彿在遠去的同時對她說道。*找點光源。*

我是個奴隸，不是——

她打斷那個想法。她不是奴隸。隨時都可以離開。口袋裡有錢。營房裡有錢。可以購回她的委任狀，然後回家。她可以離開然後……怎樣？

但是她可以慢慢想。她有時間。她有家人。她——

恐懼會讓人變蠢。看看我獲得了什麼。看看我做過了什麼。家鄉裡有誰會相信我和白法王說過話，更別說她交付給我一項揹負七總督轄地命運的任務？誰會相信我和鐵拳指揮官一起訓練，更別說是帶領

他進攻盧易克岬？見鬼了，我那個法色，誰會相信我是馭光法師？在世界上其他地方，帕來色有什麼用？我可以神不知鬼不覺地殺人？喔，眞好。在祥和的社會裡有很多機會用到這項專長。我可以看穿衣物？喔，完美，請告訴我富迪金斯大人的陽具有多大！哈。

妳已經不是奴隸了，提雅。所以妳想成爲什麼人？

碎眼殺手會不會殺我？如果他們想殺我，早就已經動手了，對吧？但要是他們改變心意呢？如果他們未來想要殺她，要找她對他們而言並不困難，是不是？或她家人。

提雅喉嚨緊縮，在牆上靠了一會兒。黑暗和濃霧帶來難以忍受的壓迫感，緊貼著她，令她呼吸困難，竄入喉嚨，入侵她的身體。她睜大雙眼，持續睜大，感受到帕來盧克辛的刺痲感。

害怕時就會汲出帕來盧克辛。這算有進步，對吧？

她的拳頭上方冒出一盞帕來提燈，朝四面八方貫穿黑暗。帕來光完全不受濃霧干擾，在石頭和石板地上添加一層金屬光澤。她隱約聽見什麼聲音，轉頭去看。沒有東西。

當她回過頭來時，面前多了一個穿斗篷、戴兜帽的男人——謀殺夏普。他看起來心情不錯，可能是很高興見到她。「法色不錯。光譜很細，幾乎沒有光譜出血的現象。妳掌握訣竅了。既然是帕來法師，就要善用天賦。跟我走走。」

「你看起來不太一樣，」提雅說。上次見面時，他頭頂是禿的，旁邊有圈橘髮。顯然是喬裝改扮的，因爲他不是禿子。雖然還是很短，不過他的頭髮長出來了。這個造型讓他看起來年輕很多。他留了鬍子，鬍碴看起來很有型。

「我外型出眾。要僞裝時特別辛苦。我很羨慕妳那種平凡的美貌。」

「謝謝？」

「我是在恭維妳。妳知道當證人形容妳時會說『瘦瘦的、膚色中間偏黑、身高中等，或許偏矮一點、黑髮、還算漂亮』，是多大的優勢嗎？人們對妳留下的印象都是可以移除的特徵，像是美人痣，或假髮——以妳這種膚色，不管戴大波浪暗色金髮或是帕里亞的黑鬈髮都渾然天成。會被記得或是遭人遺忘，在這一行裡可是攸關生死，所以沒錯，我羨慕妳。我們到了。」

他在門上敲了一陣奇怪節奏的暗號。

太好了，這下我還得變成鼓手。

門打開，光線照亮街道，提雅收縮瞳孔，釋放帕來。

開門的人回到門內另一間房裡。謀殺夏普交給她一件白袍披在身上。「無論如何都不要洩露妳的身分。其他人知道得越多，風險就越高。光是聽見妳的聲音就很危險了。」他又給了她一副黑眼鏡，外加白布面紗。他也換上差不多的裝扮，不過臉上戴了副有白毛皮和黃牙齒的面具，看起來像是鼬鼠和熊的混合體。接著他帶她前往隔壁房間。

這房子是打鐵鋪。提燈提供令人心曠神怡的照明，驅退屋外的黑暗。裡面有一打人正交頭接耳。不過所有人都穿斗篷、戴面紗。只有少數幾個人戴鼬鼠—熊面具。面紗只是一塊白布，從每個人的帽上垂落，只露出雙眼。有些戴面紗的人還有戴黑眼鏡。肯定是馭光法師，確保沒人可以透過眼中的盧克辛圖案認出他們。

當然，這些僞裝在帕來法師面前毫無意義。如果提雅想要，可以看穿衣服、看穿面具、看穿他們的愚蠢。她轉眼間從恐懼害怕變得差點發出嘲笑。

好吧，或許是差點發出歇斯底里的笑聲。放輕鬆，提雅。她跟著夏普大師進入打鐵鋪，在鍛造爐的紅光下一一打量那些人。

「秩序。」一個聲音粗啞的男人說。

秩序，是說遵守秩序的意思？還是說，嘿，你們這些碎眼殺手會的成員，遵守秩序？提雅又差點忍不住笑出來。哇，專心一點，提雅。

她試著清喉嚨，但是沒清成，不過不敢再清一次，怕會打擾安靜下來的場子。

儘管聲音粗啞的男人身材很矮小，但其他人顯然聽從他的號令——而且他也是唯一戴了兩層面紗的人。白面紗底下的那層看來像是由非常細緻的鎖子甲製成。

「如果克朗梅利亞或其人民發現你來此聚會，或日後聽說此事，就會被帶去教義部。他們會折磨你。沒收土地和頭銜。懲罰你的家族。燒掉牲口和房子，彷彿異端能用火焰淨化。」他稍停片刻。「如果沒有勇氣默默死去，現在就離開，不要再和這個組織有所瓜葛。門就在那裡。」

會被服務對象折磨的想法就像是肚子裡的巨大冰塊，如果她被抓到，白法王會承認她嗎？除非對她有好處。而在這種戰爭裡，承認提雅是間諜或許對白法王不是最有利的做法。提雅聽見的每一句威脅都實質存在。而那還是她被朋友抓到的情況。萬一她被碎眼殺手會的人發現是臥底呢？她看向門口，不曉得他們說可以離開是不是真的。現在還能離開嗎？

「這裡沒有人是懦夫，」男人說。「很好。」

提雅很想大叫：等等！我有可能是懦夫！可以再給我一點時間考慮嗎？

但是太遲了。

所有人在室內圍成一圈，只有火熱的鍛造爐那一側沒有人站。在晚上開爐，奇怪。圈子中央有一張樸素的桌子。提雅看到桌上的物品時感到一陣毛骨悚然。那些全都是她幫阿格莱雅・克拉索斯偷的東西——如果她沒有向白法王坦承一切的話，就會是揭發她或摧毀她的完美勒索素材。

「聆聽第一環的布道。」

「聆聽，遭受欺瞞之人。」所有人轟然說道，彷彿在禱告一樣。

「你對克朗梅利亞所知的一切都是謊言。」聲音粗啞的男人說。

「聆聽，遭受欺瞞之人。」所有人轟然說道。

「加文和達山・蓋爾為了淫欲和驕傲摧殘世界。但是在那場災難之中、在數以萬計的死傷中，誕生了良善的事物。我們這些曾與達山結盟的人，在加文踏熄裂石山戰火時看見希望消逝。聰明的人逃走了。大多隱居躲藏。但有些遭心存報復之人，或想利用戰爭掩飾罪行之人追殺，還有人因為知道太多祕密而被滅口。」

他住口，很長一段時間不發一語，彷彿在重溫回憶。其他人都沒有打擾他，所以提雅也沒動。

「逃亡期間，很多人都死了。除了戰敗，沒有犯下任何罪行的男女。其他人被抓去當奴隸，賣給伊利塔人，克朗梅利亞譴責這種交易，但又不加以阻止。」

「聆聽，遭受欺瞞之人。」

「但是，」他揚起一根手指。「在所有黑暗中都有光明的希望。因為光是鎖不住的。」

「光是鎖不住的。」他們隨他吟詠。

「我們有少部分人逃到阿塔西沙漠，穿越裂地，在荒野中遭人追殺超過一個月，追兵終於放棄時，我們發現沒有足夠的水回家。於是繼續前進。我們在喝完水的隔天抵達大裂谷。我們爬下裂谷，途中又失去兩名弟兄。到達谷底後，發現了一座沿著岩壁而建的遠古廢棄城市。我們找到大型蓄水池，透過小溪補充清水，還找到了野山羊，而且發現了難以想像的盧克辛，但最重要的是，我們發現了真相。」

「聆聽，遭受欺瞞之人。」

「我們不是第一批發現那個地方的人。那座城市叫作布拉克索。數千年前的古城。住在最黑暗的血林裡的皮格米矮人，宣稱他們與布拉克索人傳承同樣的血脈。我們也找到了一座比較小也較晚期的聚落遺跡——開始只有一名學者和他的學生，後來又找到他妻子。他們是去找尋那座城市的，和我們一樣差點死亡，但他們只比我們早了兩百年。他們在那裡待了兩年，試圖返回克朗梅利亞的家園，後來因為無法穿越裂地而放棄，又折返回去，就在那裡度過餘生，生了孩子。該聚落延續了三代，最後因為近親交配導致他們無法在惡劣的環境下生存。」

「但他們在那三代之中達到的成就呀！他們翻譯了千年古老皮革上的文字，用我們能閱讀的文字保存下來。第一次，我們知道盧西唐尼爾斯之前的世界是什麼樣子。」他看向提雅，彷彿搜尋她的靈魂。「輪到妳得知真相，做出決定了。」

「得知眞相，遭受欺瞞之人。」

「布拉克索人一直以來都在那裡過著貧瘠的生活，不過當時那裡的土地還沒變成裂地。但那裡依然是沙漠，所以生活十分艱困。在那個年代裡，世人相信每一種法色都是神，而所有人都會信仰其中之一。馭光法師絕對不能同時信仰兩個神，因為所有神都彼此爭戰，或至少相互敵視。馭光法師會前往世界上屬於自己法色的地區，而這麼做又讓所有法色的差異更加明顯。魯斯加的肥沃平原擁有大量綠色，所以全世界的綠法師都會離開家園，搬去那裡，綠法師在那裡建造神廟，年復一年為平原施肥，讓它們越來越綠。阿塔西的紅懸崖也差不多；提利亞深處的火山也一樣。以此類推。」

「布拉克索人擁有不同的信仰。對他們而言，光並不是魔法的重點；光是觸發劑，允許你的意志進入世界，進入你的生活的導體。他們也不相信——克朗梅利亞後來所深信的——意志有其極限。他們不認為製作魔像會耗盡靈魂。他們相信意志是一種肌肉，越常使用就會越強壯，而不是像沙漏裡的沙一樣逐漸衰竭。」

「隨著諸神興起衰亡，九大國度全在祂們的鬥爭中苟延殘喘。當紅法師統一在達格努十三世的旗幟下，把藍法師殺得片甲不留時，法色的平衡崩壞了。一整個世代無人汲取藍魔法讓紅法師徹底發狂，沙漠擴張、土地龜裂、大海消退。世界處處飢荒，布拉克索人的處境尤爲艱苦。他們居住在沙漠裡的兄弟部族滅族了。兩個世代後，藍法師復仇，情況也沒有好到哪裡去：水面上升、淹沒峽谷。水多到把土壤沖刷殆盡。布拉克索人決定，他們需要能在這個無視他們存在的世界裡發聲的力量，在世人不知情地在自己的戰爭中被擊敗。至於我們，願──」

「──我們傾聽並相信。」眾人隨著他一起說。

提雅隱約知道故事的用字遣詞會許會有更動，不過有些句子會引發他們的反應。這種感覺讓她毛骨悚然。

「那就是碎眼殺手會的起源。起初只有一個人──歐拉蘭，隱身者，第一道暗影。他的斗篷是由一名多色譜分光馭光法師以全部意志加持而成，一個擁有克朗梅利亞謊稱只有稜鏡法王才擁有的能力的女人。但歐拉蘭死在一名次紅法師手上──因爲這件斗篷只能在可見光譜中隱形。他死後，他們經歷重重困難才取回那件斗篷，接著決定暗影一定要由一男一女搭檔出擊，因爲有些地方禁止男性進入，有些地方禁止女性進入，一方的強項可以彌補另一方的弱項。隨著無數世代過去，碎眼殺手會一共製造出十四件斗篷，有些品質比較好。其中有兩件能在全光譜下隱形的斗篷至今下落不明，它們的前任主人是兩個遠古霧行者。」

「當初那十四名戰士，第一代暗影，在全世界的人眼前隱身行動。十四把帶來公理的正義之刃。十四名保護布拉克索的霧行者，還有世界各地的弱者。他們行走在各式各樣的馭光法師之間，在權力足以威脅平衡的人耳邊低語，告訴他們終止惡行。這種做法在少數幾個例子中有效。但是大多情況下，這麼做都毫無成效，於是十四名戰士爲了延續多數人的性命而殺死少數人。」

平衡，就和稜鏡法王做的一樣，只是藉由暴力。藉由謀殺。

「布拉克索開花結果，自古至今從未如此繁榮。布拉克索人要求紅法師減少汲色量，紅法師就會照做，控制他們自己的祭司，不用繼續死人。和平的時代來臨，魔法欣欣向榮。當其他人都束手無策、狂法師橫行大地時，出手解決問題的是微光斗篷。碎眼殺手會乃是冷酷世界中的嚴厲守護者。」

「但世界是個被寵壞的孩子；就算是在最需要守護的年代，它仍無法忍受守護者太久。」

所有人齊聲說道：「我們是守護者。我們是黑夜之手。我們是隱形行者。我們是清晨之劍，是午夜之棍。我們準備充足。爲了戰爭，爲了和平、爲了生命、爲了死亡，我們準備充足。」

我的新朋友，是一群自詡正義的瘋狂法師殺人犯。

「在這個永遠動盪不安的世界，只有我們的手維持穩定，一個年輕人在劇變的年代降世。新科技出現，法色平衡在各方面都遭受威脅。他變成微光斗篷，我們很快就發現，他是自古至今最偉大的碎眼殺手。他名叫迪亞克普特斯。」

「迪亞克普特斯，背叛者！」

「布拉克索的磨鏡匠乃是全世界最頂尖的，就是他們發現了如何把金屬熔入玻璃，製造出改變世界的眼鏡。紅色需要瀝青鈾礦和鉛，黃色用硫磺和鈣，橘色用鎘和硫磺，綠色用雌黃和鐵，藍色用鈷和硫磺。那些本來是我們的祕密、我們的力量。我們不再只能依靠七組人馬，或在舊微光斗篷遭竊或被毀時努力找尋多色譜分光師製作新的。接著出現了一個年輕人。他名叫迪亞克普特斯。」

「迪亞克普特斯，背叛者！」

「暗影迪亞克普特斯在九大國度中都幫我們殺過人。他的脾氣就與他用利刃和鈍器的技巧一樣出名。他開始用黑盧克辛進行實驗，只有內心充滿邪惡之人才施展得出的法色。他逐漸腐敗，渴望力量。我們派人去找他，派出他的老友去勸說。他殺了他們。偷走同胞的設計——布拉克索的工藝之冠及兩百年的革新，用以裝備一整支部隊，他帶來九大國度從未面對過的血腥戰爭。他把世人踩在腳下，然後自稱救世主。他宣稱自由之民是異教徒，聰明的女人是野獸。我們知道他的本名——他名叫迪亞克普特斯。」

「迪亞克普特斯，背叛者！」

「但妳或許聽過他的另一個名字。他爲了讓自己成神而取的名字——盧西唐尼爾斯，賜光者。」

提雅不該對殺人犯和異教徒對盧西唐尼爾斯有此褻瀆的看法感到驚訝，但基於某種原因，她就是很驚訝。就算最悽慘的奴隸在抱怨盧西唐尼爾斯罔顧奴隸權益時，也會假設盧西唐尼爾斯——身爲凡人——只是忽視他們而已，沒人覺得他邪惡。

她輕咬嘴唇，沒有吭聲，看著眼前一個一個戴著兜帽的人。最後，她看向那堆自己偷走的東西，放在一旁的凳子上。

「根據教廷的說法，我們只有一條命、一次審判、一個永恆。這種教義讓生來處於低賤階級的人永無翻身的希望，只能接觸糟糕的選項，好像貴族家的女兒和低賤家庭的女兒在充滿美德的人生中擁有一樣的機會似地。布拉克索人比較寬容、比較人道。我們知道……」

眾人吟唱：「死亡會淨化罪孽。重生會獲得救贖。」

「他自稱是歐霍蘭的第二隻眼。於是碎眼殺手會就此誕生。爲了除掉我們最寵愛的子民迪亞克普特斯。不是爲了仇恨，是爲了希望。希望能讓他重生。希望他獲得救贖。」

他們齊聲道：「我們滿懷希望與期待。破壞規則之人尚未伏法，我們持續漫長守夜。」

「第一環的布道結束。願我們都有資格得知更多眞相。」

他們以提雅聽不懂的語言吟唱了一些禱詞。從其中某些人在唸誦陌生音節時會慢半拍的情況看來，他們也聽不懂。接著吟唱的應該是簡略的翻譯，因爲押韻沒有押得很好。「黑暗中眞實。光明中眞實。白晝眞實。夜晚眞實。誠實、熱切、忠心、強壯，但在我們撥亂反正前保持低調。」

聲音粗啞的領導人迎上前來，壓低音量，在某人操作風箱的聲響中，其他人大概只能聽見隻字片語。「妳知道那些是什麼東西。」他拿起一個銀手環，然後又放下。

「女主人命令我去偷的東西。」

「勒索。」他說。

「勒索。」她同意。

他進一步壓低音量。「在遭受欺瞞之人的眼中，阿德絲提雅，妳永遠都是當過奴隸的人。妳能爬到最高的地位就只是黑衛士了。對於當過奴隸的人來說，這是很不錯的工作。正常情況如此。戰爭期間就沒那麼好了。大家都知道黑衛士爲了補充兵員而降低標準。妳會遇上承平時期的黑衛士絕對不會接受的任務。或許，妳會爲白法王而死，雖然這一任白法王已經快死了。她撐不過兩年。到時候誰會取代她？能夠得到妳的愛和尊敬的人？如果要妳爲紅法王犧牲，妳樂意嗎？這就是妳要的人生嗎？高尚的奴隸，但依然是奴隸。這就是妳最大的成就了嗎？」

他朝兩個戴面具的人點頭，然後後退。

他提高音量：「我們要妳，新人，但不會勒索妳加入。碎眼殺手會要的不是奴隸。妳可以爲他們成爲被當作炮灰的士兵，也可以幫我們成就不凡的事業。我們要找新暗影。我們要給妳機會改變世界。改變歷史的走向。拿起這個世界給妳的小恩小惠，然後要求更多，也付出更多。我們會交付給妳最艱困的工作，但妳可以跟我們一起重建世界。」

戴面具的人走向前去，把銀器放到一根板子末端的破碗裡。他們把碗伸進火裡，提雅看著銀器抖動，失去外型，融化，準備重新塑形。

第三十九章

「我要你拿劍刺我。」加文說。他和瑪拉苟斯家的年輕人安東尼於晨光中站在甲板上。

「不好意思?」

「我被這把劍刺過。或許兩次。」

「在哪裡?」

「加利斯頓和盧城。懂嗎?而且那兩次都是在船上。」

「我是說刺在你哪裡?」

「喔,背上,這裡,另一劍刺穿胸口,這裡。」他們還是沒有衣物,所以加文和所有前奴隸一樣上身赤膊。年輕貴族無法接受這種情況,說要脫下自己的衣服給他穿,但加文不能接受,原因也不能說。總之,這表示當他指著受傷的地方時,他是直接指著皮膚。

安東尼湊近。「沒有疤痕。沒有疤痕?」

「我想是那支劍的魔力。是呀,一定是。」

安東尼舉起劍,插到甲板上。劍尖深深沉入明亮堅硬的木板。他懷疑地看著加文。

「我想我比較特別。」加文說。

重獲自由的這一天內,他想了很多事。首先想到卡莉絲——卡莉絲——他在下層船艙地獄裡想到就心痛的人。他可以看見她的笑容、她頸部的線條、她的頭髮——現在是金色的——還有他們再度擁抱時的喜悅淚水。他睡覺時會感覺到她的手指觸摸自己的臉,她在對自己確認他真實存在。他想像偷咬她的手指嚇她，然後一起哈哈大笑。他想像她修長的雙腿纏在他的腰上、她溫暖的擁抱——但話說回來，現在想起來也還是會痛。他的身體就像悲傷之碗般完全被掏空了，用想像的歡愉去塡滿它根本是活受罪。他試圖想像當她看到他的眼睛時會怎麼說。她嫁給一個稜鏡法王。她接受嫁給全世界最有權勢之人的代價，但同時也接受了這麼做的獎賞。

他不再是那個男人了。他現在能給予的與當初承諾的不同。她會對這具乾枯的軀殼有什麼看法？

現在的我已經不是從前的我了。我還能做什麼高貴的舉動？我這個殘廢？

這件事想起來一樣很殘酷。所以他轉念去想那把火槍劍。令他著迷的是劍上的黑色部位。那玩意兒看起來像是黑曜石。但是沒人能把黑曜石弄成如此精細的漩渦狀；黑曜石沒有延展性。黑曜石會斷裂，留下尖銳的邊緣。戰爭期間，買得起黑曜石的人會用來當箭頭，因爲黑曜石對付盧克辛的效果比鋼鐵好。買得起黑曜石的人不多。不過黑曜石會影響汲色是廣爲人知的事實。地獄石，馭光法師這麼叫它，認爲它是黑暗的實體化身，是對光的否定，是敵人的工具。

加文命令手下——眞正加文的手下——收集所有加鑲地獄石的武器、珠寶和飾品，裝成好幾大箱，然後在返回大傑斯伯的時候把它們「弄丟」。當時是戰爭時期，雖然已經快要結束，不過還是有很多東西會不見。他把那批寶物拿去鋪設位於克朗梅利亞地底的加文監獄走道。他非常熟悉黑曜石。

但劍上的黑曜石很奇怪。

「我們可以先刺一點，不要一次把你刺穿然後期待不會有事，好嗎？」安東尼問。

「聽你這麼一說，」加文說。「似乎比較合理。」

安東尼扮個鬼臉。他提起劍，指向加文胸口。「不如我抓穩劍，你想刺多深就刺多深，然後請船員不要譴責我把你殺掉？」

「好。」加文把劍尖對準自己胸口。他湊上前去——

——立刻又跳回來，罵聲髒話，胸口冒出鮮血。

安東尼也往回跳，瞪大雙眼。兩人沉默片刻，加文揉著傷口。「所以……之前不是這個樣子？」安東尼問。

加文提高音量，對著天空大罵。那不可能是出於他的想像。至少在第二次之後不可能。那支匕首在和他父親、葛林伍迪和基普混戰的時候還是一支匕首，之後就變成劍了。砲手承認自己是從加文身體裡拔出來的——加文整個人被刺穿。

或許只會發揮一次效用。它奪走你所有魔力，然後就結束了。但那並不是黑曜石幹的。它可以從你的血裡吸走盧克辛，沒錯，但沒辦法阻止你繼續汲色。而且還不是所有黑曜石都有這種功效。

「我可以拿你做實驗嗎？」加文問。

「你說它奪走了你汲色的能力。」安東尼說。

其實加文並不想告訴他這一點，但實在沒辦法規避這個話題。男孩請他汲色修補槳帆船，加文沒有能夠解釋他不能這麼做的說詞。「沒錯，」加文說。「這只是猜測，當然，不過符合事實。」

「所以你要我放棄汲色的能力，來滿足你的好奇心？」安東尼問。「別誤會了，我想幫忙，但是……或許我們能等一陣子，試試別的方法？」

加文嘆氣。不能怪他。「第一班守衛要上崗了。我們得做決定。」

昨天，在激動與恐懼的驅使下，他們爲了逃命，就這麼悶著頭划到天黑。沒有一個奴隸想到要用六分儀和羅盤確認位置，而且天上又烏雲密布。安東尼．瑪拉苟斯說他們位於拉斯和傑斯伯群島之間，離拉斯兩天路程。

船員聚集在甲板上。很多人都睡在甲板上，深怕有人會再把他們鎖回船槳。在天色逐漸變亮的粉紅黎明中，他們回到原先的崗位。

安東尼首先開口。「今天必須決定目的地。我們的食物和水有多少？五天？我聽說你們划槳的能力很強，而我很肯定你們可以抵達血林沿海半數城鎮，還有魯斯加沿海半數城鎮。但我們此刻只有兩個可行的選擇——大傑斯伯，或拉斯。」

「我們爲什麼要去拉斯？」有人問。

「你忘了第三個選項，」另一個人說。「我們可以繼續當海盜。太陽節要到了，海上有很多肥漁供我們宰割。」

「聽我說！」安東尼說。他太容易擔心，太年輕了。他以爲自己快要失去水手的注意。但他沒有。他們只是想要淺嚐自由的滋味而已。有什麼比打斷地位高的人講話還不用擔心後果，更能讓人覺得像是自由人的？對於活在鞭子下的人而言，這就是美酒。

「我在提供各位自由，還有更多東西，」安東尼說。「我堂姊——伊蓮·瑪拉苟斯女士，既公正又富有，而且人脈廣。如果你們停錯港口，可能會被視爲叛逃奴隸，任何人都有權把你們抓回去。停到更糟糕的地方，你們會變成叛艦者，可能會處以絞刑或船拖刑。我堂姊會發放文件給你們，呈交各地首府。自由。永遠不用再度逃亡。當然不用說，我們會把貨物分掉。所有人平分。雖然我救了你們，但我不用。以上，外加每人五十丹納。」

「我們還要留著這艘船！」有人叫道。

「我會賣掉苦棒號，把錢平分給大家。」安東尼說。「只有這樣才分得公平。如果有人想要湊錢買船，那是你們的事。」

加文站起身來。「安東尼大人，」他側頭說道。「我想讓你知道我們全都非常感激你和你的作爲。我們會確保你獲得豐沃的報酬。然而，我不明白你爲什麼要提出這種條件。我們要去大傑斯伯，因爲不管你提出什麼條件，我都會加倍。」

眾人歡呼。

但安東尼舉起手來，默默等候。有人大叫：「閉嘴啦，你們這些廢物，讓這位大人抬高價碼！」所有人大笑，不過最後終究是安靜下來。

「兩件事，」安東尼說。「一件你們已經知道了，另一件你們不可能知道。首先，你們都聽過伊蓮・瑪拉苟斯的名聲。她是很剽悍的商人，但不管面對什麼情況，絕對守信用。其次，在正常情況下，加文・蓋爾確實可以把她和我提出的酬勞加倍。在正常情況下，我肯定加文・蓋爾會信守承諾，雖然我們都知道蓋爾家族往往不會辜負他們家的姓氏。」

這話對於水手而言有點太過複雜。這些都是很單純的人。但加文沒有插嘴。讓那個男孩說自己的。加文又掌握優勢了。這是他擅長的遊戲。他絕不會讓別人搶走和他同甘共苦好幾個月的船員。他不允許。他看到歐霍蘭在瞪他，先知之眼炯炯有神。

「但現在不是正常情況。昨晚我聽你們說過，安德洛斯・蓋爾盧克法王刺傷了他的親生兒子，把兒子丟下海。」他稍停片刻。「現在我告訴各位，盧克法王在兒子落水之後可沒有閒著。」

所有人看向加文，他心裡浮現不好的預感。

「安德洛斯・蓋爾受命成爲普羅馬可斯。」安東尼說。「而他鞏固權力的手法比僞稜鏡法王戰爭期間的加文・蓋爾還要強勢。他才不要自認死在他手下的敵對兒子回去。爲了你們好，也爲了加文好，你們絕對不能前往大傑斯伯。」

加文呼吸困難。那一刻裡，他知道安東尼說得沒錯。

他想起這只是安東尼的片面之詞，但是已經太遲了。這些水手沒有受過演講訓練，大多甚至不識字，但卻懂得察顏觀色。加文豪不掩飾的憂慮神情等於是證實了安東尼的話。

「但加文是稜鏡法王。那肯定能——」

「他是嗎？」安東尼問。「我知道你們相信他是。我也相信他是。但如果他抵達大傑斯伯，而他父親派人逮捕他，他大叫：『我是稜鏡法王！』他們難道不會說：『那就汲色呀，稜鏡法王，救救你自己，證明你自己？』他不能汲色。他不能證明自己的身分。加文是我們的朋友，我們的稜鏡法王——對，我相信！但此時此刻，回家的渴望讓他變成一個喝醉，想要游泳遠渡重洋的朋友。而好朋友是不會鼓勵醉漢游泳的。向加文證明你們的友情，還有對稜鏡法王的熱愛——不要讓他回去送死。」

加文無話可說，無法反駁。他的黃金舌重到根本吐不出話來。他沒有詳加思考，一直朝錯誤的方向想。他被一個男孩給說服了。他摔倒，他迷失了。

「告訴我，」安東尼說。「單純的水手被夾在兩個交戰的巨人之間時會發生什麼事？我告訴你們，不會發生什麼事。單純的水手不會收到雙倍報酬，根本連報酬都收不到。他會被直接殺掉。所以告訴我，誰想去拉斯？」

《馭光者3　破碎眼》上冊・完

The Lightbringer

馭光者3 破碎眼 上／布蘭特·威克斯（Brent Weeks）；
戚建邦　譯.——初版.——台北市：蓋亞文化，2020.06
冊；公分.——（Fever；FR070）
譯自：The Broken Eye
ISBN 978-986-319-480-4（上冊：平裝）.——

874.57　　109003577

Fever FR070

馭光者〔3〕破碎眼 The Broken Eye 上

作　　者　布蘭特·威克斯（Brent Weeks）
譯　　者　戚建邦
裝幀設計　克里斯
總 編 輯　沈育如
發 行 人　陳常智
出 版 社　蓋亞文化有限公司
地址：台北市 103 承德路二段 75 巷 35 號 1 樓
電話：02-2558-5438　傳真：02-2558-5439
電子信箱：gaea@gaeabooks.com.tw
投稿信箱：editor@gaeabooks.com.tw
郵撥帳號 19769541　戶名：蓋亞文化有限公司
法律顧問　宇達經貿法律事務所
總 經 銷　聯合發行股份有限公司
地址：新北市新店區寶橋路二三五巷六弄六號二樓
電話：02-2917-8022　傳真：02-2915-6275
港澳地區　一代匯集
地址：九龍旺角塘尾道 64 號龍駒企業大廈 10 樓 B&D 室
電話：+852-2783-8102　傳真：+852-2396-0050
初版一刷　2020年06月
定　　價　新台幣 350 元
Published and printed in Taiwan

GAEA
ISBN／978-986-319-480-4